O Brilho da Estrela

OUTRAS OBRAS DA AUTORA PUBLICADAS PELA EDITORA RECORD

Acidente
Agora e sempre
A águia solitária
Álbum de família
Amar de novo
Um amor conquistado
Amor sem igual
O anel de noivado
O anjo da guarda
Ânsia de viver
O apelo do amor
Asas
O beijo
O brilho da estrela
O brilho de sua luz
Caleidoscópio
Casa forte
A casa na rua Esperança
O casamento
O chalé
Cinco dias em Paris
Desaparecido
Um desconhecido
Desencontros
Doces momentos
Ecos
Entrega especial
O fantasma
Final de verão
Forças irresistíveis
Galope de amor

Honra silenciosa
Imagem no espelho
Impossível
Jogo do namoro
Jóias
A jornada
Klone e eu
Maldade
Meio amargo
Mergulho no escuro
Momentos de paixão
Um mundo que mudou
Passageiros da ilusão
Pôr-do-sol em Saint-Tropez
Porto seguro
Preces atendidas
O preço do amor
O rancho
Recomeços
Relembranças
Resgate
O segredo de uma promessa
Segredos de amor
Segredos do passado
Segunda chance
Tudo pela vida
Uma só vez na vida
Vale a pena viver
A ventura de amar
Zoya

DANIELLE STEEL

O BRILHO DA ESTRELA

Tradução de
TEREZINHA BATISTA DOS SANTOS

11ª edição

EDITORA RECORD
RIO DE JANEIRO • SÃO PAULO
2024

CIP-Brasil. Catalogação-na-fonte
Sindicato Nacional dos Editores de Livros, RJ.

S826b
11ª ed.
    Steel, Danielle, 1948-
    O brilho da estrela / Danielle Steel; tradução de Terezinha Batista dos Santos – 11ª ed. – Rio de Janeiro: Record, 2024.

    Tradução de: Star
    ISBN 978-85-01-03538-7

    1. Romance norte-americano. I. Santos, Terezinha Batista dos. II. Título.

92-1224
    CDD – 813
    CDU – 820(73)-3

Título original norte-americano
STAR

Copyright da tradução © 1991 by Distribuidora Record S.A.
Copyright © 1989 by Danielle Steel.

Todos os direitos reservados.

Direitos exclusivos de publicação em língua portuguesa para o Brasil adquiridos pela
EDITORA RECORD LTDA.
Rua Argentina 171 – Rio de Janeiro, RJ – 20921-380 – Tel.: (21) 2585-2000
que se reserva a propriedade literária desta tradução

Impresso no Brasil

ISBN 978-85-01-03538-7

Seja um leitor preferencial Record.
Cadastre-se no site www.record.com.br e receba
informações sobre nossos lançamentos e nossas promoções.

Atendimento e venda direta ao leitor
sac@record.com.br

EDITORA AFILIADA

Ao único homem
que trouxe
raios e trovões
e arco-íris
para minha vida.
Só acontece uma vez,
e quando ocorre,
é para sempre.
Pro meu único amor,
com todo o carinho,
amado Popeye.
Te amo.

      Olivia

1

Os pássaros já cantavam, chamando uns aos outros, em meio à quietude do amanhecer do Vale Alexander, enquanto o sol nascia lentamente acima das colinas, lançando seus raios dourados em um céu que, em momentos, se tornou quase púrpura. As folhas farfalhavam suavemente nas árvores sob a brisa leve, e Crystal via em silêncio, do gramado úmido, o céu fulgurante explodir em cores de um brilho tênue. Por alguns instantes, os pássaros pararam de cantar, quase como se também estivessem maravilhados com a beleza do vale. Campos exuberantes, ladeados por colinas escarpadas, serviam de pasto ao gado. O rancho de seu pai estendia-se por cem hectares de terras férteis em milho, nozes e uvas, cujo lucro maior provinha da criação de gado. O Rancho Wyatt era lucrativo há cem anos, mas Crystal amava-o não pelo que produzia, mas pelo que era. Silenciosa, parecia comungar com os espíritos que só ela sabia onde estavam, enquanto observava a grama alta farfalhar suave sob a brisa, sentindo o calor do sol reluzindo em seus cabelos cor de trigo, e começava a cantar baixinho. Seus olhos tinham a cor do céu de verão, os membros longos e graciosos em movimento quando se pôs a correr de repente, pressionando o gramado úmido sob seus pés, dirigindo-se ao rio. Sentou-se em uma rocha lisa e cinzenta, sentindo com os pés a água gelada e observando a luz do sol tocar as rochas. Adorava ver o sol nascer, adorava correr pelos campos, adorava deixar-se ficar ali, viva, jovem e livre, em harmonia com suas raízes e com a natureza. Adorava sentar-se e cantar nas manhãs silenciosas, a voz potente crescendo à sua volta, mágica mesmo sem música. Era como se houvesse algo especial em cantar ali, tendo apenas a Deus como ouvinte.

Empregados do rancho cuidavam do gado, e mexicanos cultivavam o milho e as vinhas, enquanto o pai supervisionava todo o trabalho. Entretanto, ninguém amava tanto aquela terra quanto ela ou seu pai, Tad Wyatt. O irmão, Jared, ajudava-o depois da escola, mas aos 16 anos estava mais interessado em pegar a *pick-up* do pai e ir a Napa com os amigos. Era um percurso de cinqüenta minutos de carro desde Jim Town. O irmão era um menino bonito, com os cabelos escuros do pai e perito em domar cavalos selvagens. Contudo, nem ele nem a irmã, Becky, tinham a beleza lírica de Crystal. Aquele era o dia do casamento de Becky, e Crystal sabia que a mãe e a avó já estariam ocupadas na cozinha. Escutara-as quando se esgueirara a fim de contemplar o nascer do sol sobre as montanhas. Crystal enfrentou a corrente do rio, a água chegando às coxas, e sentiu os pés dormentes e os joelhos formigando e soltou uma risada alta sob o sol de verão, arrancando a camisola de algodão fino e lançando-a à margem. Sabia que não haveria ninguém ali para vê-la movimentar-se graciosa nas águas do rio, inteiramente inconsciente de sua beleza estonteante, uma jovem Vênus crescendo no Vale Alexander. A distância, parecia uma mulher, de pé, sustentando os cabelos louros e claros no alto da cabeça com uma das mãos, as curvas do belo corpo lentamente engolfadas pela água gélida. Apenas os que a conheciam bem percebiam como era jovem. Para um estranho pareceria adulta, com 18 a vinte anos, o corpo amadurecido, os olhos grandes e azuis enquanto contemplava o sol matinal, semicerrando-os alegremente, sua nudez entrevista aparentemente entalhada do mármore róseo mais claro. Mas ela não era uma mulher e sim uma menina que ainda não completara 15 anos, embora já aniversariasse naquele verão. Sorriu consigo mesma ao pensar nas pessoas da casa procurando-a, indo até seu quarto para acordá-la, a fim de que as ajudasse na cozinha, a raiva da irmã ao perceber sua ausência, a avó cacarejando numa irritação desdentada. Como de hábito, conseguira escapar-lhes. Era isto que mais apreciava, fugir às obrigações tediosas e correr livre pelo rancho, perambulando pelo gramado alto ou por entre as árvores durante as chuvas de inverno, ou montar cavalos em pêlo e cantar enquanto galgava as colinas até os lugares secretos que descobrira nos longos passeios com o pai. Nascera ali e, um dia, quando ficasse bem velha, tanto quanto a avó Minerva ou até mais, morreria ali. Cada palmo de sua alma amava o rancho e aquele vale. Herdara a paixão do pai pela terra, pela fértil terra marrom e pelo verde exuberante que atapetava as colinas na primavera. Percebeu um cervo nas proximidades e sorriu. Não havia inimigos no mundo de Crystal, nem perigos ou terrores secretos. Ela pertencia àquele lugar e jamais duvidara de estar em segurança ali.

Observou o sol elevando-se no céu e voltou devagar à margem do rio, galgando facilmente as rochas com suas pernas longas até alcançar a camisola e recolocá-la, deixando-a aderir ao corpo úmido e soltando os longos cabelos louros bem além dos ombros. Sabia estar na hora de retornar. A esta altura, já deviam estar furiosos. Sua mãe já estaria reclamando com o pai. Ajudara a fazer as 24 tortas de maçã no dia anterior, cozinhara o pão, enfeitara as galinhas, ajudara a cozinhar sete pernis, recheara tomates maduros com manjericão e nozes. Fizera sua parte e sabia que não restara nada a fazer, exceto atrapalhar e ouvir Becky gritar com o irmão. Dispunha de tempo suficiente para tomar banho, vestir-se e ir à igreja às sete. Sentiu-a mais feliz vagando pelos campos e pelo riacho à luz matinal. O tempo já esquentara, e a brisa morria. Seria um belo dia para o casamento de Becky.

Divisava sua casa a distância e ouviu a avó gritando seu nome com voz esganiçada, no alpendre.

— Crystalllll!... — A palavra pareceu reverberar por toda parte, e esta desatou a rir, correndo em direção à casa, como uma criança de pernas longas, os cabelos esvoaçando às suas costas.

— Crystal! — A avó estava de pé no alpendre. Vovó Minerva usava o vestido preto destinado aos dias de trabalho sério na cozinha. Por cima colocara um avental branco limpo e franziu os lábios zangada ao ver Crystal aproximar-se saltitante, a camisola de algodão branco colada ao corpo nu. A menina não tinha artifícios nem artimanhas, apenas aquela beleza natural, da qual ainda não tinha consciência. Ainda se considerava uma criança, a séculos de distância do fardo de ser mulher. — Crystal! Olhe só para você! Dá para ver tudo através da camisola! Você não é mais criança! E se um dos homens a visse?

— Hoje é sábado, vó... não tem ninguém aqui. — Abriu-se num sorriso para o rosto idoso, marcado pelo tempo, o qual não evidencia constrangimento nem arrependimento.

— Devia envergonhar-se e devia estar lá dentro aprontando-se para o casamento de sua irmã — a avó resmungou desaprovadora, enxugando as mãos no avental. — Correndo por aí como uma selvagem ao amanhecer. Temos trabalho aqui, Crystal Wyatt. Agora entre e veja o que pode fazer para ajudar sua mãe. — Crystal sorriu e circundou o amplo alpendre, escalando com facilidade a janela de seu quarto, enquanto a avó batia com força a porta de tela e voltava à cozinha para ajudar a filha.

Crystal deixou-se ficar um instante sozinha em seu quarto, cantarolando, enquanto retirava a camisola e lançava-a sobre uma pilha úmida a um canto, correndo os olhos pelo vestido que usaria no casamento de Becky. Era um vestido simples de algodão branco, mangas fofas e colarinho rendado. A mãe o costurara para ela, com o máximo de simplicidade, sem babados nem ornamentos que realçassem sua beleza por si só estonteante. Parecia um vestido infantil, mas Crystal não se importava. Poderia usá-lo para ir às festas da igreja depois do casamento. Haviam comprado escarpins brancos simples em Napa, e o pai trouxera-lhe um par de meias de náilon de San Francisco. A avó resmungara desaprovadora à vista das meias, e a mãe afirmara que era jovem demais para usá-las.

— Ela não passa de uma criança, Tad. — Olivia sempre aborrecia-se quando ele mimava a filha caçula. O marido sempre lhe trazia presentinhos ou alguma bobagem para vestir, de Napa ou San Francisco.

— Assim ela se sentirá especial. — Crystal era a filha adorada desde o nascimento. Dentro dele, havia um lugar que vibrava cada vez que a via. Quando criança, ela possuía um halo de cabelos platinados e olhos que fitavam diretamente os dele, como se tivesse algo de especial a dizer-lhe e a mais ninguém. Era um bebê de olhos sonhadores e com uma impressão de mágica que fazia as pessoas pararem para olhar. Sempre olhavam Crystal. As pessoas eram atraídas por ela, por alguma qualidade interior e também por sua beleza. Ela não se parecia com ninguém da família, era incomparável, música para o coração paterno. Ele escolheu seu nome na primeira vez em que a viu aninhada nos braços de Olivia, momentos após o nascimento. Luminosa e perfeita. Crystal. O nome combinava com ela à perfeição, com seus olhos claros e brilhantes e com os cabelos platinados sedosos. Até mesmo as crianças com quem brincava sabiam que ela era especial, diferente em um aspecto intangível. Era mais livre e inteligente e feliz do que elas, jamais governada pelas regras e limitações estabelecidas por outros, como por exemplo sua mãe sempre nervosa e insatisfeita, ou sua irmã mais velha, bem menos bonita, ou o irmão que implicava com ela impiedosamente, ou mesmo a avó austera, que fora morar com eles quando Crystal estava com sete anos, após a morte do avô Hodges no Arizona. Apenas o pai parecia compreendê-la, apenas ele sabia como ela era extraordinária, como um pássaro raro que se precisava libertar de tempos em tempos, deixando-o voar alto, acima do comum e do mundano. Ela lhe fora entregue diretamente das mãos de Deus, e por ela o pai sempre desrespeitava as regras, dando-lhe pequenos presentes e fazendo-lhe exceções, para o aborrecimento dos demais.

— Crystal! — Era a voz áspera da mãe do outro lado da porta do quarto que compartilhara com Becky durante quase 15 anos. A porta abriu antes que pudesse responder, e Olivia Wyatt cravou-lhe os olhos faiscantes de nervosa desaprovação. — Por que está aí de pé assim? — Crystal estava despida e bela, e Olivia não gostou do que viu. Desagradava-lhe pensar na filha daquela maneira, já bastante mulher, não obstante os olhos inocentes de uma criança, quando se virou para fitar a mãe, com o vestido de seda azul que usaria no casamento de Becky. Protegera-o com um avental branco limpo, assim como a avó Minerva. — Cubra-se! Seu pai e seu irmão estão aqui! — Fitou-a austera, fechando a porta atrás de si, como se o pai e o irmão estivessem bem do lado de fora do quarto esperando para ver o corpo jovem e nu de Crystal. Na verdade, o pai a teria admirado, surpreso em vê-la mais mulher do que realmente era, e Jared, como sempre, se mostraria indiferente à extraordinária beleza da irmã.

— Ah, mamãe... — Sabia como a mãe ficaria zangada se a tivesse visto despida no riacho pouco tempo atrás. — Eles não vão entrar aqui. — Sorriu e sacudiu os ombros, inocente à repreensão de Olivia.

— Não sabe que precisamos de sua ajuda? Sua irmã precisa de ajuda com o vestido. Vovó precisa de alguém para ajudá-la a destrinchar o peru e cortar o presunto. Você nunca pode ser útil, Crystal Wyatt? — Ambas sabiam que sim, mas raramente às mulheres da casa e sempre ao pai. Ela preferia dirigir o trator com ele ou ajudá-lo a juntar o rebanho quando ele estava com poucos homens. Crystal trabalhava incansável, sob tempestades violentas, trazendo bezerros perdidos de volta à fazenda e sabia ser delicada com os animais da criação. Mas isto nada significava para a mãe. — Vista-se. — E, então, correndo os olhos pelo vestido branco limpo pendurado na porta do armário. — Use o vestido de guingão azul até irmos para a igreja. Vai sujar seu vestido ajudando sua avó.

Sob os olhos maternos, Crystal colocou a roupa de baixo e o velho vestido de guingão azul. Por um instante, sentiu-se novamente criança, mas sua feminilidade já era demasiado adiantada para ser negada, até mesmo com aquele vestido desbotado. Ainda não o abotoara, quando a porta abriu e Becky entrou desabalada no quarto, falando nervosa e reclamando do irmão. Seus cabelos eram castanhos como os da mãe e grandes olhos castanhos. Seu rosto era de uma simplicidade encantadora, e seu corpo longo e esbelto como o de Crystal. Contudo, nada havia de extraordinário em seus traços, e a voz soava esganiçada com as lamúrias angustiadas, enquanto ela contava a Olivia que Jared encharcara todas as toalhas do único banheiro do rancho.

— Nem pude enxugar os cabelos direito. Ele faz isto todo dia, mamãe! Sei que faz de propósito! — Crystal observava-a em silêncio, quase como se não se conhecessem. Após viverem lado a lado durante quase 15 anos, as duas meninas eram mais estranhas do que irmãs. Rebecca era toda a mãe, com seus cabelos e olhos castanhos, o nervosismo, as constantes reclamações. Ia casar com o rapaz por quem se apaixonara quando tinha a idade de Crystal e por quem esperara durante a guerra. Agora, quase um ano após sua volta do Japão, iam casar-se. Ela ainda era virgem, com 18 anos. — Eu o odeio, mamãe! Odeio! — Referia-se ao irmão, os cabelos encharcados e colados às costas, lágrimas assomando-lhe aos olhos que fitavam zangados mãe e irmã, enquanto censurava Jared.

— Bem, agora você não precisará mais viver com ele. — Sorriu a mãe. No dia anterior, haviam entabulado prolongada conversação, perambulando lentamente para além do celeiro, e a mãe explicara o que Tom esperava dela na noite de núpcias em Mendocino. Becky já ouvira falar no assunto através de colegas, várias delas casadas, meses após a volta de seus amados do Pacífico. Mas Tom preferira arranjar um trabalho primeiro, e o pai de Becky insistira em que ela concluísse o segundo grau, o que ocorrera cinco semanas atrás, e agora, naquele belo dia ensolarado de fins de julho, seus sonhos iam realizar-se. Estava prestes a tornar-se a Sra. Thomas Parker. A idéia parecia bastante adulta e um tanto assustadora. Secretamente, Crystal matutava por que sua irmã casaria com ele. Com Tom, Becky jamais iria além de Booneville. Sua vida começaria e terminaria exatamente ali, no rancho onde haviam crescido. Ela também adorava o rancho, muito mais do que os outros, e algum dia gostaria de estabelecer-se ali, depois de conhecer o mundo. Sonhava com outros lugares, outras coisas e pessoas, diferentes daquelas com quem crescera. Queria conhecer mais o mundo, além do trecho de terra limitado pelas montanhas Mayacama. Nas paredes do quarto de Crystal havia fotografias de estrelas de cinema, Greta Garbo e Betty Grable, Vivien Leigh e Clark Gable, além de fotografias de Hollywood, San Francisco e Nova York, e certa vez o pai mostrara um cartão-postal de Paris. De quando em vez, ela sonhava que ia a Hollywood e se tornava uma estrela. Sonhava ir a lugares místicos, como os que sussurrara com o pai. Sabia que não passavam de sonhos, mas gostava de pensar neles. E sabia, no fundo de seu coração, que desejava mais do que uma vida atada a um homem como Tom Parker. O pai oferecera-lhe um emprego no rancho, porque Tom não conseguira encontrar trabalho em outro lugar. Ele deixara a escola para alistar-se após Pearl Harbor. Becky esperara pacientemente, escrevendo-lhe toda semana e aguardando meses por suas cartas. Ao voltar, ele parecera inteiramente amadurecido, cheio de histórias sobre a guerra. Era um homem aos 21 anos, ou pelo menos era o que Becky pensava. E agora, um ano depois, seria seu marido.

— Por que não está vestida? — Becky voltou-se de repente para a irmã, de pé, descalça, com o vestido azul que a mãe a mandara vestir. — Já devia estar pronta! — Eram sete horas da manhã, e só sairiam para a igreja às dez e meia.

— Mamãe quer que eu ajude a vovó na cozinha — disse em voz calma, tão diferente das de Olivia e Becky. Esta voz possuía a entonação sensual e rouca de seu canto. As canções eram inocentes, mas a voz que as cantava estava repleta de paixão instintiva. Becky atirou a toalha molhada sobre a cama que compartilhavam, ainda desfeita, porque Crystal escapulira para os campos, a fim de assistir o nascer-do-sol. — Como posso vestir-me nesta confusão?

— Crystal, faça a cama! — Olivia ordenou com voz austera, enquanto ajudava Becky a pentear os cabelos. Fora ela quem fizera o véu que Becky usaria, com uma pequena coroa de cetim branco bordado com diminutas pérolas brancas e metros de tule branco engomado que comprara em Santa Rosa.

Crystal alisou os lençóis e estendeu por cima a pesada colcha que a vó fizera para elas, anos antes. Olivia fizera uma nova para Becky, como presente de casamento. Já fora levada para o pequeno chalé que seria a casa dos recém-casados no rancho, e o pai permitira que morassem ali até que Tom e Becky pudessem comprar sua própria casa. Olivia gostara da idéia de ter Becky próxima, e Tom ficara aliviado por não precisar alugar uma casa, para o que não tinham condições econômicas. Aos olhos de Crystal, nem parecia que Becky estava indo embora. Ela moraria a menos de um quilômetro pelo caminho de cascalho que percorria com freqüência com o pai de trator.

Olivia escovava com cuidado os cabelos de Becky, e as duas falavam de Cliff Johnson e sua esposa francesa. Ele a levara para casa após casarem-se durante a guerra, e Becky hesitara longamente em convidá-los para o casamento.

— Ela não é assim tão ruim — Olivia concedeu pela primeira vez em um ano, enquanto Crystal postava-se observando silenciosa. Sempre sentira-se uma estranha com elas. Sempre deixavam-na de fora das conversas. Crystal ponderou se agora, com Becky morando em outra casa, a mãe prestaria mais atenção a ela e ouviria o que tinha a dizer, ou se Olivia passaria todo seu tempo livre no chalé de Becky. — Ela lhe deu um belo corte de renda, disse que era da avó na França. Algum dia você poderá fazer alguma bela roupa com ela. — Foram as primeiras palavras gentis ditas a respeito de Mireille, desde que esta chegara, no ano anterior. Não era bonita, mas simpática e tentara desesperadamente entrosar-se, a despeito da resistência inicial de todos os amigos e vizinhos de Cliff. Inúmeras eram as garotas que aguardavam a volta dos rapazes, sem que trouxessem para casa estrangeiras da guerra. Pelo menos Mireille era branca. Diferente da menina que Boyd Webster trouxera do Japão. Esta fora uma desgraça que sua família jamais perdoaria. Jamais. E Becky tentara convencer Tom a não convidar Boyd e a esposa ao casamento. Chorara, gritara, enraivecera-se e até implorara. Mas Tom insistira que Boyd era seu melhor amigo, haviam sobrevivido a quatro anos de guerra lado a lado, e apesar da estupidez que cometera desposando aquela garota, não deixaria de convidá-lo para o casamento. Na verdade, convidara Boyd para ser padrinho, o que deixara Becky ainda mais enfurecida. Tom Parker era mais teimoso do que ela. Seria constrangedora a presença de Hiroko e tornava-se impossível esquecer quem ela era, com seus olhos oblíquos e os cabelos negros reluzentes. Sua simples visão lembrava desgraça, esta era a verdade. Tom também não gostava dela, mas Boyd era seu amigo e companheiro, e seria leal a ele. Boyd pagara seu preço por desposar a oriental. Ninguém lhe dera emprego ao voltar para casa, e todas as portas da cidade haviam se fechado para eles. Por fim, o velho Sr. Petersen apiedara-se do casal e dera a Boyd o emprego na bomba de gasolina, o que era uma pena, pois Boyd tinha condições de obter coisa melhor. Planejara fazer faculdade antes da guerra, mas agora não havia mais possibilidade para tal. Precisava trabalhar e sustentar-se a si e a Hiroko. Todos acreditavam que o casal acabaria desanimando e mudando-se dali. Ao menos era o que esperavam. Mas, à sua maneira, Boyd amava o vale tanto quanto Tad Wyatt e Crystal.

Crystal ficara fascinada com a bela e pequena japonesa. O modo suave e delicado de Hiroko, sua fala hesitante, sua educação infinita e seu inglês cauteloso atraíram Crystal como um ímã. Mas Olivia não daria permissão para que conversassem, e até mesmo o pai achara melhor para Crystal ficar longe deles. Às vezes, era melhor deixar certas coisas de lado, e atualmente os Webster eram uma delas.

— O que está fazendo aí de pé olhando sua irmã? — Olivia percebeu o olhar de Crystal e, de súbito, lembrou-se de sua presença. — Já disse há meia hora para ir ajudar sua avó na cozinha.

Crystal saiu do quarto sem uma palavra, silenciosa com seus pés descalços, enquanto Becky prosseguia com sua algaravia nervosa sobre a cerimônia. Quando chegou à cozinha, já havia três mulheres que tinham vindo ajudar, das fazendas e ranchos vizinhos. O casamento de Becky seria o acontecimento do ano e o primeiro do verão.

Amigos e vizinhos viriam das adjacências. Esperava-se duzentos convidados, e as mulheres trabalhavam com fúria, dando os retoques finais no lauto almoço que seria servido após a cerimônia.

— Onde estava, garota? — esbravejou a avó, apontando ao mesmo tempo um enorme presunto. Abatiam e defumavam os próprios porcos. Tudo que seria servido no almoço fora feito e criado em casa, até mesmo o vinho oferecido pelo pai.

Crystal pôs-se a trabalhar sem dizer uma palavra e instantes depois sentiu um tapa nas nádegas. — Belo vestido, mana. Papai comprou para você em San Francisco? — Naturalmente era Jared, olhando-a de soslaio do alto de sua elevada estatura. Aos 16 anos, adorava implicar e maltratar. Usava calças novas, as quais já estavam um tanto curtas, e uma camisa branca que a avó passara e engomara de tal maneira, que poderia ficar de pé sozinha. Ele ainda estava descalço e levava os sapatos na mão, o terno e gravata novos lançados com descuido sobre os ombros. Durante anos, ele e Becky tinham brigado como cão e gato, mas, no último ano, Crystal tornara-se objeto de suas atenções. Serviu-se de uma fatia suculenta de presunto, e Crystal deu-lhe um tapinha na mão.

— Se não parar, corto teus dedos. — Ela abanou a faca em direção ao irmão, mais do que apenas provocando. Ele a molestava constantemente. Adorava implicar com ela e aborrecê-la. Mais de uma vez, exasperara-a ao ponto de Crystal tentar esmurrá-lo, mas ele sempre se desviava com facilidade e dava-lhe um soco nada suave na orelha. — Saia de perto de mim... vá incomodar outro, Jar. — Com freqüência ela o chamava Jaread. — Por que você também não está ajudando?

— Tenho coisa melhor a fazer. Tenho que ajudar papai a arrumar o vinho.

— É... posso apostar... — resmungou ela, já o vira bêbado com os amigos, mas preferia a morte a delatá-los ao pai. Mesmo nos piores momentos, ainda existia um elo implícito entre eles. — Veja se deixa um pouco para os convidados.

— Veja se lembra de calçar sapatos. — Ele lhe deu outro tapa nas nádegas, e ela soltou a faca para agarrá-lo pelo braço, mas era tarde demais, ele já corria pelo corredor em direção a seu quarto, assobiando. Parou junto à porta de Becky por um instante, enfiou a cabeça na fresta da porta e viu-a de sutiã e calcinha, ajustando a liga, no instante em que a porta foi aberta. — Ei, garota... Opa! — Ele soltou um grande silvo, e Becky um grito chocado.

— Saia daqui! — Ela atirou a escova de cabelos no irmão, mas este fechou a porta com estrondo antes de ser atingido. Sons familiares na velha casa confortável, e ninguém na cozinha prestou muita atenção quando Tad Wyatt entrou, já vestido para a cerimônia, com seu terno azul-marinho. Tinha um ar de solidez e distinção discreta. Sua família tivera dinheiro, muito dinheiro, mas haviam perdido quase tudo anos antes, mesmo antes da Depressão. Precisaram vender milhares de hectares, e ele assumira o rancho e o transformara novamente em sucesso, com o suor de seu rosto e com Olivia a seu lado. Mas conhecera um pouco do mundo antes de casar. Às vezes, falava a respeito com Crystal, quando saíam em longos passeios ou se deixavam ficar sentados sob a chuva ou enquanto aguardavam a vaca parir no inverno. Ele compartilhava coisas há muito enterradas com a filha, coisas quase esquecidas. "Lá fora existe um mundo enorme, garotinha... com muitos lugares bonitos... não muito melhor do que este... mas mesmo assim vale a pena conhecê-los..." Contava-lhe de lugares como Nova Orleans e Nova York e até mesmo a Inglaterra. E sempre que Olivia o ouvia, ela o repreendia por encher a cabeça de Crystal com tolices. A própria Olivia jamais fora além do sudoeste, que mesmo assim lhe parecia estranho. E os dois filhos mais velhos compartilhavam sua visão do mundo. O vale era suficiente, bem como a gente dali. Apenas Crystal sonhava com mais e ponderava se algum dia conheceria outros lugares. Também amava o vale, mas em seu coração havia espaço para mais. Como o pai, amava o vale com paixão, no entanto, adorava sonhar com lugares distantes.

— Como está minha menina? — Tad Wyatt entrou e contemplou orgulhoso a sua caçula. Mesmo ali, na cozinha cheia de mulheres, com seu vestido velho de guingão azul, a visão de Crystal tocava-o fundo no coração, e sua beleza deixava-o sem fôlego, o que lhe era impossível dissimular. Felizmente não era o dia do casamento dela. Sabia que não teria suportado. E não a deixaria desposar um homem como Tom Parker. Mas para Becky, ele servia. Becky não tinha sonhos... não havia estrelas nos céus secretos de seu coração... ela não nutria visões secretas. Queria um marido e filhos e um chalé no rancho e um homem comum como Tom, sem ambições e poucos sonhos, e isto era o que ia receber.

— Oi, pai. — Crystal fitou-o bem nos olhos com um sorriso suave e, sem palavras, o amor que sentiam um pelo outro falou mais alto.

— Mamãe fez um vestido bonito para você hoje? — Ele a queria bonita, sempre a queria bela. Sorriu, recordando as meias que dera a Crystal para usar no dia do casamento, mesmo se Olivia considerasse tolice.

Crystal assentiu e ele continuou observando-a. Era aceitável. Mas nada parecido com o que se via nos filmes. Era apenas um vestido. Um belo vestido branco. As meias de náilon seriam a melhor parte do traje, invisíveis e transparentes e excitantes. Mas Tad sabia que a filha poderia usar qualquer coisa e mesmo assim estaria adorável.

— Onde está a mamãe? — percorreu a cozinha com o olhar e viu apenas a sogra e três amigas da esposa, além de Crystal.

— Ajudando Becky a vestir-se.

— Já? Ela vai estar murcha antes de chegarmos à igreja.
— Trocaram um sorriso, o dia já estava esquentando, e a cozinha parecia exalar vapor. — Cadê Jared? Estou procurando por ele há uma hora. — Entretanto, ele não estava zangado. Não se exaltava facilmente. Fora paciente com todos eles, desde que eram crianças.

— Ele disse que ia lhe ajudar com o vinho. — Crystal sorriu ao encontrar novamente os olhos do pai e ofereceu-lhe uma fatia de presunto que há poucos segundos regateara com o irmão.

— Vai me ajudar a beber mais. — Ambos soltaram uma risada, e ele cruzou o corredor até o quarto de Jared, cuja paixão eram os carros e não ranchos, e o pai sabia que a única a realmente amar o rancho e a terra, compreendendo-os tal como ele, era Crystal. Passou pelo quarto onde Becky vestia-se com o auxílio materno e bateu na porta do quarto do filho.
— Venha me ajudar a retirar as mesas, filho. Tem trabalho lá fora. — Haviam forrado as compridas mesas com toalhas de linho branco do casamento de sua mãe, meio século antes. Os convidados almoçariam protegidos pela sombra das enormes árvores que circundavam a casa.

Tad Wyatt enfiou a cabeça por entre a porta do quarto de Jared e viu-o deitado na cama, olhando uma revista cheia de fotografias de mulheres.

— Posso interrompê-lo e pedir que me dê uma ajuda, filho? — Jared pôs-se de pé em um salto, oferecendo um sorriso nervoso, a gravata torta e os cabelos penteados para trás com um tônico capilar que comprara em Napa.

— Claro, pai. Desculpe.

Tad conteve-se para não desarrumar os cabelos cuidadosamente assentados do garoto e passou um braço forte em torno de seus ombros. Parecia-lhe estranho um dos filhos casar tão cedo. Na sua cabeça ainda eram crianças... lembrava-se de Jared aprendendo a andar... perseguindo galinhas... e quando caiu do trator, aos quatro anos... lembrou-se de ensiná-lo a dirigir aos sete... de caçar com ele quando era pouco mais alto que o rifle... e Becky pouco mais velha do que isto, e agora ela ia casar-se.

— Belo dia para o casamento de sua irmã. — Ergueu os olhos para o céu e sorriu para o filho, dando ordens a este e a mais três empregados do rancho sobre onde colocar as mesas. Mais uma hora e tudo estava arrumado a seu gosto. E quando voltou à cozinha para tomar um drinque com Jared, Crystal não estava mais lá e não havia sinal das outras mulheres. Estavam todas no quarto de Becky e Crystal, lançando exclamações sobre o vestido, suspirando e esfregando os olhos ao verem Becky finalmente vestida de renda e transparências e esplendor. Estava uma linda noiva, como a maioria das garotas o é, e todos cercavam-na, oferecendo-lhe os melhores votos e tecendo comentários dissimulados sobre a noite de núpcias, a ponto dela corar violentamente, voltando-se para Crystal, que, silenciosa, colocava seu vestido simples a um canto. O vestido nada tinha de excepcional, contudo em sua simplicidade desolada parecia realçar ainda mais a beleza da irmã. As delicadas meias de náilon ajustavam-se bem, e os escarpins brancos sem salto não lhe aumentavam a estatura já elevada. Todas voltaram-se para olhá-la, quieta a um canto, mais parecendo, com a cascata de cabelos dourado-claros e o pequeno arranjo de rosas brancas, um anjo. Em comparação, Becky parecia vestida com exagero e bem menos atraente. Crystal parecia congelada em um raro momento entre a infância e a feminilidade, sem artifícios, nada destoante nem inadequado, apenas a sutil suavidade de sua beleza extraordinária.

— Bem... Crystal está muito bonita — disse uma das mulheres, como se, utilizando palavras comuns, pudesse tornar sua beleza menos estonteante. Contudo, isto era impossível, Crystal era o que era, e nada poderia reduzir isto, nem mesmo o vestido branco simples que vestia. Ao olhá-la, tudo era esquecido, exceto a maneira graciosa como movimentava-se e o rosto inacreditável por sob o arranjo de inocentes flores brancas. Becky também usava rosas brancas, e as mulheres presentes no quarto precisaram esforçar-se e voltar-se para Becky e continuar oferecendo-lhe exclamações. Mesmo assim, era inegável, Crystal era a beleza.

— Está na hora de irmos. — Por fim, Olivia manifestou-se, conduzindo as mulheres para onde o marido e Jared já esperavam. Foram em carros separados para a igreja. A cerimônia seria simples, os amigos haviam sido convidados para o almoço após, mas poucos eram os convidados para a cerimônia religiosa.

Tad observou as mulheres descerem os degraus da varanda, conversando e rindo como adolescentes. Lembrou-se de seu próprio casamento. Olivia estava adorável com o vestido de noiva da mãe, mas agora parecia tudo já muito distante. A vida não fora fácil para eles, a Depressão particularmente dura, mas agora tudo aquilo acabara. O rancho ia bem, os filhos quase crescidos, haviam encontrado a segurança e felicidade em seu mundinho confortável no pequeno vale remoto. E, então, conteve bruscamente a respiração ao avistar Becky na varanda, tímida e orgulhosa, o véu por sobre o rosto, e o buquê de rosas nas mãos trêmulas. Estava adorável, e ele sentiu as lágrimas assomarem aos olhos com a visão.

— Ela não está linda, Tad? — Olivia sussurrou orgulhosa, satisfeita com o efeito que a filha mais velha, sem dúvida, causara no pai. Durante anos tentara fazer com que Becky fosse mais apreciada por Tad, mas sempre fora Crystal a lhe tomar o coração... Crystal... com seus modos rebeldes e a graça livre, correndo atrás do pai. Mas agora finalmente Becky conseguira seu lugar.

— Você está maravilhosa, querida. — Ele beijou a filha com suavidade, sentindo o véu tocar-lhe os lábios na região da bochecha, e apertou-lhe a mão, enquanto ambos tentavam conter as lágrimas, e então o momento passara, e todos apressaram-se até o carro que a levaria à igreja, onde se tornaria a Sra. Thomas Parker. Um grande dia para todos, especialmente para Becky, e ao correr para tomar o volante, de súbito, Tad estacou e sentiu a mesma pontada que lhe cortara o coração desde a primeira vez em que a vira. De pé, tímida como uma corça no vestido branco simples, hesitante, o sol iluminando-lhe os cabelos e os olhos da cor do céu, Crystal observava-o. Não havia competição pelo sentimento que ele nutria pela filha, pelo que ela significava e sempre significara. Crystal também parou por um instante, e ambos sorriram. Ela se sentia forte, viva e amada sempre que estava junto dele. O pai retribuiu o sorriso da caçula, que entrou no carro onde Jared acomodava a avó, e com um gesto selvagem lançou-lhe uma das rosas brancas, e com uma risadinha ele a colheu. O dia era de Becky, Olivia não precisou lhe avivar a memória, e Crystal era quem era. Significava tudo para ele. Era a mais incomparável das criaturas. Simplesmente... Crystal.

2

A cerimônia foi simples e agradável. Os noivos fizeram seus votos na pequena igreja branca de Jim Town. Becky estava bonita e orgulhosa no vestido de noiva que a mãe fizera, e Tom parecia nervoso e muito jovem em um terno azul que comprara para o casamento. Boyd Webster era o padrinho, com seus cabelos cor de cobre e o rosto repleto de sardas. Tad observava-os no primeiro banco e pensava como eram jovens, pouco mais que crianças.

Crystal era a única dama de honra da irmã e postou-se a um lado, contemplando Boyd timidamente e tentando não olhar com curiosa fascinação para a esposa, na fila de trás. Hiroko usava um vestido de seda verde simples e um colar de pérolas, além de sapatos de verniz preto. Procurava parecer o mais ocidental que pudesse, embora Boyd quisesse que ela usasse um quimono. Ela vestira um quimono cerimonial no casamento deles no Japão, assemelhando-se a uma boneca com o Kanzashi tradicional nos cabelos e a adaga dourada e a diminuta bolsa de brocado cheia de moedas no obi dourado. Mas agora tudo fora esquecido, com os parentes e amigos assistindo Becky tornar-se esposa de Tom. Ele beijou a noiva, sob o estímulo de Jared, e Olivia enxugou o olhos com o lenço de renda que usara em seu casamento. Tudo correra à perfeição, e ficaram algum tempo do lado de fora conversando com parentes e amigos e admirando Becky. O padrinho deu um tapa nas costas de Tom que sorria radiante, e todos cumprimentaram-se e beijaram-se e divertiram-se na pequena comemoração. Jared atirou um punhado de arroz nos noivos quando estes retornavam aos carros, e voltaram em caravana ao Rancho Wyatt, para o almoço cuidadosamente preparado, em que Olivia, Minerva e as vizinhas haviam trabalhado durante os dias anteriores ao casamento.

Assim que chegaram em casa, Olivia correu até a cozinha e deu instruções aos empregados da fazenda para que levassem bandejas e travessas para as mesas que aguardavam ao ar livre. As esposas dos empregados haviam sido convocadas para ajudar a servir e fazer a limpeza depois, e as mesas repletas de iguarias pareciam intermináveis, perus e capões, rosbifes, costelas e presuntos, feijão-fradinho e batatas-doces, verduras e saladas, galantina e ovos condimentados, além de biscoitos, doces, tortas de frutas e o enorme bolo de noiva branco, sozinho em uma mesa. O almoço parecia suficiente para um exército, e Tad ajudou os homens a abrir o vinho, enquanto Tom sorria para a esposa e Boyd oferecia sorrisos tímidos, de pé, ao lado do casal. Boyd era um belo rapaz, de coração aberto e olhos bondosos, e sempre gostara dos Wyatt. Sua irmã, Ginny, freqüentara a escola com Becky, e ele lembrava de Jared e Crystal quando eram bebês, embora fosse pouco mais velho. Mas aos 22 anos, com quatro anos de guerra nas costas, sentia-se uma vida inteira mais velho.

— Bem, Tom, você conseguiu. Como se sente como homem casado? — Boyd Webster abriu um sorriso amplo para o amigo, e Tom olhava em torno com satisfação evidente. Desposar alguém da família Wyatt significava um passo adiante no mundo de Tom Parker. Ansiava por morar no rancho e compartilhar seus lucros confortáveis, se não diretamente, ao menos no estilo de vida. Tad preparara-o ao longo de meses, explicando tudo sobre os grãos e o gado e os vinhais. As nozes eram o produto menos rentável do rancho, mesmo assim não era negócio pequeno. E na estação das nozes, todos no ranchos ajudavam, até os dedos ficarem manchados de colher e descascar as nozes. Nos primeiros meses, contudo, Tom ajudaria o sogro nos vinhais.

— É, aposto que sim. — Um dos amigos de Tom brincou com ele por sobre os pratos repletos de presunto e peru. — Prova de vinhos, não é assim que chamam, Tom? — O noivo sorriu divertido, os olhos um tanto brilhantes demais, e Becky soltava risadinhas no centro de um grupo de garotas com quem crescera. Agora a maior parte delas estava casada também. Com o fim da guerra e a volta dos rapazes para casa quando as garotas concluíam o segundo grau, houvera dezenas de casamentos no vale no ano passado, e alguns casais já tinham filhos. E agora já implicavam com Becky quanto a engravidar. — Não vai demorar muito, Becky Wyatt... espere só... mais um mês ou dois e você estará esperando! — As garotas soltavam risadas, enquanto continuavam a chegar carros e *pick-ups*, com os passageiros vestindo as melhores roupas domingueiras, repreendendo os filhos, admoestando-os a comportar-se e não estragar as roupas correndo com os amigos em volta das mesas. Uma hora mais tarde, havia duzentos convidados apinhados ao longo das compridas mesas com as iguarias, e metade deste número de crianças, pequenas, de pé junto às pernas das mães, temendo ir muito longe, bebês nos braços, alguns meninos carregados nos ombros paternos e, a pouca distância das mesas cuidadosamente preparadas, um aglomerado de crianças corria e brincava de pegar, as palavras de alerta dos pais instantaneamente esquecidas. Os garotos corriam uns atrás dos outros em volta das árvores, e os mais corajosos as escalavam, enquanto as meninas se reuniam em grandes grupos rindo e conversando, algumas alternando-se nos balanços que Tad construíra anos antes para seus filhos. De vez em quando, reuniam-se aos mais velhos, mas, de modo geral, ambos os grupos satisfaziam-se em ignorar-se mutuamente. Os pais pressupunham que os filhos estavam bem nas redondezas, e estes contentavam-se em pensar que os pais estavam se divertindo muito para lembrarem de sua prole.

E, como de hábito, Crystal deixava-se ficar no limiar dos grupos jovens, quase esquecida, exceto por um olhar ocasional de inveja ou admiração. As meninas sempre fitavam-na desconfiadas, e os rapazes, nos últimos anos, mostravam-se fascinados por ela, embora expressassem esta admiração de modo estranho, empurrando-a, acotovelando-a e até puxando-lhe os cabelos louros compridos ou simulando lutar boxe com ela ou empurrá-la com toda força ou fazer qualquer coisa fisicamente para chamar sua atenção, sem realmente entabular conversa. E as garotas tentavam não lhe dirigir a palavra. A aparência de Crystal tornara-a demasiado ameaçadora. E fora colocada de lado sem compreender. Era o preço que pagava por sua beleza. Aceitou o modo como a tratavam como um fato, sem, contudo, entender o motivo. Às vezes, quando os garotos a empurravam, e ela estava se sentido corajosa, ela os acotovelava ou esmurrava ou mesmo desvencilhava-se deles. Era a única comunicação que estabelecia com eles. O resto do tempo ignoravam-na. Ela os conhecia desde pequenos, entretanto, nos últimos anos, era como se tivesse se tornado uma estranha. As crianças sabiam tanto quanto os mais velhos como ela era de extraordinária beleza e surpreendentemente deliciosa. Eles eram pessoas comuns, e era como se ao longo dos últimos dois anos ela houvesse se tornado diferente. Particularmente, os rapazes que regressaram da guerra, após quatro anos fora, ficaram estupefatos ao ver a mudança operada em Crystal. Quando menina, ela sempre fora bonita, mas aos dez anos nada sugeria toda a força de sua beleza ao tornar-se mulher. Mas parte de seu charme residia no desconhecimento do efeito que causava nos homens que a cercavam, e ela ainda era paciente e afável, como quando menina. Talvez agora fosse mais tímida, porque percebia a alteração sutil provocada naqueles com quem convivia, embora não compreendesse o motivo. Apenas o irmão continuara tratando-a da mesma forma, com rude afeição. Contudo, o desconhecimento quanto à sua beleza, sua inocência tornava-a ainda mais sensual, fato este que o pai já percebera, e nos últimos dois anos aconselhara-a a deixar de conviver com os empregados do rancho. Sabia exatamente o que estes pensavam e por que, e não queria que Crystal inconscientemente fizesse algo que os provocasse. Sua delicadeza e silêncio movimentando-se entre eles era bem mais excitante do que se passasse inteiramente despida.

Mas Tad não estava preocupado com ela naquele momento, pois conversava sobre política e esportes, além dos mexericos locais e do preço da uva, com os amigos. Era um dia feliz para todos eles, e seus amigos comiam e conversavam e riam, enquanto as crianças brincavam nas cercanias e Crystal as observava.

Hiroko também mantinha-se um pouco distante de todos eles, sob a sombra de uma árvore, silenciosa e solitária, sem afastar os olhos do marido. Boyd conversava com Tom em um círculo de amigos, recordando os tempos da guerra. Difícil acreditar que terminara há menos de um ano. Parecia há séculos de distância, com seus terrores e sua excitação, os amigos que haviam feito e os que haviam perdido. Somente Hiroko estava ali agora, como um lembrete vivo de onde haviam estado e do que ainda recordavam. Ela era encarada com indisfarçada hostilidade, e nenhuma das mulheres aproximou-se dela. Até mesmo sua cunhada, Ginny Webster, procurava evitá-la. Ginny usava um vestido rosa justo, decotado sobre os seios plenos, um casaco combinando de *pois* branco e a saia godê que acentuava o traseiro ressaltado. Gargalhava ainda mais alto que as demais e flertava com todos os amigos de Boyd, assim como fizera anos antes, quando Boyd os levara em casa após a escola e ela tentara cativar os companheiros do irmão. Mas seu estilo e o efeito que provocava era diferente do de Crystal. Ela exibia uma sexualidade evidente, com seus cabelos ruivos brilhantes, o vestido apertado e a maquiagem óbvia. Há anos ela era falada, e os homens adoravam deslizar o braço sobre seus ombros e dar uma boa olhada em seus seios fartos. Ela lhes trazia muitas recordações. Desde os 13 anos, Ginny sempre fora generosa com eles.

— O que você tem aí, Ginny? — O noivo aproximou-se dela, sentindo um aroma mais forte do que o vinho que Tad servia. Alguns homens tomavam uísque no celeiro e, como de hábito, Tom reunira-se a eles rapidamente. Naquele momento, fitava-a com evidente interesse, trazendo-a para mais perto e deixando sua mão deslizar por sob o casaco. Ela segurava o buquê de Becky, mas ele não se referira às flores. Olhou diretamente para o decote. — Pegou o buquê? Aposto que será a próxima. — Soltou uma risada rouca, exibindo belos dentes e o sorriso que ganhara o coração de Becky, anos antes. Mas Ginny o conhecia mais do que isto, o que para alguns não era segredo.

— Eu lhe disse que logo estaria casada, Tom Parker. — Ela soltou uma risadinha, e ele a puxou para mais perto, enquanto Boyd corava e desviava os olhos da irmã e do amigo, entrevendo a esposa deste contemplando-os a distância. Boyd sentiu uma pontada ao fitar Hiroko. Raramente afastava-se dela, mas, naquele dia, como padrinho de Tom, tornava-se difícil dar-lhe atenção como gostaria. Mas enquanto Ginny e Tom pilheriavam e riam, Boyd afastou-se em silêncio e foi ao encontro de Hiroko. Ela sorriu ao vê-lo aproximar-se, e ele sentiu o coração acelerado como sempre acontecia quando encontrava seus olhos suaves. Ela lhe trouxera conforto quando estava muito longe de casa e dedicava-lhe todos os momentos desde que haviam chegado ao vale. Partia-lhe o coração ver como as pessoas lhe eram desagradáveis. Apesar do aviso de amigos no Japão, não estava preparado para as palavras más, nem para as portas fechadas a eles. Mais de uma vez pensara em mudar-se dali, mas aquele era seu lar, e não ia fugir, não importa o que dissessem ou fizessem. Só estava preocupado com Hiroko. As mulheres eram tão cruéis, e os homens ainda piores. Chamavam-na Japona, e até mesmo as crianças não lhe dirigiam a palavra, proibidas pelos pais. O oposto da família adorável e gentil da esposa no Japão.

— Você está bem? — Ele sorriu para ela, que baixou a cabeça assentindo e, em seguida, ergueu os olhos timidamente, da maneira que sempre lhe enternecia o coração.

— Estou bem, Boyd-*san*. Festa muito linda. — Ele soltou uma risada com a escolha das palavras, e ela pareceu constrangida, soltando por fim uma risadinha. — Não?

— Sim. — Ele inclinou-se para beijá-la suavemente, pouco se importando se alguém estava olhando. Amava-a, e ela era sua esposa, e eles que fossem para o inferno se não podiam entender isto. Seus cabelos ruivos e as sardas formavam agudo contraste com a pele de mármore e os cabelos negros da esposa, os quais estavam penteados em um pequeno coque no pescoço. Ela era simples e arrumada. E sua família ficara tão chocada quanto a de Boyd quando contaram que iam se casar. O pai dela a proibira de voltar a ver Boyd, mas, por fim, diante da bondade e educação deste, além do amor evidente que devotava à moça, acabou cedendo, a despeito de si e das lágrimas da mãe. Hiroko nada contara, nas cartas, a respeito da recepção brutal que encontrara no Vale Alexander, só relatara como era a casinha onde estavam morando, os belos campos e seu amor por Boyd, tornando tudo simples e fácil. Ao chegar, nada conhecia dos campos de internamento para japoneses durante a guerra, nem do ódio e desprezo que encontrou na Califórnia.

— Você comeu? — Ele se sentiu culpado, percebendo quanto tempo a deixara sozinha e, de súbito, suspeitou, acertadamente, que ela não se alimentara. Era demasiado tímida para aproximar-se de qualquer das compridas mesas cercadas pelos vizinhos.

— Não estou com muita fome, Boyd-*san*. Está calor.

— Vou lhe trazer alguma coisa agora mesmo. — Lentamente, ela começava a acostumar-se com a comida ocidental, embora grande parte do que cozinhava para eles fosse ao estilo japonês, que Boyd passara a apreciar no Japão e o qual aprendera com a mãe. — Já volto. — Tornou a beijá-la e apressou-se em direção às mesas, ainda repletas de pratos preparados por Olivia e a mãe, e quando retornava com um prato, estacou, incapaz de acreditar nos próprios olhos. Ainda segurando o almoço atrasado de Hiroko, Boyd correu até o homem alto e moreno que cumprimentava Tom Parker. Destacava-se dos demais convidados com seu *blazer* azulmarinho e calças brancas, além da gravata vermelho vivo e uma aura à sua volta que revelava um universo de tranqüilidade distante, muito distante do vale. Era apenas cinco anos mais velho que Boyd e agora parecia diferente, mas haviam sido amigos íntimos no Pacífico. Spencer Hill fora seu oficial-comandante e de Tom, tendo inclusive ido ao casamento de Boyd e Hiroko em Kioto. Boyd aproximou-se com um sorriso largo no momento em que Spencer cumprimentava Tom, parabenizando-o, bronzeado e à vontade, tanto quanto se sentira no Japão, dentro de seu uniforme. Era um homem que parecia à vontade onde quer que estivesse, e seus profundos olhos azuis pareciam captar toda a cena com um único olhar. Um instante depois, sorria para Boyd Webster.

— E então, com os diabos... você de novo! O sardento. Como vai Hiroko? — Boyd sentiu-se tocado com a lembrança do nome da esposa e sorriu enquanto acenava para as árvores onde ela estava.

— Vai bem. Meu Deus, há quanto tempo, capitão... — Seus olhos encontraram-se com a recordação instantânea da dor e dos medos que haviam compartilhado, mas não fora só isso, haviam experimentado uma proximidade que não voltaria a se repetir. Proximidade nascida da tristeza, excitação e terror, e também da vitória. Mas a vitória parecera um momento pequeno, comparada ao resto, e todos eles recordavam os anos anteriores. — Venha falar com ela. — Spencer pediu licença ao grupo e deixou Tom com seus companheiros, a esta altura bastante animado e ansioso por voltar ao celeiro em busca de mais uísque.

— Como você está? Imaginei se estaria aqui ou se vocês dois teriam mudado para a cidade a esta altura. — Freqüentemente, ponderara que teria sido mais fácil para o casal viver em um lugar como San Francisco ou Honolulu, mas Boyd se mostrara determinado a voltar para casa, para o vale do qual falara com tanta freqüência.

Os olhos de Hiroko encheram-se de surpresa, e ela curvou-se ao vê-lo. Spencer sorriu-lhe, pensando em como parecia tão pequenina e delicada quanto no ano anterior, no casamento. Mas havia algo mais em seus olhos agora, sabedoria e tristeza inexistentes antes, e Spencer desconfiou com facilidade que o ano anterior não fora fácil nem satisfatório.

— Você está linda, Hiroko. Bom vê-la de novo. — Delicadamente, tomou-lhe a mão entre as suas, e ela corou, sem ousar erguer os olhos para ele, enquanto o marido observava. O capitão mostrara-se tão decente com ambos, fizera tudo que estivera a seu alcance para desencorajá-los ao casamento, mas, por fim, apoiara Boyd, assim como fizera com todos os seus homens na guerra e na paz. Era o tipo de pessoa em quem seus homens sabiam poder confiar. Era forte e inteligente e bondoso, implacável quando o desapontavam, o que era raro. Poucos homens sob seu comando não quiseram viver à altura do exemplo oferecido por ele. Spencer trabalhava com afinco, lutara com eles e parecera incansável na luta para vencer a guerra, e agora era tudo tão estranho... a guerra acabara, e ali estavam eles, do outro lado do mundo, novamente em segurança, no entanto nada fora esquecido. — Faz muito tempo, não é? — Os olhos de Spencer encontraram os de Boyd, e também nos olhos deste identificou alguma coisa mais madura e sábia, ambos haviam conhecido a dor juntos na guerra. Contudo, sem o uniforme, o belo capitão parecia bem mais jovem do que na última vez em que se haviam encontrado, quando Boyd deixara o Japão, rumo a San Francisco.

— Não sabia que você vinha — Boyd falou baixinho, mais contente em vê-lo do que Spencer poderia imaginar. Ele fora a primeira pessoa a falar delicadamente com Hiroko desde que esta chegara à Califórnia, em setembro. — Tom não me disse nada.

— Provavelmente estava ocupado demais pensando na noiva. — Spencer ofereceu um sorriso tranqüilo a ambos. — Escrevi e disse a ele que tentaria vir, mas só tive certeza alguns dias atrás. A esta altura, devia estar de volta a Nova York. Mas parece que nunca quero deixar a Califórnia. — Deu uma olhada à sua volta, e Boyd estendeu o prato a Hiroko, incentivando-a a experimentar, entretanto ela estava mais interessada no amigo do que na comida e pousou o prato com cuidado sobre um toco de árvore bem às suas costas.

— O senhor está de férias? — Os olhos de Boyd transbordavam a afeição e respeito que havia caracterizado a relação de ambos no Japão. Spencer sacudiu a cabeça e soltou uma risada franca.

— Não estou não, e, pelo amor de Deus, Webster, meu nome é Spencer, ou será que você esqueceu?

Boyd Webster corou violentamente, como sempre acontecia no auge da batalha. Por isto ganhara muitos apelidos de seu comandante e, naquele momento, os dois homens voltaram a rir.

— Achei que você poderia me mandar para a corte marcial se lhe chamasse pelo nome. — Hiroko sorriu, observando-os, o que a fazia recordar um tempo mais feliz, muito longe dali, quando estava em casa e não era uma estranha indesejada.

— Acredite ou não, voltei para a escola. Não sabia o que fazer depois da guerra. Já terminei um ano da faculdade de direito. — Conseguira completar quase dois anos em um, e no verão seguinte se formaria pela Faculdade de Direito de Stanford.

— No Leste? — Boyd imaginava que um homem como Spencer Hill iria para uma escola como Yale ou Harvard. Sabia que o outro tinha dinheiro, embora não soubesse quanto. Spencer nunca falava sobre este tipo de coisa, mas sempre tivera uma aura de educação e formação, e todos haviam escutado boatos de que provinha de importante família do leste, embora ele nunca houvesse contado nada. Todos sabiam que freqüentara universidade e era oficial, mas o resto constituía mistério, e rastejando por um campo minado, nada disso parecera importante.

Mas Spencer sacudiu a cabeça, contemplando seu amigo mais jovem e pensando como aquele lugar estava distante do mundo que conhecia. Distância de anos-luz da sofisticação de San Francisco, pequeno agrupamento de um tipo de vida sobre o qual nunca pensara, mundo de ranchos e fazendas e de gente que trabalhava a terra. Era uma vida dura, e a despeito dos 22 anos, o rosto de Boyd mostrava isto.

— Não, estou em Stanford. Parei aqui a caminho de casa e apaixonei-me. Matriculei-me antes de voltar a Nova York. Achei que se esperasse até depois da volta jamais faria isto. Adorei este lugar. — Parecia extraordinário Stanford situar-se a três horas de distância, poderia perfeitamente ser em outro estado. — Voltarei no outono. Prometi a meus pais ir ao Leste este verão. Só estive com eles durante umas poucas semanas depois que deixei o exército, e aí comecei a faculdade. Parece loucura na minha idade, mas muitos caras ficaram atrasados com a guerra. Alguns são até mais velhos do que eu. E você, Boyd? O que está fazendo? — Hiroko sentara-se em silêncio e ouvia a conversa dos dois. Ponderou sobre o quanto Boyd contaria ao amigo de suas dificuldades. Ele nunca reclamava, não com ela, mas ela sabia que nos últimos tempos o marido mal tinha com quem conversar. Ambos haviam se surpreendido quanto Tom o convidara para padrinho de seu casamento. Ninguém os convidava a nada, nem mesmo lhes dirigiam a palavra, e, às vezes, o velho Sr. Peterson em pessoa precisava colocar gasolina, porque alguém se recusava a ser atendido por Boyd.

— Está tudo bem. Foi difícil encontrar trabalho, com todos voltando para casa ao mesmo tempo. Mas estamos bem. — Hiroko fitou-o sem nada revelar, enquanto Spencer assentia.

— Fico satisfeito. — Preocupara-se com o casal e reprovara-se mais de uma vez por não manter contato. Gostava muito de Boyd quando este era um de seus homens, e o casamento com Hiroko o inquietara. Regozijava-se por saber que as coisas estavam boas para eles. Sabia de outros que não se haviam dado bem, homens que se haviam tornado estranhos por suas famílias, por causa das noivas trazidas da guerra, e estes homens haviam passado a beber e até mesmo se suicidado, abandonando as mulheres trazidas para um país que não perdoava. Entretanto, eles dois pareciam bem e ainda estavam juntos, o que já era alguma coisa. — Já foi a San Francisco?

Boyd sorriu e sacudiu a cabeça. A vida já era bastante dura ali onde estavam, e não dispunham de dinheiro para a gasolina, mas não disse isto a Spencer. Era jovem e orgulhoso e sabia que iam conseguir.

— Vocês têm que ir me visitar qualquer dia. Daqui a um ano me formo advogado. Engraçado pensar nisto, não? — Ambos riram, mas Boyd não estava surpreso. O capitão já tinha uma aura de sucesso em torno de si, mesmo durante a guerra, onde todos gostavam dele, soldados e oficiais. Boyd sempre suspeitara de que ele seria importante algum dia, e a advocacia parecia apenas o primeiro passo. Spencer deu uma olhada em torno, diante do sorriso de Boyd, e, por fim, seus olhos voltaram a encontrar-se. — Como é a noiva de Tom? Parece uma garota legal.

— Ela é legal. É amiga de minha irmã. — E ambos desataram a rir. Spencer ouvira falar muito de Ginny Webster. Ela sempre mandava fotografias suas para Boyd, usando maiôs e pedindo a ele que lhe arranjasse soldados com quem se corresponder. Na época, era apenas uma adolescente, com os mesmos cabelos ruivos do irmão, as mesmas sardas, mas um corpo bastante atraente. — Os Wyatt são boa gente. Tom vai trabalhar no rancho com o pai de Becky. — Para Boyd aquilo parecia um presente dos céus, mas, de súbito, se sentiu constrangido, ao pensar que era bem menos glamouroso do que estudar direito em Stanford. Spencer, contudo, sentiu apenas respeito por eles, olhando à sua volta com evidente admiração. O rancho parecia confortável, limpo e próspero, e os convidados conversando sob as árvores, gente decente e séria. — Tad Wyatt é um bom homem. Tom tem sorte.

— Você também. — Spencer pronunciou as palavras suavemente, correndo os olhos para Hiroko e voltando-os a Boyd com carinho e uma ponta de inveja. Não gostava de ninguém, ninguém o amava como Hiroko amava o marido. Quase os invejava, mas não tinha pressa. Muitas mulheres já haviam passado por sua vida, e estava se divertindo. Aos 27 anos, não estava ansioso por se acomodar. Queria fazer outras coisas antes, como concluir a faculdade de direito e voltar a Nova York depois. Seu pai era juiz e aconselhara-o a tornar-se advogado. Com o diploma e os contatos que faria em uma escola como Stanford, com certeza uma boa vida o aguardava. E com sua aparência e maneiras afáveis, muitas portas iriam se abrir para Spencer Hill. Sempre fora assim. Sua vida era interessante e, aonde quer que fosse, as pessoas gostavam dele. Era íntegro e tinha estilo. Ademais, era muito esperto. Salvara sua vida mais de uma vez no Pacífico, bem como as vidas de seus homens. O que lhe faltava em experiência, ele compensava com ingenuidade e coragem. — Devo misturar-me aos convidados?

Boyd soltou uma risada.

— Claro. Vamos, vou lhe apresentar minha irmã.

— Finalmente — brincou Spencer Hill. — Será que vou reconhecê-la sem maiô? — Mas, ao caminharem lentamente em direção ao restante dos convidados, percebeu de imediato quem era ela, não somente pelos cabelos ruivos como os de Boyd, mas devido ao corpo exuberante no vestido rosa apertado e o casaquinho combinando. Aquela garota risonha, mais do que apenas um pouco alta com o vinho e ainda agarrando o buquê murcho que pegara de Becky, só podia ser a irmã de Boyd, Ginny. Boyd apresentou-os, e Ginny corou quase como o tom rosa de seu vestido, quando Spencer a cumprimentou e disse o quanto seu irmão fora corajoso no Pacífico.

— Ele nunca me tinha contado como o senhor era bonito, capitão. — Ela soltou uma risadinha e aproximou-se mais dele, recendendo a perfume barato e vinho, enquanto Boyd apresentava-o ao pai. Era óbvio que as relações deste, com seu olhar desaprovador, e do filho não eram as melhores, e foi fácil concluir que a causa era Hiroko.

Spencer ficou com eles algum tempo, entregando-se a recordações com Boyd e Tom e, por fim, os deixou e foi servir-se de vinho do rancho. Conversou com alguns convidados e então perambulou pelo rancho, postando-se sozinho sob as árvores e usufruindo a paz do campo, a qual lhe despertou algo há muito esquecido. Sua vida era tão repleta de objetivos urbanos e de seus estudos em Stanford, que raramente lhe sobrava tempo para visitar sozinho um lugar como aquele. Era como retroceder no tempo, os velhos sentados sob as árvores, nas mesas com toalhas de linho, tremulando suavemente ao vento, e as crianças correndo e gritando a distância. Se fechasse os olhos, poderia imaginar-se na França, ou quase em outro século, as famílias e amigos conversando e rindo, as colinas estendendo-se além deles, ele ali entre as árvores gigantescas e, de súbito, sentiu alguém observando-o. Voltou-se e viu uma bela criança a olhá-lo, descalça e mais alta do que a maior parte das mulheres dali, mas, sem dúvida, ainda era uma menina. Uma menina com corpo de mulher e grandes olhos azuis que pareciam perfurá-lo até a alma. Com sua mão longa e graciosa, ela afastou a cabeleira loura do rosto e ele surpreendeu-se com sua beleza. Permaneceu imóvel, e seus olhos se encontraram. Nenhum dos dois emitiu qualquer palavra, e ele continuou a fitá-la, incapaz de afastar os olhos. Jamais vira menina assim tão bela ou inocente, com seu vestido simples, descalça na grama. Ansiou estender a mão para tocá-la.

— Olá. — Ele foi o primeiro a falar, e ela pareceu temer dar uma resposta. Ele quis sorrir para ela, mas se sentia paralisado com o efeito produzido por seus olhos, de um azul que não lembrava de já ter visto antes, um tom do céu azul alfazema de verão ao amanhecer. — Está gostando? — Achou a pergunta estúpida, mas não podia dizer como ela era adorável, única idéia que lhe ocorria enquanto ela o observava. E, por fim, lentamente ela sorriu e aproximou-se cuidadosa, como uma jovem corça emergindo da floresta. Estava curiosa com ele, era evidente em seus olhos, e ele temeu afugentá-la, caso se aproximasse mais. Teria que deixá-la vir a ele, embora sentisse vontade de estender-lhe a mão.

— Você é amigo de Tom? — Sua voz era profunda e suave, sedosa como seus cabelos louro-claros, os quais pareciam implorar que ele os tocasse. Mas precisava manter um pouco do sentido de normalidade. Ela era apenas uma criança, e ele surpreendeu-se com seu sentimento. Ela não tinha a sexualidade evidente como Ginny Webster em seu vestido rosa justo, mas irradiava uma sensualidade delicada, como uma flor perfumada crescendo selvagem no topo de alguma montanha.

— Estivemos juntos no exército, no Japão.

Ela assentiu, como se isto não a surpreendesse. Sabia que não o vira antes. Na verdade, jamais vira alguém como ele. Aquele homem possuía uma elegância e uma sofisticação tranqüila que a fascinavam. Tudo nele era imaculado e caro, do *blazer* bem cortado às calças brancas impecáveis, a gravata de seda brilhante e as mãos elegantes. Entretanto, mais do que isto, ela sentiu-se fascinar com seus olhos. Ele tinha algo que a atraía como um ímã.

— Conhece Boyd Webster? — Ela meneou a cabeça para um lado, curiosa, os cabelos caindo em cascata sobre o ombro. — Ele também esteve no Japão com Tom.

Ele assentiu, olhos fixos nela e ponderando quem ela seria, como se isto importasse.

— Conheço os dois. — Não disse que haviam sido seus soldados. Não tinha importância. — E Hiroko também Você a conhece?

Ela sacudiu a cabeça lentamente.

— Ninguém pode conversar com ela.

Ele assentiu, pesaroso pelos amigos, mas nem um pouco surpreso. Temera exatamente isto desde o princípio, e agora aquela criatura estonteante confirmava suas suspeitas.

— Que pena. Ela é uma boa garota. Fui ao casamento deles. — Sentia dificuldade em encontrar algo a dizer-lhe, porque aquela menina era demasiado jovem e porque todo seu ser se contraía, ansioso, ao fitá-la. Por fim, ponderou se estaria louco. Era uma criança, disse a si mesmo, ou muito jovem. Não teria mais que 14 ou 15 anos, contudo ela o deixava sem fôlego.

— Você é de San Francisco? — Só podia ser. O pessoal do vale não tinha aquela aparência, e ela não conseguia imaginar algum lugar mais longe do que San Francisco.

— Agora sou. Na verdade, sou de Nova York. Mas vou estudar aqui. — Sorriu com as palavras, e ela soltou uma risada aberta, um som cristalino como um riacho na montanha, aproximando-se mais um pouco. As outras crianças continuavam brincando a distância e não pareciam sentir sua falta.

— Estudar o quê? — Os olhos dela brilhavam, cheios de vida, e Spencer adivinhou malícia oculta sob a timidez.

— Direito.

— Deve ser difícil.

— É. Mas é interessante e eu gosto. O que você faz? — Pergunta tola, e ele sabia. O que ela poderia fazer naquela idade, a não ser ir à escola e brincar com as amigas no vale?

— Vou à escola. — Ela arrancou um grande talo de capim de onde estava e pôs-se a brincar com ele.

— Gosta?

— Às vezes.

— Parece suficiente. — Voltou a sorrir-lhe e ficou pensando qual seria seu nome. Provavelmente Sally, Jane ou Mary. Ali as pessoas não tinham nomes diferentes. E então, como se fosse importante para ela, apresentou-se e ela assentiu, ainda o observando com fascinação cautelosa.

— Sou Crystal Wyatt. — O nome pareceu combinar perfeitamente com ela.

— É parente da noiva?

— É minha irmã.

Ponderou se Tom não esperara por ela, mas talvez as pessoas do lugar não percebessem como ela era incrivelmente bela, embora fosse difícil imaginar tal coisa.

— É um belo rancho. Deve ser bom morar aqui.

Ela sorriu, mais abertamente do que antes, como se ansiosa por compartilhar um segredo.

— É bem mais bonito nas montanhas, lá tem um rio que não se vê daqui. Eu e meu pai vamos às vezes juntos a cavalo até as montanhas. É lindo. Sabe montar? — Sentia-se curiosa a respeito dele, quase tão curiosa quanto ele enquanto a ouvia.

— Não muito bem. Mas gosto de montar. Talvez volte algum dia, e você e seu pai poderão me ensinar. — Ela assentiu, como se gostando da idéia, e então alguém a chamou. A princípio, ela tentou ignorar, mas, por fim, se voltou, pesarosa. Era seu irmão. Spencer sentiu o coração comprimir-se. Finalmente haviam sentido sua falta. — Bom conversar com você. — Sabia que ela se afastaria dentro de instantes e desejou poder estender a mão e tocá-la apenas por um segundo. Temia não voltar a vê-la e gostaria de parar o tempo para que pudesse sempre lembrar aquele momento, sob as árvores... antes dela crescer... antes dela se ir... antes da vida mudá-la.

— Crystal! — Agora várias vozes elevavam-se em coro. E não havia como as ignorar. Ela gritou em resposta que logo iria ao encontro deles.

— Vai mesmo voltar qualquer dia? — Era como se ela estivesse sentindo a mesma coisa. Como se não quisesse que ele a deixasse, jamais vira homem tão belo, exceto nos filmes de atores cujas fotografias dependurara na parede de seu quarto. Mas ele era diferente, era real. E conversou com ela como se fosse adulta.

— Gostaria de voltar. Agora que sei que Boyd está aqui, talvez venha de carro qualquer hora visitá-lo. — Ela assentiu, como em aprovação silenciosa. — Também virei ver Tom... — A voz foi morrendo, mas ele queria dizer, ''e você'', mas sabia que não poderia. Ela o acharia louco, e não queria assustá-la. Talvez fosse o vinho, disse a si mesmo, talvez ela não fosse tão bonita, talvez fosse seu estado de espírito e o dia e a aura do casamento. Mas sabia ser algo além disto, ela era mais do que isto. E então, com um último olhar e um sorriso tímido, ela acenou e foi ao encontro dos outros. Ele se deixou ficar olhando-a durante muito tempo, enquanto seu irmão lhe dizia algo, lhe puxava os cabelos, e de repente ela estava correndo atrás dele, implicando e rindo, como se houvesse esquecido o encontro, mas quando ele começou a se afastar, viu-a voltar-se e parar por um instante, observando-o, como se quisesse lhe dizer algo, embora nada tenha dito. Ela voltou a observar os outros, e ele foi ao encontro de Boyd e Hiroko.

Voltou a vê-la antes de ir embora, de pé na varanda, conversando com a mãe, que, sem dúvida, a repreendia por alguma coisa. Ela levou uma travessa pesada até a cozinha e não voltou. Um instante depois, ele foi embora, ainda pensando na criança que conhecera. Ela parecia um potro selvagem, bela e livre, a criança com olhos de mulher. Então sorriu. Que loucura. Tinha uma vida em um mundo distante dali. Não havia por que se sentir atraído por uma garota de 14 anos na vastidão exuberante do Vale Alexander. Nenhum motivo, exceto o fato de ela não ser apenas uma garota. Até seu nome dizia-lhe que ela era diferente. Crystal. Pronunciou-o enquanto dirigia, recordando a promessa que fizera a Boyd e Hiroko de voltar para visitá-los após o verão. Talvez pudesse... talvez pudesse mesmo... estranhamente, percebeu de repente que tinha de voltar.

E Crystal, enquanto ajudava a mãe a limpar os pratos,

se descobriu pensando nele, o belo desconhecido de San Francisco. Agora sabia quem ele era. Ouvira Tom falando dele, seu comandante no Japão. Tom ficara satisfeito com sua presença no casamento, mas tinha coisas mais importantes em que pensar. Ele e Becky haviam partido, sob uma chuva de arroz, em lua-de-mel pelo litoral, em Mendocino. Ficariam fora durante duas semanas e voltariam para o chalé no rancho, trabalhariam com o pai dela e teriam filhos. Tudo parecia tão tedioso quando Crystal pensava a respeito. Tão previsível e comum. Nada havia de mágico na vida deles, nada de extraordinário e especial, ao contrário das pessoas com quem sonhava, ou das estrelas de cinema sobre as quais lia. Ficou pensando se algum dia ela seria assim, casada com um dos garotos que conhecia, um dos amigos de Jared, um dos garotos que ainda odiava. Era estranho pensar assim, pois se sentia dividida, entre o mundo familiar que conhecia... e um universo bem distante, repleto de mistérios e belos desconhecidos, como o que conhecera no casamento da irmã.

Já era meia-noite quando terminaram de lavar os pratos e limpar os restos da festa. Tudo estava guardado, e a avó já fora deitar. A casa parecia estranhamente silenciosa, quando Crystal disse boa-noite aos pais e seu pai levou-a lentamente até seu quarto, beijando-a no rosto e oferecendo-lhe um olhar carinhoso.

— Qualquer dia será sua vez... exatamente como a de Becky.

Ela deu de ombros, nem um pouco ansiosa por tal dia, e Jared soltou uma vaia a caminho do seu quarto.

— Quer passear a cavalo amanhã? Tenho algum trabalho a fazer, e você poderia me ajudar. — Sentia-se muito orgulhoso da filha, muito mais do que ela poderia imaginar, e Crystal sorriu-lhe, assentindo.

— Adoraria, papai.

— Vou lhe acordar às cinco. Agora vá dormir um pouco. — Desarrumou-lhe os cabelos, e ela fechou a porta suavemente. Era a primeira noite que dormiria sozinha sem a irmã, e tudo parecia tão em paz. Finalmente estava em seu domínio. Deitou-se, pensando em Spencer até adormecer. E, em sua cama, em um quarto de hotel de San Francisco, Spencer Hill pensava em Crystal.

3

O primeiro bebê de Tom e Becky nasceu dez meses após o dia do casamento, no chalé do rancho, sob a supervisão de Olivia e Minerva, enquanto Tom andava de um lado a outro na varanda da casa principal, esperando. Nasceu um menino saudável, que levou o nome do pai de Tom, William, William Henry Parker. Becky e Tom sentiram-se explodir de orgulho. Um momento brilhante em um ano difícil para os Wyatt. A colheita havia sido fraca, após as chuvas torrenciais, e Tad contraíra pneumonia e aparentemente não conseguia se recuperar. Ainda estava fraco por ocasião do nascimento, mas tentava fingir que não. Somente Crystal sabia como ele se sentia desesperadamente cansado. Agora os passeios a cavalo eram breves, e ele sempre parecia aliviado ao voltar para casa e ir deitar, às vezes sem sequer jantar.

Entretanto, ele começou a recuperar-se na época do batizado do neném, no dia da independência da Índia, dois dias antes do aniversário de Crystal, que completava 16 anos. O bebê foi batizado na mesma igreja em que Tom e Becky haviam casado no ano anterior, e Olivia convidou sessenta amigos para o almoço. A festa foi menos sofisticada do que a do casamento, mas também foi alegre. Ginny Webster foi madrinha e Tom convidou Boyd para padrinho, questão sensível para os Wyatt. Hiroko ainda era tão evitada quanto no ano anterior. Crystal era sua única amiga e nem mesmo ela sabia que Hiroko estava grávida. E o médico da região recusara-se a tratá-la. O filho dele morrera no Japão, e o médico disse-lhe rispidamente que não ajudaria a trazer seu filho ao mundo. Boyd precisava levá-la a San Francisco, em busca de um médico, e não tinha condições econômicas de fazer a viagem com freqüência. O Dr. Yoshikawa era um homem bom e dedicado. Nascera em San Diego e vivera sempre em San Francisco, mas ainda assim fora internado com o resto de sua família após Pearl Harbor. Durante quatro anos, cuidara deles no campo, oferecendo-lhes a pouca ajuda a seu alcance, com os recursos limitados de que dispunha. Fora um tempo de angústia e frustração para ele, mas ganhara o respeito e a devoção das pessoas de quem cuidara e com quem vivia. Hiroko ouvira falar dele através da única mulher japonesa que conhecia em San Francisco. Ela o procurara tremendo, após o constrangimento de ser rejeitada pelo médico que todos consideravam tão bem no vale. Boyd ficara a seu lado, enquanto o Dr. Yoshikawa a examinava, e este tranqüilizara-os, afirmando que tudo parecia bem. Mas sabia como estava sendo difícil para ela, estar em terra estranha com pessoas que a odiavam por causa da cor de sua pele, dos olhos oblíquos e do fato de ter nascido em Kioto.

— O senhor deverá ter um bebê saudável em março, Sr. Webster — disse a Boyd, sorrindo para Hiroko. Falou-lhe em japonês, e Boyd percebeu-a relaxar, conversando com o médico. Era como se naqueles poucos momentos ela houvesse tornado à casa e pudesse confiar nele. O médico aconselhou-a a descansar todas as tardes e a alimentar-se bem e recomendou uma dieta com todas as comidas japonesas prediletas, o que a fez soltar uma risadinha.

Boyd a ajudava no preparo de uma refeição japonesa, quando Crystal bateu à porta no dia seguinte ao da visita ao médico em San Francisco. De quando em vez, ia visitá-los, só para dizer alô e conversar um pouquinho, desde o casamento de Becky. Ninguém sabia de suas visitas, e Boyd cuidou em não divulgar o segredo.

— Oi, alguém em casa? — Deixara um dos cavalos do pai atrelado do lado de fora e entrou com cuidado, os cabelos presos no alto da cabeça, sob um chapéu de *cowboy*. Ela usava *jeans* azuis e estava ainda mais bonita do que no ano anterior, mais mulher, embora permanecesse a aura de inocência. Ela parecia inteiramente inconsciente de sua aparência, o que só fazia acentuar sua beleza. Usava uma das velhas camisas de Tad. Lançou o chapéu sobre uma cadeira e enxugou a testa, deixando os cabelos caírem em cascata sobre os ombros.

— Oi, Crystal. — Boyd enxugou as mãos em um pano de prato, e Hiroko sorriu, oferecendo-lhe o *sashimi* que estavam preparando. — Já almoçou? — Era sábado, e ela não tinha aula. O pai estava descansando, e nada havia a fazer. Já fora visitar Becky e o pequeno Willie, como o chamavam. Era um bebê gordinho e saudável, e já sorria.

— O que é isto? — Crystal baixou os olhos para o peixe cru, fascinada.

— *Sashimi* — Hiroko respondeu com um sorriso tímido. Sempre surpreendia-se com os cabelos louros de Crystal e seus grandes olhos azuis, e desejou poder renascer e parecer-se com ela. Mais de uma vez, Hiroko sonhara com seus olhos modificados "à moda ocidental", mas não tinham condições de pagar uma plástica, e Boyd a mataria apenas por pensar em tal coisa. Amava-a como era, com sua delicada beleza japonesa.

Hiroko era apenas três anos mais velha que Crystal, mas possuía uma seriedade que se acentuara na solidão do vale.

— Quer experimentar um pouco de *sashimi*, Crystal-*san*?
— Seu inglês melhorara durante o ano anterior. À noite, lia em voz alta para Boyd, trabalhando com afinco na pronúncia. Crystal trouxera-lhe alguns livros escolares, e Hiroko estudava-os diligente, aprendendo com rapidez.

Crystal sentou-se na diminuta cozinha com eles e experimentou com cautela o que lhe explicaram ser peixe cru. Dispunha-se a provar qualquer coisa e já almoçara diversas vezes com eles, saboreando as iguarias que Hiroko preparava com seus dedos ágeis.

— Seu pai está bem? — Hiroko perguntou baixinho, e Crystal assentiu com o cenho franzido de preocupação.

— Está melhor. O inverno foi duro para ele. Hoje fui visitar Becky. — Ela sorriu para a amiga. — O bebê está ficando uma gracinha. — Então percebeu um olhar estranho

trocado pelo casal. Boyd fitava a esposa encorajadoramente, as sardas mais evidentes do que nunca em seu rosto pálido. Era tão diferente de Crystal, cuja pele bronzeava-se profundamente, a despeito dos cabelos claros e dos olhos azuis. Mas ele parecia impermeável à beleza de Crystal. Só tinha olhos para Hiroko.
— Conte a ela. — Sorria para a esposa, querendo contar à única amiga a boa nova, pois agora que haviam encontrado o Dr. Yoshikawa, deixara de ser um fardo tão pesado. Podiam sustentar uma criança com dificuldade, contudo a queriam desesperadamente. Só lhes surpreendia ter demorado tanto a acontecer. Hiroko demorara mais de dois anos para engravidar. — Vamos... — Boyd cutucou-a, e Hiroko pareceu constrangida, enquanto Crystal aguardava. Era demasiado jovem para suspeitar de algo. Ter um filho não era tema sobre o qual Crystal pensasse muito detidamente, e fitava-os com os olhos arregalados de expectativa. Contudo, Hiroko não conseguia falar. Por fim, Boyd acabou falando pela esposa. — Vamos ter um bebê na primavera. — Irradiava orgulho ao contar a novidade, e Hiroko virou-se timidamente. Ainda não se acostumara ao modo americano, nem à abertura do marido ao contar coisas profundamente particulares às pessoas. Entretanto, se sentia tão feliz quanto ele.
— Isto é maravilhoso. — Crystal sorriu. — Quando?
— Achamos que março. — Ele sorria orgulhoso para a esposa, e Hiroko serviu mais *sashimi* para Crystal.
— Parece que falta tanto, não é? — Para Crystal parecia uma eternidade. A espera do bebê fora interminável para Becky. Ela reclamara dia e noite, estava sempre gemendo e dizendo como estava nauseada e desconfortável. No final, Crystal não suportara mais ficar a seu lado. Até mesmo Jared cansara-se dela, e Tom saía sozinho com os amigos à noite. Somente Olivia foi solidária. As duas mulheres aproximaram-se mais do que nunca, mas Crystal não se importou. Sentia-se mais feliz com o pai. E suas visitas a Hiroko haviam se tornado cada vez mais agradáveis no ano anterior. Conversavam sobre a natureza e a vida e as idéias, muito raramente sobre as pessoas. Hiroko não tinha amigos de quem falar, apenas sua família no Japão, e dificilmente falava sobre eles. Estavam tão distantes que os considerava quase perdidos. Mas

confessou certa vez que sentia saudade de suas irmãs menores. E em troca da confidência, Crystal admitira às vezes sonhar em trabalhar no cinema. Hiroko pareceu fascinada com a idéia e achava-a suficientemente bonita. Mas Hollywood estava muito, muito longe do Vale Alexander. Era-lhes tão remota que poderia ser de outro planeta.

Hiroko e Boyd foram ao batizado de William. Ele chorou a plenos pulmões quando o ministro lhe alagou a cabeça com água. O bebê usava a camisola de batizado que o pai da avó Minerva usara. Hiroko estava um tanto pálida ao saírem da igreja, e Boyd tomou-a suavemente pelo braço, questionando-a com o olhar, ao que ela se limitou a assentir. Nunca reclamara de não se sentir bem, mas ele sabia que ela começara a se sentir mal. Ainda preparava todas as refeições com a mesma atenção aos detalhes, contudo, mal comia, simplesmente revolvendo a comida no prato, e ele a ouvira vomitar em várias manhãs. Os olhos de Crystal encontraram os dela antes de Boyd levá-la embora, e as duas mulheres sorriram, sem que ninguém parecesse perceber. Todos estavam demasiado entretidos admirando o bebê.

No rancho, o almoço foi servido como no casamento de Becky, mas, desta vez, para um menor número de pessoas. As mulheres sentaram-se em pequenos grupos, conversando sobre quem ia se casar e quem ia ter filhos. Ninguém estava a par da gravidez de Hiroko, e estavam muito mais interessadas em cochichar a respeito de Ginny Webster. Ela engordara, e corriam boatos de que dormira com Marshall Floyd. Alguém inclusive os vira saindo de um hotel em Napa.

— Ela está grávida, escute o que estou dizendo — Olivia anunciou em tom conspiratório, e Becky acrescentou que Ginny quase desmaiara na semana anterior, durante o culto da igreja.

— Acha que ele casa com ela?

— Pode ser — disse uma mulher. — Mas é melhor ele agir rápido, antes que ela engorde mais. — As mulheres conversavam e os homens postavam-se de pé, separados, bebendo e comendo, e as crianças brincavam, da mesma maneira que no ano anterior. Dois anos após o fim da guerra, nada mudara, exceto as crianças, que pareciam um pouco mais velhas. A própria Crystal não parecia mais criança. Seu corpo ganhara curvas, as pernas longas e graciosas e uma figura que agora atraía o olhar dos homens. Seus vestidos não mais a escondiam como outrora, e seus olhos estavam mais tranqüilos e sábios. Estivera preocupada com o pai durante todo o inverno. Jared concluíra o segundo grau em junho e passaria a trabalhar em horário integral no rancho, com Tom e o pai. O pai queria que fosse para a faculdade, mas Jared não quis. Consertava os carros do rancho e saía de carro com os amigos. Agora tinha uma namorada, em Calistoga.

— Já está um homem — comentou uma das amigas de Olivia, admirada. — Será o próximo a casar, ouça o que estou dizendo. Ouvi dizer que está se encontrando com a garota Thompson. — A mãe sorriu orgulhosa em resposta, mas seus olhos se anuviaram ao fitar Crystal. Usava um vestido azul da cor de seus olhos, o qual fora comprado pelo pai em San Francisco. — É uma bela menina... uma verdadeira beldade... — A outra mulher estivera observando Olivia olhando para Crystal. — Você terá que trancá-la no celeiro qualquer dia desses. — Brincou a mulher e Olivia fingiu não ouvir. A filha caçula ainda era uma estranha para ela. Tão diferente das outras meninas e particularmente da irmã. Era calma e solitária, ao contrário do restante delas. Pensava muito e quando externava suas idéias, o que era raro, a mãe sempre se aborrecia. Uma garota não precisava pensar sobre coisas profundas ou sonhar com lugares que ela e Tad falavam. A culpa era toda dele, enchendo a cabeça da filha com aquelas coisas. E também era culpa do marido ela gostar de correr livre pelas montanhas, montando os cavalos do pai e nadando nua nos rios, como uma selvagem, às vezes desaparecendo durante horas.

Ela não era como as outras garotas, Becky ou sua mãe. Nunca fora, o que se tornara mais evidente agora que crescera. Nem parecia perceber os rapazes. Parecia mais feliz sozinha ou conversando durante horas com o pai a respeito do rancho ou dos livros que lia, ou dos lugares que Tad visitara, os quais ela queria conhecer. Olivia inclusive ouvira-os falar em ir a Hollywood algum dia. E o marido sabia que aquilo era uma loucura. Daquele jeito, seria difícil arranjar um marido para a filha, mesmo com sua aparência. Aparência não era tudo. Ela era diferente demais e, no mínimo, sua aparência afastava-a do restante deles, deixava as mulheres desconfiadas e fazia os homens olharem, mas não de maneira que lisonjeasse Olivia. Não era muito consolador ser mãe da garota mais bonita do vale. Ela era bela demais, livre demais e diferente demais. Mesmo quando as mulheres conversavam, Crystal mantinha-se sentada sozinha no balanço, voando alto, enquanto as outras brincavam nas cercanias. Aparentemente, não percebia as companheiras, nem mesmo parecia vê-las. Tornara-se mais solitária durante o ano anterior, em vez de assemelhar-se a elas. E, ocupado com sua vida, até mesmo Jared a deixara em paz. As pessoas só tomavam conhecimento dela quando a ouviam cantar, como na igreja nas manhãs de domingo. Ela possuía um timbre de voz que, gostando ou não, a pessoa era obrigada a parar e ouvir. Este era o único comentário feito a seu respeito.

Ela velejava no ar no balanço, sem se preocupar com o que as pessoas diziam, quase inconsciente da festa à sua volta, cantando sozinha, quando avistou o carro dele chegando e reconheceu-o imediatamente ao saltar. Não o via há um ano, mas o teria reconhecido em qualquer lugar. Não o esquecera e somente de quando em vez ousara perguntar a Boyd se recebera carta de Spencer. Mas ele viera ao batizado, e Crystal deixou-o ficar em silêncio, reduzindo a velocidade do balanço, enquanto o observava cumprimentar o pai e, em seguida, procurar Boyd e Hiroko. Estava tão belo quanto no ano anterior, talvez até mais. Ela não esquecera Spencer Hill um minuto sequer e agora que o estava vendo, sentiu o coração parar de bater.

Ele usava um terno de verão e chapéu de palha. Achou-o mais vistoso do que antes e viu-o rindo, enquanto dizia algo a Hiroko. E então, lentamente, ele deu uma olhada em torno, seus olhos ultrapassaram os amigos, e viu-a sentada em silêncio no balanço. Mesmo a distância, soube que ela o fitava e sentiu seus olhos cravados nele, que se pôs a caminhar devagar em sua direção. Estava sério, os olhos em um tom azul profundo ao parar bem junto a ela. O ar entre ambos estava carregado de eletricidade e algo que nenhum dos dois compreendeu. Algo de que recordavam há um ano e que não podia ser negado agora que seus olhos se encontraram. Era um tipo de paixão além das palavras ou da simples compreensão. Contudo, ambos se sabiam estranhos.

— Oi, Crystal. Como vai? — Ele sentia suas mãos tremendo e colocou-as nos bolsos, apoiando-se na árvore onde estava o balanço, tentando parecer normal e não a deixar perceber tudo que sentia. Mas não foi fácil. Ela não se mexeu, se limitava a olhá-lo e, por um instante, foi como se todos os outros convidados houvessem desaparecido. Havia um ramo de magnólias nas proximidades, e o ar estava carregado com sua fragrância. Era quase como se tambores rufassem a distância.

— Acho que vou bem. — Ela tentava soar normal, ansiando perguntar-lhe por que não voltara, mas não ousou. Nenhum dos dois conseguia expressar seus sentimentos em palavras. Ela só conseguia olhá-lo, impecável como no ano anterior, os cabelos escuros perfeitamente penteados, o rosto bronzeado, os olhos buscando algo que ela ainda não compreendia, contudo sabia que não conseguia se afastar dele. Queria estar a seu lado a vida inteira, aspirando seu perfume e sentindo seus olhos nos dela. De súbito, a tarde abafada pareceu ainda mais quente. Para ele, era como se suas entranhas estivessem derretendo, entretanto precisava lembrar a si mesmo que ela não passava de uma criança. Mas ambos sabiam que ele desejava dizer que a amava. Só que não podia, naturalmente. Mal a conhecia. Perturbava-o perceber que a garota que lutara por esquecer durante todo o ano anterior estava ainda mais presente do que se lembrava.

"Como está na faculdade? — Os olhos de Crystal queimavam-no ao perguntar. Ela era parte criança, parte sereia e agora, apenas um ano depois, parecia completamente mulher.

— Acabei de concluir meus exames de tribunal. — Ela assentiu, mas seus olhos faziam mil perguntas que nenhum dos dois seria capaz de responder. Embora ele estivesse se sentindo como lava liquefeita por dentro, tudo nele sugeria força, como se nada pudesse atemorizá-lo, nada exceto o que sentia por ela, esta criança que mal conhecia. Mas ela nada adivinhava em seu rosto, enquanto ele observava os cabelos de Crystal esvoaçarem sob a brisa suave de verão. — E você? — Queria algo mais que estender a mão e tocá-la.

— Depois de amanhã faço 16 anos — ela falou calmamente, e ele sentiu o coração comprimir-se. Por um instante, um instante apenas, esperara estar errado e que ela fosse mais velha. Contudo, houvera alguma mudança durante o ano anterior. Ela parecia tão adulta, tão mulher no vestido azul. Mais mulher e, no entanto, ainda criança, e ele ponderou mais uma vez sobre a loucura que o atraía para ela. Não viera apenas para ver Boyd. Viera vê-la também, esperando encontrá-la ali, desejando vê-la mais uma vez antes de deixar a Califórnia. Mas de nada adiantava se torturar. Ela ainda era um bebê, com 16 anos. Não obstante... os olhos dela lhe falavam dos mesmos sentimentos. Com 28 anos, era loucura nutrir tal sentimento por uma garota de 16. — Vai dar uma festa de aniversário? — falou como se dirigindo-se a uma criança, contudo tudo que via, dizia-lhe que ela era uma mulher, e ela soltou uma gargalhada e sacudiu a cabeça.

— Não... — Impossível explicar-lhe que tinha poucos amigos, que as garotas a odiavam por sua beleza, embora não compreendesse tal sentimento. — Meu pai disse que me levaria a San Francisco no próximo mês. — Queria perguntar a ele se estaria lá, mas não o fez. Nenhum dos dois podia dizer as coisas que desejavam. Precisavam fingir não ligar, não compreender o que estavam sentindo, a despeito da diferença de idade e a ampla dessemelhança colocada pelas vidas de ambos.

E, como se estivesse lendo seu pensamento, ele respondeu a pergunta que Crystal não ousara fazer, sobre aonde estava indo em seguida.

— Vou voltar para Nova York dentro de alguns dias. Ofereceram-me um emprego em um escritório de advocacia em Wall Street. — Sentiu-se tolo explicando tudo isto a ela. — Faz parte do mundo financeiro. — Sorriu e mudou de posição, apoiado à árvore que parecia sustentá-lo. Naquele momento, não tinha muita certeza se seus joelhos trêmulos o agüentariam. — Deve ser um grande emprego. — Queria impressioná-la, mas não era preciso. Ela já estava mesmo impressionada com ele, muito mais do que apenas com Wall Street.

— Está animado? — Ela fitou-o com os olhos bem abertos, como se desejasse mergulhar profundamente em sua alma, e Spencer quase temeu que ela conseguisse, sem saber ao certo o que ela veria ali, provavelmente um homem amedrontado com os sentimentos que nutria por aquela garota... não mais uma criança e ainda não uma mulher, a qual o excitava como nenhuma mulher conseguira antes. Não sabia se era apenas sua beleza ou o mistério que percebia em seus olhos. Não sabia o que era, ou a razão, mas sentia existir algo de especial e diferente nela. Ela o assombrara ao longo do último ano, a despeito de todos os esforços para esquecê-la. E agora, de pé a seu lado, sentia todo seu corpo rijo de excitação, só por estar perto dela.

— Acho que estou animado. E amedrontado. — Parecia-lhe fácil admitir tais sentimentos para ela. — É um grande emprego, minha família ficaria desapontada se eu não correspondesse às expectativas de todo mundo. — Mas agora sua família parecia não ter qualquer importância. Apenas Crystal importava.

— Vai voltar à Califórnia? — Os olhos dela pareciam irradiar tanta tristeza, como se ele a estivesse abandonando, e ambos sentiram a perda antes mesmo desta ocorrer.

— Gostaria de voltar algum dia. Mas, provavelmente, por enquanto não. — Sua voz estava baixa e triste, e, por um instante, lamentou ter vindo. Teria sido mais fácil não voltar a vê-la. Mas não conseguiria se impedir de vir. Há semanas sabia desejar vê-la, e agora que ela o observava com seus olhos inteligentes e tristes, a solidão em que vivera a maior parte do tempo aflorava nos olhos que o fitavam. Aquele dia era uma dádiva, a qual acalentaria para sempre. Ele se tornara um sonho, como os sonhos dos astros de cinema dependurados nas paredes de seu quarto. Ele era igualmente distante e irreal, contudo de fato o conhecera, mas ele não lhe era mais acessível do que os astros de Hollywood. A única diferença entre ele e os outros residia no fato de saber estar apaixonada.

— Hiroko vai ter um filho na primavera — Crystal falou para quebrar o encanto ao menos parcialmente, e ele suspirou e desviou o olhar, como se tentando aspirar um pouco de ar, forçando-se a pensar em outra coisa além de Crystal.

— Fico feliz por eles. — Sorriu-lhe docemente, pensando quando ela casaria e teria filhos. Talvez se voltasse algum dia, ele a encontraria com meia dúzia de filhos agarrados a sua saia e um marido que bebia cerveja demais e a levava ao cinema nas noites de sábado, se tivesse sorte. A idéia quase o nauseou. Não queria este destino para ela. Crystal merecia muito mais do que isto. Não era como as outras. Era uma pombinha encurralada entre um bando de pavoas e, se lhe dessem oportunidade, elas a devorariam e talvez até a destruiriam. Ela não merecia isto. Mas ele sabia nada poder fazer para salvá-la. — Ela será uma excelente mãe — falou a respeito de Hiroko, mas, por um instante, pensou se quisera referir-se a Crystal.

Esta limitou-se a assentir, enquanto impulsionava lentamente o balanço com os pés. Usava os mesmos escarpins brancos do casamento de Becky no ano anterior, mas desta vez se manteve calçada o tempo todo, com outro esplêndido par de meias de náilon.

— Talvez você possa ir a Nova York qualquer dia — falou para dar-se um pouco de esperança, mas ambos sabiam que tal possibilidade não era muito provável.

— Meu pai foi a Nova York uma vez. Ele me contou.

Spencer sorriu. Sua vida era tão distante da de Crystal. Sentiu o coração voltar a comprimir-se com a idéia. — Acho que você ia gostar. — Gostaria de ter a oportunidade de mostrar a cidade a ela... se ela fosse mais velha...

— Preferiria ir a Hollywood. — Ela ergueu os olhos para o céu, sonhadora, e, por um momento, voltou a ser criança, enquanto ele a observava. Uma criança sonhando com Hollywood e em ser uma estrela. Era um sonho tão louco quanto o dele de amá-la, embora nada tenha dito.

— E quem gostaria de conhecer em Hollywood? — Ele queria saber quem eram seus astros favoritos, do que ela falava, com quem sonhava. Queria saber tudo a seu respeito, talvez na esperança de desencantar-se. Precisava esquecer aquela menina, de uma vez por todas, antes de deixar a Califórnia. Ela o assombrara durante um ano, e mais de uma vez ele pensara em visitar Boyd, mas sabia que, na verdade, desejava ver Crystal. E tanto temia a deliciosa loucura que ela parecia provocar, que não viera propositalmente, até aquele momento... a última vez antes de ir embora. Mas já era tarde demais. Agora sabia que jamais a esqueceria.

Ela pensava em quem gostaria de conhecer em Hollywood e, finalmente, balançando, ela sorriu e respondeu:

— Clark Gable. E talvez Gary Cooper.

— Parece razoável. E, depois, o que faria em Hollywood?

Ela soltou uma risada, brincando com os próprios sonhos e um pouco com ele.

— Gostaria de participar de um filme. Ou talvez cantar.

— Ele nunca ouvira a voz que assombrava as pessoas do vale, mesmo aquelas que não gostavam de Crystal.

— Talvez você consiga algum dia. — Ambos riram com a idéia. Filmes eram para astros, não para pessoas de carne e osso. E a vida não poderia ser mais real para ela, não importando sua beleza. Sabia que sua vida jamais incluiria a participação no cinema. — Você é bonita o suficiente para trabalhar no cinema. Você é linda. — Sua voz era suave, enquanto o balanço lentamente interrompia seu movimento e ela o fitava. Ele falara de maneira magnífica. A força de suas palavras surpreendeu a ambos, mergulhando-os em silêncio, e por fim ela só conseguiu sacudir a cabeça com um sorriso triste. Já lamentava a idéia de sua partida.

— Hiroko é linda, eu não.

— Ela é sim — concordou ele, — mas você também — falou em voz tão baixa que ela mal conseguiu ouvir.

E então, de repente, enchendo-se de coragem, ela fez a pergunta que estivera cultivando desde que o vira naquela manhã.

— Por que você veio hoje? — Ver Boyd... Hiroko... Tom... o bebê de Becky... havia meia dúzia de respostas plausíveis, e apenas uma o trouxera ali. E, fitando-a bem nos olhos, ele soube que precisava lhe contar. Ela precisava saber.

— Queria lhe ver antes de ir embora — ele falou baixinho, e ela assentiu. Era o que queria ouvir, mas agora as palavras a amedrontavam um pouco. Aquele homem lindo, de outro mundo, viera mesmo vê-la. E Crystal não entendia muito bem o que ele queria dela. Tampouco o próprio Spencer compreendia, o que tornava tudo mais confuso.

Silenciosa, ela desceu do balanço e pôs-se de pé ao lado dele, oferecendo-lhe olhos azuis de um tom lavanda que ele jamais esquecera.

— Obrigada. — Deixaram-se ficar lado a lado durante longo tempo, e, por fim, pelo canto dos olhos, Spencer viu o pai dela aproximar-se deles. Acenava para Crystal, e, por um momento, Spencer temeu enraivecê-lo, como se o pai da menina houvesse lido o pensamento dele e não tivesse gostado do que vira. Na verdade, ele os observava há muito tempo e ficara pensando no que poderiam estar dizendo. Gostava daquele homem e sabia que ele estava somente de passagem. Era bom para um homem como aquele admirá-la.

Tad Wyatt lamentava apenas não existirem outros como ele no vale. Mas tinha outra coisa em mente quando se aproximou deles com olhos carinhosos e um sorriso que lembrava o de Crystal.

— Vocês dois estão terrivelmente sérios. Solucionando os problemas do mundo, jovens? — As palavras eram brincalhonas, mas os velhos olhos sábios analisavam Spencer. Gostou do que viu. Gostara desde o começo, embora também soubesse que aquele homem era velho demais para Crystal. Percebeu algo no rosto da filha que jamais percebera antes, exceto uma ou duas vezes, quando ela o fitava com adoração aberta. Mas desta vez era algo diferente, um sentimento ao mesmo tempo de felicidade e pesar. De súbito, Tad Wyatt percebeu que sua filhinha se tornara mulher. Voltou-se para Spencer e falou com sua voz grave e profunda: — O senhor tem um prazer à sua espera, Capitão Hill. — Sorriu orgulhoso para Crystal. — Isto é, se Crystal concordar. O pessoal quer ouvi-la cantar, pequena. Aceita?

Ela corou e sacudiu a cabeça, os longos cabelos louros varrendo-lhe parte do rosto, enquanto a árvore lançava sombras do outro lado, o sol refletindo o louro platinado de seus cabelos. Os dois homens ficaram momentaneamente aturdidos e silenciosos com sua beleza. Então ela ergueu os olhos para o pai, e os olhos cor de lavanda irradiaram alegria tímida. — Tem muita gente aqui... não é como na igreja.

— Não vai fazer diferença. Quando começar, você esquecerá tudo. — Ele adorava ouvi-la quando cavalgavam pelas colinas, sua voz possuía a mesma qualidade impressionante e explosiva do alvorecer brilhante, e o pai nunca se cansava de ouvi-la cantar. — Alguns homens trouxeram violões. Só uma canção ou duas para animar a festa. — Seus olhos imploravam, e ela nunca conseguia lhe recusar algo, embora se sentisse constrangida ao pensar em cantar na frente de Spencer. Provavelmente ele a acharia tola. Mas o capitão juntou seu pedido ao de Tad, e quando seus olhos se encontraram, fez-se um prolongado silêncio entre os dois, momento revelador de tudo que não ousavam dizer. Por um segundo, ela pensou que o canto poderia ser um presente para ele, algo que o fizesse se lembrar dela. Ela assentiu em silêncio e seguiu o pai lentamente para junto dos outros, Spencer retornou até onde estavam Boyd e Hiroko, e ela lançou um olhar por sobre os ombros, percebendo que ele a estava olhando, e, mesmo a distância, sentiu o amor que os olhos dele irradiavam. O amor que nenhum dos dois compreendia, concebido um ano antes e nutrido durante um ano inteiro, até tornarem a se encontrar. Amor que não levaria a parte alguma, mas ao menos eles o teriam quando ele a deixasse.

Ela tomou o violão das mãos de um dos homens e sentou-se em um banco, enquanto dois outros juntaram-se a ela e sorriram-lhe em admiração. Olivia observava-a da varanda, aborrecida como sempre quando Tad a destacava para fazer uma apresentação. Mas também sabia que as pessoas gostavam de ouvir Crystal cantar. Até mesmo algumas das mulheres abrandavam quando a ouviam cantar na igreja. E ela trazia lágrimas aos olhos das pessoas que a ouviam entoar *Amazing Grace*. Entretanto, desta vez, ela cantou as baladas prediletas do pai, as que cantavam juntos quando cavalgavam ao amanhecer, e, em questão de minutos, reunira-se uma multidão à sua volta, e ninguém disse uma palavra, ouvindo-a cantar com sua voz forte e clara, que encantava a todos. Era uma voz tão inesquecível quanto seu rosto, e Spencer cerrou os olhos e deixou-se embalar pela beleza pura e doce, a intensidade daquela voz deixava-o sem palavras. Ela cantou quatro músicas, e os últimos acordes pareceram ascender ao céu de verão como anjos voando em direção ao paraíso. Seguiu-se prolongado silêncio, e todos fitavam-na com assombro. Já a haviam ouvido cantar uma centena de vezes antes, entretanto, sempre que a escutavam de novo, se emocionavam. Por fim, explodiu uma salva de aplausos, e Tad enxugou os olhos, como sempre fazia, e em questão de minutos a multidão dispersara-se, voltando à conversa e às bebidas, mas, por um instante, ela fizera com que todos se apaixonassem por ela. E Spencer não conseguiu dirigir a palavra a ninguém durante algum tempo, após ouvi-la. Queria conversar novamente com Crystal, mas ela desaparecera com o pai, e só voltou a vê-la quando já era hora de partir, e ele estava de pé junto com os pais, cumprimentando as pessoas que agradeciam o almoço e chamavam os filhos.

Spencer agradeceu educadamente aos pais de Crystal, mas, de súbito, as mãos dela estavam entre as suas, e ela temeu que o momento entre ambos acabasse logo. Talvez nunca mais a visse e não podia suportar tal idéia, enquanto a fitava bem nos olhos, desejando dar-lhe a mão para sempre.

— Você não me disse que cantava tão bem. — Sua voz estava sussurrante, e seus olhos acariciavam-na. Mas ela soltou uma risada, parecendo novamente jovem e constrangida com o cumprimento inesperado. Cantara as músicas para ele e ponderou se Spencer saberia.

— Talvez você consiga mesmo ir para Hollywood.

Ela voltou a rir, com uma sonoridade tão musical quanto seu canto.

— Acho que não, Sr. Hill... acho que não mesmo.

— Espero que voltemos a nos encontrar algum dia. — Os olhares de ambos tornaram-se sérios, e ela assentiu.

— Também espero. — Mas sabiam ser menos que provável.

E então, ele não conseguiu evitar as palavras.

— Não a esquecerei, Crystal... nunca... cuide-se bem. — Tenha uma boa vida... não case com alguém que não a mereça... não esqueça de mim... — o que poderia dizer sem parecer um completo idiota. Não poderia confessar seu amor por ela.

— Você também. — Ela assentiu, solene. Sabia que ele iria para Nova York em poucos dias, e os caminhos de ambos não voltariam a se cruzar. Um continente, um mundo, toda uma vida os separaria para sempre.

E, então, sem outras palavras, ele curvou-se e polidamente beijou-a no rosto, e um segundo depois já se fora, afastando-se do rancho em seu carro, o coração disparado, enquanto Crystal se afastou dos demais, silenciosa, observando-o partir.

4

A caminho de casa, Spencer tomou o desvio antes da ponte Golden Gate e parou o carro no acostamento. Precisava de tempo para pensar, para recompor-se e recordar. Crystal assombrara-o durante um ano e agora repetia a dose, poucas horas após deixá-la. O vale parecia uma recordação esmaecida agora, e só conseguia pensar em seu rosto... seus olhos... o modo como o olhava... sua voz ao cantar as baladas. Ela era um pássaro raro, e ele sabia que a perdera para sempre na floresta. Não havia como voltar para ela. E seria loucura até mesmo pensar na hipótese. Ela era uma garota de 16 anos, que morava em um vale remoto da Califórnia. Nada conhecia da vida que ele levava. E mesmo que conhecesse, não a compreenderia. Muito além de sua compreensão. O que poderia saber de Wall Street e Nova York e das obrigações que ele precisava cumprir. Sua família esperava muito dele, e em seus planos não havia lugar para uma menina de interior, uma simples criança por quem ele se apaixonara acidentalmente. Uma menina que mal conhecia, recordou a si mesmo. Seus pais não compreenderiam. Como poderiam, se ele próprio não compreendia? E assim como Crystal acalentava seus sonhos de Hollywood e estrelas de cinema, ele também tivera os seus. Só que os sonhos de Spencer haviam mudado quando seu irmão morrera em Guam. E agora precisava não apenas levar sua vida, mas também corresponder às aspirações do irmão. Era o que a família esperava dele, e ele precisava ao menos tentar. E o que sabia Crystal disso tudo? Nada, afora o vale onde crescera. Spencer sabia que precisava esquecê-la. Sorriu com tristeza, enquanto contemplava a baía e a ponte, pensando nela, e, por fim, recordou a si mesmo que estava sendo idiota. Ficara encantado com uma menina bonita, o que só servira para mostrar que precisava tocar sua vida adiante. Precisava ir além da faculdade de direito e dos hambúrgueres em Palo Alto na companhia das colegas atraentes que o divertiam. Todo um universo aguardava-o. Um mundo em que não havia lugar para Crystal Wyatt, não importa o quanto fosse adorável ou o quanto ficara encantado com ela. Voltou para o carro, pensando no que o pai diria se contasse que se apaixonara por uma garota de 16 anos no Vale Alexander.

— Adeus, garotinha — sussurrou para si ao cruzar a ponte Golden Gate pela última vez. Naquela noite fora convidado a um jantar. Era uma obrigação que devia ao pai. Não estava com a menor disposição de ir, mas sabia que precisava esquecê-la. Agora ela estava longe. Contudo, distante ou não, sabia que jamais a esqueceria.

Estava hospedado no Hotel Fairmont em seus últimos dias na cidade e escolhera um quarto com uma bela vista, para lembrar o que ia perder. Estava quase arrependido de não ter procurado um emprego em San Francisco, mas tal idéia nunca estivera em seus planos. Prometera aos pais voltar e sabia muito bem o que esperavam dele. Seu pai exercera a advocacia até a guerra, quando fora designado juiz, ponto máximo onde suas aspirações políticas o levariam. Mas sempre nutrira planos bem mais grandiosos para seus filhos, especialmente para o irmão mais velho de Spencer, Robert. Robert morrera em Guam, deixando uma jovem viúva e dois filhos. Estudara ciência política em Harvard, e a política sempre fora a ambição de sua vida. Pensava tornar-se deputado, e Spencer sonhara formar-se médico. Mas a guerra modificara tudo. Quatro anos depois, ele mesmo não conseguia se imaginar desperdiçando mais alguns anos estudando medicina, e a faculdade de direito fora a decisão mais acertada. O juiz Hill assegurara-o disto, e Spencer conhecia a aspiração secreta do pai de tornar-se juiz de apelação. Fosse como fosse, o fardo da prova recaíra sobre os ombros de Spencer. Cabia a ele seguir os passos de Robert. A família Hill era tradicional, os antepassados de sua mãe haviam chegado a Boston com os peregrinos. O pai provinha de família mais simples, mas trabalhara duro a fim de se igualar e conseguira superar a prova da Faculdade de Direito de Harvard. E agora seria essencial para ambos ver Spencer fazer algo de "importante" em sua vida. E para eles "importante" não incluía uma moça como Crystal. Naturalmente, Robert fizera um bom casamento. Sempre fizera a vontade dos pais, enquanto Spencer sempre ficara livre para fazer exatamente o que quisesse. E agora, de repente, morto o irmão mais velho, sentia-se na obrigação de satisfazer os pais, embora seguindo o caminho que jamais combinara com ele, contudo, agora, precisava se adaptar. Freqüentar a faculdade de direito fora parte deste caminho. Assim como retornar a Nova York. E Wall Street... mal conseguia se imaginar lá, no entanto fizera três anos de faculdade em dois, preparando-se exatamente para isto. Mas Wall Street parecia tão antiquada. Se ao menos pudesse fazer algo útil ali, usando tal experiência como um passo para algo maior, talvez então conseguisse suportar. Voltou novamente os olhos para a janela, refletindo e contemplando a distância, recordando o local onde deixara Crystal. Suspirou e voltou-se para o quarto, com seus tapetes grossos e a mobília nova. Um grande lustre pendia acima dele. No entanto, só conseguia pensar no rancho... nas colinas... e na menina no balanço. Restavam-lhe mais duas noites. Duas noites antes de mudar para a vida que herdara de maneira tão inesperada de Robert. Por que diabos ele não pudera viver? Por que não estava ali com eles, para fazer o que esperavam, para trabalhar na maldita Wall Street?... Saiu do quarto a passos largos, batendo a porta com força. Esperavam-no às oito horas na casa de Harrison Barclay, amigo do pai de Spencer, juiz federal e extremamente bem relacionado na política. Comentava-se que algum dia ele poderia chegar à Corte Suprema. E o pai de Spencer insistira em que este fosse visitá-lo. Spencer estivera em contato com o juiz uma vez no ano anterior e voltara a visitá-lo algumas semanas atrás, a fim de contar-lhe que se formara em Stanford e estava regressando a Nova York, para uma famosa firma de direito. Harrison Barclay mostrara-se bastante satisfeito por Spencer e insistira em que este fosse jantar com eles antes de partir. Fora praticamente uma ordem, mas Spencer sabia ser esta apenas a primeira de muitas em sua vida, e era melhor começar a acostumar-se a elas. Voltara ao hotel a tempo de tomar um banho e barbear-se e trocar de roupa, e desceu apressado até o saguão, mas não estava com a menor disposição de ver quem quer que fosse, muito menos Harrison Barclay.

A casa dos Barclay situava-se em Divisadero e Broadway, uma mansão de tijolos das mais elegantes. Um mordomo abriu a porta para ele e acompanhou-o ao interior, onde ele pôde ouvir os ecos de uma festa, o que o deprimiu ainda mais. Por um instante, pensou não conseguir suportar tal esforço. Teria que conversar e ser agradável e parecer inteligente com os amigos, a última coisa que sentia vontade de fazer naquela noite. Só queria ficar sentado em silêncio em algum lugar, com seus pensamentos e seus sonhos de uma garota que mal conhecia... uma garota que estaria completando 16 anos dali a dois dias.

— Spencer! — A voz retumbante do juiz encontrou-o no momento em que adentrava a sala, e Spencer sentiu-se como um colegial que fora empurrado para uma sala repleta de professores.

— Boa noite, senhor. — Sorriu caloroso, os olhos sérios ao cumprimentar o amigo do pai e a Sra. Barclay.

— É um prazer revê-lo. Boa noite, Sra. Barclay.

O juiz Barclay tomou-o imediatamente a reboque, apresentando-o aos convidados na sala e explicando que ele acabara de se formar na Faculdade de Direito de Stanford. Mencionou o nome de seu pai, enquanto Spencer tentava não se encolher de vergonha. Percebeu de repente ser aquele o último lugar em que gostaria de estar. Sentiu-se quase fisicamente incapaz de empreender tal esforço.

Eram 12 os convidados para o jantar, e um deles cancelara no último minuto. A esposa de outro juiz torcera o tornozelo a caminho de casa após uma partida de golfe, mas o marido viera, um velho amigo dos Barclay. Sabia que o casal não se importaria, mas Priscilla Barclay contou frenética o número de convidados, 13 ao todo, incluindo os anfitriões, e ela sabia como no mínimo dois convidados eram supersticiosos. Nada poderia fazer àquela altura. O jantar seria servido em meia hora, e ela só poderia pedir à filha que fosse jantar com eles. Subiu correndo as escadas que levavam ao segundo andar e bateu rapidamente na porta. Elizabeth estava se arrumando para outra festa. Tinha 18 anos e uma beleza reservada. Usava um vestido de noite negro e um colar de pérolas. Iria para Cottilion naquele inverno, mas, antes disso, no outono, estaria estudando em Vassar.

— Querida, preciso de sua ajuda. — A mãe deu uma olhada no espelho e ajeitou as pérolas, correndo a mão pelo cabelos e voltando-se para lançar um olhar suplicante à filha.

— A esposa do juiz Armistead torceu o tornozelo.

— Meu Deus, ela está aí embaixo? — Elizabeth Barclay parecia fria e tranqüila, bem mais do que sua agitada mãe.

— Não, claro que não. Ela telefonou avisando que não poderia vir. E agora somos treze à mesa.

— Finja que não sabe. Talvez ninguém perceba. — Ela colocou os escarpins de cetim preto e saltos altos que a deixaram no mesmo instante mais alta que a mãe. Elizabeth tinha dois irmãos mais velhos, um no governo em Washington e o outro era advogado em Nova York. Ela era a única filha dos Barclay.

— Não posso fazer isto. Você sabe como Penny e Jane são. Uma delas vai sair, e aí ficarão faltando duas mulheres. Querida, não pode me ajudar?

— Agora? — Ela pareceu aborrecida. — Mas vou ao teatro. — Ela ia sair com um grupo de amigos, todavia tinha que admitir que não estivera muito ansiosa com a noite. Aquela era uma das raras noites em que não tinha um encontro e decidira sair com um grupo no último momento.

— É importante? — A mãe fitou-a bem nos olhos. — Preciso muito de você.

— Oh, pelo amor de Deus. — Ela deu uma olhada no relógio e assentiu. Talvez fosse melhor assim. Não queria mesmo ir. Na madrugada passada, voltara para casa às duas da manhã de um baile de debutantes que se repetia quase todas as noites desde que ela se formara em Burke's, na semana anterior. Divertira-se, e, na semana seguinte, iriam para a casa de veraneio no lago Tahoe. — Está bem, mamãe. Vou telefonar cancelando. — Ofereceu-lhe um sorriso gracioso, ajustando o fio duplo de pérolas, semelhante ao da mãe. Na verdade, era uma bela menina, embora demasiado reservada para uma moça de 18 anos. De certa forma, parecia bem mais velha. Há anos conversava com adultos, e seus pais haviam enfrentado dificuldade para incluí-la entre os amigos de sua idade, no que consideravam conversas interessantes. Os irmãos eram respectivamente dez e doze anos mais velhos, e durante anos ela fora tratada como adulta. Ademais, adquirira a fria contenção esperada de uma Barclay. Sempre comportava-se bem e era circunspecta e, mesmo com apenas 18 anos, era uma verdadeira *lady*. — Desço em um minuto.

A mãe sorriu-lhe agradecida, e Elizabeth retribuiu com outro sorriso. Seus cabelos eram de um belo tom castanho-avermelhado e em estilo pajem. Seus olhos eram grandes e castanhos, a pele sedosa, a cintura elegante, e era excelente jogadora de tênis. Contudo, a garota era bem pouco calorosa. Evidenciava-se apenas a criação de excessivo requinte que recebera, o intelecto que ganhara a admiração de inúmeros amigos dos pais. Mesmo entre os seus, ela era ao mesmo tempo temida e respeitada. Elizabeth Barclay não era alguém com quem se pudesse brincar. Era uma moça séria, com a mente inquisitiva, a língua afiada e opiniões fortes e próprias. Não houvera dúvidas quanto a freqüentar a faculdade a partir do outono. As opções haviam sido Radcliffe, Wellesley e Vassar.

Dez minutos depois, ela desceu as escadas, após telefonar aos amigos desculpando-se profusamente e explicando apenas que surgira um imprevisto e precisava ficar em casa. Na vida de Elizabeth, o único imprevisto era a ausência de um convidado para o jantar ou a falta do vestido mais adequado para alguma ocasião, porque estava sendo alterado. Ela nunca passara por verdadeiras crises em sua vida, nenhum desapontamento ou dureza. Nada havia que os pais não pudessem fazer para ela, e nada que o pai não resolvesse ou adquirisse. Contudo, ela não era mimada. Simplesmente esperava um certo tipo de vida e que os que a cercavam procurassem se comportar com decência. Ela era diferente das moças de 18 anos. Sua infância aparentemente terminara aos dez, onze anos. Desde então comportara-se como adulta, bem recebida no camarote da ópera ou em uma mesa de jantar. Mas ela não se divertia muito. A diversão não era o mais importante para Elizabeth Barclay, mas sim seus objetivos. Assim como os atos de real significado.

Os convidados terminavam seus drinques quando ela desceu, correndo os olhos pelos rostos familiares. Apenas um casal não era de seu conhecimento, e a mãe apresentou-os como velhos amigos de seu pai, em Chicago. Então ela avistou outro rosto desconhecido, de um belo homem conversando baixinho com o juiz Armistead e o pai dela. Observou-o rapidamente, enquanto aceitava uma taça de champanhe da bandeja de prata que o mordomo estendia e sorriu, atravessando o salão até onde estava seu pai.

— Muito bem, estamos com sorte esta noite, Elizabeth. — O pai sorriu-lhe com olhos levemente zombeteiros. — Você conseguiu uma horinha para nós em sua agenda tão concorrida? Que surpresa! — Abraçou-a afetuoso e ela sorriu. Sempre sentira-se próxima dele e não tinha dúvidas da adoração que ele nutria por ela.

— Mamãe teve a bondade de convidar-me a jantar com vocês.

— Bom julgamento. Você conhece o juiz Armistead, Elizabeth, e este é Spencer Hill, de Nova York. Acabou de formar-se pela Faculdade de Direito de Stanford.

— Meus parabéns. — Ela sorriu friamente, e ele recebeu-a com satisfação. Com sua indiferença, devia ter uns 21, 22 anos. Ela possuía uma elegância que a fazia parecer mais velha do que de fato era, uma sofisticação óbvia, acentuada pelo vestido negro caro, as pérolas e o modo como o fitou bem nos olhos ao cumprimentá-lo. Parecia acostumada a conseguir o que queria. — Deve estar muito contente — acrescentou ela, com um sorriso educado, enquanto Spencer a observava.

— E estou. Obrigado. — Spencer ficou pensando no que ela faria. Provavelmente jogava tênis e fazia compras com as amigas ou a mãe, mas se surpreendeu com a declaração do pai da moça.

— Elizabeth vai para Vassar no outono. Tentamos convencê-la a ir para Stanford, mas não adiantou. Ela estava decidida a ir para o Leste e deixar-nos aqui, saudosos. Mas espero que os invernos frios a convençam de que estaria melhor aqui. Sua mãe e eu vamos sentir sua falta. — Elizabeth sorriu com as palavras paternas e Spencer surpreendeu-se com sua juventude. Sem dúvida as garotas de 18 anos haviam mudado nos últimos anos. E ao olhá-la foi obrigado a perceber que ela representava tudo que Crystal não era.

— É uma faculdade excelente, Srta. Barclay. — Spencer mostrou-se amigável, mas frio. — Minha cunhada estudou lá. Tenho certeza de que vai gostar. — E, por algum motivo, por suas palavras, Elizabeth supôs que ele era casado. Não lhe ocorreu que Spencer estava se referindo à esposa do irmão. E, por um instante, experimentou algum desapontamento. Era um belo homem, possuidor de um magnetismo intrigante.

O mordomo anunciou o jantar e Priscilla Barclay conduziu os convidados à sala de jantar, com seu piso de mármore preto-e-branco, as paredes forradas com madeira e um belo lustre de cristal sobre a pesada mesa inglesa. Nos elegantes candelabros de prata, as velas estavam acesas, e a mesa brilhava com a louça Limoges branca e dourada e os copos de cristal que refletiam a luz das velas, lançando-a sobre a prataria. Os guardanapos eram grandes e espessos, bordados com o monograma da mãe de Priscilla Barclay, e os convidados encontraram facilmente seus assentos, com a orientação delicada da anfitriã. Naturalmente havia os cartões com os nomes dos convidados em seu lugar à mesa, em elaborados porta-cartões de prata. E Elizabeth ficou satisfeita ao descobrir-se sentada ao lado de Spencer. De imediato, percebeu que a mãe fizera algum rearranjo de última hora.

O primeiro prato foi salmão defumado e minúsculas ostras Olympia. Quando chegou o momento do prato principal, Elizabeth e Spencer já conversavam intensamente. Mais uma vez, ele maravilhou-se com a inteligência da jovem e como era bem-informada. Aparentemente, não desconhecia qualquer assunto, do mundo dos negócios à política doméstica, passando pela história e a arte. Era uma moça extraordinária, e ele não errara ao dizer que ela se sairia bem em Vassar. De certa forma, ela lembrava bastante a esposa de seu irmão, só que Elizabeth era ainda mais refinada. Nada havia de espalhafatoso ou ostentoso nela. Elizabeth era toda inteligência e elegância. Deu-se inclusive ao trabalho de conversar com o convidado à sua direita, outro amigo do pai, e por fim voltou-se para Spencer.

— E então, Sr. Hill, o que pensa fazer agora, recém-formado em Stanford? — Fitou-o com interesse e contenção, e por um instante ele sentiu-se mais jovem do que ela, se não houvesse bebido um pouco, teria se sentido inseguro.

— Trabalhar em Nova York.
— Já tem emprego? — Ela mostrou-se interessada e um tanto brusca. Não via por que perder tempo. De maneira estranha, ele gostou desta característica. Não precisava representar, e se ela podia lhe fazer perguntas, ele também podia fazer o mesmo com ela. Na verdade, era mais fácil do que flertar.
— Tenho. Com Anderson, Vincent e Sawbrook.
— Estou impressionada. — Ela bebericou o vinho e sorriu-lhe.
— Conhece-os?
— Ouvi meu pai falar deles. São a maior firma de Wall Street.
— Agora quem está impressionado sou eu — brincou ele, mas de modo a mostrar que estava falando sério. — Você sabe muita coisa para uma moça de 18 anos. Não me admiro que vá para Vassar.
— Obrigada. Há anos participo de jantares e acho que de vez em quando é útil. — Mas não era só isso. Ela era brilhante, e se Spencer estivesse com melhor humor, até teria gostado dela. Naturalmente ela não tinha mistério, poesia nem mágica, mas, pelo contrário, uma mente afiada e uma objetividade incrível que o intrigava. E era atraente com seus modos nobres e frios. Ainda mais com o progredir da noite e o vinho de Harrison Barclay. Estranha maneira de concluir um dia que começara com um batizado no Vale Alexander. Não conseguia imaginar Crystal ali. Não importa o que sentisse por ela, não combinava com aquele cenário. Ali, só conseguia imaginar aquela moça, com seus olhos castanhos diretos e seus modos objetivos. Mas enquanto a escutava, seu coração ainda se confrangia por Crystal.
— Quando vai embora de San Francisco?
— Daqui a dois dias — falou com pesar, embora por motivos que nenhum dos dois compreendia inteiramente. Ele não podia entender a dor que sentia desde a tarde, ao partir do vale. E ela não conseguia imaginar nada mais interessante do que mudar para Nova York. Mal podia esperar até setembro.
— Que pena. Pensei que você poderia nos visitar no lago Tahoe.
— Eu adoraria. Mas tenho muita coisa a fazer. Começo

a trabalhar daqui a duas semanas e não tenho muito tempo para me instalar antes de me afundarem em um mar de papéis em Wall Street.

— Está animado? — De novo, os olhos de Elizabeth perscrutavam os dele, e Spencer decidiu ser sincero.

— Para falar a verdade, não tenho muita certeza. Ainda estou tentando entender por que fiz faculdade de direito.

— O que teria feito?

— Medicina. Se não tivesse entrado para o exército. A guerra mudou as coisas para todos, suponho... para alguns muito pior do que para mim. — Por um instante, pareceu melancólico, pensando no irmão. — Tive muita sorte.

— Acho que você tem muita sorte em ser advogado.

— Acha? — Novamente ele achou graça. Ela era intrigante, e Spencer percebeu com facilidade não existir qualquer sombra de fraqueza ou indecisão em Elizabeth Barclay. — Por quê?

— Eu também gostaria de fazer direito. Depois de Vassar.

Ele ficou impressionado, mas não de todo surpreso.

— Então deve fazer. Mas não seria melhor casar e ter filhos? — Parecia-lhe uma opção bem mais natural, e provavelmente nenhum homem toleraria que ela fizesse as duas coisas. Em 1947, era preciso optar por um ou outro. O preço de uma carreira para ela pareceu-lhe alto. Se fosse ela, preferiria marido e filhos, mas Elizabeth não pareceu convencida.

— Talvez. — Por um momento, ela pareceu jovem e insegura, mas em seguida deu de ombros, e a sobremesa foi servida. Então, ela voltou a surpreendê-lo com a pergunta seguinte. — Como é sua esposa, Sr. Hill?

— Como? Eu... desculpe... o que a fez pensar que sou casado? — Ele pareceu horrorizado e então desatou a rir. Parecia-lhe tão velho a ponto de ser concebível a idéia de ser casado? Neste caso, como deveria ter parecido velho naquele mesmo dia, aos olhos de Crystal. Ela ainda estava em seu pensamento, mesmo enquanto se forçava a conversar com Elizabeth Barclay, embora ela não fosse uma pessoa difícil de conversar. Mas seus pensamentos ainda estavam distantes e parte de seu coração parecia tê-lo traído.

Pela primeira vez, Elizabeth mostrou-se confusa, e ele percebeu, por sob os cabelos castanho-avermelhados cuidadosamente penteados, ela ruborizar. — Achei que você tinha dito... você mencionou sua cunhada antes... simplesmente supus... — Ele soltou uma gargalhada, enquanto ela balbuciava a explicação, e sacudiu a cabeça, seus olhos azuis brilhantes sob a luz das velas.

— Sinto muito, mas não sou casado. Eu estava me referindo à viúva de meu irmão.

— Ele morreu na guerra?

— Morreu.

— Sinto muito.

Ele assentiu, e o café foi servido. As senhoras retiraram-se ao convite de Priscilla Barclay. Ela agradeceu à filha baixinho, ao deixarem a sala.

— Obrigada, Elizabeth. Estaríamos em apuros sem você.

Esta sorriu afavelmente para a mãe e, por um momento, passou o braço em torno de Priscilla. A mais velha ainda era bela, embora já passasse dos sessenta.

— Foi divertido. Gostei de Spencer Hill. Agora mais ainda, depois que ele disse que não é casado.

— Elizabeth! — A mãe fingiu-se chocada, mas Elizabeth sabia não ser verdadeiro o sentimento. — Ele é velho demais para você. Deve ter quase trinta anos.

— Não tem problema, e vai ser divertido encontrá-lo em Nova York. Ele vai trabalhar com Anderson, Vincent e Sawbrook. — A mãe assentiu, afastando-se para conversar com as outras senhoras, e, pouco mais tarde, os cavalheiros juntaram-se a elas. A festa chegou ao fim logo depois, e Spencer agradeceu aos Barclay o convite, fazendo questão de despedir-se da filha.

— Boa sorte na faculdade.

— Obrigada. — Ela lançou-lhe um olhar ardente, e pela primeira vez ele percebeu que realmente gostara dela. Era mais interessante do que a esposa de Robert e consideravelmente mais esperta. — Boa sorte no novo trabalho. Estou certa de que se sairá bem.

— Tentarei lembrar disto daqui a um ou dois meses, quando estiver ansiando pela vida fácil de Stanford. Talvez nos encontremos em Nova York qualquer dia. — Ela sorriu-lhe, encorajadora, e a mãe aproximou-se para agradecer a vinda de Spencer.

— Você terá que olhar por Elizabeth para nós, quando ela estiver em Nova York.

Ele sorriu, considerando improvável um encontro de ambos, mas sempre era educado. Pensou que calouras de faculdade eram um tanto jovens para ele... e, naturalmente, havia Crystal.

— Avise-me se estiver na cidade.

— Claro. — Ela sorriu, sedutora, parecendo ainda mais jovem, e ele saiu em seguida. Voltou a Fairmont pensando nela e na conversa fluente e interessante. Talvez ela tivesse razão, disse a si mesmo. Talvez fosse melhor fazer faculdade de direito. Ela estaria desperdiçando seu talento como esposa de alguém, jogando *bridge* e fazendo mexericos com outras mulheres. Mas não foi com Elizabeth que ele sonhou naquela noite, quando finalmente conseguiu dormir, já de madrugada... e sim com a garota de cabelos louro-platinados e olhos da cor do céu de verão... a garota que cantara como se seu coração fosse partir... no sonho, ela estava sentada no balanço, olhando-o, e Spencer não conseguia alcançá-la. O sono de Spencer foi irregular e durou pouco. Ao alvorecer, já estava de pé, assistindo o sol erguer-se lentamente acima da baía, e, a 150km, Crystal caminhava descalça pelos campos, pensando nele, enquanto se aproximava do rio, cantando baixinho.

5

No dia seguinte, Spencer concluiu pequenas coisas, visitou alguns amigos, despediu-se e desejou-lhes sucesso. De súbito, lamentou terrivelmente deixá-los, bem como sua decisão de voltar a Nova York, e prometeu a si mesmo voltar algum dia. Foi um dia melancólico para ele, e foi dormir cedo naquela noite, tomando o avião para Nova York na manhã seguinte. Dia do aniversário de 16 anos de Crystal.

Os pais aguardavam-no no aeroporto, e ele se sentiu tolo sendo recebido como o herói conquistador. Até Barbara, viúva de Robert, foi esperá-lo com as duas filhas. Fizeram a ceia na casa dos pais, e Barbara precisou levar as filhas para casa antes que dormissem na mesa.

— E então, filho? — o pai indagou, em expectativa, depois que os outros foram para casa e a mãe se retirou para seu quarto. — Que tal voltar para casa? — Estava ansioso por ouvir uma resposta encorajadora. Spencer permanecera fora durante muito tempo, seis anos, contando a guerra e os dois anos de Stanford, e o pai estava aliviado por tê-lo de volta a Nova York, seu lugar. Já era hora de Spencer se estabelecer e se tornar "alguém", exatamente como Robert teria feito, caso estivesse vivo.

— Não sei ao certo como estou me sentindo. — Spencer foi honesto. — Parece mais ou menos a mesma coisa, como da última vez em que voltei para casa. Nova York não mudou. — Não acrescentou o que realmente pensava... mas era preciso...

— Espero que seja feliz aqui. — William Hill não duvidava disto.

— Tenho certeza de que serei, pai, obrigado. — Mas ele nunca estivera tão em dúvida a este respeito. Parte dele ansiava retornar à Califórnia. — Encontrei o juiz Barclay antes de partir, aliás. Ele mandou lembranças.

William Hill assentiu, satisfeito.

— Ele ainda irá para a Corte Suprema, escute o que estou dizendo. Não me surpreenderia. Seus filhos também são bons. O mais velho esteve no tribunal outro dia. É um excelente advogado.

— Espero que algum dia diga o mesmo de mim. — Spencer acomodou-se no divã do escritório do pai e correu a mão pelos cabelos com um suspiro cansado. Fora um longo dia, uma longa semana... uma longa guerra... de súbito, pensou no que o esperava e se sentiu deprimido.

— Você agiu certo, Spencer. Nunca duvide disto.

— Como pode ter tanta certeza? Não sou Robert, pai... Sou eu... — Mas Spencer sabia que não podia dizer isto. — E se eu detestar Anderson, Vincent e Sawbrook?

— Aí você irá trabalhar no departamento jurídico de uma corporação. Com o diploma de advogado, você pode fazer quase tudo que quiser. Escritório particular, negócios, lei... política... — pronunciou a palavra cheio de esperanças. Ali depositava suas reais esperanças, e Spencer seria perfeito para elas algum dia. Assim como o irmão antes dele. Robert, sua grande esperança tão bruscamente extinta. — Barbara está com boa aparência, não?

— Está. — Spencer assentiu, ponderando se o pai realmente o conhecia. — Como tem passado ela?

— Tem sido difícil para ela. Mas acho que está se recuperando — disse ele, virando o rosto por um momento, para que Spencer não visse as lágrimas em seus olhos. — Acho que todos estamos. — Então voltou-se e sorriu para Spencer. — Alugamos uma casa em Long Island. Sua mãe e eu achamos que você gostaria. E Barbara e as crianças ficarão lá o resto de agosto. — Era estranho voltar ao seio da família, não tinha mais certeza de pertencer àquele lugar. Tinha 22 anos quando fora para a guerra, e muita coisa mudara desde então. Muita coisa acontecera e fizera-o mudar. E agora, com Robert morto, sentia-se voltando para levar não sua própria vida, mas a de Robert.

— Bondade sua, pai. Não sei se terei tempo livre quando começar a trabalhar.

— Você terá os fins de semana.

Spencer assentiu. Esperavam que ele voltasse a ser um garoto, o caçula. Pareceu-lhe haver perdido sua vida em algum lugar, a caminho de casa.

— Vamos ver. Esta semana terei de encontrar um apartamento.

— Você pode ficar aqui até estabelecer-se.

— Obrigado, pai. — Ele ergueu o olhar e, pela primeira vez, seu pai pareceu-lhe velho, nutrindo esperanças que haviam morrido com seu irmão. — Fico satisfeito. — E então, por curiosidade... — Barbara está saindo com alguém? — Afinal de contas, fazia três anos, e ela era bonita. Combinava perfeitamente com Robert. Ambiciosa, fria, inteligente, bem criada, a esposa perfeita para um futuro político.

— Não sei — o pai respondeu com sinceridade. — Não discutimos este assunto. Você deve convidá-la para jantar qualquer dia. Provavelmente deve estar se sentindo sozinha.

Spencer assentiu. Também queria ver as sobrinhas, mas tinha muito em que pensar no momento. E sentia-se esgotado com a perspectiva subitamente depositada em seus ombros.

Quando caiu na cama, naquela noite, estava exausto. O impacto do que esperavam dele parecera desabar sobre ele com todo seu peso, e sentiu vontade de chorar ao deitar-se para dormir. Sentia-se como uma criança perdida a caminho de casa. Só sabia que precisava encontrar seu próprio apartamento e sua própria vida, o mais rapidamente.

6

O resto do verão transcorreu com rapidez e Crystal ajudou no rancho, passando de vez em quando pela casa de Becky para brincar com o bebê. Tom estava sempre fora, verificando os vinhedos com Tad ou na cidade com os amigos. E Jared passava todos os momentos livres com a namorada em Calistoga. Foi então que, de súbito, sentiu-se sozinha, sem companhia e sem ninguém com quem conversar. E começou a visitar Hiroko, cada vez com mais freqüência. Crystal encontrava-a lendo calmamente, ou costurando, ou desenhando com pena e tinta, e ela chegou inclusive a ensinar a Crystal a escrever *haikus*. Era uma mulher delicada, com um grande coração e o conhecimento de uma cultura que fascinava Crystal. Ensinou-lhe a fazer pequenos *origamis* de pássaros e mostrou como sua mãe lhe ensinara arranjos florais. Ela não ostentava o que sabia. Ao contrário aos modos ocidentais, ela era toda calma, discrição e sutileza. E, como Crystal, sentia-se sozinha. Ainda não fizera amigos entre os parentes de Boyd e agora compreendia como se ressentiam com sua presença e desconfiava que jamais seria diferente. Sentia-se extremamente agradecida pela companhia de Crystal, e as duas mulheres tornaram-se amigas rapidamente, enquanto Hiroko aguardava o nascimento do bebê.

Quando a escola começou, Crystal ia visitá-la com freqüência, permanecendo horas sentada junto à lareira, fazendo seus deveres de casa. Não gostava de ir para casa. A mãe estava sempre com Becky, e a avó sempre a repreendia. O pai era o único que tinha uma palavra de carinho para ela, e ele estava de novo doente. Crystal confessou a Hiroko, após o Dia de Ação de Graças, como estava preocupada com o pai. Ele estava pálido e cansado e tossia o tempo todo. Ela estava assustada. O homem que lhe parecera invencível durante toda sua vida, de súbito fracassava. Contraíra nova pneumonia e não saía a cavalo há semanas. Crystal sentia vontade de agarrar-se a ele. Sabia que se o perdesse, sua vida estaria acabada. Ele era seu companheiro, seu aliado, seu incansável defensor, os outros estavam sempre prontos a virar-se contra ela, a culpá-la de todas as pequeninas coisas, a censurá-la por tudo que não era. Não queria ser como Becky. Não queria ficar sentada na cozinha o dia inteiro, tomando café e fazendo biscoitos, não queria fazer mexericos com as outras mulheres ou desposar um homem como Tom e ter filhos dele. Tom Parker engordara em menos de dois anos e sempre cheirava a cerveja, exceto nos fins de semana, quando recendia a uísque.

Crystal sabia que não era igual aos outros. Instintivamente, sempre sentira-se diferente e sabia que o pai sentia o mesmo. E Hiroko. Há muito confessara à bondosa japonesa seus sonhos de participar dos filmes. Mas não podia deixar o pai naquele momento. Não o deixaria por nada. Mas um dia... talvez um dia... o sonho de Hollywood nunca se desvanecera dentro dela... nem os sonhos que nutria a respeito de Spencer. Mas jamais confessara seus sentimentos por ele a Hiroko ou a Boyd, embora contasse todo o resto a eles. Eram seus únicos amigos, e com freqüência montava e ia visitá-los. Hiroko era a única amiga do sexo feminino que jamais tivera, e há muito Crystal passara a amá-la. Hiroko oferecia-lhe o encorajamento e carinho que não encontrava em mais ninguém, exceto no pai.

Confessava a Hiroko o medo que sentia de nunca conseguir escapar do vale, de não realizar nenhum de seus sonhos. Mas também amava o vale. Seus sentimentos por aquele lugar misturavam-se de forma intrincada ao amor que sentia pelo pai. Amava a terra e as árvores e as montanhas além.

Gostava até mesmo do aroma da terra, sobretudo na primavera, quando tudo era novo e viçoso, e as chuvas transformavam tudo em esmeralda brilhante. Viver ali para sempre não seria o pior dos destinos, mesmo se significasse abdicar dos sonhos que nutria pelo cinema. Só não queria casar com um homem como Tom Parker. A simples idéia a fazia estremecer.

— Ele não é bom para sua irmã? — Às vezes Hiroko mostrava-se curiosa a respeito dos outros. Para ela, todos eram estranhos, até mesmo a irmã do marido, que finalmente casara a tempo de ter o bebê.

— Acho que ele é grosseiro com ela quando bebe. Não que ela me tenha contado. Algumas semanas atrás, ela estava com um olho roxo. Disse que tinha caído da cadeira. Mas acho que ela contou a verdade a mamãe. — As duas mulheres ainda excluíam Crystal. Todos agiam da mesma maneira. Sua beleza era perigosa e ameaçava todas as mulheres que a conheciam, exceto esta, que parecia tão diferente. Elas formavam uma dupla singular, uma alta e magra, a outra pequenina, uma com reluzentes cabelos negros, a outra com sua juba loura. Uma cultura tão livre e generosa em gestos e palavras, a outra tão contida e reservada. Provinham de mundos diferentes, para um mesmo lugar, onde haviam se tornado irmãs.

— Talvez algum dia você vá para Hollywood, e Boyd e eu iremos lhe ver. — Ambas caíram na gargalhada, descendo a rua onde situava-se a casa dos Webster e conversando sobre seus sonhos. Hiroko queria ter uma bela casa algum dia e muitos filhos. Crystal queria cantar e ir para algum lugar onde as pessoas não a discriminassem. Este era um vínculo entre Hiroko e Crystal. Por motivos diferentes, ambas eram párias.

Hiroko gostava de exercitar-se e não gostava de sair sozinha, então Crystal sempre a acompanhava. Às vezes, conversavam durante horas, e Hiroko percebia as menores coisas, enquanto caminhavam, as menores flores, as plantas mais acanhada, a borboleta mais delicada, e depois as desenhava. Nutriam uma paixão comum pela natureza, mas Crystal sempre se sentia à vontade para brincar com ela.

— Você só vê tudo isto porque está mais perto do chão do que eu, Hiroko. — Hiroko dava uma risadinha, e ambas desejavam poder ir até a cidade, mas sabiam que não podiam ser vistas juntas. Causariam uma tempestade insuportável.

Boyd convidou-a a ir a San Francisco com eles, mas ela ficou apreensiva de desaparecer durante tanto tempo. A mãe com certeza perceberia, e o pai poderia precisar dela.

No Natal, ele estava demasiado fraco para sair da cama, e Crystal ficou várias semanas sem visitar os Webster e quando apareceu em fins de janeiro, seu rosto dizia tudo. Tad Wyatt estava morrendo. Sentou-se na cozinha de Hiroko e chorou. A mais velha abraçou-a. Sentia que seu coração partiria, vendo-o cada dia mais fraco. Todos no rancho choravam. A avó, Olivia, Becky. E Jared nunca estava lá, não suportava a visão do pai morrendo. Crystal deixava-se ficar horas sentada com ele, incentivando-o a comer, sussurrando-lhe algo, enquanto o cobria com mais cobertores e, às vezes, simplesmente sentando-se a seu lado enquanto dormia, as lágrimas escorrendo-lhe pelo rosto enquanto o observava. E era sempre Crystal que ele queria a seu lado, era Crystal que ele chamava em seus delírios, Crystal que ele procurava ao abrir os olhos. Raramente sua esposa e nunca Becky. Agora elas haviam se tornado estranhas para ele, assim como Crystal era uma estranha para elas. Era ela que cuidava dele com todo amor, que até mesmo ajudava a mãe a lhe dar banho. Mas o amor que demonstrava pelo pai só deixava sua mãe ainda mais ressentida. Esta achava que o amor que sentiam não era natural, e se ele não estivesse tão doente, teria falado. Mas, ao contrário, quase não falava mais com Crystal, e esta não se importava muito. Agora só preocupava-se com o pai. A paixão que nutria por ele ofuscava até mesmo a recordação de Spencer.

Becky estava novamente grávida, e Tom tentava dirigir o rancho, embora estivesse bêbado a maior parte do tempo. Partia o coração de Crystal vê-lo na casa grande. Precisava de todo seu controle para não dizer tudo que pensava dele, mas, pelo bem do pai, guardava silêncio. Crystal não queria aborrecê-lo, queria que tudo continuasse do mesmo jeito, mas por volta de fevereiro percebeu que isto não aconteceria.

Dia e noite ficava sentada à cabeceira da cama paterna, em silêncio, segurando-lhe a mão, sem afastar-se do pai um minuto sequer, exceto para tomar banho ou comer algo apressadamente na cozinha. Temia deixá-lo e encontrá-lo morto depois. Parara de ir à escola e nunca deixava a casa, afora durante alguns minutos para tomar um pouco de ar na varanda ou caminhar rapidamente até o rio antes do anoitecer. Tom seguiu-a até lá certa vez e observou-a sentar-se em uma clareira, imersa em seus pensamentos, pensando no pai e em Spencer. Nunca mais ouvira falar dele, depois do batizado do pequeno Willie e nem esperava tal coisa. Boyd recebera uma carta dele no Natal, Spencer parecia feliz em Nova York e estava gostando do novo trabalho. Disse a eles que avisaria caso fosse à Califórnia. Mas agora ele estava longe demais para ajudá-la. Ninguém podia ajudá-la, exceto Deus. E Crystal rezava todos os dias, pedindo a Ele que poupasse seu pai, mas, no fundo do coração, sabia que isto não aconteceria.

Tomou seu lugar na cadeira junto à cabeceira do pai naquela noite, observando-o cochilar, e, após a meia-noite, ele abriu os olhos e deu uma olhada em torno. Parecia melhor depois de muito tempo, os pensamentos claros, e sorriu para Crystal. A mãe dormia no divã da sala, e Crystal na cadeira ao lado da cama do pai há dias, mas acordou de imediato quando ele se espreguiçou e ofereceu-lhe um copo d'água.

— Obrigada, querida — falou ele, e sua voz soava um pouco mais forte. — Agora você deve ir para a cama.

— Ainda não estou cansada — ela sussurrou à luz difusa. Queria ficar ali. Se o deixasse, ele poderia morrer, e enquanto ficasse sentada ali, talvez ele vivesse... talvez... — Quer um pouco de sopa? Vovó fez sopa de peru hoje à noite, está ótima. — Os cabelos louros caíam sobre os ombros, como uma cascata de gaze, e o pai fitou-a com o amor que sentira por ela durante seus 16 anos. Queria ficar ali para sempre, apenas para protegê-la. Sabia como os outros eram desagradáveis, ciumentos e mesquinhos, até mesmo a própria mãe da menina, e tudo porque Crystal era adorável. Inclusive os garotos do vale temiam-na, ela era bela demais para ser real, no entanto era muito real. Ele a conhecia bem e sentia-se orgulhoso ao ver em quem a filha se tornara. Ela tinha coragem e brio e inteligência, além da beleza. Desconfiava que a filha visitava Hiroko há meses e embora ele mesmo receasse esta amizade, não tentou impedi-la. Mais de uma vez, quis perguntar a Crystal como era Hiroko, mas achara melhor não. Ela tinha o direito de levar sua própria vida e ter seus segredos. Restavam-lhe tão poucos prazeres. Recusou a sopa, acomodou-se sobre os travesseiros e pôs-se a fitá-la, rezando para que sua vida fosse boa, que encontrasse um homem que amasse e que fosse feliz.

— Nunca desista, garotinha... — sussurrou ele, e a princípio ela não entendeu.

— O quê, pai? — A voz soou tão baixa quanto a dele, e ela entrelaçou os dedos nos dele, tornando-se muito mais forte.

— Do rancho... do vale... você pertence a este lugar... como eu... quero que você conheça mais do mundo do que... só isto... — Ele parecia ter dificuldade em respirar. — ...mas o rancho sempre... estará... aqui para você.

— Sei disso, pai. — Ela não queria falar sobre aquele assunto no momento. Era como se ele estivesse dizendo adeus, e ela não permitiria. — Agora tente dormir.

Ele sacudiu a cabeça. Não estava na hora. Já dormira demais e agora queria conversar com sua caçula, com sua filha predileta, seu bebê.

— Tom não sabe administrar o rancho. — Ela sabia disto, mas nada disse ao pai, limitando-se a assentir.

— E, um dia, Jar vai querer fazer outra coisa, ele não ama a terra... do jeito que você e eu amamos... depois que conhecer o mundo e sua mãe se for, Crystal, quero que volte para cá... encontre um bom homem, alguém que seja bom para minha neném. — Sorriu-lhe, os olhos de Crystal encheram-se de lágrimas e ela apertou mais a mão do pai — ...e façam uma boa vida aqui...

— Não fale assim, pai... — Mal conseguia falar por entre as lágrimas e esfregou o rosto no dele, beijando-lhe cuidadosamente a testa fria e suada. Crystal recostou-se na cadeira e voltou a fitá-lo. — Você é o único homem que quero. — Mas, por um instante louco, ela quis falar de Spencer, contar que conhecera alguém de quem gostara... gostara demais... e por quem poderia se apaixonar. Mas ele não passava de um sonho, como os astros de cinema dependurados nas paredes de seu quarto. Spencer Hill jamais fora real na vida de Crystal Wyatt. — Agora durma um pouco. — Era a única coisa que podia dizer, conversar apenas durante alguns minutos deixara-o ofegante e exausto. — Te amo, papai — ela sussurrou as palavras, e ele cerrou os olhos, voltando a abri-los para contemplá-la e sorrir.

— Eu também te amo, garotinha. Você sempre será minha... garotinha... doce, doce, Crystal... — E voltou a fechar os olhos, parecendo em paz, imerso no sono. Crystal continuou segurando-lhe as mãos e observando-o. Recostou-se na cadeira, ainda de mãos dadas com o pai, e poucos minutos depois pôs-se a cochilar, exausta com a tensão de cuidar do pai dia após dia. Ao despertar, o céu estava cinzento, e o quarto frio, e o pai morrera segurando sua mão. Suas últimas palavras, seus últimos pensamentos, seu adeus haviam sido para Crystal. Ela arregalou os olhos ao perceber que ele estava morto e delicadamente colocou a mão do pai ao lado e, com um último olhar tomado pelas lágrimas, saiu do quarto e fechou a porta. Sem nada dizer a ninguém, correu o mais rápido que pôde até o rio. Chorava abertamente, o corpo sacudido pelos soluços, e ali ficou durante muito tempo. Quando voltou à casa, a mãe chorava alto na cozinha, e Minerva fazia café em silêncio. Haviam-no encontrado.

— Seu pai morreu — ela pronunciou as palavras quase com raiva, quando Crystal entrou, o rosto marcado pelas lágrimas. Era mais uma acusação do que uma declaração de pesar, como se Crystal pudesse ter evitado. Ela assentiu, temendo dizer que o soubera antes de sair e pensando mais uma vez se poderia ter feito algo para impedir sua morte. Recordou suas palavras na noite anterior... quero que você volte para cá... ele sabia o quanto ela amava aquele lugar, era parte dela, como sempre fora parte dele. Sempre veria o pai ali, naquela casa, mas, acima de tudo, nas montanhas, cavalgando ou dirigindo o trator pelos vinhais.

Haviam enviado Jared à cidade, e o agente funerário foi buscar Tad mais tarde naquela mesma manhã. Os amigos e vizinhos foram prestar suas últimas homenagens, e a mãe e a sogra postaram-se ao lado, sacudindo a cabeça e chorando. Olivia lançou um olhar agradecido para Tom, por entre as lágrimas... e Crystal tentou conter o ódio que nutria por ele. A idéia de vê-lo dirigir o rancho fazia-a estremecer. Mas não conseguia pensar nisto, seus pensamentos não se afastavam do homem que amara. Agora ele se fora, e ela fora deixada entre estranhos, assustada e desolada.

O funeral ocorreu no dia seguinte, e Tad foi enterrado em uma clareira junto ao rio, lugar que Crystal conhecia tão bem. Com freqüência ia até lá para pensar ou nadar e consolava-a pensar que o pai estaria por perto, observando-a. Sabia que ele sempre estaria com ela. E, naquela tarde, desapareceu durante algum tempo e foi visitar Hiroko. O bebê nasceria em poucas semanas, e ela levantou lentamente ao ouvir os passos imperceptíveis de Crystal na sala. Seus olhos diziam tudo, e Boyd contara que Tad Wyatt morrera. Hiroko quisera muito falar com Crystal, mas sabia ser impossível. Não permitiriam que a visse. E ali estava ela, parecendo uma criança destroçada, soluçando e estendendo os braços para Hiroko. Sentia o coração confranger-se, enquanto chorava. Sem o pai, nunca mais a vida seria igual. Ele a deixara entre pessoas que instintivamente ela sabia jamais a terem amado.

Crystal permaneceu durante horas na casa dos Webster e quando voltou ao rancho, já escurecera. A mãe esperava por ela. Estava sentada, rígida como uma pedra, no sofá, sozinha na sala, e lançou um olhar zangado para Crystal, quando esta entrou, arqueada de sofrimento e exaustão.

— Onde você estava?

— Tive que sair daqui. — Era verdade. Não suportara a atmosfera opressiva e as pessoas que chegavam hora após hora, trazendo presentes e comida, a fim de lhes dar ajuda naquele momento de dor. Mas ela não queria alimentos, queria seu pai.

— Perguntei onde você estava.

— Lá fora, mamãe. Não importa. — Ela fora até a casa dos Webster a cavalo. Era muito longe para ir a pé, e estava demasiado cansada para tentar após as emoções dos últimos dias.

— Você está dormindo com algum garoto, não é? — Crystal fitou a mãe, aturdida. Há semanas não ia a parte alguma, mal deixara a cabeceira do pai para ir ao banheiro.

— Claro que não. Como pode dizer isto? — Seus olhos encheram-se de lágrimas com as palavras brutais, tão típicas da mãe.

— Sei que você está aprontando alguma, Crystal Wyatt. Sei a que horas você sai da escola. Na maior parte dos dias, só volta para casa quando já é noite. Pensa que sou idiota?

— Estava furiosa, mal se acreditaria que acabara de perder o marido. De viúva sofrida transformara-se em víbora.

— Mamãe, não... por favor.. — Seu pai havia sido enterrado naquela manhã, e o ódio e as acusações já começavam.
— Vai acabar como Ginny Webster. Grávida de sete meses e casou-se por sorte.
— Não é verdade. — Chorava tanto que mal conseguia falar. Só conseguia pensar que perdera o pai e não acreditava que a própria mãe fazia aquelas acusações. Naturalmente, ela estava se referindo às ausências de Crystal, quando visitava Hiroko.
— Seu pai não está mais aqui para você contar suas mentiras. Não pense que me engana. Se tentar me desobedecer, Crystal Wyatt, vai ter que sair daqui. Não vou agüentar você solta por aí. Esta é uma família respeitável, não se esqueça!
– Crystal olhava-a cegamente, e a mãe saiu a passos largos para o quarto onde o marido morrera segurando a mão da filha. A filha que agora estava sozinha, sem ninguém para defendê-la. Deixou-a ficar na sala, ouvindo o silêncio e sofrendo a partida do pai. Por fim, dirigiu-se lentamente para o quarto e afundou na cama que outrora dividira com a irmã. Tentou entender porque a odiavam tanto. Jamais ocorrera-lhe que a odiavam porque o pai a amara tanto. Mais do que isto, era sua aparência... seu jeito de movimentar-se... o jeito como os via. Deitada na cama, no escuro, ainda vestida, percebeu que jamais seria a mesma. Ele a deixara sozinha nas mãos deles, e desatou a chorar, assustada no quarto silencioso.

7

O bebê de Hiroko nasceu tarde, não em março, como previsto, mas em três de abril. Crystal fora visitar Hiroko naquela tarde e encontrou-a cansada e inquieta, embora, ao contrário de Becky, jamais reclamasse. Mostrava-se sempre amigável e carinhosa, ansiosa por acolher Crystal. Fazia seis semanas que o pai dela morrera, e Crystal ia visitar Hiroko quase todos os dias. Sentia-se desconfortável no rancho, e a mãe estava sempre pronta a criticá-la e ofendê-la. Mais do que nunca, Crystal sentia-se sozinha. Desconfiava que mais alguma coisa incomodava a mãe, ou talvez estivesse solitária sem Tad e não soubesse como expressar. Certo dia, Crystal contou tudo a Hiroko, e a amiga achou plausível o motivo de tanta agressividade, mas, em particular, Boyd contou à esposa que Olivia sempre repudiara Crystal, mesmo quando ainda criança. Ele lembrava das vezes em que ela batera na filha pela menor ofensa, enquanto sempre mimava Rebecca. Ele desconfiava que por isso Tad passara a defender e privilegiar Crystal, o que até os amigos dos filhos percebiam. Todos sabiam de sua preferência no vale.

Hiroko e Crystal passaram uma tarde tranqüila, e, ao entardecer, Crystal foi para casa. A mãe estava fora, fora à cidade com Becky, e Crystal ajudou a avó a colocar a mesa do jantar. Ela perdera peso desde a morte do pai. Nunca sentia fome e naquela noite foi deitar e, ao amanhecer, selou o cavalo de seu pai e decidiu sair para visitar os Webster. Era sábado e não tinha aula. Além disso, sabia que a amiga acordava cedo. Mas ao chegar lá, Boyd veio a seu encontro na porta. Parecia preocupado e exausto. Hiroko começara o trabalho de parto na noite anterior, e o bebê ainda não nascera. Chamara o médico da cidade, mas este se recusara a vir, alegando que a Sra. Webster não era sua paciente. Foi o mesmo homem que se recusara tratá-la oito meses antes e não mudara de idéia. Boyd sabia que teria de fazer ele mesmo o parto. Não havia meios de levá-la a San Francisco. O Dr. Yoshikawa dera-lhe um livro para ler, por via das dúvidas, mas as coisas não estavam saindo como esperado. Hiroko estava sentindo muita dor, e ele conseguia ver a cabeça do bebê, mas, a cada empurrão, ele se recusava a sair. Explicou o problema rapidamente a Crystal, e esta ouvia Hiroko gemendo no quarto.

— E o velho Dr. Chandler? — Estava aposentado há anos e quase cego, mas pelo menos era alguém. Também havia uma parteira em Calistoga, mas desde logo se recusara a tratar de Hiroko.

— Ele está no Texas, visitando a filha. Tentei telefonar para ele na noite passada, do posto de gasolina. — Estava pensando seriamente em levá-la de carro até San Francisco, mas temia que perdesse o bebê.

— Posso vê-la? — Ela já fizera partos de gado antes, mas jamais vira uma mulher em trabalhos de parto e percebeu um tremor de medo percorrer-lhe a espinha, enquanto seguia Boyd até o quarto. Hiroko estava agachada sobre a cama, muito ofegante, como se estivesse desesperada para tirar o bebê de dentro dela, mas ergueu seus olhos desamparados para Crystal, afundando contra os travesseiros.

— O bebê não sai... — Outra contração percorreu-a, enquanto Crystal a observava, e Boyd foi segurar-lhe as mãos. Crystal sentiu pena da amiga, lutando desesperadamente. Ficou pensando se o bebê poderia morrer ou, pior ainda... a própria Hiroko.

Sem pensar, Crystal foi lavar as mãos na cozinha e voltou com uma pilha de toalhas limpas. A cama estava manchada de sangue, e os compridos cabelos pretos de Hiroko caíam sobre seu rosto, enquanto ela voltava a ficar de cócoras, o que de nada adiantou. Com uma confiança que não sentia, Crystal lhe falou suavemente.

— Hiroko, deixe-nos ajudá-la... — Fitou os olhos da amiga, desejosa que esta vivesse, e rezando em silêncio pelo bebê. Recordou o parto de cavalos que fizera, lutou calada consigo mesma e orou pedindo o conhecimento para que pudesse ser útil. Não havia mesmo ninguém a quem recorrer na cidade. Ninguém na cidade viria, restavam apenas Boyd e Crystal e a pequena japonesa tremendo. As lágrimas escorriam-lhe pelo rosto, mas ela não produzia nenhum som, e Crystal viu a cabeça do bebê. Tinha cabelos castanho-ruivos, intermediário entre a cor dos cabelos de Boyd e Hiroko.

— O bebê não sai... — Ela soluçou angustiada, quando Boyd lhe pediu para deitar novamente, e desta vez Crystal viu o bebê mexer alguns centímetros para fora, lentamente.

— Vamos, Hiroko... agora está saindo... faça força... — Mas ela estava demasiado fraca para tentar quando a dor diminuía, e então Crystal percebeu o que estava errado. O bebê estava com o rosto para cima e não para baixo. Teriam que virá-lo. Já fizera isto com animais, mas a idéia de repetir a operação com sua amiga a aterrorizava. Lançou os olhos para Boyd e explicou tudo baixinho. Então percebeu que se não virassem o bebê, ele poderia morrer, ou mesmo Hiroko. Talvez já fosse tarde demais para o bebê. Crystal sabia que precisavam se apressar. Outra contração percorreu a amiga, e desta vez Crystal não mandou que empurrasse, mas pressionou as mãos dela com as suas e sentiu o bebê no útero de Hiroko. Mal ousando respirar, virou o bebê com todo cuidado, enquanto Hiroko gritava e Boyd segurava-a. Outra contração, e ela voltou a empurrar, como se para forçar Crystal a afastar-se, mas quando Crystal retirou as mãos, a cabeça do bebê adiantou-se, e, de súbito, Hiroko empurrou como jamais pensou que conseguiria. A dor era desnorteante quando o bebê começou a sair, e Crystal lançou um grito de vitória quando a cabeça emergiu, e com o corpo ainda no interior da mãe o bebê já chorava. Lágrimas corriam pelo rosto de Crystal, que buscava retirar o bebê de Hiroko, e seguiu-se um silêncio tenso no quarto, quando Hiroko voltou a empurrar, mas desta vez ela ria e chorava ao mesmo tempo, ouvindo o bebê chorar, e então, de repente, o bebê saiu em um vácuo. Era uma garotinha, e os três fitaram-na atônitos. A placenta saiu depois e Boyd descartou-se dela, como mandava o livro. Mas o livro de nada servira até o momento. Fora Crystal quem salvara a vida do bebê, e ela contemplava a pequena criatura com assombro. Parecia com a mãe, e Hiroko chorava de alegria ao segurá-la.

— Obrigada... obrigada... — Estava cansada demais para dizer outra coisa e fechou os olhos abraçada à menininha. Boyd chorou olhando-as. Fitava a esposa com todo o amor e tocou suavemente o rosto do bebê antes de contemplar Crystal.

— Você a salvou... as duas... — Vertia lágrimas de alívio, e Crystal deixou o quarto em silêncio. O sol já estava alto no céu e surpreendeu-se ao perceber quanto tempo permanecera ali. As horas haviam passado, enquanto trabalhava para salvar a amiga e o bebezinho.

Boyd veio ao seu encontro algum tempo depois. Ela estava sentada na grama, pensando como a natureza era extraordinária. Nunca vira algo tão lindo quanto o bebê. À semelhança de Hiroko, o bebê parecia feito de mármore, e os olhos possuíam a mesma inclinação oriental da mãe, embora houvesse algo de Boyd também. Sorrindo, Crystal ponderou se algum dia o bebê teria sardas como o pai. Este pareceu repentinamente adulto ao contemplar a amiga da esposa, agradecido além de quaisquer palavras que pudesse expressar.

— Como está ela? — Crystal ainda estava preocupada e desejou que pudessem chamar um médico. Sempre havia o risco de infecção.

— As duas estão dormindo. — Ele sorriu, sentando-se ao lado de Crystal. — Estão tão bonitas.

Crystal sorriu-lhe. Eram duas crianças que haviam crescido naquela manhã. A vida não seria mais a mesma, e após ver o milagre do nascimento do bebê, naquele momento ele lhes pareceu infinitamente precioso.

— Como ela vai se chamar?

— Jane Keiko Webster. Queria chamá-la simplesmente Keiko, mas Hiroko quis que ela tivesse um nome americano. Talvez tenha razão. — Pareceu triste ao dizer isto e em seguida lançou os olhos sobre o vale onde ambos haviam crescido. — Keiko era irmã dela, que morreu em Hiroshima. — Crystal assentiu, Hiroko lhe contara a história.

— É uma linda garotinha, Boyd. Seja bom para ela. — Estranho conselho a dar. Ele tinha 24 anos e conheciam-se desde crianças. Becky já fora apaixonada por ele, mas nada acontecera, e Crystal sempre lamentara. Ele era um homem bom e decente, muito diferente de Tom Parker. Contemplou sonhadora as colinas, enquanto conversava com ele. Era um belo dia

de primavera e o sol brilhava em todo seu esplendor. — Meu pai sempre foi muito bom para mim. Foi a melhor pessoa que já conheci. — Os olhos encheram-se de lágrimas, e ela voltou a fitar Boyd, enxugando-os com a ponta da camisa de trabalho.
— Deve sentir muita falta dele.
— Sinto. E... bem, agora as coisas estão diferentes. Mamãe e eu nunca fomos próximas. Ela sempre preferiu Becky. — Falou com simplicidade, soltando um pequeno suspiro e recostando-se na grama morna. Então sorriu, novamente recordando. — Acho que ela sempre achou que papai me mimava. E acho que era verdade. Mas não posso dizer que me incomodava. — Então ela soltou uma risada e, por um instante, pareceu novamente jovem. Entretanto, Boyd sentiu pena dela.
— Acho melhor voltar para junto delas. Acha que devo preparar algo para ela comer? — Não sabia ao certo o que fazer.
— Quando ela sentir fome. Mamãe sempre diz que Becky comia como um cavalo depois, mas com Willie foi fácil. Diga a ela para ir com calma. — Também pôs-se de pé. — Volto hoje à tarde ou amanhã, se conseguir escapulir. — A mãe sempre encontrava tarefas para ela. E agora, com Becky grávida, estava sempre dizendo a Crystal para limpar a casa ou ajudá-la com a roupa para lavar. Às vezes sentia-se uma escrava, enquanto lavava o quarto da frente de Becky e esta ficava sentada com a mãe na cozinha, tomando café.

— Cuide-se. — Por um momento ele deixou-se ficar ali em pé, desajeitado, e ela foi soltar o cavalo, corando envergonhada, quando ele lhe deu um beijo no rosto. — Obrigado, Crystal. — A voz soou rouca de emoção. — Nunca esquecerei disto.

— Nem eu. — Ela fitou-o com sinceridade, quase tão alta quanto ele, enquanto segurava as rédeas do velho animal. — Dê um beijo em Jane por mim. — Em seguida, ela montou e voltou a olhá-lo, e por um segundo de estranheza pensou em Spencer. Sentia-se tão próxima de Boyd após o parto, que quase contara a ele. Mas contar o quê? Que estava apaixonada por um homem que quase com certeza já a esquecera? Afinal de contas só haviam se visto duas vezes, contudo ela foi para casa sorrindo e pensando no bebê dormindo nos braços de Hiroko e percebeu-se sonhando com ele mais uma vez. Era tudo o que tinha, os sonhos com ele, as lembranças de seu pai e as fotografias dos astros de cinema dependuradas em seu quarto.

8

— Onde esteve o dia todo? Procurei você por toda parte. — A mãe esperava-a na cozinha, quando Crystal voltou após o parto do bebê de Hiroko. E, por um louco instante, pensou em contar o que acontecera. Fora tão lindo e excitante, além de aterrador. Para uma garota que ainda não completara 17 anos, percebeu de súbito o que significava ser mulher.
 — Estava cavalgando. Achei que não precisava de mim.
 — Sua irmã não está se sentindo bem. Quero que vá ajudá-la. — Crystal assentiu. Becky nunca se sentia bem, embora não admitisse. — Ela quer que você tome conta de Willie. — A mesma velha história.
 — Está bem.
 Olivia deixara pratos para lavar na pia da cozinha, e concluída esta tarefa, ela percorreu os campos até o chalé. Tom estava ouvindo rádio, e a sala cheirava a cerveja, enquanto o pequeno Willie andava cambaleante pela sala, de camiseta e fralda. A sala estava um caos, e Becky lia uma revista e fumava um cigarro na cama. Crystal ofereceu-se para fazer o almoço, e ela assentiu sem afastar os olhos da revista. Crystal voltou à cozinha para fazer um sanduíche.
 — Faça um para mim também, querida — Tom gritou meio bêbado. — E me traga outra garrafa da geladeira, tá? — Ela foi até a sala entregar-lhe a garrafa de cerveja e pegou

Willie no colo. Ele estava fazendo um bolo de lama no cinzeiro, com o leite da mamadeira pela metade. Soltou gritinhos de alegria, quando Crystal o abraçou. Estava com um cheiro azedo, e Crystal concluiu que ninguém se dera ao trabalho de lhe trocar as fraldas desde a manhã. — Onde você estava? Ouvi sua mãe lhe procurando a manhã inteira. — Ele usava uma camiseta com duas meias luas debaixo dos braços, e tudo em Tom era-lhe desagradável enquanto ele a olhava. Ela lhe pareceu muito bonita. Sua esposa estava gorda e cansada, sempre reclamando, e as duas nem pareciam irmãs.

— Estava visitando amigos. — Ela procurou ser neutra, ainda com o bebê nos braços.

— Arranjou namorado novo?

— Não — vociferou, voltando à cozinha. Suas pernas pareciam intermináveis no *jeans* justo, e ele deixou-se admirar-lhe as ancas, enquanto ela ia preparar o sanduíche.

Crystal só voltou para casa na hora do jantar, após fazer toda a limpeza e o almoço para eles, além de dar banho no pequeno Willie. Revoltava-a ver como o tratavam. E agora iam ter outro filho, para deixá-lo sujo e rebelde, chorando quase o tempo todo porque estava faminto e Becky não queria fazer o jantar. Tom saiu antes dela, e Crystal ficou aliviada. Não gostava do jeito como ele a olhava e as perguntas que sempre fazia sobre seus "namorados". Ela nunca tivera ninguém. Exceto seus sonhos inofensivos com Spencer. Os outros tinham muito medo dela, o que lhe vinha a calhar. Nada tinha em comum com qualquer deles. Suas vidas confinavam-se ao vale. Não sabiam que existia um mundo fora do vale e não ansiavam conhecê-lo. Ao contrário de Crystal, que ansiava algo mais do que o Vale Alexander tinha a oferecer.

Becky não se deu ao trabalho de agradecer quando ela foi embora, e na casa grande a mãe mandou que Crystal descascasse batatas para o jantar. Fez o que lhe fora pedido, mas ao terminar, foi deitar-se, demasiado exausta até mesmo para pensar em jantar. Pensou um pouco em Hiroko, antes de adormecer, prometendo a si mesma voltar a visitá-la na manhã seguinte, após a igreja. Teria que arranjar um jeito de escapulir da mãe e da irmã. Elas sempre pareciam ter tarefas para ela. Era tudo tão diferente de quando o pai estava vivo. Em dois meses, ela se tornara uma empregada do rancho, alguém para fazer seus trabalhos e limpeza, alguém com quem podiam gritar, alguém que podiam ignorar. Crystal percebia o ódio nos olhos da mãe, quando esta pensava que a filha não a estava olhando. Não gostava dela, e Crystal não sabia o motivo. Nada fizera a elas, exceto amar o pai.

As férias começaram em junho e só lhe faltava um ano para formar-se. Mas, e depois, o que faria? A vida continuaria igual. Ainda estaria trabalhando no rancho e assistindo Tom destruir o que o pai e o avô haviam construído, o rancho que Tad tanto amara. Tom ia colher as uvas naquele ano, incapaz de vendê-las pela primeira vez em muitos anos, e vendera grande parte do gado, alegando que traziam muitos problemas. O gado trouxe-lhe dinheiro no banco, mas reduziu bastante o lucro do rancho, e todos sentiram.

O bebê de Becky nasceu pouco após as férias de Crystal. Desta vez foi uma menina, muito parecida com o pai. Mas o coração de Crystal inundava-se de amor quando via o bebê de Hiroko. Batizaram-na em uma igreja em San Francisco e convidaram Crystal para madrinha. Esta precisara de incontáveis mentiras a fim de explicar sua ausência à mãe, mas acabara indo com o casal e ficara fascinada com o que viu, sentindo-se viva e revigorada quando voltaram ao Vale Alexander.

O verão daquele ano foi lindo, e Crystal fez 17 anos. Passava muitas horas com Boyd, Hiroko e a filha. A pequena Jane continuava tão parecida com Hiroko como quando nascera, contudo também tinha algo de Boyd, a expressão, o sorriso e os cabelos castanho-avermelhados, mistura perfeita de ambos. Crystal deixava-se ficar deitada preguiçosamente durante horas no gramado, sob as árvores do jardim dos Webster, brincando com a criança aninhando-a em seus braços, sentindo-lhe o calor, enquanto ela murmurava. As visitas que fazia a eles eram o ponto alto de sua existência. E só ia para casa ao anoitecer, a tempo de ajudar a mãe e a avó a pôr o jantar. Assim como Tom, de vez em quando a mãe a acusava de ter um namorado e dizia que ela deveria estar ajudando a irmã com os filhos, mas ela tinha outras coisas em mente, assim como Becky. Todos no vale comentavam que Ginny Webster tinha um caso com Tom. E Crystal achava que era verdade. Certa vez perguntou a Boyd, e este limitou-se a dar de ombros e dizer que não acreditava nos mexericos das pessoas, mas corou ao dizer isto, quase até a cor de seus cabelos. Então era verdade, e Crystal não se surpreendeu, mas ficou pensando se ele teria ousado, se o pai estivesse vivo. Agora não importava, Tad se fora, e Tom Parker podia fazer o que bem entendesse.

— Tom e Becky batizaram o bebê no final do verão, pouco antes de Crystal voltar à escola. Mas desta vez Spencer não veio, e a mãe não ofereceu uma grande festa. Convidaram alguns amigos para o almoço após a igreja, e Tom embebedou-se e saiu cedo, enquanto Becky chorava na cozinha com a mãe. E Crystal foi caminhando lentamente até o rio e sentou-se próxima ao local onde o pai fora enterrado. Era difícil acreditar que apenas um ano antes ele estava vivo, e ela estivera sentada no balanço, conversando com Spencer. Ela ainda era uma criança há um ano, percebeu, mas agora se tornara mulher. O ano anterior fora muito duro, as perdas demasiado grandes, o sofrimento intenso. Tinha apenas 17 anos, mas Crystal Wyatt tornara-se mulher.

9

O convite chegou em seu escritório, e Spencer sorriu ao lê-lo. O pai acertara. Lera nos jornais semanas antes. Harrison Barclay fora designado para a Corte Suprema, e Spencer convidado à posse.

Fora um bom ano para ele, muito trabalho e pessoas que apreciava. Anderson, Vincent e Sawbrook eram conservadores, mas, para sua surpresa, gostara deles. E saíra-se bem. Já passara a assistente de um dos sócios. E o pai estava satisfeito com ele. Houvera algumas escaramuças entre os dois, sobretudo no que dizia respeito a Barbara. Os pais haviam alugado uma casa em Long Island no verão em que Spencer voltara, e Barbara passara grande parte de agosto com as duas filhas lá. Alicia e William Hill contavam que Spencer também fosse. No final, não houvera como evitar. Spencer passara duas semanas na casa, com Barbara cortejando-o e os pais irradiando expectativa em seus olhos. Ela esperara por Spencer, disse a mãe. Ela te ama, incentivara o pai. E por fim Spencer explodira. Ela esperara por Robert e não por ele, e não tinha culpa se o irmão morrera no Pacífico. Era uma boa moça, e ele adorava as sobrinhas, mas ela era esposa de seu irmão. Para Spencer já bastava ter-se tornado advogado. Não queria dever aos pais e ao finado irmão desposar a esposa deste.

Barbara deixara a casa em lágrimas, e seguira-se uma cena terrível de Spencer com os pais. Pouco depois, ele foi embora de Long Island para nunca mais voltar e só voltou a vê-los no outono. Barbara já voltara para Boston com as filhas, e recentemente ele soubera por um amigo que ela estava saindo com o filho de um político influente. Escolha perfeita para ela, e Spencer esperava que estivesse feliz. Só queria uma chance de ser bem-sucedido e construir uma vida para si. Gostava de Nova York, mais ainda sentia falta da Califórnia. E, mais de uma vez, pegara-se pensando em Crystal. Mas agora se lembrava cada vez menos dela. Estava distante demais e não era real. Não passara de uma visão, bela e rara, como uma flor silvestre que se admira nas montanhas, mas que nunca mais se volta a ver, embora sempre seja lembrada. Spencer recebeu uma carta de Boyd por ocasião do nascimento da filha deste, mas a carta não falava de Crystal, e Spencer recebera a notícia de que Tom e Becky haviam tido outro filho. Mas agora tudo aquilo parecia muito distante. Fazia parte da guerra, parte de outra vida para ele. Estava envolvido com seu trabalho para Anderson, Vincent e Sawbrook, e aprendendo muita coisa sobre as novas leis tributárias. Seu verdadeiro interesse era a parte criminal, mas seus clientes não tinham problemas nesta área. Ele ajudava a estabelecer propriedades e testamentos complicados, trabalhos interessantes sobre os quais podia conversar com o pai.

Descobriu, ao jantar com os pais naquela noite, que eles também haviam sido convidados. Mas o pai se declarou ocupado demais para aceitar o convite.

— Você vai?

— Duvido muito, pai. Mal o conheço. — Spencer sorriu-lhe. O pai estava indo bem. Acabara de envolver-se em importante questão criminal, e Spencer estava ansioso por saber mais do que lera nos jornais.

— Você deve ir. Ele é um bom contato para você.

— Vou tentar, mas não sei se conseguirei escapulir do escritório. — Spencer sorriu, parecendo mais jovem do que seus 29 anos. Estava bronzeado após as semanas na praia e jogara muito tênis. — Sinto-me tolo comparecendo, pai. Ele não me conhece assim tão bem. E não tenho tempo para ir a Washington.

— Você pode arranjar tempo. Tenho certeza de que a firma terá interesse em sua ida. — Sempre as responsabilidades e obrigações. Às vezes aquilo tudo irritava-o. A vida parecia repleta apenas do que era "esperado". Fazia parte da idade adulta, de estar no mundo "real", mas ele não sabia se gostava de tudo aquilo.

— Vamos ver. — Mas, para sua surpresa, o sócio com quem trabalhava diretamente repetiu as palavras de seu pai alguns dias depois. Spencer mencionou o convite sobre os drinques no River Club, e seu mentor sugeriu-lhe ir à posse de Harrison Barclay.

— O convite é uma honra.

— Mal o conheço, senhor — repetiu o que dissera ao pai, mas o sócio sacudiu a cabeça.

— Não importa. Algum dia ele poderá ser importante para você. Você precisa ter estas coisas em mente. Na verdade, eu recomendo a você que vá. — Spencer assentiu, aceitando o conselho, mas se sentiu tolo ao aceitar o convite. A firma chegou ao ponto de fazer-lhe reserva no Hotel Shoreham, e ele foi para Washington de trem, um dia antes da posse. O quarto que haviam reservado para ele era amplo e arejado, e Spencer sorriu consigo mesmo ao sentar-se na confortável cadeira de couro e pedir um *scotch* ao serviço de quarto. Aquele tipo de vida era agradável, e talvez fosse divertido rever os Barclay. Desconfiava que Elizabeth estaria lá. Não tinha notícias dela desde que fora para Vassar. Provavelmente arranjara outro para fisgar, e ele também tinha suas pretendentes. Saíra com uma dúzia de mulheres diferentes no ano anterior. Levara-as para jantar no "21", Le Pavillion e no Waldorf. Haviam ido a festas, ao teatro, jogado tênis em Connecticut e East Hampton, mas não gostava de nenhuma em especial. E, três anos após o final da guerra, todos ainda pareciam ansiosos para casar. Mas ele não estava com pressa, ainda queria definir muita coisa em sua cabeça. De certa forma, a advocacia apenas não parecia o fim da linha para ele. Estava gostando mais do que pensara, contudo, no íntimo, admitia que a advocacia não era muito excitante. Ainda tentava imaginar uma forma de conjugar sua profissão com algo mais desafiador e interessante. Aos 29 anos, Spencer imaginava existir muita coisa esperando por ele antes de unir-se a alguém para sempre. Primeiro precisava encontrar a pessoa certa, e esta ainda não aparecera.

Mal começara a adaptar-se após a interrupção da guerra e o choque da morte do irmão. Só então o sofrimento desta perda começava a reduzir. Robert se fora há quatro anos, e seus pais ainda falavam nele, mas Spencer não se sentia mais pessoalmente responsável pela substituição do irmão. Agora era ele mesmo, e certas vezes sentia-se no topo do mundo, controlando tudo que fazia. Às vezes sentia-se sozinho, mas não sabia se isto o incomodava. Gostava da solidão. E não obstante o fato da advocacia não ser o que realmente desejava, passara a gostar do que fazia.

O dia seguinte amanheceu ensolarado e claro, e, naquela manhã de setembro fresca, Spencer dirigiu-se ao prédio da Corte Suprema para o juramento formal. Usava um terno escuro riscado, gravata também escura e estava muito bonito com seus cabelos escuros sedosos e os olhos azuis. Diversas mulheres viraram a cabeça para olhá-lo, não obstante Spencer não pareceu notar. E depois, ele conseguiu cumprimentar o juiz Barclay rapidamente, antes que a multidão o engolisse e o levasse. Não encontrou nenhum conhecido e lamentou a ausência do pai.

Naquela tarde visitou o monumento a Washington e o memorial Lincoln, em seguida voltou ao hotel para comer algo antes de vestir-se para a festa a que fora convidado naquela noite. Os Barclay receberiam para um jantar formal no Hotel Mayflower, a fim de comemorar a posse.

Spencer deixou o hotel de *smoking* e tomou um táxi até o local da festa. Aguardou com paciência na fila de recepção, onde foi recebido efusivamente por Priscilla Barclay.

— Que bom ter vindo, Sr. Hill. Já viu Elizabeth?

— Obrigado. Não, ainda não.

— Eu a vi há poucos minutos. Estou certa de que gostará de revê-lo. — Então Spencer se adiantou para cumprimentar o marido e se afastou com rapidez, dando lugar aos que estavam atrás na fila. Dirigiu-se ao bar e pediu um *scotch* com água. Deu uma olhada nos convidados. A maior parte compunha-se de homens mais velhos e mulheres com vestidos caros. Era uma interessante coleção de celebridades do país, e, mais importante, sentiu-se animado por estar ali. Bebericou seu drinque e reconheceu um dos outros juízes da Corte Suprema. Em seguida, observou uma mulher mais jovem conversando com um senhor, e quando ela se virou, reconheceu a filha do juiz Barclay. Parecia bem mais velha do que no ano anterior e de certa forma mais bonita. Ela sorriu, reconhecendo-o, e Spencer lembrou como ela era altiva quando se conheceram, e atraente. Agora estava mais bonita, e ele se aproximou com um sorriso. Seus olhos castanhos pareceram acender-se, receptivos. Seus cabelos castanho-avermelhados estavam mais curtos, e ela usava um vestido de cetim branco extraordinário, com o bronzeado de verão adquirido em lago Tahoe. Spencer viu-se forçado a reconhecer que ela era muito atraente, muito mais do que recordava.

— Olá, como vai? E Vassar?

— Tediosa. — Ela sorriu, os olhos cravados nos dele. — Acho que estou muito velha para faculdade. — Vassar parecia-lhe demasiado infantil. Em três meses, cansara-se e pensara em desistir e fazer outra coisa, mas ainda tinha três anos pela frente. E ao iniciar seu segundo ano, já começava a pensar se conseguiria ir até o fim. — Poughkeepsie é absolutamente terrível.

— Depois da Califórnia, às vezes Nova York também é. Os invernos são um tanto severos, não? — Soltou uma risada. No ano anterior, Spencer reclamara com amargura, mas agora acabara por se acostumar e gostava da agitação de Nova York, bem diferente da sonolenta Poughkeepsie.

— Foi uma gentileza sua ter vindo. Estou certa de que meu pai deve estar satisfeito — disse ela, com educação, e Spencer quase caiu na gargalhada. No centro da multidão, girando à sua volta, centenas de companheiros e amigos, ficava difícil imaginar o juiz Barclay "satisfeito" com a presença de um advogado jovem e desconhecido.

— Foi bondade dele convidar-me. Deve estar muito feliz com a nomeação.

Ela lhe sorriu, bebericando seu gim-tônica.

— Está mesmo. E minha mãe também. Ela adora Washington. Nasceu aqui, você sabe.

— Não sabia. Imagino que também será divertido para você. Pode sair da faculdade? — Ele admirava a curva suave dos ombros da moça enquanto falava e concluiu que gostara do novo corte.

— Não muito. Mal fui a Nova York ano passado. Mas

vou tentar passar algum tempo aqui com eles, nas férias. É bem mais fácil do que voltar à Califórnia. — Conversaram durante mais algum tempo e, conforme os convidados começaram a se sentar, Spencer consultou um dos mapas de assentos e descobriu que se sentaria na mesa de Elizabeth. Supôs que a mãe dela fora a responsável, não imaginando que a própria Elizabeth pedira para ficarem na mesma mesa ao passar os olhos pela lista de convidados junto com a mãe. Impressionara-se com ele no ano anterior e ficara desapontada porque Spencer não tentara entrar em contato com ela em Vassar. — Está gostando da firma de advocacia em Nova York? — Não lembrava mais qual era, mas sabia que era uma firma importante.

— Estou. — Ele sorriu e ajudou-a a sentar, e ele sorriu-lhe em retribuição.

— Você parece surpreso.

Os olhos de Spencer eram sorridentes, fitando-a a seu lado. — E estou. Nunca pensei que quisesse ser advogado.

— E agora quer?

— Mais ou menos. Fico pensando que vai ser cada vez mais difícil, ou mais desafiador, mas até agora não aconteceu nada disso. Na verdade, é bastante confortável. — Ela assentiu e então sorriu orgulhosa na direção do pai, em uma mesa próxima.

— E olhe no que dá.

— Não para todos. Mas estou satisfeito em estar fazendo o que estou no momento.

— Já pensou em entrar para a política? — ela indagou quando o primeiro prato chegou, sopa de lagosta, servida com vinho branco, e Spencer fitou-a divertido. Ela ainda tinha aqueles olhos penetrantes que pareciam devassar o interlocutor e não temia fazer perguntas sérias. Gostara desta característica no ano anterior e agora voltava a surpreender-se. Ela não tinha medo de enfrentar qualquer coisa, o que ele admirava. Elizabeth tomou a iniciativa e prosseguiu. Era uma mulher de decisão, no comando de si mesma e do que a circundava, e Spencer desconfiava que, dada a oportunidade, também das pessoas que a cercavam. Naquele momento fitava-o com interesse, ela mesma intensamente envolvida com política, por causa do pai.

— Meu irmão nutria aspirações neste sentido ou ao menos pensava que sim. Mas não sei se é meu campo. — O problema era que ele ainda não sabia qual era seu campo.

— Se eu fosse homem, é o que faria. — Ela parecia tão segura, e ele a invejou um pouco, soltando uma gargalhada. Sem dúvida ela era corajosa. Recordou a última vez em que a vira, ela contara sua vontade de ser advogada.

— O que está estudando em Vassar?

— Artes liberais. Literatura. Francês. História. Nada de muito excitante.

— O que preferia fazer? — Ela o intrigava com sua mente perspicaz e suas perguntas diretas. Elizabeth Barclay sem dúvida não era uma violeta encolhida.

— Deixar a faculdade e fazer alguma coisa útil. Estava pensando em vir ficar um tempo em Washington, mas papai não gostou da idéia. Quer que eu termine a faculdade antes.

— Parece sensato. Você só tem mais três anos para terminar. — Mas até para ele parecia muito tempo, enquanto a observava.

— Voltou à Califórnia.

— Não, ainda não — lamentou ele. — Não tive tempo, e este ano passou voando. — Ela assentiu, para ela também passara voando sob certos aspectos, e lentamente sob outros. Voltara a San Francisco para seu *début* no Cotillion, no Natal, e para o baile que os pais ofereceram no Burlingame Country Club. E naturalmente fora ao lago Tahoe passar o verão. Mas estava mais interessada em visitar Nova York e Washington no inverno. Os pais já a haviam convidado para passar o Natal em Palm Beach.

Então o conjunto começou a tocar, e Spencer convidou-a para dançar, assim que começaram a tocar *Imagination*, enquanto aguardavam o prato principal. Spencer conduziu-a delicadamente até a pista de dança. Ela dançava muito bem, e ele baixou o olhar para seus cabelos castanho-avermelhados e seus ombros bronzeados. Tudo nela sugeria saúde, bem estar e poder. Ela contou que iria à Europa com os pais no próximo verão, no *Île de France*, e perguntou a Spencer se já conhecia o Velho Continente. Ele respondeu que não. Seu pai prometera mandá-lo quando se formasse, mas viera a guerra, e ele se alistara pouco depois e fora para o Pacífico. Ela também contou que iria passar algumas semanas em Nova York, a fim de visitar um dos irmãos. Ian Barclay trabalhava para uma firma de advocacia ainda mais ilustre do que a de Spencer.

— Você os conhece? — Ela ergueu os olhos em expectativa, parecendo muito jovem e bonita, e ele começou a sentir os efeitos do *scotch*. Gostou de sentir sua pele sob as mãos dela e pela primeira vez percebeu o perfume de Elizabeth.

— Não, não os conheço. Meu pai sim. — Recordou o pai dizendo que Barclay estivera no tribunal. — Você terá que me apresentar. — Era a primeira vez que sugeria revê-la.

— Eu adoraria. — Ela pareceu vitoriosa e um tanto altiva, quando ele a conduziu de volta à mesa, e, no final da noite, Spencer sentia conhecê-la um pouco mais. Jogava tênis, gostava de esquiar, falava um pouco de francês, detestava cães e não se interessava muito por crianças. Durante a sobremesa, admitiu desejar realizar algo mais em sua vida, além de jogar *bridge* e ter filhos. Para Spencer, era óbvia sua adoração pelo pai e o desejo de desposar alguém como ele, um homem que "estava chegando lá" e não se contentava em sentar-se em uma poltrona e ver a vida passar. Ela queria casar com um homem que fosse *importante*. Era jovem para ter tanta certeza, ainda não completara vinte anos, mas sabia o que queria e teria muitas oportunidades de conhecer o homem que desejava. E, por um instante, ao saírem juntos do salão de baile, ele percebeu que Elizabeth teria gostado bem mais de Robert do que dele.

— Quer tomar um drinque em algum lugar? — Ele se surpreendeu ouvindo-se fazer o convite, mas gostava de conversar com ela.

— Claro. Onde você está hospedado? — Fitou os olhos castanhos diretamente nos dele. Não tinha medo de nada, muito menos de Spencer.

— No Shoreham.

— Então vamos para lá. Podemos tomar algo no bar. Só vou avisar minha mãe. — Foi o que fez e voltou alguns minutos depois, quando a maior parte dos convidados já saíra, quase uma hora da madrugada, e a mãe não fez objeções à sua saída com Spencer. Ele era um homem atraente e respeitável, e sabia poder confiar nele. Acenou-lhes em despedida, mas Spencer não quis interromper o que parecia uma conversa séria com o presidente da Câmara. Saíram em silêncio e tomaram um táxi de volta ao hotel, onde escolheram uma mesa discreta a um canto do bar. Ele percebeu diversas cabeças voltaram-se ao entrarem. Formavam um casal bastante notável.

Pediu champanhe e conversaram mais um pouco sobre Nova York, o trabalho dele e a Califórnia. Spencer contou-lhe o quanto amava a cidade e de sua vontade de morar lá algum dia, embora não visse como, trabalhando para uma firma de advocacia de Wall Street. E ela sorriu-lhe, tudo que queria era mudar para Nova York quando terminasse a faculdade, ou talvez Washington, agora que os pais permaneceriam ali a maior parte do ano. Falou da vontade de ter sua própria casa em Georgetown.

Pelo modo como falava, era claro que jamais lhe faltara algo. Nunca passara um dia em que não conseguisse tudo que desejava. Mas isto ele já percebera ao conhecê-la em San Francisco. A casa dos Barclay era ao mesmo tempo suntuosa e bonita, e tornava-se fácil perceber que a vida de Elizabeth fora fácil. Os pais eram de famílias de muito dinheiro.

— Você precisa ir a Tahoe. Meu avô construiu uma bela casa no lago. Adoro esse lugar desde que era criança. — Mas, estranhamente, enquanto ela falava da casa, ele lembrou do Vale Alexander e perguntou se Elizabeth já estivera lá. — Não, mas fui a Napa uma vez, para visitar amigos de papai. Não tem muita coisa lá, exceto vinhais e algumas casas vitorianas. — Para ela parecera bastante monótono, mas ficou intrigada quando Spencer descreveu o vale ao norte, e percebeu algo em seus olhos que excitaram sua curiosidade. Um olhar de recordação, olhar que lhe disse mais do que o que Spencer falou. — Tem amigos lá?

Ele assentiu, pensativo.

— Dois homens que serviram no exército comigo moram lá. — Contou de Boyd e Hiroko, e os olhos de Elizabeth endureceram-se enquanto ouvia.

— Foi uma estupidez da parte dele casar com ela. Ninguém vai esquecer o que aconteceu no Japão. — Pareceu mimada e insensível, repentinamente, o que o aborreceu. Era exatamente do tipo de reação com que Hiroko sempre se defrontara desde que chegara à Califórnia.

Ele falou baixinho, mal ocultando a raiva:
— Duvido muito que os japoneses também esqueçam Hiroshima.
— Você não disse que seu irmão morreu no Pacífico? — Os olhos dela estavam cravados em Spencer, que a fitava de frente.
— Foi, sim. Mas não os odeio por isto. Nós também matamos muita gente lá. — Era uma visão pacifista, à qual Elizabeth não estava acostumada, e não combinava com as opiniões de seu pai, conservador ardente que aprovara integralmente o bombardeio a Hiroshima. — Repudio tudo que fizemos lá, Elizabeth. Ninguém vence uma guerra, exceto talvez os governos. O povo sempre perde de ambos os lados.
— Não penso como você. — Ela empertigou-se, e ele tentou atenuar a situação fazendo graça.
— Imagino que você gostaria de se alistar ao exército também. Juntamente com o desejo de tornar-se advogada ou política.
— Minha mãe trabalhou para a Cruz Vermelha, e eu teria feito o mesmo se tivesse idade suficiente.
Ele suspirou. Ela ainda era tão jovem, tão ingênua e tão influenciada pelo pensamento dos pais. Ele tinha suas próprias idéias a respeito da guerra, muito diferentes das de seu pai. Sentia-se feliz ao pensar que a guerra acabara, mas ainda lembrava os amigos que perdera, os homens que haviam servido com ele... e seu irmão. Então fitou Elizabeth e sentiu-se quase com idade para ser seu pai, em vez de apenas dez anos mais velho.
— A vida é engraçada, não, Elizabeth? Você nunca sabe que rumo vai tomar. Se meu irmão não tivesse morrido, talvez eu nunca tivesse feito direito. — Ele sorriu em silêncio. — Talvez nunca a tivesse conhecido.
— Que maneira estranha de considerar as coisas. — Ele a intrigava. Era honesto, educado e inteligente, mas não tão ambicioso quanto ela gostaria. Parecia usufruir a vida e ir vivendo, esperando para ver que rumo ela tomaria. — Nós fazemos nossos destinos, não acha?
— Nem sempre. — Ele já vira muito da realidade para acreditar nisto. E se tivesse feito sua vida, ela teria sido muito diferente. — Você acha que constrói sua vida? — Ele estava

tão fascinado por ela quanto ela por ele. Eram completamente diferentes.

— Provavelmente. — Ela parecia certa do que dizia, e ele admirou sua confiança e determinação.

— Acho que sim, se lhe derem meia chance.

— Isto o surpreende? — Ela parecia tão segura de si, tão imperturbável, tão sob controle após a longa noite.

— Não realmente. Você parece ser uma pessoa que sempre consegue o que quer.

— E você? — Sua voz suavizou-se. — Você se desapontou Spencer? — Ponderou se ele perdera alguém que realmente amava ou tivera um noivado desfeito, mas não.

Ele sorriu antes de responder, refletindo:

— Desapontado não. Apenas mandado para outra rota, digamos. — E então ele soltou uma gargalhada e serviu o resto de champanhe. Logo o bar fecharia, e ele teria que levá-la de volta para seu quarto. Ambos sabiam que a noite não iria adiante. — Meus pais queriam que eu casasse com a esposa de meu irmão quando voltei para casa, ou melhor, sua viúva. Tivemos desentendimentos a este respeito.

— Por que não casou? — Ela queria saber tudo sobre ele.

Ele a fitou e falou com sinceridade.

— Não a amava. Isto é importante para mim. Era esposa de Robert e não minha. Eu não sou ele. Sou uma pessoa bem diferente.

— E quem é, Spencer? — Sua voz parecia uma carícia na penumbra. Ela buscou os olhos dele. — O que *você* quer?

— Alguém que eu ame... e respeite... e com quem me preocupe. Alguém com quem possa rir quando as coisas estiverem erradas... alguém que não tenha medo de me amar... alguém que precise de mim. — Sentiu-se extremamente vulnerável dizendo tudo aquilo e não sabia por que se abrira com ela. Ponderou se Crystal se encaixaria nestes requisitos. Não era provável. Estranho como a lembrança dela permanecia dentro dele. Era uma menina lindíssima, de um lugar distante. Só sabia como ela era adorável e suave e como sentia-se quando estava perto dela. Não sabia o que lhe ia no íntimo ou o que ela pensava, ou quem seria quando se tornasse adulta. Tampouco sabia o que ia no íntimo de Elizabeth, mas desconfiava que ela não era nem um pouco suave. Parecia feita de matéria rígida, e não conseguia imaginá-la precisando de alguém, exceto talvez do pai. — Se pudesse escolher, o que gostaria, Elizabeth?

Ela sorriu e foi tão honesta quanto ele.

— Alguém importante.

— Isto diz tudo, não? — Ele soltou uma risada, mas as palavras dela haviam atingido o alvo. Ela era exatamente como Spencer pensara. Dura, esperta, interessante, vivaz, ambiciosa e independente.

Spencer levou Elizabeth até seu quarto e desejou-lhe boa-noite no corredor. Ela voltou-se, após abrir a porta, e fitou-o com um sorriso acolhedor.

— Quando volta para Nova York?

— Amanhã de manhã.

— Vou ficar alguns dias aqui. Vou ajudar mamãe a procurar casa. Mas estarei de volta a Vassar na próxima semana, Spencer... — E, então, tão baixinho que ele mal conseguiu ouvir: — Telefone para mim.

— Como vou encontrá-la? — Pela primeira vez, pensou na possibilidade de telefonar para ela, embora não soubesse ao certo porquê. Achava-a um tanto dominadora, contudo poderia ser divertido levá-la para jantar ou ao teatro. Com certeza ela não o envergonharia, e era uma pessoa interessante para conversar, além disso, havia algo levemente intrigante em sair com a filha do ministro da Corte Suprema.

Ela disse o número de seu dormitório e ele prometeu lembrar. Por fim, ele agradeceu a noite.

— Adorei. — Pareceu hesitar, sem saber ao certo o que fazer em seguida, mas ela parecia inteiramente à vontade de pé à porta.

— Eu também. Obrigada. Boa noite, Spencer. — E então ela fechou a porta sem ruído e desapareceu. Spencer voltou lentamente ao elevador, pensando se de fato telefonaria.

10

O sócio para quem Spencer trabalhava mostrou-se satisfeito quando este voltou a Nova York com um relatório da posse, e com o jantar depois. Era bom para a firma que seus advogados mais jovens estivessem junto a gente importante. O fato de seu próprio pai ser juiz não lhe causaria qualquer prejuízo com os demais. E o pai também ficou satisfeito, quando Spencer contou a ele e à mãe tudo sobre a posse. Omitiu qualquer menção à Elizabeth, de certa forma não parecera importante e não queria lhes acender as esperanças.

E por fim, após alguma reflexão, decidiu não telefonar.

Mas Elizabeth tomou a questão em suas próprias mãos um mês depois, quando foi a Nova York visitar o irmão. Procurou seu número no catálogo e telefonou no sábado. Ele ficou surpreso ao ouvir sua voz. Estava prestes a sair para jogar *squash* com amigos do escritório.

— Liguei em má hora? — Como sempre, ela pareceu muito madura, e ele sorriu, olhando pela janela e mexendo com a raquete.

— De jeito nenhum. Como vai?

— Bem. Vassar está um pouco melhor este semestre. — Não contou a ele que estava saindo com um dos professores. Mas os garotos de sua idade sempre a entediavam. — Estava

pensando se você gostaria de ir ao teatro hoje à noite. Tenho um ingresso sobrando.
— Está aqui com seus pais?
— Não. Estou na casa de meu irmão e a esposa. Vamos assistir *Summer and Smoke* no teatro Music Box. Já assistiu?
— Não — ele sorriu —, mas gostaria. — Que diabo, qual seria o perigo, com o irmão junto? Não confiava em si mesmo sozinho com ela. Não queria se envolver com alguém voltado para seu futuro. Ainda lembrava da resposta que ela dera quando perguntara o que queria da vida. Ela respondera, "alguém importante".
— Vamos jantar no Chambord antes do teatro. Por que não nos encontra lá? Às seis, digamos?
— Ótimo. Encontro com você lá. E obrigado, Elizabeth.
— Não sabia se devia se desculpar por não ter telefonado, mas achou melhor não dizer nada. E sem dúvida ela facilitara as coisas para ele. O melhor restaurante, o melhor *show* e a apresentação ao importante irmão, Ian Barclay.

Spencer chegou ao restaurante na hora marcada e reconheceu-a de pronto, com um conjunto negro elegante e um chapeuzinho de veludo preto encimando um novo penteado, bastante atraente. Ela parecia importar-se bastante com a própria aparência, e esta peculiaridade agradava a Spencer. Era bonita e elegante e sempre causava impressão. Para uma garota que ainda não completara vinte anos, tinha muito estilo, assim como o irmão Ian. Spencer achou-o inteligente, todavia um tanto insistente em suas idéias políticas. Não obstante, Spencer gostou dele. A esposa era uma inglesa bastante atraente que ele conhecera durante bombardeios aéreos da RAF. Era filha de lorde Wingham, e Elizabeth fez questão de que Spencer soubesse. Sua vida era cheia de nomes importantes e gente ilustre, com profissões poderosas. De uma maneira estranha, ele se sentia poderoso apenas por estar com ela, como se parte deste poder passasse para ele facilmente. Eles eram tão seguros de quem eram e para onde estavam indo, que se tornava fácil perceber porque isto era tão importante para ela. Ian e Sarah falavam em passar o Natal em St. Moritz e haviam acabado de visitar Veneza naquele verão. Depois tinham ido a Roma e tiveram uma audiência particular com o papa Pio, porque este conhecia o pai dela. Ela possuía a grande naturalidade da aristocracia e parecia esperar que todos conhecessem as pessoas que conhecia

Gostaram da peça e Spencer convidou-os a ir dançar no Stork Club depois. Todos dançaram, conversaram e riram e por fim retornaram ao apartamento dos Barclay na Sutton Square. Ainda não tinham filhos, e Sarah estava bem mais interessada em seus cavalos. Falou sobre saltadores e caçadores, e eles o convidaram a montar qualquer dia. A noite foi extremamente agradável e, desta vez, quando Spencer disse que telefonaria para Elizabeth, estava sendo sincero. Sentia-se devendo-lhe algo, após a noite agradável que ela lhe proporcionara, exatamente o que ela pretendia.

Ele telefonou duas semanas depois, explicando que a teria procurado antes se não estivesse tão ocupado no escritório. Mas ela não o censurou por não telefonar. Marcaram encontro para o fim de semana seguinte. Ela hospedou-se na casa do irmão, e Spencer levou-a para jantar e dançar no Stork Club. Elizabeth era o tipo de garota que só se podia levar aos melhores lugares. Spencer falou dos casos em que estava trabalhando, a maior parte litígios envolvendo negócios ou impostos. Era um trabalho interessante, e ela fez comentários inteligentes. E naquela noite, ao levá-la em casa, ele a beijou na porta do apartamento do irmão dela.

— Adorei — ela falou baixinho, mas havia um carinho especial em seus olhos que não passou despercebido.

— Eu também. — E ele estava sendo sincero. Ela era uma boa companhia e estava linda no vestido prateado que a cunhada trouxera para ela de Paris.

— O que vai fazer no próximo final de semana.

— Tenho provas. — Ela soltou uma risada. — Idiotice, não? Estraga minha vida social. — Ambos riram, e ele sugeriu que ela voltasse a Nova York no fim de semana seguinte.

Foi o que ela fez, e saíram novamente. Desta vez, os beijos foram um pouco mais ardentes. O irmão e a cunhada estavam passando o fim de semana fora, para uma caçada em Nova Jersey, e ela convidou Spencer a tomar um drinque no fim da noite. Acomodaram-se no sofá e ali permaneceram durante longo tempo, beijando-se e conversando. E depois ele se sentiu culpado. Ela era jovem demais para brincar com ela, e ele não podia imaginar que o caso desse em algo mais sério.

O mundo de Elizabeth estava mais do que além do seu. Não estava apaixonado por ela, mas se sentia fisicamente atraído e sabia que ela gostava dele. Apreciava a sensação de poder que fluía tão livremente no mundo de Elizabeth, contudo também percebia a falta de carinho. Tudo era extremamente calculado e frio. Mas, enquanto turista naquele mundo, tinha que admitir que era divertido.

Elizabeth disse que iria a San Francisco passar o Dia de Ação de Graças com os pais. Mas prometeu telefonar ao voltar. E telefonou, convidando-o a ir a Palm Beach no Natal.

— Não vai ser meio desagradável, com seus pais? — Ele parecia surpreso, mas ela se limitou a soltar uma risada.

— Não seja tolo, Spencer. Eles gostam de você.

— Eu preciso ficar aqui. Agora o Natal é um pouco difícil para meus pais. — E Barbara tinha avisado que não traria as crianças de Boston. Estava envolvida em romance sério e queria os filhos com ela. Spencer sabia que os pais iam se sentir muito sozinhos, e o Natal sempre lembrava o filho que haviam perdido, mais do que o filho que não tinham. Tudo isto percorria-lhe os pensamentos à toda velocidade, enquanto assimilava o convite inesperado.

— Então por que não vai depois? Vou ficar lá até depois do Ano-Novo. Você pode ficar na casa, temos dezenas de quartos de hóspedes. — Desconfiou que tal declaração não continha qualquer exagero.

— Vou ver se consigo tirar uns dias e lhe telefono depois. — Ele voltou a telefonar antes de ela partir para a Flórida e, para sua própria surpresa, aceitou. Não sabia ao certo o que estava fazendo com ela, mas, fosse o que fosse, não era desagradável.

O Natal passou sem novidades e, dois dias depois, ele tirou uma semana de férias do trabalho e tomou um avião para Palm Beach, hospedando-se com os Barclay, corteses e amáveis. A casa parecia repleta de convidados como ele, e o irmão mais velho de Elizabeth, Gregory, também comparecera. Trabalhava no Ministério da Fazenda e era o típico banqueiro conservador. Era casado, mas a esposa não fora e ninguém parecia disposto a debater o assunto. Spencer não procurou se intrometer. Estava demasiado ocupado com Elizabeth para preocupar-se com outros assuntos. Iam a todas as festas na cidade, e Spencer concluiu que jamais vira tantos diamantes em sua vida. A própria Elizabeth usava um vestido diferente a cada noite e uma bela tiara presenteada pelos pais no ano anterior, na ocasião de seu *début*.

— Bem — ela indagou, enquanto estavam deitados um dia na praia —, está gostando?

Ela riu com a pergunta. Ela era sempre direta, mas Spencer concluíra que gostava disto. Com ela, não adiantava jogar, nem fazer rodeios, nem tampouco perguntar o que queria dizer com aquilo, pois ela sempre dizia.

— Claro que estou. O que acha? Aqui é o paraiso. Talvez não volte mais para o trabalho, nem para Nova York.

— Ótimo. Então vou largar a faculdade, e poderemos fugir para Cuba. — Haviam tomado um avião para Cuba, onde passaram a noite dançando e jogando no cassino. Fora uma semana inacreditável, e Spencer precisou admitir que adorara. Era uma vida fácil, cheia de gente civilizada com coisas interessantes a dizer e belas mulheres cobertas de diamantes. Seria fácil demais acostumar-se a ela, mas com que propósito? A vida era dela, não sua. Mas ao menos durante algum tempo era divertido.

— Está gostando mais da faculdade agora? — Apoiou-se sobre um cotovelo, para olhá-la. Elizabeth estava fantástica com um maiô vermelho e o bronzeado que realçava seus cabelos louro-avermelhados e os olhos escuros. Era uma garota bastante bonita, e Spencer gostava dela.

— Não muito. Ainda me sinto perdendo tempo ali.

— Entendo por quê. — Correu os olhos para o mordomo que se aproximava com ponches de rum e limonada em uma bandeja de prata. Em seguida, voltou a olhá-la. — É muito difícil passar disto para a escola, mas lembre-se por que quis ir para lá em primeiro lugar.

— Para falar a verdade — ela sorriu alegremente —, não quis.

— Bom, você não poderá ser advogada se não passar pela faculdade. — Ele sorriu e serviu-se de limonada, enquanto ela bebericava o ponche de rum e sorria para ele, por sob a aba de seu chapéu de sol.

— Então acho que não vou ser advogada. — Ela parecia estar brincando, e ele sorriu.

— Então o que vai fazer, Srta. Barclay? Candidatar-se a presidente?
— Talvez case com algum.
Ele a olhou parcialmente sério.
— Combinaria com você.
— Gostaria de candidatar-se a presidente algum dia, Sr. Hill? — Spencer sentiu-se um tanto inquieto com o rumo da conversa, mas se limitou a sorrir, sacudindo a cabeça e brincando com a limonada. Ela era uma moça forte, e sua família gente poderosa. Não se pode brincar com eles durante muito tempo. E, de certa forma, Spencer estava quase amedrontado. Em seu íntimo, por sob o ar de frieza que lhe oferecia, ele era uma boa pessoa e preocupava-se com outras coisas. Coisas com que os Barclay jamais haviam sonhado.
— Ser presidente nunca esteve entre minhas ambições.
— Então senador. Você ficaria maravilhoso no serviço público.
— Por que pensa assim?
— Você gosta de gente, é trabalhador, honesto e direto, e é inteligente. — Ela voltou a sorrir. — E conhece as pessoas certas. — Ele não sabia se estava gostando do que ela estava dizendo e guardou silêncio, contemplando o mar. Ponderou se fora longe demais com ela. Talvez cometera um erro indo a Palm Beach, mas agora era tarde demais. Voltaria a Nova York dentro de dois dias, e talvez depois disso fosse melhor ficar algum tempo sem vê-la. Ela o observava, enquanto todos estes pensamentos lhe perpassavam a mente. Por fim, Elizabeth soltou uma risada. — Não fique nervoso, Spencer. Não vou te atacar. Só disse o que pensava.
— Às vezes você tem um jeito inquietante de dizer as coisas, Elizabeth. Via de regra tenho a sensação de que você sempre consegue o que quer, quero dizer, *sempre*. — E não queria fazer parte da lista. Ao menos não no momento. Não até sentir algo mais por ela. E não sabia se isto aconteceria. Eram bons amigos. Mas muito diferentes.
— O que há de errado em se conseguir o que quer?
— Nada, contanto que todos queiram o mesmo — ele falou calmamente, e ela observou-o com atenção.
— E é isto que todo mundo quer? — As palavras foram tão incisivas que Spencer quase tremeu.

— Que tal um mergulho? — Não queria responder. Não estava pronto a dizer o que ela queria ouvir e não sabia se algum dia poderia dizê-lo. Ainda sonhava com uma mulher que precisasse dele, carinhosa, bondosa, amorosa e gentil. E Elizabeth não tinha todas estas qualidades. Mas possuía outras. Outras com as quais ele ainda não entrara em bons termos.

— Você não respondeu à minha pergunta. — Ela ergueu os olhos para ele, de pé ao seu lado, e Spencer percebeu que não havia como fugir dela. Só podia dizer a verdade. Elizabeth nunca exigia menos do que isto, sobretudo de Spencer.

— Ainda não sei.

Ela assentiu, como se estivesse ponderando sobre a resposta, e por fim voltou a olhá-lo.

— Acho que formaríamos uma boa dupla, eu e você. Temos força e cabeça para fazer algumas coisas interessantes juntos. — Ela estabeleceu a questão como se fosse um negócio, o que o deprimiu.

— O que, por exemplo? Dirigir uma corporação?

— Talvez. Ou a política. Ou ser como Ian e Sarah.

— Com seus amigos e cavalos, suas caçadas e seus clubes, e o castelo do pai dela. Elizabeth — ele voltou a sentar e fitou-a —, não sou como eles. Sou diferente. Quero outras coisas.

— O que, por exemplo? — Ela parecia intrigada.

— Ter filhos. Você nunca nem chegou a pensar nisto, não é? — Ela pareceu surpresa ao ouvi-lo falar. Filhos nunca haviam sido importantes para ela.

— Também poderíamos ter filhos. — Como diamantes ou cavalos de corridas ou investimentos. Ela fazia a idéia soar como uma posse a ser colocada nos fundos do armário. — Mas existem coisas mais importantes na vida.

— O que, por exemplo? — ele repetiu, surpreso com o modo como ela via a vida. — O que é mais importante do que isto?

— Não seja ridículo, Spencer. Realizações, empreendimentos, conseguir um lugar ao sol.

— Como seu pai? — Era uma crítica velada, mas ela não percebeu.

— Exatamente. Algum dia você poderia estar no lugar dele, se quisesse.

— O problema — ele fitou-a com pesar — é que não sei se quero. Pode compreender isto?

— Posso — ela assentiu lentamente. — Acho que você tem medo. Medo de ser novamente confundido com seu irmão. Mas você não é ele, Spencer, você é você, e tem muita coisa lá fora à sua espera, basta pegar. — Ainda assim, ele não sabia se tais coisas seriam importantes a ponto de se dar ao trabalho de obtê-las. Por outro lado, não conseguia se imaginar trabalhando com casos de impostos o resto da vida no Anderson, Vincent e Sawbrook. Então, o que ia fazer mais tarde? Ainda não se decidira a respeito do futuro.

— Quero tomar as decisões acertadas.

— Eu também. Mas acho que tenho mais visão do que você.

— Por que tem tanta certeza disto? Você tem vinte anos. Ainda não conhece nada da vida. — De repente, sentiu-se zangado. De maneira velada, ela o estava pedindo em casamento e parecia estar tentando convencê-lo a comprar uma propriedade, uma casa, um carro ou um objeto. E ele queria ser o que pediria, caso se decidisse pelo casamento. Mas não fora esta sua decisão e não acreditava que mudasse de idéia. Não a amava.

— Conheço mais da vida do que você pensa. Ao menos sei para onde estou indo, o que já é mais do que você sabe.

— Talvez você tenha razão. — Pôs-se de pé novamente e contemplou o oceano. — Vou nadar. — Caminhou até o mar e desapareceu durante meia hora. Ela não o pressionou mais, contudo o que dissera o deixara balançado. Depois, ele teve o cuidado de não dizer nada que pudesse ser interpretado mal. Mas antes de ele partir, ela foi a seu quarto e enfrentou-o mais uma vez. Desta vez não foi possível evitar os olhos de Elizabeth. Spencer fitou-a, sentindo-se acuado.

— Só quero que saiba que te amo.

— Elizabeth, não... por favor... — Constrangia-o não poder lhe dizer o mesmo. — Não faça isto.

— Por que não? E fui sincera no que disse na praia outro dia. Acho que poderíamos fazer grandes coisas juntos.

Ele soltou uma gargalhada e correu a mão pelos cabelos.

— Era eu que deveria lhe pedir em casamento, garota, e quando o fizer, você saberá.

— Saberei? — Seus olhos espicaçavam-no, quando ele se aproximou dela.

— Pode apostar. — Ele a puxou para mais perto e beijou-a. Ela era tão enérgica que Spencer sentia vontade de seduzi-la apenas para mostrar quem era o chefe, quem comandava a situação, e se pudesse escolher, não seria Elizabeth Barclay. Mas de novo seus planos foram por água abaixo. Estar com ela era como brincar com fogo, e nunca soube depois quem seduzira quem, só soube que fizeram amor, e ele gostou. O corpo dela enchia-o de fome e paixão, e havia o desejo irresistível de controlá-la, ao menos na cama, se não em outro lugar. Ela mostrou-se uma amante interessante e, mesmo sem tocar no assunto, soube que ela não era mais virgem.

Elizabeth levou-o até o aeroporto e ele olhou-a durante muito tempo, sem saber o que fazer. Precisava de tempo para pensar e agora estava ansioso para voltar a Nova York.

— Na próxima semana volto para a faculdade.

Ele a beijou levemente e sentiu vontade de fazer amor com ela mais uma vez, censurando-se por estar sob o poder de Elizabeth, mesmo que por um instante. Sob muitos outros aspectos que desconhecia, ela era mais forte do que ele.

— Eu telefono.

Ele acenou em despedida e entrou no avião, vendo-a de pé, enquanto taxiavam rumo à pista de decolagem, com seu vestido de verão e o grande chapéu, buscando-o com os olhos mesmo quando o avião já alçara vôo. Agora sentia que jamais conseguiria se livrar dela. E nem sabia mais se queria. Talvez ela tivesse razão. Talvez ela pudesse ajudá-lo a descobrir o que queria. Não sabia de mais nada, e o pior de tudo foi que, ao pousarem sobre a neve de Nova York, percebeu que estava com saudades dela.

11

Naquele ano, o Natal no rancho foi deprimente. Era o primeiro Natal após a morte do pai, e toda a alegria parecia haver escoado de suas vidas. Becky passou o dia com elas e os filhos, e Tom apareceu apenas para jantar, cheirando a bebida e olhando Crystal abertamente. Quando saiu, Becky explodiu em lágrimas e acusou a irmã de flertar com ele. Crystal ficou horrorizada. Nem ao menos podia dizer como detestava Tom.

A família foi à igreja no dia seguinte, e a mãe chorou com amargura, pensando no marido que perdera e em como sua vida mudara desde então. Para Crystal, a única alegria foi o consolo que sempre obtinha do canto na congregação. Depois foram para casa, e Crystal escapuliu disfarçadamente até a casa de Boyd e Hiroko, levando presentes. A pequena Jane estava com oito meses e engatinhava pela sala toda, rindo alegremente e subindo nos joelhos de Crystal, sob os olhos dos demais. A família montara uma pequena árvore, e Crystal deu-lhes os presentes. Fizera um suéter para Hiroko, sua primeira tentativa, e um cachecol para Boyd. Comprara uma boneca para Jane, que a vistoriava com alegria. Para Crystal, o Natal era mais feliz ali, uma casa cheia de amor e corações afetuosos, ao contrário do silêncio triste de sua própria casa. Becky sabia que Tom a enganava e ouvira boatos sobre Ginny Webster, mas parecia insistir em culpar Crystal de tudo, como se esta fosse a causadora de tudo. Com freqüência, insistia que a irmã lançava olhares para seu marido, e Olivia a acusara mais de uma vez de encorajá-lo, o que trazia lágrimas aos olhos de Crystal. Nada fizera para merecer tais acusações, mas se sentia indefesa junto a eles.

Até mesmo Jared voltou-se contra ela. Soubera por um dos amigos que Crystal visitava Boyd e a esposa e a ameaçara algumas vezes de contar à mãe. Era como se todos a odiassem, e ela mal saía, exceto para suas visitas aos Webster.

— Não sei o que fiz a eles. — Certa noite ela desatou a chorar abertamente na casa dos amigos, após um dia de angústia na casa grande. — Por que me odeiam? — Fazia o que lhe mandavam, trabalhava com afinco, raramente discutia com eles, contudo pareciam determinados a torná-la infeliz.

— Porque você é diferente — Boyd respondeu com tranqüilidade, enquanto Hiroko segurava o bebê. — Você não é como eles, não pensa como eles. Nunca pensou. — E seu pai não está mais ali para protegê-la. Sabia que Boyd estava falando a verdade, mas não podia suportar tamanha injustiça. O que fizera a eles? Nada. Mas nascera bonita demais. Era uma rosa de verão silvestre em um campo de ervas-daninhas, e estavam decididos a destruí-la.

Assoou o nariz, enquanto refletia sobre o assunto. Era insuportável a vida com eles, mas não tinha aonde ir, e Boyd e Hiroko sabiam disto, assim como Crystal. Só podia deixar o vale, mas queria terminar a escola primeiro. Prometera ao pai. Ainda pensava ir para Hollywood. Mas era cedo demais. Precisava formar-se primeiro, se conseguisse sobreviver. Não obstante, sabia que conseguiria. Não deixaria que pessoas como a mãe e Tom Parker governassem sua vida. Possuía muito do caráter do pai para permitir tal coisa. Por enquanto suportaria tudo. Mas sabia que assim que terminasse a escola, iria embora. Não importa aonde iria, sabia que precisava partir do vale. Precisaria de dinheiro para isto, e agora que o pai se fora, apesar do amor que devotava ao vale, percebeu que precisava partir. Os outros representavam uma força demasiado intensa para ser ignorada. Sabia que precisava partir antes que um deles a magoasse. E para isto precisaria ganhar dinheiro suficiente.

Em janeiro, começou a trabalhar como garçonete na cidade. Até mesmo isto despertou o ódio materno. Chamou-a de prostituta e vagabunda e acusou-a de querer conhecer homens, mas Crystal apenas servia as mesas. O cunhado aparecia de vez em quando e dava-lhe trabalho, mas, sempre que possível, ela desaparecia e ia para a cozinha lavar pratos, quando ele estava no restaurante. As pessoas do restaurante eram bondosas com ela, e Crystal ganhava bastante com as gorjetas, além de um bom número de ofertas. Sempre fingia-se de tola e repudiava-os com vigor quando necessário. O proprietário do restaurante gostava dela e cuidava para que ninguém fosse longe demais. Ela era uma boa garota, e ele sempre gostara de seu pai. Não gostava muito de Tom Parker, nem do jeito como a tratava. Mais de uma vez, disse a Crystal para ficar longe dele quando estivesse bêbado e, mais de uma vez, levou-a para casa de carro quando já era noite, assegurando-se de que Crystal entrava em casa com segurança. Ela escondia o dinheiro sob o colchão e já economizara quatrocentos dólares em fins de abril. O preço da passagem para Hollywood, ou da liberdade em algum lugar, e guardava-o como a própria vida, contando o dinheiro tarde da noite, sob a luz do luar, a porta do quarto trancada. Agora ordenava mais seu tempo, até o dia de partir. Não faltava muito. Mas cada dia parecia uma eternidade.

A pequena Jane já completara um ano, e Crystal foi a cavalo visitá-la em uma ensolarada manhã de domingo. Passou o dia com eles e voltou tarde para casa, mas conhecia bem a estrada. E acabou decidindo tomar um atalho, cavalgando pelos campos e aspirando o ar noturno, enquanto entoava baixinho suas velhas baladas favoritas. Pela primeira vez, há muito tempo, sentia-se bem novamente. O pai já se fora há mais de um ano, e a dor amarga atenuara um pouco. Sentia-se forte, jovem e viva, e agora só pensava em seu futuro.

Mas quando amarrou o cavalo em sua baia e retirou a sela, cantarolando baixinho, ouviu um ruído às suas costas e voltou-se assustada. Era Tom, sentado em um saco de ração e bebendo.

— Teve um bom dia, mana? — Seus olhos irradiavam um brilho mau, e ela desviou os seus, fingindo não perceber, embora suas mãos tremessem enquanto retirava as rédeas. Ou-

viu os passos dele às suas costas. — Aonde vai com este cavalo velho? Arranjou namorado na cidade?
— Não. — Ela se voltou para enfrentá-lo e não gostou do que viu. Os olhos de Tom estavam vermelhos e ela percebeu que a garrafa que segurava já estava na metade. — Estava visitando amigos.
— Aquela japona de novo? — Ele também ouvira os boatos e contara a Becky, que os relatara à mãe.
— Não — ela mentiu. — Amigas da escola.
— Ah, é? Quem, por exemplo? — Sua voz soava áspera de tanto beber e a dela estava glacial, mas Crystal tremia por dentro.
— Não importa. — Fez menção de sair da baia, mas ele a agarrou com rispidez pelo braço. Pegou-a desprevenida, e ela caiu para trás, tropeçando e tentando recuperar o equilíbrio.
— Está com pressa?
— Tenho que ir para casa encontrar mamãe. — Ela tentou encará-lo, mas estava com medo. Mesmo sendo alta, ela não era páreo para Tom Parker. Ele gostava de contar aos amigos que era forte como um touro, se preciso até mais.
— Mamãe... que lindo — zombou ele. — Para casa com mamãe. Ela está pouco ligando. Está mesmo com Becky. A idiota está mesmo grávida de novo. Meu Deus, a esta altura ela já devia ter aprendido. Mal transamos, e quando acontece, ele engravida.
Crystal assentiu, querendo mostrar-se simpática e tentando afastar-se dele, mas ele imobilizara seus braços e era evidente que não pretendia deixá-la ir a parte alguma, ao menos não no momento.
— Eu lhe disse para ficar mais um pouco, não disse? — Ela assentiu, muda de pavor. Com 17 anos, jamais havia sido maltratada por um homem antes, e não lhe era muito consolador pensar que se seu pai estivesse vivo, teria matado Tom.
— Quer um drinque?
— Não, obrigada. — Estava pálida de medo ao sacudir a cabeça em negativa.
— Claro que quer. — Ele segurou os braços de Crystal com uma das mãos e forçou a garrafa em sua boca com a outra. Emborcou a garrafa, derramando o conteúdo sobre a camisa dela, mas boa parte do líquido penetrou por entre os lá-

bios cerrados de Crystal, a despeito de todos os esforços em contrário.
— Pare! Me deixe em paz... me solte!
Ele soltou uma gargalhada, assistindo Crystal começar a chorar de inquietação. De súbito, atirou-a sobre um monte de feno que se destinava aos cavalos.
— Tire a roupa.
— Tom... por favor... — Ela fez menção de levantar e fugir, mas ele a agarrou pelas pernas e puxou-a para o chão, onde estava ajoelhado, a garrafa caída a um lado, inundando o celeiro com o odor de uísque barato. — Por favor... não...
— Ela não contou que era virgem. Não sabia o que dizer. Chorava quando ele lhe rasgou a blusa.
— Você dá mesmo, não é, cunhadinha? Vamos, seja boazinha com seu irmão.
— Você não é meu irmão... pare! — E então, cerrando o punho e lutando por sua vida, ela o atingiu em pleno olho, e ele gemeu, mas a agarrou e a esbofeteou com toda força. Com tamanha violência que a deixou sem respiração.
— Puta! Eu lhe disse para tirar a roupa! — Começou a puxar o *jeans* com uma das mãos, prendendo-a ao solo com a outra, todo seu peso sobre ela, e Crystal pensou que ele fosse lhe quebrar os braços. Mas pouco importava. Teria que matá-la antes de conseguir violentá-la. Lutou como um animal selvagem, mas não tinha forças para enfrentá-lo, e ele a lançava repetidas vezes ao solo, praguejando e xingando-a. Então, de repente, com um ruído surdo, conseguiu rasgar a calça de Crystal e as coxas alvas ficaram expostas à sua visão. Ela tremia.
— Não... Tom... por favor... — Soluçava, enquanto ele rasgava as calcinhas, ainda a mantendo imóvel com sua mão poderosa, os braços acima da cabeça, e montando sobre ela. Ela não parava de soluçar e implorar, e ele abaixou as calças o suficiente para que ela pudesse lhe ver o membro apontado em sua direção. Ele não teve dificuldades de encontrar o alvo e abriu caminho dentro de Crystal, comprimindo-a contra o solo a cada estocada, enquanto ela gritava e gemia de angústia. Esbofeteou-a novamente, e desta vez o sangue começou a brotar, gotejando da boca, ela mesma deitada em um mar de sangue, enquanto ele a estuprava. As costas ficaram em

frangalhos devido à aspereza da palha e do chão, e ela ficou ofegante e aterrorizada, enquanto ele gozava, mas desta vez sem lutar. Não adiantava mais. Jazia no solo arrasada e ferida. Ele pôs-se de pé e voltou a fechar as calças. Pegou a garrafa e tomou um gole, soltando uma gargalhada enquanto contemplava Crystal.

— É melhor se lavar antes de ir para casa, cunhadinha.
— Soltou outra gargalhada e bateu a porta da baia com estrondo, regressando para a esposa e deixando Crystal largada no chão do celeiro, sangrando, desesperada, querendo a morte. Ficou ali chorando e soluçando até não restarem mais lágrimas. Até não restar nada. Só queria morrer deitada ali. Muito tempo depois, rastejou e conseguiu colocar-se de joelhos e foi cambaleando até a mangueira que usavam para encher a gamela dos cavalos. Deixou a água correr, golfando e jogando água gelada no rosto e braços, e então olhou os *jeans* rasgados e as calcinhas em frangalhos e o sangue por todo o corpo. Não podia voltar para casa. Caiu de joelhos novamente, gemendo baixinho. Não poderia explicar aquilo. Não podia contar a ninguém. Acabariam culpando-a. Com as pernas trêmulas, tropeçou até a baia e agarrou o velho cavalo pela crina, montando-o em pêlo e saindo na noite fria. Cavalgou lentamente pelos campos e voltou para casa dos Webster. Deixara-os duas horas antes e avistou as luzes da casa, recomeçando a soluçar. Todo seu corpo doía, manchado de sangue e meio desnudo. O cavalo parou no jardim, e ela deslizou de seu lombo. Boyd viu-a da janela e correu ao seu encontro, com Hiroko logo atrás.

— Cryst... meu Deus... *oh, meu Deus...* — Pensou que alguém tentara matá-la, e ela desmaiou aos pés deles, inconsciente em uma poça de sangue.

12

Boyd carregou Crystal para dentro de casa e deitaram-na na cama. Boyd pegou o bebê, e Hiroko sentou-se ao lado dela e limpou-a com toalhas mornas. Tocou os ferimentos com todo cuidado e deixou escapar um gritinho ao ver o estado de suas costas. Das costas e das pernas, e o ferimento nos lábios. Por sorte ele não a matara. Crystal deixou-se ficar chorando na mesma cama onde ajudara a dar à luz o bebê e na manhã seguinte sentou-se na cozinha, fitando-os com olhos vazios. Não conseguiria enfrentar ninguém afora eles. Haviam se tornado sua família, e voltou a chorar quando Boyd lhe estendeu uma xícara de café.

— Vou levá-la para casa no caminhão. Pode dizer a sua mãe onde estava. Então vamos ao xerife.

Ela sacudiu a cabeça com tristeza. Cada milímetro de seu corpo doía, e não dormira a noite toda. Mal podia enxergar, por causa do olho roxo, atingido por Tom. Excetuando os cabelos louros, era difícil acreditar que aquela era Crystal. Mas esta sabia que não poderia ir ao xerife. Se fosse, Tom a mataria.

— Não posso.

— Não seja tola — resmungou Boyd. Queria matar Tom com suas próprias mãos.

— Não posso fazer isto com Becky e minha mãe.

— Está louca? O homem te estuprou. — Crystal recomeçou a chorar e Hiroko tomou-lhe a mão.
— Ele deve ser punido. Boyd tem razão.
Mas Crystal não disse uma palavra, fitando-os por entre as lágrimas. Agora a vergonha também era sua. E estava confusa, sentia raiva, medo, desespero e, por alguma estranha razão, sentia-se culpada. Fora culpa sua? Será que, inadvertidamente, levara-o a isto ao longo dos anos? Ou seria mais uma punição à sua beleza? Não sabia, mas pouco importava. Acontecera. Mais um motivo para sair do vale que outrora amara e agora passara a odiar. De qualquer modo, nada deixava ali, exceto sofrimento, mágoa e perda, e os Webster.

— Não pode deixá-lo impune assim, Crystal. — Desta vez Boyd falou com mais calma. Mas ainda tremia de ódio por dentro. — Vou levá-la para casa. — Na noite anterior não haviam telefonado para a mãe de Crystal. Só haviam cuidado da menina. Ela deixou o cavalo ali e entrou no caminhão com Boyd, permanecendo em silêncio durante todo o trajeto até em casa, pensando no que faria. Hiroko abraçou-a com força antes de ela sair e ficou em casa com Jane, mas Crystal não conseguiu lhe dizer uma palavra ao despedir-se. Estava emudecida de dor, vergonha e medo.

Boyd entrou com ela em casa, e a avó estava na cozinha. Olhou Crystal de pé na sala com os *jeans* que Boyd emprestara, o rosto machucado e os cabelos ainda emaranhados da noite passada, e correu para chamar a filha. Agora Crystal estava limpa, mas ainda desalinhada. E, um instante depois, sua mãe entrou na sala fechando o robe.

— Onde diabos você estava? Oh, meu Deus... — E, olhando para Boyd: — O que está fazendo aqui? — Ele não era recebido em sua casa desde que se casara com Hiroko, exceto no batizado e no casamento. Não fora convidado a voltar desde então.

— Eu a trouxe para casa. Passou a noite em nossa casa. — Mas não gostou do olhar de Olivia Wyatt, não havia compaixão, apenas acusações. Não esboçou qualquer movimento em direção a Crystal, de pé olhando-a sem ver, e Boyd ajudou-a a sentar-se, sob a observação da mãe.

— O que fez para acontecer uma coisa dessas?
Boyd voltou-se para Olivia e com os olhos cheios de rai-

va contou o que Crystal não conseguiria dizer. — Seu genro estuprou-a.

— Mentira! — vociferou ela, voltando-se contra Boyd.
— Saia daqui. Eu cuido disto. — E então, dirigindo-se a Crystal. — Como se atreve a dizer isto do marido de sua irmã?

Ela ergueu os olhos para a mãe, emudecida de espanto. A mãe não estava nem um pouco preocupada com o que lhe acontecera. E Crystal não podia mais se iludir. Aquela mulher a odiava. Talvez desde sempre. Mas agora pouco importava. Para Crystal, estava tudo acabado. Em uma única noite amadurecera, e o último laço que a unia à família fora cortado.

Boyd, entretanto, olhava Olivia com fúria incontida.

— Olhe para ela! Devia estar no hospital, mas teve medo de ir ontem à noite. — E ele não quisera obrigá-la.

— Ela é uma vagabunda. Com quem estava ontem? Não voltou para casa.

— Eu voltei... Tom estava no celeiro... não me deixou sair. Estava bebendo. — A voz parecia de uma morta, assim como os olhos. Algo dentro dela morrera na noite passada. Algo nela, apesar de tudo, já amara a mãe, o que nunca mais aconteceria. Eles a tinham traído.

— Eu devia expulsá-la daqui. Vá para seu quarto!

Boyd não acreditava no que estava ouvindo e voltou-se para Crystal, fitando-a com redobrada compaixão.

— Venha para casa comigo, Crystal. Não fique aqui.

Mas Crystal se limitou a sacudir a cabeça. Agora precisava concluir o que ainda restava ali naquela casa e só iria embora quando terminasse. O que quer que isto significasse, o que quer que fosse necessário. De certa forma, intuiu que a mãe sabia disto e estava satisfeita. Não sabia por que, mas sentia que a mãe queria que fosse embora do rancho. E iria. No devido tempo. Quando estivesse pronta.

Boyd olhava-a.

— Crystal... por favor... não fique aqui. — Mas Crystal não se mexeu. Fitou-o com olhos embaçados, pensando apenas no que devia fazer, e a mãe foi até a porta e escancarou-a.

— Já disse para ir embora, Boyd Webster, ou não escutou?

Ele não arredou pé, as pernas firmes como se pronto a lutar com ela.

— Não saio.
— Vou ter que chamar o xerife?
— Bem que eu queria, Sra. Wyatt.
— Chega, Boyd... — Crystal por fim manifestou-se. — Estou bem. Vá para casa... — Ele não queria deixá-la. Mas os olhos da menina diziam-lhe que era preciso. — Eu ficarei bem... vá para casa... — Pareceu calma e forte, os olhos envelhecidos e tristes ao vê-lo hesitar por um longo instante e por fim caminhar lentamente até a porta, lançando um olhar por sobre o ombro em direção a Crystal.

— Volto mais tarde. — Boyd bateu a porta com um estrondo, e, um instante depois, ela ouviu o ruído do caminhão afastando-se. A mãe aproximou-se, os olhos repletos de acusação, mas não esperava o que Crystal fez. Ao voltar-se com renovada maldade, o braço erguido para esbofetear a menina alquebrada, Crystal agarrou-lhe o braço e apertou-o com tanta força que a mãe recuou, encolhendo-se subitamente aterrorizada.

— Fique longe de mim, está ouvindo? Já recebi demais de você, mamãe... de você, Tom e de todo mundo nesta casa! — A voz estava trêmula e os olhos bruscamente enfurecidos. Odiava todos eles, odiava-os por tudo que lhe haviam feito, pelo amor que jamais lhe haviam dado, e pela dor que lhe haviam repetidamente infligido. O ato execrável de Tom na noite anterior havia sido a gota d'água. E, por um instante, pensou que se a mãe a tivesse tratado diferente desde a morte do pai, provavelmente Tom não teria ousado colocar a mão nela. Mas ele sabia que ninguém ligava a mínima... que diferença faria? Só que agora faria muita diferença para ele. Passou pela mãe e foi até o armário onde o pai guardava suas armas. Ainda estavam todas ali, exceto as que Jared usava. Pegou uma delas, e a mãe começou a gritar. O irmão entrou porta adentro e viu a cena histérica, totalmente atônito.

— Que diabos... Crystal... pelo amor de Deus... mana, o que está fazendo? — Viu a expressão de seus olhos e pensou que o alvo era a mãe, que gritava incoerente, sob o olhar de horror estupefato da avó.

— Fique fora disto, Jar! — Apontou a arma rapidamente na direção do irmão, e este, ao ver o olhar que Crystal lhe lançou, por um instante pensou que ela enlouquecera.

— Me dá isto — Estendeu a mão para a arma, e Crystal acertou-o com a coronha, de leve, apenas para que soubesse que não estava brincando.

— Ela vai matar Tom! — Gritou a mãe, e Crystal voltou-se para ela com uma raiva que nenhum deles jamais vira antes, ódio acumulado durante meses, nascido do desamparo e do desespero, da tristeza de perder o pai e da total frustração de assistir Tom destruindo tudo que o pai construíra com tanta dificuldade. Mas nenhum deles compreendeu.

— Vou mesmo! — Enfrentou o olhar de Jared, todos os vestígios da infância desaparecidos. Estava até linda, de pé e pálida de ódio, a despeito dos cabelos desgrenhados e dos ferimentos nos lábios. — E se quer saber o motivo, vá olhar no celeiro.

— O que ele fez agora? — Jared parecia preocupado, provavelmente Tom tomara outra bebedeira e atirara em um dos cavalos. Contudo, estava mais preocupado com o que a irmã estava prestes a fazer como revide.

— Por que não pergunta a ele? — Seus olhos cor de lavanda assemelhavam-se a sincelos, contemplando mãe e irmão.

Mas Olivia voltara a gritar.

— Não acredite nela! Está mentindo!

— Por que pensa assim mamãe! — A voz de Crystal tornara-se estranhamente calma, e com a arma apontada para eles, ela pareceu recuperar o equilíbrio. Não era mais vítima de Tom, ia matá-lo pelo que fizera, e só esta idéia fazia com que se sentisse bem melhor. — Por que acha que ele não faria isto? Por que sou sempre *eu* a errada? — Então começou a chorar, lágrimas de ódio misturadas a lágrimas de tristeza. Era tão doloroso admitir de uma vez por todas que sua mãe não a amava. — Lembra... — As mãos que seguravam o rifle do pai tremiam, mas ela continuava apontando a arma para Jared e a mãe. Podiam fazer o que quisessem, não iam conseguir detê-la — Lembra... quando eu era pequena, mãe... você me amava, não é?.. Pedia a mim que nunca mentisse, como Jar ou Becky... e eu não menti... nunca... eu também a amava... — Por um instante, quase vacilou. — Por que me odeia tanto agora? Desde que papai morreu, você age como se eu tivesse feito alguma coisa... mas nunca fiz... nunca... lhe fiz alguma coisa? — A pergunta fora feita a toda a sala, e a princípio não houve resposta. Mas todo o ódio que suspeitava existir em sua mãe aflorou, quando ela remungou a resposta.

— Você sabe o que fez. Boazinha com o papai... cantando para ele o tempo todo... cavalgando com ele como uma pequena vagabunda... e no fim... você deve ter sido mesmo muito boazinha com o papai... — Lançou um olhar cheio de amargura para a filha, que continuava sem compreender a raiva e o ressentimento da mãe.

O que Olivia estava dizendo não fazia sentido.

— Do que está falando?

— Você sabe do que estou falando, sua vagabunda conivente. Conseguiu o que queria, não foi? Mas não vai conseguir nada de mim, não enquanto eu estiver viva. — E então, de súbito, seus olhos encheram-se de terror, enquanto contemplava a filha. Evidentemente, pensava que Crystal ia matá-la, quando esta colocou o dedo no gatilho. Mas Crystal mirou a porta, enquanto Jared olhava a mãe, confuso, e viu Crystal passar correndo. Disparou atrás dela, mas Crystal foi mais rápida que ele, sempre fora. Jared correu atrás dela pelos campos, porém, Crystal continuava brandindo o rifle e atirou para o ar, gritando para que todos ficassem longe. Ele sabia que algo acontecera, mas ainda não sabia o quê. Só sabia que tinha que detê-la antes que cometesse alguma loucura contra Tom, ou mesmo contra Becky e as crianças. Ela estava enlouquecida, e ele não sabia o motivo.

Tom ouviu a aproximação dos dois muito antes de chegarem até a casa e avistou-a correndo pelos campos com a arma. Arrancou a própria espingarda da prateleira junto à porta e já esperava Crystal quando esta chegou. Ela já disparava duas vezes para o ar e restavam-lhe quatro balas. Becky surgiu gritando atrás de Tom, agarrando-se histericamente a ele. Não sabia o que estava ocorrendo, mas sentiu de imediato que algo terrível estava prestes a acontecer.

— O que está fazendo? — Becky tremia, aterrorizada, e ele a empurrou com brutalidade, mandando-a entrar em casa e ficar com as crianças. Ela obedeceu e deixou-se ficar humilhada na sala, enquanto Crystal enfrentava Tom e mirava o rifle em sua direção, as mãos trêmulas. Jared surgiu ofegante às suas costas.

— Abaixe a arma, mana. — Falou calmo, temendo o que ela poderia fazer. Mas Tom se limitava a rir. Parecia bêbado, como de hábito, embora suas mãos estivessem terrivelmente estáveis, apontando a arma para Crystal.

— Bom ver você de novo, Crystal. Esta é uma visita formal ou estava caçando com Jared? — Parecia imperturbável. Jared postou-se ao lado de Crystal, impotente.

— Tom, abaixe a arma. Vocês dois, parem com isto. — Jared parecia aterrorizado. Sem dúvida ambos haviam enlouquecido, e, de súbito, contemplando a irmã, percebeu o que acontecera e, por um instante, sentiu vontade de pegar a arma das mãos dela e matar ele mesmo o cunhado, mas não conseguiria arrancar o rifle das mãos da irmã, que apontava para a cabeça de Tom, baixando-o em seguida para a virilha, com satisfação.

— Vim agradecer a noite passada. — A voz tremia. Ambos apontavam suas armas. — Não vai fazer isto com mais ninguém, vai Tom? — Queria que ele sentisse medo, chorasse, implorasse ou se humilhasse, como ela fizera na noite anterior, mas ele apenas a olhava, ainda com o gosto de seu corpo fresco nos lábios, como o sorriso horrível que exibia. Então, sem aviso, ela atirou entre as pernas dele, mas errou. E sem esperar para ver se fora atingido, ele atirou duas vezes. Uma das balas passou assoviando pelo ouvido de Crystal, que se voltou horrorizada com o som e viu Jared cair a seu lado. Recebera o tiro bem na cabeça e caiu morto no mesmo instante, o sangue jorrando por toda parte. Crystal ajoelhou-se a seu lado, ouvindo um grito distante, e depois só conseguia ver Tom olhando-a e Becky gritando, enquanto aninhava Jared em seu colo, soluçando e abraçando-o. Mas ele se fora. E a culpa fora sua. Ela mesmo poderia tê-lo atingido... ele estava morto... morto... Tom aproximou-se em silêncio, tomou o rifle do pai dela e entrou em casa para chamar o xerife.

13

O xerife chegou meia hora depois, e Jared ainda jazia nos braços de Crystal. Levaram-na, e as perguntas que lhe fizeram não faziam sentido. Recordava a ambulância vindo buscar Jared e a mãe gritando histérica, Becky soluçando abraçada a ela. Lembrava das crianças olhando-a e do xerife dizendo que fizera uma coisa horrível e depois dela tentando explicar que não atirara em Jared. Mas eles sabiam. E por fim a verdade aflorou, tudo que Tom fizera, e foram olhar o celeiro, encontrando seu sangue ainda no chão. Levaram-na para o hospital, e Boyd e Hiroko foram com ela. Assinaram depoimentos sobre a condição em que ela havia chegado na noite anterior, e foram tiradas fotografias de seus ferimentos. O xerife deixou-a com os Webster, em vez de colocá-la na prisão, e foram ao interrogatório com ela. Crystal seria acusada de tentativa de homicídio, mas Tom queria a retirada das acusações, pois isto significaria ser ele mesmo acusado de estupro e homicídio. O juiz considerou tudo um acidente, e Tom foi acusado de estupro legal. Por fim, todas as acusações foram retiradas, e a morte de Jared declarada acidental. Saíram todos juntos do tribunal, e Crystal só voltou a ver Tom e a mãe no funeral do irmão. Sentou-se nos fundos da igreja com Boyd e Hiroko, a esta altura toda a história já estava nos jornais locais.

Todos os amigos de Jared compareceram, e a namorada

de Calistoga. Todos choraram, incluindo Tom, que olhou Crystal acusando-a ao saírem da igreja. Ajudou a carregar o caixão de Jared, o que enojou Crystal, mas Olivia quisera assim. Não considerava a morte de Jared culpa de Tom, mas de Crystal, e o corpo foi repousar num túmulo simples, ao lado do pai. Crystal jamais esqueceria aquele dia e contemplou o céu sem nada ver, pensando nos dois e em como a vida fora diferente outrora. Agora estava tudo acabado. Só restava ódio, culpa e mentiras, e a tristeza da perda do pai e do irmão. Boyd conduziu-a para longe daquele cenário, mas ela parou por um instante e olhou a mãe.

— Não volte mais ao rancho, Crystal. Seu pai não está mais aqui para defendê-la, e eu sei quem você é. Todos sabemos. É uma assassina e uma vagabunda e não pertence a esta casa, não interessa em que tenha feito seu pai acreditar antes de morrer. — Sua maldade não tinha limites quando se tratava da caçula, mas Crystal se limitou a sacudir a cabeça, a própria raiva estancada. Teria que passar a vida lembrando que a raiva custara a vida do irmão. E teria feito qualquer coisa para mudar isto, mesmo se significasse deixar Tom impune. Não havia como pagar o que fizera, não havia como mudar, não havia reparo para ela, e Jared não voltaria a viver. A vida dele estava acabada, e a sua destruída para sempre.

— Não terá que lutar contra mim, mãe — falou baixinho. — Não quero voltar. Nunca mais quero ver este lugar. É todo seu. Vou embora.

— Que tal colocar isto por escrito para mim e sua mãe? — Tom ergueu a voz logo atrás dela, e o bafo de bebida quase a fez vomitar, enquanto lutava para ignorá-lo.

— Não precisa de nada escrito. Vou embora daqui amanhã. — Não deixava nada mesmo, exceto um pedaço de terra que outrora amara. As pessoas de quem gostara estavam mortas, as que restavam eram como estranhas.

— Veja se não volta. — A voz de Tom era um ribombar distante. Boyd deu um passo à frente e tomou-lhe o braço.

— Vamos, Crystal. Já chega. — Segurou-a com firmeza e conduziu-a até o carro. Enquanto se afastavam, lágrimas escorreram silenciosas pelo rosto de Crystal, e Hiroko acariciou-lhe a mão enquanto a amiga olhava pela janela. Nada havia a dizer. O rumo da vida fora irreversivelmente alterado, e Jared estava morto. Não passava de um garoto e já se fora. Crystal não disse uma palavra durante todo o trajeto de volta à casa dos Webster, e, ao chegarem, deixou-os e foi fazer uma longa caminhada sozinha. Atravessou o capim alto atrás da casa e, durante quilômetros, seguindo o riacho e cantando baixinho... as canções que o pai e o irmão haviam amado, e ao cantar *Amazing Grace*, as recordações dominaram seus pensamentos. Agora não havia ninguém para ouvi-la, ninguém que se preocupasse e, pior ainda, ninguém para amá-la. Voltando para a casa de Boyd e Hiroko, conheceu uma solidão nunca antes experimentada, solidão tão avassaladora que por um instante ponderou se conseguiria sobreviver a ela. Mas sabia que precisava prosseguir. Precisava fazer o que prometera ao pai e a si mesma anos antes. Agora precisava continuar, conhecer outros mundos, outros lugares. Sozinha. Mas com as recordações sempre a seu lado. E com a lembrança de Jared surgia a culpa que carregaria por toda sua vida. Se não tivesse ido atrás de Tom com o rifle do pai, ele não teria morrido. De certa forma, era como se tivesse matado o irmão, e sabia que teria de conviver com esta certeza para sempre. Nada mudaria isto ou atenuaria seu sofrimento. Nada faria com que se sentisse menos culpada, não importa o que viesse a acontecer em sua vida, mentalmente considerava-se a assassina do irmão, como se ela mesma houvesse puxado o gatilho.

Regressou devagar por entre o capim alto, cantando as músicas que haviam entoado juntos na infância, e as lágrimas corriam pelo rosto. Crystal ergueu os olhos para o céu, tomada de tristeza e solidão.

— Adeus, Jar — sussurrou as palavras que não lhe dissera... — Eu te amo...

14

Crystal permaneceu alguns dias na casa de Boyd e Hiroko. Pretendia ir embora no dia seguinte ao funeral, mas estava tão alquebrada de dor e culpa que não conseguiu. Precisou de alguns dias para recobrar o fôlego. Brincou com Jane e fez longas caminhadas sozinha, e Hiroko deixou-a à vontade. Sabia exatamente do que a amiga necessitava.

Crystal fora rapidamente em casa antes do funeral pegar suas coisas e retirara o dinheiro escondido no colchão. Boyd e Hiroko haviam tentado persuadi-la a ficar até concluir a escola, mas Crystal sabia que não conseguiria. Não podia olhar ninguém da escola. Em uma noite amadurecera mais que todos. Concluiria o curso em seis semanas, mas isto não tinha mais importância. Agora era hora de partir, e sabia disto.

— Mas para onde você vai? — Hiroko estava muito preocupada ao terminarem o jantar, dois dias após a chegada de Crystal.

— San Francisco. — Ela já tomara a decisão. Dispunha de quinhentos dólares. Daria para um quarto e estava decidida a conseguir emprego de garçonete pelo tempo suficiente para fazer algum dinheiro. E então iria para Hollywood. Agora nada tinha a perder e sabia que precisava tentar.

— Você é jovem demais para ficar sozinha na cidade. — Boyd fitava-a com apreensão, e havia lágrimas nos olhos de

Hiroko, mas Crystal sabia que poderia se virar, a criança dentro dela estava morta, junto com a bala que matara Jared.

— Que idade você tinha quando foi recrutado?

— Dezoito.

Ela sorriu com tristeza.

— Deve ter sido bem mais duro que mudar para San Francisco.

— Isto não interessa. Não tive escolha.

— Nem eu — ela falou baixinho. Os cabelos estavam presos em uma longa trança, e Boyd percebeu que os ferimentos começavam a cicatrizar, embora o olho estivesse roxo. Mesmo com os machucados, continuava linda. E agora havia uma força silenciosa dentro dela, era inegável. Era sua hora de continuar, e Crystal sabia disso melhor do que ninguém. Seus dias no vale estavam terminados para sempre.

Boyd levou-a de carro até o ônibus no dia da partida, e esperaram a condução juntos. Ela prometeu avisar onde estaria e escrever, e durante longo momento lutaram contra as lágrimas e abraçaram-se. Ela se despedira de Hiroko em casa, e fora mais difícil ainda.

— Cuide-se, menina. — disse Boyd. Era como uma irmã para ele, e agora ele e Hiroko eram tudo o que lhe restara. Eram a família que ela amava, única família que lhe restava, e era terrível deixá-los, mas havia todo um universo à sua espera, um mundo repleto de esperança e promessas. E Crystal ainda era jovem para construir uma vida nova em algum lugar, uma vida sem gente como Tom Parker.

Acenou em despedida e subiu no ônibus, soprando-lhe um beijo. Os homens do ônibus olharam para Boyd com inveja. Por fim, em silêncio, Crystal observou o vale distanciar-se e apesar das lembranças dolorosas que levava consigo, sentiu uma ponta de animação.

O mundo estava repleto de lugares excitantes que queria conhecer, e San Francisco era apenas a primeira parada. Depois desta, quem sabe aonde os ventos da fortuna a levariam.

15

O ônibus parou na rodoviária e ela desceu e deu uma olhada em torno. Tudo parecia fervilhar, e havia muita sujeira. Só estivera em San Francisco duas vezes, uma com o pai quando criança e outra com Hiroko e Boyd, no batizado do bebê. Mas aquela era uma parte diferente da cidade, ordinária e feia. Bêbados jaziam na rua, carros passavam acelerados, o cheiro de cerveja e vinho e corpos suados impregnavam o ar, mesmo assim ela sentiu um quê de aventura. Comprara um mapa na rodoviária e um jornal e sentou-se para analisá-los, enquanto os passantes olhavam-na de soslaio. Estava vestida com simplicidade, a velha valise em uma das mãos, mas ainda assim chamava atenção. E percebeu a necessidade de encontrar um quarto antes do anoitecer. A questão era onde, e não tinha a menor idéia de onde procurar. Havia vários quartos anunciados e pensões em Chinatown, mas ela não sabia por onde começar. Decidiu arriscar e começar aleatoriamente. Escolheu dois endereços e chamou um táxi. Perguntou ao motorista qual era o endereço mais seguro. Na mesma hora este percebeu que Crystal não era da cidade e olhou-a com seu vestido azul, os cabelos presos na trança. Parecia jovem, e nunca vira moça tão bonita quanto aquela. Ficou pensando o que estaria fazendo em San Francisco sozinha, tinha uma neta da idade dela e não gostaria de vê-la naquela vizinhança.

Procurou no jornal para ela e sugeriu uma listagem que Crystal nem percebera. Era em um bairro italiano perto de Telegraph Hill, em algum ponto de North Beach.

— Vamos tentar este primeiro. Parece melhor do que os outros dois e não deve ser muito caro. — Ela não percebeu que ele não havia rodado a bandeirada. Podia dar um presente a uma menina como ela. Não ia cobrar um centavo, ela era tão jovem e bonita. Queria ajudá-la. — Veio visitar amigos? — De súbito, ponderou se não estaria fugindo, mas ela não parecia estar se escondendo de alguém. Parecia uma jovem na cidade grande pela primeira vez, e ele deu outra olhada pelo espelho retrovisor. Ela disse que não viera visitar ninguém, com um olhar cauteloso em direção ao motorista, e tentou parecer confiante, enquanto conversavam. Não queria que ele percebesse que era inexperiente. — De onde você é?

— Do Vale Alexander. Norte de Napa. — Sentiu-se triste ao pronunciar as palavras. Parecia fazer dias e não horas desde que saíra de lá.

— Está só de passagem?

— Não — ela respondeu baixinho, olhando pela janela. — Vou morar aqui. — Durante algum tempo. E depois, quem sabe? O mundo aguardava para abrir-lhe as portas, exatamente como seu pai prometera. Contudo, a dor de deixar o velho mundo ainda estava recente, conforme se aproximavam de North Beach.

Cruzaram Market Street e viraram para a direita. Passaram pelos cais no Embarcadero e então cruzaram Chinatown e chegaram a North Beach, local do endereço. Era uma casinha simples com cortinas limpas nas janelas, e duas senhoras estavam sentadas nos degraus, conversando animadas, os cabelos cuidadosamente presos em coques, usando aventais por sobre os vestidos negros. Por um instante, fizeram-na lembrar da avó Minerva, mas ela afastou a lembrança. Seus dias no vale, todas as recordações e a gente de lá haviam ficado para trás. Agradeceu ao motorista e perguntou quanto devia.

— Nada... está bem assim... — ele falou rispidamente e pareceu constrangido, mas não a deixou pagar. Afinal, não passava de uma criança, tão jovem e bonita, apenas olhá-la já era um colírio. Ela agradeceu, e o motorista observou-a aproximar-se das duas senhoras, segurando a mala. Então acelerou, assobiando e esperando que tudo desse certo para ela. Ela era jovem, mas uma verdadeira beldade, e parecia saber cuidar de si. As duas senhoras perceberam a mesma coisa, quando Crystal perguntou se havia um quarto para alugar. Fitaram-na por um instante antes de responder e trocaram algumas palavras em italiano.

— Como? — Logo ela pareceu ainda mais jovem, pousando a mala no chão. Um halo de cabelos claros emoldurou-lhe o rosto. As duas mulheres continuaram a olhá-la, e Crystal tentou adivinhar o que estariam pensando. — Quarto?... Sabe alguma coisa do quarto?

— Como é que não está na escola? — A mais velha das duas fitou-a desconfiada, tocando o avental. Possuía grandes olhos negros e o rosto coberto de rugas.

— Formei-me ano passado — mentiu ela, e as mulheres continuaram a olhá-la. — Posso ver o quarto? — Não deixaria que a intimidassem.

— Talvez. Tem emprego? — A senhora recostou-se nos degraus, e Crystal sorriu, tentando mostrar uma confiança que não sentia ainda. E se fosse preciso ter um emprego para conseguir quarto, o que faria? Começava a entrar em pânico, mas decidiu falar a verdade, ao menos parcialmente. Tinha que ser sincera.

— Ainda não. Cheguei esta tarde. Vou começar a procurar emprego assim que encontrar um quarto.

— De onde você é?

— Algumas horas ao norte daqui.

— Sua mãe e seu pai sabem que está aqui? — Assim como o motorista, pensavam se Crystal fugira de casa, mas esta sacudiu a cabeça com olhos que nada diziam às mulheres.

— Meus pais morreram — ela falou com tanta intensidade, que, por um instante, a mulher se calou. Então, pôs-se de pé lentamente, sem deixar de olhá-la. Nunca vira uma garota como aquela, com aqueles cabelos louros e as pernas compridas, o rosto bem desenhado e delicado. Parecia uma estrela de cinema, dissera à amiga em siciliano.

— Vou mostrar o quarto. Veja se gosta.

— Obrigada. — Crystal parecia calma e senhora de si ao pegar a mala.

Era um quarto minúsculo e abafado. Havia quatro iguais

em um andar, no que outrora era a casa da mulher. Agora havia um total de seis quartos que a senhora alugava, com um único banheiro para os seis. A dona possuía o único quarto com banheiro. Ficava no andar de baixo, junto à cozinha, que, por mais cinco dólares mensais, podia ser usado pelos inquilinos. O preço do quarto era de 45 dólares mensais. Era um quarto árido que dava para um prédio nos fundos, mas para Crystal servia. Não sabia aonde ir. E era limpo. Havia fechadura na porta, e ela sentiu que estaria segura ali, com a senhora vigiando as entradas e saídas dos inquilinos.

— Você paga um mês adiantado em dinheiro. E se quiser mudar, avise com duas semanas de antecedência. — Não que fizessem isto. Iam e vinham, mas ela mantinha o lugar limpo e só tolerava gente decente. Nada de bêbados, prostitutas e homens que traziam mulheres. Só queria gente honesta e calma, como Crystal. Havia dois homens mais velhos e uma jovem no terceiro andar e, no mesmo andar de Crystal, três garotas e um rapaz que vendia seguros. — Se não conseguir emprego, não poderá ficar no quarto, a não ser que tenha dinheiro guardado.

— Vou encontrar trabalho assim que puder. — Crystal fitou-a bem nos olhos. Retirou quatro notas de dez e cinco de um da carteira. Dinheiro que ganhara trabalhando no restaurante e agradecia ter economizado. As outras moças de sua idade gastavam tudo em meias de náilon e cinemas e refrigerantes, mas Crystal economizara quase todo centavo que ganhara e escondera da mãe. — Por aqui tem algum restaurante precisando de gente?

A mulher soltou uma risada. Havia muitos, mas sabia que nenhum aceitaria Crystal.

— Fala italiano?

Crystal sacudiu a cabeça e sorriu.

— Não.

— Então tem que procurar em outro lugar. Não contratam garotas como você por aqui. — Ela era bonita e jovem demais, e só aceitavam homens italianos como garçons em North Beach. — Talvez no centro. — Mas quando Crystal começou a procurar na tarde seguinte, nenhum dos lugares que tentou a aceitou, embora alegasse já ter experiência em restaurante. Limitavam-se a rir, e a maioria nem mesmo aceitava o número do telefone pago da Sra. Castagna. Crystal sentiu-se desencorajada após comprar um sanduíche e levá-lo para o quarto. A Sra. Castagna estava sentada nos degraus de entrada, como de hábito, observando as entradas e saídas dos inquilinos e conversando com as pessoas conhecidas na rua, em seu próprio dialeto.

— Encontrou emprego? — Encarou Crystal, que subiu lentamente as escadas. Seus pés doíam nos sapatos desconfortáveis, e o vestido azul parecia tão murcho quanto ela. Ela estremeceu com o ar frio que entrava. Estavam em maio, mas fazia bem mais frio do que no vale, e ainda não se acostumara à temperatura. Acendeu o pequeno fogão a gás de seu quarto com um níquel. A Sra. Castagna não deixava nada de graça para os inquilinos. Não ia sustentar ninguém. Criara dez filhos naquele lugar, e agora eram todos adultos e já haviam saído de casa. Estava fazendo bom uso dos quartos, e a casa proporcionava-lhe uma renda decente. Ao contrário de Crystal, que contava seu dinheiro minguado com dedos nervosos, sentada na única cadeira do quarto e contemplando o crucifixo sobre a cama. O único outro objeto decorativo era um quadro da Virgem Maria, pintado por uma das filhas da Sra. Castagna, a qual, Crystal soube mais tarde, estava em um convento. Os demais eram casados e tinham filhos e visitavam a mãe com freqüência, aos domingos.

Crystal percorreu as ruas durante duas semanas e começava a entrar em pânico por ainda não ter encontrado emprego. Começava a duvidar se encontraria, quando voltava para casa tarde da noite. Tentara empregos em Chinatown, como caixa, ou mesmo para lavar pratos, mas se limitavam a rir dela, o mesmo que ocorrera dois dias antes, em North Beach. Sempre ela era de raça errada, sexo errado e falava o idioma errado. Mas, naquela noite, voltou para casa pela famosa Barbary Coast. Ali abundavam as casas noturnas e restaurantes, e casais desciam a rua de braços dados, rindo e conversando. Ao contrário de North Beach, aquele bairro parecia alegre e vivo e bem mais luminoso. Ela usava uma saia azul e blusa branca e os escarpins brancos que tinha há anos, além do suéter que tomara emprestado da Sra. Castagna, preto como tudo que ela usava. Era dez vezes o seu tamanho, mas a senhora compadecera-se dela, que sempre voltava tremendo da rua à noite. O único outro agasalho que Crystal possuía era o velho casaco de pele de carneiro que usava para cavalgar ao amanhecer com o pai. Seu guarda-roupa era bem diferente do que via as mulheres usarem na San Francisco elegante. Mas não se importava mais. Só queria conseguir um emprego, fazer qualquer coisa, lavar chão se fosse preciso. Bem diferente de seus sonhos de Hollywood, mas precisava comer e pagar a Sra. Castagna. Precisava ganhar a vida de alguma maneira. Decidira tentar os hotéis na semana seguinte, mas pensou em fazer uma última tentativa nos restaurantes, postada do lado de fora de uma fachada ornamentada com uma placa que dizia simplesmente "Harry's". Tudo era berrante naquele local, e havia uma placa menor que prometia um *show* de boate.

Crystal entrou hesitante, sem atentar aos olhares dos casais que saíam, todos bem vestidos e várias mulheres com vestidos decotados. Ficou durante longo tempo assistindo um homem no palco com dois músicos que o acompanhavam na canção de Cole Porter *Too Darn Hot*. Então o *maître* aproximou-se dela e perguntou bruscamente o que queria.

— Só pode entrar aqui se estiver em algum grupo. — Não queriam ladras no Harry's, nem curiosos que ficavam na porta assistindo ao *show* para nada, mas até mesmo para ele tornou-se evidente que Crystal não era nada disto. Com seu suéter enorme e as roupas gastas, mais parecia uma órfã. — O que você quer?

Ela fitou-o bem nos olhos, tentando fingir que seus joelhos não estavam tremendo.

— Trabalho. Faço qualquer coisa. Lavo pratos, sirvo as mesas, qualquer coisa... preciso muito de um trabalho. — Ele fez menção de dizer algo e então a fitou com mais atenção. Era tão linda que fazia corações confrangerem-se só por olhá-la, e seus olhos pareciam tocá-lo. Estivera prestes a dispensá-la, mas de súbito ponderou se Harry não gostaria dela. Consultou o relógio e calculou se o patrão estaria no andar de cima, mas era tarde demais, ele já teria ido embora.

— Já trabalhou em restaurantes antes? — Ele ajeitou a gravata borboleta, de olho nas mesas, mas não parava de fitá-la. O rosto daquela menina fazia com que todos quisessem parar e olhá-la para o resto da vida. Contudo, ela parecia inteiramente inconsciente do efeito que causava sobre ele. Ela irradiava uma sinceridade e uma certa coragem, a despeito do nervosismo óbvio, e ele gostou dela de imediato. — Já foi garçonete?

— Já. — Com medo de ser rejeitada, não esclareceu ter sido em um pequeno restaurante.

Então ele a olhou mais detidamente.

— Quantos anos tem?

— Dezoito. — Mentiu como quem não sabe mentir.

Ele sacudiu a cabeça, correndo os olhos para a porta por onde ela entrara.

— Só maiores de 21 anos podem trabalhar aqui. É a lei.

— Então tenho 21... por favor... — A voz era suave, e os inacreditáveis olhos azuis sorriram, enquanto parte dele amolecia. — Por favor... ninguém vai saber...

— Meu Deus — ele quase gemeu —, o patrão vai me matar. — Mas ela sentiu que ele estava cedendo.

— Trabalho duro. Juro. Só faça a experiência por alguns dias... uma semana... qualquer coisa... — Olhou-o, e ele percebeu que não poderia dispensá-la. Era tão bonita, tão vulnerável e tão jovem, e algo lhe dizia que estava precisando de emprego e trabalharia arduamente. Diabos, poderia dizer a Harry que não sabia. E poderiam dispensá-la se não fosse eficiente. Voltou a olhá-la e viu-a observando-o com toda atenção.

— Está bem, está bem. Volte amanhã à tarde. Uma das garotas lhe dará um uniforme. E coloque alguma maquiagem. Assim está parecendo uma menina. E, pelo amor de Deus — resmungou —, livre-se deste suéter.

— Sim, senhor. — Ela abriu um sorriso largo, parecendo novamente uma menina, sorrindo para ele que a fitava. Nunca vira alguém tão bonito quanto ela... e tinha apenas 18 anos... só rezava para Harry não descobrir, se não, ele o mataria.

— Esteja aqui às quatro horas em ponto.

— Sim, senhor. Obrigada — agradeceu com a voz rouca. Não admira ninguém tê-la aceito. Com aquela beleza, daria uma boa dançarina ou serviria para *strip-tease*. Mas era inocente demais para isto. Crystal tinha muito mais do que ele pensava. Ela saiu apressada antes que ele mudasse de idéia e quase correu todo o trajeto de volta à casa da Sra. Castagna.

A primeira coisa que fez ao voltar foi devolver o suéter da Sra. Castagna com seus agradecimentos e contou que estava trabalhando. Falou com orgulho e confiança, como se tivesse sido eleita presidente da General Motors.

— Arranjou emprego decente? — A Sra. Castagna fitou-a com desconfiança. Aquela menina era bonita demais. O vendedor de seguros já estava rondando pelos corredores, esperando encontrar Crystal a caminho do banheiro. Mas esta parecia não perceber. Era calma e comportava-se bem. Não ficava flertando com os homens ou vulgarizando-se. Era decente e educada. Permanecia em seu quarto e nunca usara a cozinha. E por motivos que ainda não conseguia explicar, a Sra. Castagna gostava dela.

— Vou trabalhar em um restaurante — Crystal contou orgulhosa, e a senhora sorriu-lhe. Era uma boa menina e lembrava uma das netas.

— Vai fazer o quê?

— Servir mesas.

— Ótimo. — A senhora simulou um resmungo, mas não era segredo que gostava dela. Era uma boa menina e nunca lhe dera trabalho. — Veja se vão lhe pagar. O aluguel acaba daqui a dez dias. Este mês já está tarde para me dar aviso de saída. — Ela insuflava o temor a Deus em todos eles. Mantinha-os na linha. Mas só fez Crystal sorrir. Compreendia a senhora por sob a capa de dureza e também gostava dela.

— Eu sei, Sra. Castagna. Mas não vou me mudar.

— Ótimo, ótimo. — Acenou e voltou à cozinha, quando Crystal saiu.

Na tarde seguinte, Crystal caminhou as 12 quadras até o Harry's, em Barbary Coast, excitada e pensando no trabalho, ponderando se seria muito diferente de seu restaurante.

Chegou pontualmente às quatro horas, os cabelos presos em um coque. Passara batom que comprara naquela manhã em Woolworth. Era vermelho e um tanto berrante em seu rosto claro, mas se olhou ao espelho e achou-se bem mais velha

O *maître* que a contratara na noite anterior apresentou-se como Charlie e colocou-a aos cuidados de uma garçonete mais velha, embora ainda bastante atraente, chamada Pearl. Esta soltou uma risada e disse chamar-se Phyllis na realidade, mas ninguém a chamava por este nome desde criança. Contou que trabalhava ali há anos e fora dançarina muito antes. Agora ajudava Harry e dançava para ele quando uma das artistas não aparecia, ou cantava quando queriam. Conhecia Harry há anos e não contou a Crystal que, muito anos antes, fora sua amante. Observou-a atentamente, encontrou um uniforme limpo e mostrou-lhe a cozinha.

— O movimento aumenta por volta das oito. Mas diminui um pouco lá pelas dez e enche de novo à meia-noite, para o último *show*. — Aquele era ao mesmo tempo restaurante e casa noturna, e Crystal começava a perceber e cada vez ficava mais excitada, conforme ia conhecendo o local. Esperava ficar trabalhando ali. Pearl convidou-a a jantar com eles e ajudá-las antes de abrirem. Crystal ouviu a conversa confortável à sua volta e percebeu que estava gostando. Havia garçons e garçonetes, além de ajudantes de garçom, cozinheiros e lavadores de pratos na cozinha. O lugar era maior do que pensara, e achou melhor não saber, caso contrário não teria ousado entrar e pedir emprego. Por fim, com um sorriso, percebeu que nem sabia quanto ia ganhar. Pearl lhe disse que as gorjetas seriam suas, e se algum bêbado a incomodasse, bastava falar com Charlie, o *maître*, ou com um dos *barmen*.

— Bom lugar para trabalhar — explicou Pearl. — Eles não nos obrigam a agüentar muita porcaria aqui. Harry é um grande sujeito. — A lembrança assomou-lhe aos olhos, enquanto Crystal a olhava. Em seguida, para horror de Crystal, ela perguntou: Você é virgem? — Crystal fitou-a em silêncio, e de repente Pearl soltou uma risada. — Não, não é isto que você está pensando. — Embora Crystal parecesse virgem. — Estou perguntando se já trabalhou em um lugar assim antes?

Crystal soltou uma risada, aliviada com a explicação. Baixou a voz e explicou em tom conspiratório:

— Na verdade, trabalhei em um pequeno restaurante na minha cidade.

Pearl sorriu e deu um tapinha na mão delgada de Crystal.

— Então tem muito que aprender, querida. Fique perto de mim, e eu lhe ensino. — Crystal agradeceu a sorte de ter Pearl, sobretudo mais tarde, quando o restaurante encheu. Era difícil servir mesas, com Charlie de olho nela e as pessoas esperando que ela lembrasse o que haviam pedido. Ela lutou para mostrar-se competente e quando serviu a última mesa, percebeu que se saíra bem, e Pearl confirmou. E ganhara 21 dólares de gorjetas. Quase exatamente metade do aluguel mensal. Queria correr para casa e contar à Sra. Castagna.

— Quer uma carona? — Pearl tinha um velho carro, e saíram juntas naquela noite. Crystal aceitou, agradecida. Os pés estavam moídos, e pensou em comprar sapatos novos no dia seguinte.

— Obrigada pela carona. — Sorriu encantadora e desceu do carro da nova amiga na frente da casa da Sra. Castagna, na Green Street.

— Disponha. Você mora aqui? — Pearl contemplou a casa com curiosidade. — Mora com seus pais?

— Não. — Crystal sacudiu a cabeça. — Alugo um quarto aqui.

Pearl assentiu, pensando que depois ela poderia se sair melhor. Era o tipo de garota que receberia gorjetas altas, apenas pelo prazer que teriam em conversar com ela, esperando seus favores.

— Boa noite — gritou e acenou, abrindo a porta com a chave. Pearl afastou-se no velho carro. Pela primeira vez em muitas semanas, Crystal dormiu em paz. Estava exausta. Mas estava trabalhando e ganhara uma verdadeira fortuna. Ao adormecer, pensou que estava adorando San Francisco. Era muito longe de casa, mas era exatamente o que queria.

16

Crystal conheceu Harry duas semanas depois que começara a trabalhar no restaurante. O trabalho era árduo, mas o pagamento justo, e as gorjetas excelentes. Os empregados eram simpáticos com ela, e muitos, percebendo como era jovem, tomavam-na a seus cuidados e tratavam-na quase como filha. Pela primeira vez desde a morte do pai, as pessoas eram bondosas com ela, e sentiu-se acolhida. De súbito, pareceu reviver. Ninguém gritava com ela, ninguém a recriminava por ser quem era. Cantarolava baixinho o tempo todo e já chegava ao trabalho com semblante de felicidade. Harry ouvira falar bastante dela e estava curioso com a garota que todos consideravam linda. Estava certo que exageravam, mas assim que pousou os olhos nela, percebeu que não. Observou-a do outro lado da sala, e mais tarde Crystal viu-o conversando com Pearl, mas não teve tempo de imaginar do que estariam falando. Pouco depois, Pearl fez-lhe sinal, e Crystal sentiu-se repentinamente nervosa ao aproximar-se deles. Imaginou se ele teria descoberto que ainda não completara 18 anos e se seria despedida. Aproximou-se da mesa onde ambos conversavam.

— Este é Harry, Crystal. O patrão. — Ela o cumprimentou amedrontada, mas seu sorriso não revelava seus temores, e Harry encarava-a, fascinado. Era ainda mais bonita do que haviam dito. Era estonteante.

— Oi, Harry. — Sua voz era grave e suave. Ele continuou a observá-la. Olhá-la era como encontrar diamantes na banheira.

— Soube que você está indo bem no trabalho. — Ouvira muito mais do que isto, mas nada disse a ela. — Está gostando?

— Estou. Muito. — Sorriu timidamente para Pearl, que retribuiu o olhar com orgulho. Interessara-se por ela, e às vezes era quase como uma filha.

— Pearl me disse que você canta um pouco. — Estava começando a tentar entender a situação, mas queria agir com cautela. — Já pensou em cantar em palco? — Crystal sacudiu a cabeça, divertida. — Talvez gostasse. — Crystal pareceu hesitar e olhou para Pearl. — Pearl poderia lhe ensinar umas coisinhas e, com um rosto como o seu, poderíamos colocá-la no palco uma noite e ver como se sairia. — Tentou parecer casual para não assustá-la, mas já tinha alguns planos em mente e falara com Pearl a respeito na última meia hora. Com sua aparência, era loucura deixar Crystal entrando e saindo da cozinha com os pratos.

— Quer tentar? — Mostrou-se encorajador e, por um instante, Crystal sentiu uma onda de excitação. Adorava cantar, e a idéia de cantar para uma platéia em um restaurante fazia-a tinir. Sentiu vontade de abraçá-lo por lhe proporcionar esta chance, mas tentou parecer controlada ao assentir.

— Adoraria. — Então soltou sua risada suave e rouca. — E se me atirarem ovos podres?

— Aí nós a tiramos do palco rapidamente. — Ele riu. Era um bom homem, e Crystal gostou dele. — Quer ver se Pearl pode lhe ensinar umas coisinhas? Ela canta muito bem e é ótima dançarina, pelo menos era, antes de torcer o tornozelo. — Conhecera-a anos antes, quando ela trabalhava no Teatro Fox, e haviam sido amantes durante anos. Atualmente eram apenas amigos. Ele só lhe oferecera o emprego anos mais tarde, quando ela não podia mais dançar e se limitava a servir mesas, mas ainda tinha carinho por ela. O que se tornava evidente em seu olhar quando falava dela dançando. — Deixe que Pearl lhe ensine umas coisinhas, está bem, menina?

— Está bem. — Estava sem ar e sorriu para Pearl, enquanto Harry se afastava. Ficou pensando no que aconteceria se não conseguisse. Esperou até o patrão não poder ouvir nada e olhou para Pearl. — Acha que vou conseguir? — Queria muito que desse certo, e Pearl assentiu pensativa, ponderando por um segundo se Harry poderia apaixonar-se por Crystal. Era linda, mas nada fizera para encorajá-lo. Não precisava.

— Não se preocupe. Você vai se dar bem. E quando eles ouvirem esta sua voz, vão enlouquecer. Venha amanhã às duas, e vamos brincar um pouco com o piano. — Fitou a garota, invejando sua juventude. Contudo, gostava demais de Crystal para nutrir sentimentos negativos.

— Não se importa de me ajudar? — Crystal fitou-a agradecida e Pearl soltou uma gargalhada.

— Claro que não, diabos. Para mim é uma diversão. — Então deu de ombros com um sorriso nostálgico. — Não me importo em fazer isto por Harry.

Crystal encontrou-a no restaurante na tarde seguinte, e Pearl mostrou-lhe uns passos simples. Crystal ficou impressionada com sua graça e agilidade.

— Você é ótima. — Os olhos brilhavam de admiração e Pearl ficou sensibilizada, sacudindo a cabeça quase timidamente.

— Não sou mais. Eu era. Mas faz muito tempo que quebrei o tornozelo. Nunca consertaram direito, e foi o fim para mim. Mesmo antes disso, eu não passava de uma dançarina medíocre.

Treinaram durante uma hora no palco. Pearl mostrou-lhe como se movimentar, como segurar o microfone, como dançar o suficiente para manter o corpo em movimento ao ritmo da música e por fim ensinou-a a sentar no banco junto ao piano.

— Agora vamos ouvi-la cantar. Não preciso lhe ensinar isto. Basta deixar sair. Cante algo que gosta e vá em frente.
— Decidiram-se por uma canção que Crystal sabia que seu pai adoraria ouvi-la cantar, e Pearl tocou de ouvido, enquanto Crystal se deixou embalar pela música. A princípio cantou baixo, hesitante e envergonhada. Então, subitamente, a lembrança do pai e sua infância inundaram-na, e sua voz cresceu junto com a dor e o carinho que sentia. Cerrou os olhos e lágrimas correram pelo rosto ao terminar. Pearl permaneceu sentada, fitando-a em silêncio, aturdida. Era muito melhor do

que ela mesma suspeitara. A voz de Crystal era cristalina e tinha uma potência que deixaria a platéia sem fôlego. — Meu Deus. Não sabia que você cantava assim. Devia ir para Los Angeles gravar um disco.

Crystal deu de ombros e enxugou as lágrimas, enquanto as outras garçonetes começavam a chegar para o trabalho.

— Talvez algum dia. — Mas duvidava que pudesse acontecer.

Pearl a fez prometer que voltaria para ensaiar novamente no dia seguinte. Ambas irradiavam animação. Era como se compartilhassem importante segredo. E, naquela noite, Pearl contou a Harry o tipo de notícia que este gostava de ouvir.

— Você conseguiu uma vencedora. Ela ainda não sabe, e não quero assustá-la, mas ela é fantástica. Tem uma voz de matar. Com um pouco de prática, poderá ser famosa um dia. Espere até ouvi-la.

Harry pareceu satisfeito e, na tarde seguinte, saiu furtivamente de seu escritório para ouvir. Desta vez havia lágrimas em seu rosto também, e sorria enquanto voltava ao escritório.

Pearl ensaiou com Crystal durante o mês de maio e parte de junho e, numa noite sem movimento de quinta-feira, Pearl e Crystal souberam que estava pronta. Ensaiara mais de vinte músicas, e suas apresentações para Pearl haviam sido perfeitas e estonteantes. Harry sabia que ela cantaria naquela noite e postou-se discretamente a um canto, observando em nervosa expectativa. Encontrar uma garota como aquela só acontecia uma vez na vida.

— Boa sorte — sussurrou, mais para si mesmo, quando ela pisou o palco com um vestido de cetim azul-claro que Pearl emprestara.

Ela entrou cautelosa, com um olhar de repentino terror na direção de Pearl, ponderando se cometera um erro em tentar. Sua mentora fez-lhe o sinal da vitória, enquanto os outros postavam-se nos cantos da sala, à espera. Então, bruscamente, quando o refletor a iluminou e a música começou, Crystal esqueceu a presença de todos eles e começou a cantar com todo seu coração a música *God Bless the Child*, de Billie Holiday. Todos ouviam, seus amigos olhavam. Ela era exatamente como Pearl dissera e Harry esperara. Era extraordinária. Sua voz desarmou todos os presentes, com sua potência e plangência inesperadas. Provocou lágrimas na platéia, e aplaudiram-na durante uma eternidade. E, neste momento, Crystal soube qual era seu lugar a partir de então. Sonhara com um instante como aquele, e agora acontecera. Nem precisava de Hollywood, bastavam aquelas pessoas, aquele lugar, aquele momento.

Depois Harry ofereceu-lhe uma garrafa de champanhe e convidou-a e a Pearl a sentarem com ele. Sorria esfuziante para Crystal.

— Pensou que seria cantora quando crescesse, garota?
— Não, senhor. — Sonhara em ser estrela de cinema, mas nunca cantora.

Ele deu um tapinha em sua mão e serviu-lhe outra taça do champanhe efervescente.

— Chame-me Harry.

Sentada ali, Crystal sentia todo seu corpo formigar. Adorara. Era um sonho tornado realidade, e de súbito todas as agonias dos últimos meses foram esquecidas. E ao voltar para casa naquela noite, sentiu-se como Cinderela. Não era mais uma simples garçonete. Era alguém. Cantora. Ainda ria sozinha ao subir os degraus, quando uma porta abriu com um rangido. Um rosto familiar surgiu, e a Sra. Castagna fitou-a carrancuda. Adorava fazer-se de má, mas desenvolvera um carinho secreto por Crystal.

— Por que está tão alegre? Arranjou namorado? — A voz ressoou nas escadas e Crystal apoiou-se ao corrimão e sorriu-lhe.

— Melhor que isto... — Não sabia ao certo como explicar. — Esta noite comecei algo diferente. — Sorriu de felicidade com a recordação do *show* no Harry's e os aplausos intermináveis depois.

Mas a carranca da Sra. Castagna acentuara-se.

— Não está fazendo nada errado, não é? — No pouco tempo em que a moça estava morando em sua casa, a Sra. Castagna elegera-se sua mãe, mas Crystal se limitou a sacudir a cabeça e sorrir para a velha.

— Claro que não.
— Então o que é?
— Deixaram-me cantar esta noite. — Abriu um sorriso

largo, e a senhora de negro fitou-a, subitamente surpresa. Nunca pensara que Crystal tivesse talento. Era apenas bonita e jovem, garçonete em algum restaurante. Pagava o aluguel pontualmente e de vez em quando trazia flores para ela, quando recebia o ordenado.

— Que tipo de canto? — A senhora continuava desconfiada.

— A senhora sabe, é uma boate.

— Não sei. Não vou a lugares assim. — Evidentemente, tal progresso fora desaprovado. — Venha cá me contar. — Crystal estava cansada, mas não teve coragem de recusar. Desceu as escadas lentamente, os cabelos louros caindo em cascata sobre os ombros. Recolocara as próprias roupas, e o vestido azul de Pearl ficara cuidadosamente dependurado no armário do Harry's.

A Sra. Castagna esperava-a ao pé da escada, e Crystal fitou-a como uma garota voltando para casa após seu primeiro baile. Seus olhos ainda estavam sonhadores e felizes.

— Acho que não está metida em coisa boa, Srta. Crystal Wyatt. O que a mandaram fazer neste lugar?

— Não me obrigaram a nada. Deixaram-me cantar, no palco, com um belo vestido azul de cetim que me emprestaram.

— Você canta bem? — A Sra. Castagna cerrou os olhos, como se esperando ver algo diferente, mas percebeu apenas que Crystal parecia feliz.

— Acho que sim. A platéia pareceu gostar.

A Sra. Castagna assentiu, como se avaliando a veracidade da informação. Por fim, voltou a encarar Crystal.

— Entre para me mostrar. — Girou sobre os saltos e entrou em seu pequeno apartamento. Crystal seguiu-a, sorrindo divertida. A senhora acomodou-se em sua cadeira favorita e ergueu os olhos cheios de expectativa para Crystal. — Cante para mim. Vou dizer se gosto. — Crystal desatou a rir e sentou-se em uma caderia de espaldar reto.

— Não posso cantar assim. Não é a mesma coisa aqui.

— Por que não? — A senhora parecia perplexa. — Também tenho ouvidos. Cante.

Crystal voltou a rir, recordando de súbito sua avó durante sua infância. Minerva também gostava de ouvi-la cantar, mas gostava de ouvi-la entoar os hinos. *Amazing Grace* sempre fora seu predileto.

— O que quer ouvir? Minha avó gostava de *Amazing Grace*. Posso cantar esta. — Foi uma negociação surpreendente, na salinha, a senhoria olhando-a em expectativa. Mas tinha um gosto mais eclético do que o de Minerva.

— Foi o que cantou esta noite?

— Não... cantei outras coisas...

— Ótimo. Então cante o mesmo para mim. Estou esperando.

Crystal fechou os olhos por um minuto, pensando se conseguiria. Por fim, forçou-se a lembrar como se sentira no palco naquela noite... a excitação... a ansiedade... a música estonteante... e então, lentamente, começou a cantar uma de suas baladas favoritas. Agora cantava sem refletores, piano, e tampouco vestido azul, mas de certa forma não se importava. Novamente só importava a música e a letra que amava desde a infância. A Sra. Castagna desapareceu, e Crystal sentiu seu pai sentado ali com ela, cantando a música do princípio ao fim, e ao terminar, a magia de sua voz pareceu levar as duas consigo. E quando voltou a fitar a Sra. Castagna, viu lágrimas em seu rosto e emocionou-se. Por um instante, nenhuma das duas falou. Por fim, a senhora assentiu.

— Você canta bem... muito bem... nunca me disse que cantava assim...

— A senhora nunca perguntou. — Crystal sorriu docemente, sentindo-se de novo cansada, mais cansada do que nunca. A excitação da noite transformara-se em nostalgia agridoce. Pensava no pai, no rancho e nas vezes em que cantara para ele. A Sra. Castagna olhava-a quase como se soubesse de tudo. Então ela levantou, sem uma palavra e dirigiu-se empertigada até um aparador antigo. Agachou por um instante e, ao voltar, segurava uma garrafa e dois copos.

— Vamos tomar um pouco de vinho. Para comemorar. Algum dia você será famosa.

Crystal soltou uma risada e observou-a abrir a garrafa. Estava pela metade, a senhoria a economizava para ocasiões especiais. Crystal viu que era xerez.

— Você tem uma linda voz. Uma dávida divina. Deve cuidar bem dela, possui um dom precioso.

— Obrigada. — Por um momento, Crystal sentiu vontade de chorar, aceitando o copo com o líquido doce. A Sra. Castagna ergueu o copo fugazmente, com expressão de grande solenidade.

— Você é uma moça de muita sorte por poder cantar assim. Bravo, Crystal... Bravo!

— Obrigada. — Retiniram os copos rapidamente, e a Sra. Castagna deu o primeiro gole com expressão de prazer e contentamento, e após ambas tomarem um pouco do xerez, a Sra. Castagna depositou seu copo sobre a mesa.

— Quanto vão lhe pagar?

— Nada. Quero dizer, nada além do que já ganhava antes. Faço apenas por diversão... só isso... adorei. — Agora sentia-se constrangida ao pensar sobre o assunto. Não queria ser paga para fazer o que amava, mas parecia uma tolice externar tal idéia.

— Você vai enriquecê-los. Pessoas virão de toda parte para ouvi-la.

— De qualquer modo eles vão ao Harry's. — Crystal estava constrangida com o entusiasmo da senhora, mas esta assumira uma expressão astuciosa ao pegar seu copo mais uma vez e bebericar o xerez.

— Diga a eles que quer ganhar mais. Você tem uma voz angelical. — Para Crystal, ela estava exagerando, mas sem dúvida a platéia gostara dela. — Está me ouvindo? Diga a eles que agora quer ganhar muito mais. Muito dinheiro, não ninharias. Um dia será famosa. E quando for, lembre-se de que eu disse isso. — Observou Crystal terminar o xerez com um sorriso e falou-lhe como faria com uma das netas, não que qualquer delas possuísse o talento de Crystal. Por fim, fitou a moça com carinho. — Qualquer dia canta para mim de novo?

— Quando a senhora quiser.

— Ótimo. — Pôs-se de pé com ar de satisfação. — Então vá deitar. Estou cansada.

— Obrigada pela bebida — disse suavemente, sentindo um ímpeto de beijá-la. Há muito tempo não beijava ninguém, e ninguém a abraçava... desde que o pai morrera... desde que deixara os Webster no vale. Mas a senhora a fitou solenemente e não pareceu disposta a demonstrações de afeto. — Boa noite... e obrigada novamente.

— Vá para a cama... — repetiu, brandindo a bengala.
— Cuide de sua voz... agora você deve descansar! — Crystal soltou outra risada, desejou boa-noite e fechou a porta com delicadeza.

Subiu as escadas devagar, pensando na velha senhora enquanto se despia. Era uma boa alma por sob a fachada de durona, e Crystal gostava dela. Então pensou em Pearl, em como fora bondosa com ela, mas ao apagar a luz e deitar, seus pensamentos retornaram ao vale. Sentia-se muito, muito longe de casa, após a excitação daquela noite, de repente sentiu saudade de casa. Cerrou os olhos e recordou um dia longínquo... sentada no balanço... conversando com Spencer. Fazia dois anos que o vira pela última vez. Tentou imaginar onde estaria agora e se ele lembraria dela. Pareceu-lhe pouco provável, contudo, ao adormecer, soube que jamais o esqueceria.

17

O jantar de Anderson, Vincent e Sawbrook era uma comemoração estúpida que organizavam anualmente no clube, contudo obrigatória para os membros mais jovens da firma, e, após algumas considerações, Spencer decidiu convidar Elizabeth Barclay. Desde Palm Beach encontrara-a apenas uma meia dúzia de vezes. Ela estava atarefada na faculdade e só ia a Nova York cerca de uma vez por mês, supostamente para visitar o irmão. Mas sempre telefonava para Spencer, quando estava na cidade, e, com freqüência, ele a levava para jantar. Não que Spencer não gostasse de sua companhia. Na verdade gostava, mais do que desejaria, só que, de alguma maneira, sempre acabavam na cama, e ela sempre conseguia fazê-lo sentir-se pressionado. Sabia que ela queria mais do que ele poderia dar e Spencer não queria se envolver seriamente nem desapontá-la. Ainda tinha suas próprias idéias quanto ao tipo de garota que buscava, e Elizabeth não era este tipo, embora nem sempre tivesse tanta certeza, quando estava com ela, e sobretudo depois que faziam amor. Por sob seu exterior frio, havia feroz sensualidade que o deixava louco, mas Spencer queria algo além disso. Desejava exatamente o que lhe explicara desde o começo, uma mulher que precisasse dele, que o amasse como ele era, que fosse doce, carinhosa e compassiva, uma mulher que o deixasse fora de si de tanta paixão. Não queria alguém que o modificasse para a imagem que tinha em mente e, no caso de Elizabeth, desconfiava que tal imagem seria o retrato de seu pai.

Mesmo assim, levou-a ao jantar com os sócios e a uma boate depois. Como de hábito, fizeram amor depois, e Spencer tentou convencer-se de que apenas dormir com ela não o envolveria em um compromisso maior. Ela mesma o dissera após Palm Beach, mas ele nunca tinha muita certeza das pretensões dela.

Estavam em fins de junho, ela concluíra o segundo ano em Vassar. Iria para San Francisco na semana seguinte e de lá passaria o verão no lago Tahoe.

— Por que não vem comigo? — indagou inocentemente.

— Não posso tirar férias.

— Claro que pode, Spencer, não seja tolo. — Era o tipo de mulher que nunca aceitava o não como resposta. Estava com 21 anos, mais sofisticada do que nunca. E, com freqüência implicava com ele, perguntando por que nunca a apresentara aos pais. Spencer sabia que se o fizesse, jamais se livraria deles, sobretudo do pai. Ela era exatamente o tipo de garota que esperavam para o filho algum dia, mas Spencer estava com trinta e sabia que ainda não estava pronto.

— Nem todos podem tirar férias no verão, minha cara — implicou com ela quando ainda estavam na cama. Sabia que logo teriam que levantar. Poderia levá-la de volta ao apartamento do irmão, embora Spencer tivesse certeza de que o irmão de Elizabeth sabia da relação dos dois. Não tinha certeza de que Elizabeth não contara nada. — Sou um trabalhador.

— Meu pai também, e ele tira dois meses. — Ela deitou e fitou-o alegremente. Gostava de sexo e usava métodos contraceptivos. Não pretendia engravidar. E até isto o aborrecia às vezes. Ela sempre pensava em si, nunca corria riscos, a não ser que desejasse, e para ele seria mais importante se ela temesse engravidar. Mas Elizabeth Barclay nada tinha de vulnerável.

— Não sou seu pai — sorriu ele —, ou ainda não percebeu? — Ela ainda o pressionava em relação à política, mas Spencer se limitava a rir. Estava suficientemente ocupado na firma, e ela ficara impressionada naquela noite com o respeito evidente a ele devotado pelos colegas mais velhos.

Espere alguns anos, Sr. Hill. Sua estrela vai ascender.
— Talvez... mas vejo outras possibilidades no horizonte. — Voltou-se para ela, e fizeram amor mais uma vez. Como de hábito, foi satisfatório fisicamente, embora faltasse algo mais. Às vezes sentia-se culpado. Considerava-se mau caráter, dormindo com ela sem estar apaixonado. Algo lhe dizia que deveria estar, só que não se sentia assim. Desejava-a apenas, disse a si mesmo, e talvez isto já fosse suficiente no momento.

— E então, que tal Tahoe? — ela voltou ao assunto, acendendo um cigarro. — Venha passar uma semana, duas se puder. Meu pai vai adorar lhe ver.

— Não sei se adoraria tanto se nos visse agora.

— Não — ela sorriu, soprando a fumaça em direção de Spencer —, tem razão. Mas papai é muito antiquado.

— Estranho, para um homem como ele. — Spencer soltou uma risada. Ela era surpreendente.

— E você também.

— Eu? Antiquado? — Ele pareceu surpreso. — Por que diz isto?

— Sempre tenho a sensação de que você espera que raios caiam do céu antes de decidir que isto é certo. Ao que me consta, Sr. Hill, acho bastante bom. Sabe, isto é tudo que se consegue do mundo, companheirismo, uma boa trepada, bons amigos, um trabalho do qual se goste. Não precisa esperar violinos, harpas e vozes de anjos. A vida não é assim. — Mas o problema é que ele ainda acreditava nisto, e ela não.

— Talvez tenha razão. — Acariciou-a suavemente por entre as coxas, mas ainda não estava convencido. Ainda acreditava em harpas e violinos e trovões e raios. Ela o conhecia bem, o que era consolador. Mas, de quando em vez, ainda era assombrado pela menina que vira pela última vez há dois anos, sentada no balanço de vestido azul, fitando-o como se estivesse gravando sua imagem no coração para todo o sempre. Ainda lembrava da cor de seus olhos, do toque de sua pele ao tocar sua mão. Mas também sabia que era uma completa loucura.

Elizabeth olhava-o atentamente, e Spencer pensou, nervoso, se conseguiria ler seus pensamentos.

— Spencer, meu querido, você é ótimo na cama, mas também é um sonhador.

— Devo agradecer pelo primeiro adjetivo e desculpar-me pelo segundo? — Às vezes ainda se sentia incomodado com a brusquidão de Elizabeth. Com ela não havia poesia, magia, apenas a dura realidade. Talvez ela devesse ter feito advocacia.

— Não se desculpe, simplesmente vá ao lago Tahoe.

— Se eu for, seus pais vão pensar que estamos noivos.

— O que também o preocupava. Elizabeth Barclay não era o tipo de garota com quem se pudesse brincar.

— Eu cuido disso.

— O que vai dizer a eles?

— Que você tinha negócios em San Francisco e que o convidei para ficar uns dias no lago. Que tal?

— Passável, mas seu pai é mais esperto, não?

— É, mas eu também sou. Não colocarei nada a perder. Prometo.

Ele não queria comprometê-la, mas, acima de tudo, não queria se comprometer. Enquanto se vestiam, refletiu um pouco e concluiu que, se fosse, poderia dar uma parada no Vale Alexander e visitar os Webster. E talvez rever Crystal. A idéia lhe veio à cabeça, e imediatamente ele a reprimiu.

— Vou pensar no assunto — disse-lhe, observando-a enxugar-se após o banho.

— Ótimo. Vou avisar à mamãe que você vai. Que tal em agosto?

— Elizabeth! Eu disse que ia pensar! — Mas ela sorriu, e ele soltou uma gargalhada. Elizabeth era inacreditável. Sutil como um hipopótamo, mas tinha que admitir que suas pernas eram lindas, observando-a colocar as meias, e novamente perdeu o controle. Eram quatro horas da madrugada quando a deixou no apartamento do irmão. Estava exausto quando se beijaram em despedida e prometeu telefonar.

18

Spencer sentou-se junto à janela do avião, rumo à Califórnia. Finalmente decidira-se a ir, após diversos telefonemas de Elizabeth em San Francisco. Ela insistira que seria divertido, e os dois irmãos, além de vários amigos, estariam lá. Não que Spencer não quisesse ir. Temia o que ia fazer quando chegasse lá. Durante muitos meses ele a sentira influenciando-o com bastante sutileza, convencendo-o subliminarmente do que dissera em Palm Beach após o Natal, que formavam uma boa dupla, que a vida não tinha muito mais do que isso a oferecer. Ele ainda não estava totalmente convencido, mas tinha que admitir que se divertiam muito na cama, e poucas eram as mulheres brilhantes como ela. Decidira sair com todas que pudesse, de forma a provar a si mesmo que não havia ninguém melhor. E não conhecera a música e poesia com que sonhara. Os raios e trovões, como ela dissera. Só encontrou mulheres tediosas que não sabiam do que ele estava falando na maior parte do tempo e que pensavam que Napoleão era uma sobremesa. Estava farto de todas elas, nenhuma era quente como Elizabeth, e havia algo de lisonjeiro em uma garota querê-lo tanto quanto ela. Quase um ano após estar saindo com ela, precisava admitir que ela jamais o entediara. Mas prometera a si mesmo não cometer nenhuma loucura na Califórnia. Só conseguira tirar uma semana e ainda queria ir a Booneville visitar Boyd e Hiroko... e talvez... quem sabe... encontrar Crystal. Sabia que agora ela deveria estar com 18 anos e ficou pensando se teria mudado em dois anos, se ainda estaria tão bela quanto antes, tão mágica e diferente. Ainda lembrava do jeito como ela o olhara, e seu estômago comprimia-se cada vez que pensava. Sabia que Elizabeth teria rido dele se lhe contasse. E comparada a Elizabeth, Crystal fora e ainda seria uma criança, sem dúvida alguma. Mas, a esta altura, estaria mais adulta. E ele desejava revê-la, embora sob certos aspectos fosse difícil de imaginar.

Quando o avião aterrissou em San Francisco, Spencer planejou alugar um carro e ir direto para o lago. Elizabeth dissera que a viagem duraria seis horas, mas não queria perder tempo na cidade. Só tinha seis dias e queria chegar o mais rápido possível. Chegou no aeroporto e apressou-se até a mesa de aluguel de carros, ouvindo então uma voz familiar às suas costas.

— Quer uma carona? — Voltou-se, e ela sorria. Usava um conjunto branco e um suéter vermelho com um colar de pérolas que sempre a acompanhava, os cabelos castanho-avermelhados perfeitamente penteados por sob um chapeuzinho de palha. Estava com os brincos de diamantes diminutos que ganhara da mãe. Elizabeth viera encontrá-lo no aeroporto, e ele ficou sensibilizado. Ela possuía estilo, e também gostava disto nela. Mas então, de súbito, se aborreceu consigo mesmo. Estava sempre fazendo avaliações, como se verificando os ativos e passivos da garota. Era tão racional, tão diferente dele. Toda a vida fora um romântico. Mas com Elizabeth não havia lugar para romantismo. Simplesmente não era o mais importante.

— O que está fazendo aqui? — ele indagou, desajeitado, mas não houve dúvidas quando ele a beijou.

— Vim lhe buscar. Achei que ia estar cansado demais para dirigir. Como foi o vôo? — E não: "Senti saudades... te amo."

— Obrigada por vir, Elizabeth. — Fitou-a com olhos carinhosos, da cor azul forte do oceano Pacífico. — Foi uma longa viagem, para você não?

— Passei a última noite na cidade. — Ela era sempre prática e organizada, uma das qualidades que mais admirava nela.

Caminharam animados até o local de bagagem, de mãos dadas, e ela zombou dele por ter trazido a maleta.
— Assim tive o que fazer durante o vôo.
— Que pena não termos vindo juntos. Encontraria algo para você fazer. — Também gostava disto: ela era quente. — Trouxe os tacos de golfe, a propósito?
— Não. Só a raquete de tênis. — Colocara-a na mala, junto com as roupas.
— Não tem problema. Meus irmãos podem lhe emprestar os deles. — Na verdade, ele detestava golfe, mas não queria desapontá-la. Todos os homens da família de Elizabeth jogavam golfe. — Também planejamos um acampamento, e minha mãe insistiu em um baile e dança.
— Parece que vai ser divertido. Parece até uma colônia de férias. Vou ganhar uma camiseta com meu nome, um canivete de escoteiro e uma marmita?
— Ah, cala a boca. — Ela lhe deu um beijo no pescoço, e depois de ele pegar sua sacola, seguiu-a até o carro, estacionado do lado de fora. Era uma camionete Chevrolet novinha em folha, com laterais de madeira, que deixariam no lago para as férias de verão. Ela contou todas as novidades da família e avisou que Ian e Sarah haviam chegado no dia anterior. Estavam bem-humorados e após duas semanas no lago, iriam para a Europa visitar os pais de Sarah no castelo da Escócia. Era a residência de verão da família, e Elizabeth falava como se fosse quase acolhedora. Era uma vida grandiosa, e Spencer ofereceu-se para dirigir, após jogar a valise na mala do carro.
— Tem certeza de que não está muito cansado? — Ela pareceu preocupada e ele sorriu, subitamente satisfeito por ter vindo, apesar de todas as dúvidas.

Mas de forma alguma estava preparado para a grandiosidade da residência de verão. Era uma enorme mansão de pedra, com gramados impecáveis e meia dúzia de "cabanas" para os hóspedes. Estas cabanas eram maiores do que as casas da maioria das pessoas. Chegaram depois de meia-noite, mas o garçom esperava com chocolate quente e sanduíches que Spencer devorou, e pouco depois Ian e Sarah entraram com o irmão mais velho de Elizabeth, Greg. Estavam todos radiantes após nadarem no lago, que Sarah afirmou ser delicioso. Iam pescar no dia seguinte e convidaram Spencer.

Era uma vida fácil, feliz, repleta de risos e gente interessante. Convidados chegaram de San Francisco, e havia jantares suntuosos todas as noites. Todo o grupo convergia para a grande sala de jantar, reunindo-se na longa mesa. Elizabeth estava linda à luz de velas, e Spencer entabulou diversas conversas prolongadas com seu pai. Até jogou golfe com ele, desculpando-se profusamente por jogar tão mal. Mas o juiz Baclay pareceu não se incomodar, pensando que a filha fizera uma excelente escolha. Deixou claro para todos quanto apreciara Spencer.

E Spencer, na verdade, ficou desapontado quando a semana chegou ao fim. Pretendera partir um dia antes, mas não queria ir a parte alguma. Nem mesmo a Nova York e à firma de advogacia ele queria voltar.

— Por que não pede mais uma semana de férias? — sugeriu Elizabeth, enquanto estavam deitados no barco, aquecendo-se ao sol. Spencer soltou uma risada e fitou-a. Com toda sua inteligência, ela parecia achar que todos eram importantes como seu pai.

— Acho que não iam gostar muito.

— Odeio ver você partir — ela falou baixinho e, durante um momento de estranheza, fitou-o tristemente. — Vou me sentir solitária sem você.

— Com sua família e dez mil amigos? Não seja boba, Liz. — Mas precisou admitir que também sentiria falta dela. Até desistira do plano de visitar os Webster no Vale Alexander. Simplesmente não sobrara tempo, e fora tão agradável a estada ali. Tão agradável que começava a pensar que a amava. — Quando volta para Nova York? — Durante a noite, eles se haviam esgueirado para o quarto, e de repente a idéia de passar mais um mês sem ela o deprimia.

— Depois do Dia do Trabalho. E aí terei que voltar para a maldita faculdade. — Ela ficou de bruços e fitou-o tristemente. Estavam em uma das duas lanchas de corrida dos Barclay.

— Do jeito que você fala, parece uma prisão. — Ele sorriu, e ela também, tocando seus lábios com dedos carinhosos.

— E não é? Sem você é o que parece às vezes. — Subitamente, ele desejou que ela estivesse em Nova York. Agora sabia que desejava estar com ela. Fitou-a com estranheza e ficou pensando se por fim o raio havia caído. Sentou-se ouvindo sua voz interior e ponderando se seriam os trovões. — Em que estava pensando? — Ela semicerrou os olhos e fitou-o, preocupada com o que Spencer estaria pensando. Ele era sempre tão evasivo.

— Estava pensando em como vou sentir a sua falta. — Finalmente o lago Tahoe conseguira fazer isso com ele; era o lugar mais belo que já vira, com os pinheiros altos e os amplos lagos, e as belas montanhas além. Tudo era tão fácil ali, tão saudável, natural e feliz.

Adorava lugares como aquele e desejou que a semana jamais terminasse. Ela fitava-o com renovada ternura. Gostou do que viu em seus olhos e no que ele estava dizendo.

— Também vou sentir sua falta, Spence. — Ele sorriu com o apelido tolo, não mais tolo do que "Liz", que não combinava com ela.

E então, sem uma palavra, ele a puxou para seus braços e beijou-a. Parecia surpreso, quando finalmente a afastou e disse o que ela esperara desde a primeira vez em que se haviam visto.

— Acho que estou apaixonado por você.

Ela sorriu, feliz.

— Demorou, não?

Ele soltou uma gargalhada.

— Que coisa horrível para dizer. Finalmente percebi que estou apaixonado, e você reclama que eu deveria ter sentido antes.

— Estava começando a pensar que ia ficar solteirona.

— Com vinte e um anos, acho que eu não me incomodaria. — Então ele percebeu o que ela acabara de dizer e concluiu que, sem dúvida, teria de fazer algo em relação a seus sentimentos. Não podia deixá-la esperando para sempre. Demorara bastante e sentia-se mais próximo dela do que nunca. Era real, disse a si mesmo, ela era uma grande garota e, exatamente como dissera, poderiam fazer muita coisa juntos. — Quer casar comigo, Elizabeth?

— É um pedido formal? — Ela parecia excitada, e ele firmou-se sobre o joelho e sorriu.

— Agora é. Quer?

— Ora, claro! — Ela soltou um grito de alegria e lançou

os braços em torno do pescoço de Spencer, quase virando o barco.

— Espere um minuto! Não vamos afundar, pelo amor de Deus! Isto é não para ser uma história trágica.

— Não será, meu amor. Prometo. Terá um final muito feliz. — E ele estava certo disso ao beijá-la. Finalmente ligaram a lancha e voltaram ao porto, para contar à família. Ao atracarem, ele se sentiu um tanto tolo. Era difícil compartilhar os momentos mais íntimos com toda uma família. Não havia privacidade com os Barclay.

Encontraram o pai de Elizabeth na sala, falando com Washington. Mas ele se voltou com um sorriso e desligou. Spencer percebeu, pela expressão em seu rosto, que desconfiava de algo. Elizabeth parecia um delator.

— Sim, Elizabeth? — Ele sorriu para ambos. Ela já sabia que o pai adorava Spencer.

Não esperou o noivo falar. Queria contar ao pai.

— Spencer acabou de me pedir em casamento. — Abriu um sorriso radiante e voltou-se para o futuro marido, em busca de confirmação.

— Eu já devia ter pedido antes, senhor. O senhor dá a sua aprovação?

Harrison Barclay pôs-se de pé em um salto e cumprimentou Spencer, fitando-os com benevolência, particularmente sua filha.

— Há muito tempo já a tinha. Desejo muitas felicidades a ambos. — Então abraçou a filha e fitou-os, sério. — Para quando planejaram o casamento?

— Acho que ainda não chegamos tão longe. Precisamos conversar a este respeito.

— Se eu pudesse opinar, preferiria que Elizabeth terminasse a universidade primeiro, mas acho que dois anos é tempo demais para dois apaixonados. Que tal um ano? Vocês poderiam casar, digamos... em junho, e Elizabeth pediria transferência para Columbia, onde terminaria o último ano, isto é, se você pretende continuar em Nova York.

— Pelo meu lado, sim. Junho parece ótimo. — Spencer estava satisfeito, e Elizabeth um tanto desapontada.

— Por que tenho que continuar na faculdade? — lamuriou-se, quase como uma criança, mas o pai respondeu com firmeza.

— Porque você é inteligente o bastante para não largar, e Vassar é uma grande escola. Só faltam dez meses até junho. Nós daremos uma festa de noivado no outono e anunciaremos o casamento formalmente, e então você estará muito ocupada, planejando o casamento com sua mãe. — E, como se aproveitando o gancho, sua esposa entrou na sala, sorrindo. — Priscilla, temos uma grande novidade. — Olhou da filha para Spencer, e ela aguardou. — Os garotos ficaram noivos.

— Oh, querido... — Priscilla Barclay rapidamente abraçou a filha e beijou o futuro genro, ali de pé, sentindo-se varrido por uma onda e carregado até o mar. Em questão de minutos ficara noivo e casaria em junho. Mas era o que queria.

A conversa prosseguiu animada, e eles anunciaram a novidade aos demais durante o almoço. Ian ficou encantado, e Sarah em êxtase. Spencer telefonou para os pais. E concordaram que a festa seria em San Francisco, no dia seguinte ao Dia de Ação de Graças. Spencer garantiu que convenceria os pais a vir. E Elizabeth anunciou que desejava casar na catedral da Graça. Ainda estava aborrecida por ter que passar mais um ano na faculdade, mas Spencer a acalmou, lembrando-lhe que poderia ir a Nova York todo fim de semana.

Foi um dia exaustivo para ele, e ao deitar-se naquela noite, esperando por ela, sentia-se tomado pelas emoções. Mal teve forças para fazer amor e quase adormeceu em seus braços. Precisou esforçar-se para permanecer acordado e lembrá-la de voltar para seu quarto. Depois já era manhã.

Elizabeth foi até a cidade com ele e levou-o ao aeroporto. Disse que iria fazer algumas compras e queria passar alguns dias na cidade. Mas ele ainda se sentia aturdido ao despedir-se e entrar no avião. Sentou-se e ficou observando San Francisco cada vez mais distante lá embaixo, enquanto se dirigia para Nova York. Finalmente ele compreendeu: ia mesmo casar com Elizabeth Barclay.

19

Como Spencer previra, seus pais ficaram satisfeitos com a boa nova. Na verdade, ficaram maravilhados e prometeram ir a San Francisco durante o feriado de Ação de Graças para o noivado. Quando Spencer se fora, os planos para a festa já estavam em andamento, e parecia que os Barclay iam convidar pelo menos quinhentas pessoas.

— Ela deve ser uma moça adorável, querido — disse a mãe. — Quando vamos conhecê-la? — A mãe estava um tanto magoada por não ter sido apresentada a Elizabeth antes, mas Spencer prometeu trazê-la assim que voltasse de San Francisco.

E as semanas subseqüentes pareceram voar. Parecia haver passado somente poucas horas quando foi buscar Elizabeth em Idlewild para levá-la a Poughkeepsie. Comprara a aliança na Tiffany's. Gastou todo seu dinheiro, mas era um lindo diamante com safiras a cada lado, e ela soltou um gritinho de prazer ao vê-lo. As pedras não eram grandes, mas de excelente qualidade, e o anel muito bonito.

— Spencer, é exatamente o que eu queria! — Ele colocou-a em seu dedo no carro, e decidiram passar algumas horas no apartamento dele, antes dela ir para Vassar. Elizabeth soltou uma risadinha ao deitarem e exibiu o anel. De súbito, pareceu muito jovem e feliz. — Meu Deus, como senti saudade de você. O resto do verão foi terrível.

— Aqui também me senti sozinho. — E agora sentia-se melhor vendo-a. Na verdade, pensara bastante e passara diversas noites em absoluto terror, pensando no que fizera e por que, mas um de seus melhores amigos garantiu-lhe que era normal. Agora que a revia, percebeu que agira acertadamente. Fizeram amor durante horas, e sentiu-se sozinho depois que ela voltou para Poughkeepsie na manhã seguinte. Viria a Nova York no outro final de semana para conhecer os pais dele.

Os pais de Spencer adoraram Elizabeth. Era o tipo de moça que o pai esperava para seu filho, e ficou extremamente impressionado com as ligações da menina. Ela falava com alegria de gente que ele só conhecia dos jornais, e até a mãe ficou impressionada com a elegância de Elizabeth e com sua inteligência e altivez. Ambos aplaudiram a escolha. O pai já espalhara que Spencer ia se casar com a filha do juiz Barclay.

Elizabeth ia a Nova York quase todos os fins de semana e, em novembro, foram todos à Califórnia. Os Barclay ofereceram um belo jantar de Ação de Graças para a família, acolhendo os recém-chegados. Os dois casais mais velhos usufruíram a companhia um do outro e as duas mães deram-se muito bem. Sem dúvida, era uma união que deveria acontecer mais cedo ou mais tarde. Ian e Sarah tinham vindo para o Dia de Ação de Graças e a festa de noivado. Gregory, contudo, estava muito ocupado em Washington, e Elizabeth ficou um tanto desapontada. Ela e Greg não eram muito próximos. Ele gostava de levar sua própria vida, divorciara-se da maioria dos acontecimentos e férias familiares.

E, a esta altura, todos sabiam que Greg estava passando por um divórcio confuso.

A festa no dia seguinte foi espetacular. Eram quatrocentos convidados para coquetel e jantar, e a casa dos Barclay foi tomada pelos *socialites* mais importantes de San Francisco, até o prefeito compareceu. O baile estendeu-se até a madrugada. Spencer pensou que Elizabeth nunca estivera tão maravilhosa, com um vestido preto de veludo, e apertou-a em seus braços enquanto dançavam, sorrindo para ela.

— Feliz, meu amor?

— Nunca fui mais feliz. — Ela adorava apresentá-lo aos amigos. Ele era bonito demais. Todas as garotas a invejavam, e enquanto ele conversava com elas, Elizabeth percebia como estavam com inveja.

Os jovens saíram a passeio no dia seguinte e pararam para almoçar em Sausalito. Era sábado, e todos estavam com excelente humor, embora cansados após a festa da noite anterior. Saíram tarde para jantar naquela noite e talvez fossem dançar, enquanto os pais passariam uma noite tranqüila no Club Bohemian. E, na segunda-feira, iriam todos embora, os jovens e o casal Hill, rumo a Nova York, e os Barclay para Washington. Restavam-lhes apenas mais dois dias e duas noites e queriam aproveitá-las.

— Festa fantástica a de ontem, não? — Ian dirigiu-se ao futuro cunhado, enquanto contemplavam a baía de Sausalito.

— Foi fabulosa. — Spencer ainda se sentia em um sonho. Tudo lhe parecia tão irreal, as pessoas, o lugar. E, por um instante, voltou a pensar em visitar seus amigos do Vale Alexander. Mas, de novo, não haveria tempo. Aquela fora uma viagem realmente curta.

— Espere até ver o casamento. — Sarah ia ser madrinha de Elizabeth.

Todos foram para casa descansar um pouco no final da tarde e estavam animadíssimos quando saíram à noite. Sarah usava um vestido de cetim rosa espetacular, e Elizabeth um vestido azul-marinho de gaze que comprara em I. Magnin. Disse que combinava com o anel de noivado, e Spencer sorrira e a beijara.

O jantar daquela noite foi excelente, e depois foram ao Top of the Mark tomar algo e admirar a paisagem. Spencer contemplava a noite esfuziante, apertando a mão de Elizabeth. Era uma bela vista, e ela uma bela garota que ele amava. Ficaram até onze horas e ao saírem, Ian disse que ouvira falar de um lugarzinho fantástico para dançar. Não ficava longe, e havia inclusive um *show*. O grupo adorou a idéia, e entraram no carro, dirigindo-se ao endereço que Ian lhes dera. Chegaram em uma pequena boate aconchegante, e embora estivesse cheia, com a gorjeta de Spencer, o *maître* arranjou uma mesa. Uma pequena banda tocava *Some Enchanted Evening*, e Spencer conduziu Elizabeth à pista de dança, abraçando-a. Adorava senti-la junto a ele, e quando tornaram a sentar o salão escureceu e uma garota surgiu com um microfone na mão. Usava um vestido de cetim azul-claro, e os cabelos louros quase ocultavam-lhe o rosto, quando os refletores a iluminaram. Spencer conteve a respiração e fitou-a. Ela começou a cantar, e ele pensou que ia desmaiar, como se um torno lhe houvesse apertado o coração. Era Crystal.

Estava ainda mais linda do que ele lembrava, e Spencer mal conseguia ordenar os pensamentos enquanto a ouvia cantar. Parecia dez anos mais velha do que quando a conhecera, o corpo bem modelado no vestido de cetim azul, o qual lhe exibia as curvas de que Spencer jamais suspeitara. Mas ele não olhava o corpo, era o rosto que o assombrara, os olhos que recordava tão bem, da cor do céu de verão. E sua voz cortou-lhe a alma, com uma tristeza e uma dor que Spencer sentiu visceralmente enquanto a escutava. Mal podia respirar e não desviou os olhos, sem perceber Elizabeth que o observava. Queria que aquele instante jamais terminasse, mas, por fim, ela desapareceu e as luzes foram acesas, enquanto o conjunto recomeçava a tocar para que todos dançassem. Porém Spencer não conseguia falar. Só queria sair e tocar Crystal. E quando o fitou, Elizabeth percebeu que ele estava pálido. Há muito ele retirara a mão de Elizabeth, sem se dar conta, enquanto assistia Crystal, extasiado.

— Conhece aquela garota? — Ela franziu a testa, perturbada com o modo como ele observara a cantora. E ela analisara bem a garota, mas não percebera qualquer sinal de reconhecimento. Ela não via nada com os refletores e não sabia que Spencer estava na platéia, quando cantou a música de um amor perdido e uma vida destroçada, com uma intensidade comovente.

— Não... não... Eu... ela é muito boa, não? — Tomou um gole generoso de *scotch*. Ian conversava com Sarah.

— Ela é muito bonita, se é o que quer dizer. — Elizabeth parecia aborrecida e ficou pensando se ele estaria bêbado, embora não parecesse. Mas o que quer que lhe ocorrera, deixara-o hipnotizado, e agora parecia descontrolado. Convidou-a a dançar de novo, mas ficou estranhamente silencioso depois, e sairam logo após. Era uma e meia da manhã, e quando Ian disse estar cansado, todos concordaram que era hora de sair.

Spencer manteve conversa com eles no carro, mas Elizabeth o sentiu distraído. Esperou até chegarem em casa e voltou a perguntar, fitando-o no fundo dos olhos

— Spencer, a cantora do bar que Ian nos levou... você a conhece?

— Não — ele repondeu com calma. Sabia que precisava mentir. Não faria sentido para ela, nem mesmo para ele fazia. Nunca fizera. Mas o sentimento ainda estava presente. Até mais intenso.

— Ela parece com uma pessoa que conheci.

— Você nunca me olhou assim. — Era a primeira vez que ela se zangava de verdade com ele, e Spencer não soube o que dizer.

— Não seja boba. — Tentou desviar o assunto e beijou-a em despedida. Mas ela não foi ao quarto dele naquela noite, o que ele achou melhor. Spencer ficou quase uma hora contemplando a baía e pensando em Crystal. Estava muito mais bonita, e havia algo suplicante nela. Sabia que fora apenas a canção, mas sentia o que existia por trás, a angústia, a dor e a solidão... ainda podia ouvi-la naquele momento... junto com raios e trovões. Sorriu para si, imaginando vozes de anjos, violinos e harpas. Era loucura e sabia disso. Mas ao fechar os olhos naquela noite, só via Crystal.

20

Na manhã de domingo, Spencer tomou café cedo e conversou afavelmente com o juiz Barclay e Ian enquanto saboreavam ovos mexidos, *bacon* e café. Como a mãe, Elizabeth tomava café no quarto e só viu o futuro marido quando a manhã já ia pela metade. Não falaram sobre a noite anterior, e ela não voltou a fazer perguntas sobre Crystal, mas ele sentiu tensão entre ambos até a noite.

Era o último jantar em família, e todos voltariam a Nova York no dia seguinte. Spencer, sentindo um certo pânico, sabia que não teria oportunidade de voltar a ver Crystal. Pensara nisto o dia inteiro e no final da tarde dera um telefonema. Haviam dito que o Harry's abriria naquela noite. Então ele tomou sua decisão e sentiu-se horrível mentindo para Elizabeth, mas sabia que era preciso. Quando saiu da cabine onde ficava o telefone, sorriu com afabilidade e disse-lhe que telefonara para um amigo da faculdade.

— Quer convidá-lo para vir tomar um drinque? — A esta altura, ela já relaxara. Spencer mostrara-se carinhoso o dia inteiro, e ela concluíra que tudo não passara de tolice. Não tinha o que temer, provavelmente ele bebera demais e achara a menina bonita.

Mas Spencer sacudiu a cabeça.

— Disse a ele que daria uma passada em sua casa após

o jantar. — E não a convidou a ir junto com ele. De qualquer modo, ela tinha que fazer as malas e queria conversar com a mãe sobre o casamento. Tinham muito o que planejar antes de Elizabeth voltar a Vassar.

Jantaram cedo e o pai de Spencer brindou à noiva. Foi um jantar agradável, após um final de semana maravilhoso. Mas o casamento parecia distante. Ela detestava a idéia de ter de concluir a faculdade, embora Spencer insistisse que passaria rápido.

Spencer saiu de casa às nove e tomou um táxi até o restaurante. Foi contemplando em silêncio a paisagem, sentindo-se desesperadamente culpado. Acabara de ficar noivo e agora estava escapando para ver outra. Era o tipo de coisa que nunca imaginara fazer, contudo sabia que precisava ver Crystal antes de partir, ao menos tentar. Talvez ela tivesse mudado ainda mais do que ele pensava, talvez não passasse de uma interiorana adorável ou talvez tivesse se tornado prostituta. Preferia assim, que ela fosse vulgar, tediosa e estúpida. Queria que não fosse nada do que sonhara. E queria poder esquecê-la. Mas, antes, precisaria revê-la, só uma vez, disse a si mesmo enquanto pagava a corrida e entrava rapidamente no Harry's.

Pediu um *scotch* e esperou que ela surgisse. Decidira aproximar-se somente após o *show*. Queria ouvi-la cantar mais uma vez. E quando ela surgiu, Spencer conteve a respiração como na noite anterior. Ela cantou para a alma dele, enquanto ele a observava sentado. E quando ela deixou o palco, ele pediu ao *maître* que levasse um bilhete para ela, onde lembrava os encontros do Vale Alexandre, no casamento da irmã dela e no batizado do filho. De repente, percebeu com estranheza que talvez ela nem se lembrasse dele. Mas Crystal surgiu no restaurante e postou-se fitando-o por um instante, como se estivesse vendo um fantasma, e ao colocar-se de pé, Spencer percebeu de pronto que ela nutrira a lembrança ao longo dos anos, assim como ele. Usava um vestido de seda branco simples e parecia um anjo com seus cabelos compridos e louros espalhados sobre os ombros. Ficou olhando-o por um longo tempo antes de falar. Sua voz soou mais grave do que ele lembrava, ela era alta e elegante, mas Spencer jamais vira olhos como os dela, tão repletos de amor e dor, os olhos de uma corça, agora lembrava-se, emergindo lentamente da floresta. Estendeu a mão para cumprimentá-la e, ao toque das mãos, ele pensou que ia se desintegrar. Precisou esforçar-se para soltar a mão de Crystal. Só queria abraçá-la. Era o mesmo sentimento que ela já provocara nele, só que anteriormente ela não passava de uma criança.

— Olá, Crystal. — Sentiu sua voz trêmula e ponderou se ela percebera. — Há quanto tempo.

— É mesmo. — Ela sorriu timidamente. — Eu... Eu achava que você não se lembrava mais de mim. — Ele pensara o mesmo e não disse a ela que jamais a esquecera.

— Claro que lembrava de você. — Tentou tratá-la como criança, mas esta tática não funcionava mais. Nada havia de infantil em Crystal, com o vestido justo que Pearl a ajudara a comprar com o dinheiro que Harry lhe dera para "vestimenta". E valera a pena. As pessoas começavam a vir ao restaurante apenas para ver Crystal. — Pode sentar-se comigo um pouco?

— Claro. — Ela sentou-se ao lado de Spencer. Só recomeçaria o *show* à meia-noite.

— Quando veio para San Francisco? — Ele tentava lembrar a idade da menina e calculou que não poderia ter mais de 18, embora agora parecesse bem mais velha. E soube por instinto que a vida não lhe fora generosa. Percebera isto no modo como ela cantara e agora via em seus olhos, enquanto lhe respondia. Havia algo oculto ali, algo terrível e doloroso, e Spencer percebeu sem que ela precisasse dizê-lo, como se soubesse, desde sempre, tudo a respeito de Crystal. Era como se fosse parte dele. E, da mesma maneira que dois anos antes, sentia uma atração irresistível por ela. Exatamente o que temera.

— Vim para cá na última primavera — respondeu ela. — Na época atendia as mesas, mas passei a cantar no verão.

— Você está ainda melhor do que eu recordava.

— Obrigada. — Sentia-se tímida com ele. Só queria ficar sentada ali, sentindo-o perto dela. — É fácil. Acho que é porque gosto. — Mas as palavras de ambos pareciam nada significar. Não pararam de se olhar, cada qual ponderando sobre os sentimentos do outro. Então Spencer não conseguiu evitar, precisava saber como ela estava e por que sentia que algo lhe acontecera.

— Você está bem? — Sua voz era suave, e ela ficou tocada com a pergunta. Ninguém lhe perguntara isto, não como ele. Há muito, muito tempo, que ninguém agia assim, e lágrimas assomaram-lhe aos olhos, quando respondeu.

— Estou bem.

Então, percebendo que havia algo mais. — O que a fez vir para San Francisco?

Ela hesitou por um longo instante e, por fim, suspirou, lançando os cabelos para trás e, por um instante, voltou a parecer uma criança, a mesma menina que conversara com ele no balanço em outro lugar, em outro momento.

— Meu pai morreu. Isto mudou muita coisa para mim.

— Sua mãe vendeu o rancho?

Ela sacudiu a cabeça e quase engasgou nas palavras seguintes.

— Não. Agora Tom administra o rancho.

— E seu irmão? — Spencer ainda lembrava dele, um garoto descabelado, de pernas compridas, que gostava de implicar com a irmã. Lembrava dele puxando os cabelos dela e de Crystal socando-o, mas de brincadeira. Ambos pareciam crianças na época, mas agora não.

— Jared morreu na primavera passada. — Mal conseguiu pronunciar as palavras. Spencer olhava-a atentamente. As coisas haviam sido duras, mas ela não contou o quanto. Ou como Jared morrera. Ou por quê. Que a culpa fora sua. Ainda se sentia assim.

— Sinto muito... foi acidente? — O irmão dela não poderia morrer de doença. Era jovem demais. O coração de Spencer estava com ela ao vê-la hesitar novamente, e então assentiu com um movimento de cabeça. Crystal olhava para as mãos, para não fitá-lo; por fim, ergueu os olhos devagar, e Spencer quase recuou com a força que avistou ali. Era raiva, ódio e medo, junto com sonhos perdidos. Eram sentimentos poderosos, e, em silêncio, ele tomou a mão de Crystal e segurou-a.

— Tom atirou nele. — Os olhos da garota fustigavam-no como raios.

— Meu Deus... estavam caçando juntos? O que aconteceu?

— Não. — Ela sacudiu a cabeça lentamente, não podia contar tudo a ele. Não podia contar que Tom a estuprara. Jamais contara a ninguém, exceto a Boyd e Hiroko, e sabia que não conseguiria voltar a falar a respeito. Teria que viver com a vergonha para o resto da vida. — Foi culpa minha — falou baixinho. A culpa era tão forte que a impedia até mesmo de chorar. — Aconteceu algo entre mim e Tom, e eu enlouqueci. — Aspirou, como se lutando para obter ar, e Spencer apertou ainda mais sua mão. — Fui atrás de Tom com o rifle de meu pai. Tom me deu um tiro e acertou Jared.

— Oh, meu Deus... — Ele a fitava horrorizado, não se atrevendo a imaginar o que poderia tê-la levado a ir atrás do cunhado com a arma do pai. E então compreendeu a culpa que ela sentia e ainda carregava.

— O xerife disse que Jared morreu acidentalmente. E fui embora poucos dias após o enterro — falou com simplicidade, omitindo que o curso de sua vida mudara para sempre. Enquanto ele ia a festas em Washington, lago Tahoe e Palm Beach, Crystal perdera o pai e o irmão. Era terrível pensar nisto, e ele ficou impressionado por ela ter sobrevivido a tudo e agradecido por encontrá-la em San Francisco.

— De qualquer maneira, eu e mamãe nunca nos demos bem, após a morte de meu pai. E agora acho que ela pensa que fui eu que matei Jared. De certa forma, é verdade. A culpa foi minha. Não devia ter ido atrás de Tom, mas... — De súbito, seus olhos encheram-se de lágrimas. Sabia que não poderia lhe explicar. Mas enquanto escutava, ele sentia vontade de beijá-la e abraçá-la. — Minha mãe e eu nunca nos demos. Acho que ela me odiava por eu ser tão próxima de papai.

— Teve notícias dela desde que foi embora?

— Não. — Crystal sacudiu a cabeça. — Está tudo acabado. — Sorriu corajosa. — Agora estou aqui. Esta é minha vida. O resto é passado. Tenho que pensar no que vou fazer aqui. Não posso olhar para trás. Deixei tudo para trás. Agora acabou.

Ergueu os olhos para Spencer, guardando silêncio. E então ficou pensando se ele visitara os Webster.

— Esteve com Boyd e Hiroko?

Ele sacudiu a cabeça, sentindo-se culpado, era a segunda vez que não conseguia ir ao vale.

— Não. Eu queria ir ao vale, mas passei poucos dias aqui. Eles estão bem, ou você não sabe?

Ela sorriu com tristeza e ele sentiu as entranhas liquefazendo-se mais uma vez. Ela fora uma criança inacreditável e tornara-se uma mulher igualmente inacreditável. Irradiava uma sensualidade que o atraía, uma suavidade e feminilidade que o faziam querer ficar para sempre a seu lado e protegê-la, contudo ela também possuía uma força surpreendente. Fora esta força que a ajudara a sobreviver.

— Recebi uma carta de Hiroko semana passada. Ela está esperando outro bebê. Acho que desta vez querem menino, mas Jane é um amor. — Contou-lhe algumas histórias sobre a criança e, por fim, estava na hora de ela ir. Ele prometeu esperá-la. Poderia conversar com ela durante horas. Não queria deixá-la. Nunca mais. Sentia que ela precisava dele. E queria estar a seu lado.

Desta vez ela pareceu cantar só para ele, e sua voz envolvia-o como dedos sensuais. Ela irradiava uma sensualidade, misturada com inocência, que o fazia querer abraçá-la e tocá-la. Era quase uma hora quando ela deixou o palco e conversaram durante mais uma hora, até o restaurante fechar, e ele se ofereceu para levá-la em casa. Esperou ela se trocar e entreviu o passado, quando ela retornou com uma saia de lã, uma camisa branca e um casaco xadrez que encontrara em um loja barata. Novamente, parecia uma menina, mas seus olhos eram de mulher. A mulher com que ele sonhava há três anos e nunca encontrara. A mulher que sonhara com ele, sempre sabendo o quanto o amava.

Ele caminhou com ela, lentamente, até a casa da Sra. Castagna, e ficaram do lado de fora durante longo tempo, conversando sobre a vida dele em Nova York, seus amigos, tudo que a mantivesse ali fora, e por fim, como se fosse o que ambos haviam esperado a noite inteira, ele a abraçou e beijou.

— Spencer... — Sua voz era um surrurro na noite fria, e ele a apertou com todo seu carinho, desejando senti-la o mais próxima possível. — Sonhei com você todos estes anos... às vezes fingia que se você estivesse aqui, tudo teria sido diferente. — Mas ela sobrevivera, mesmo sem ele. Ele a respeitava por isto. E Crystal estava crescendo. Ponderou se ainda sonharia em ir para Hollywood, mas não perguntou.

— Eu queria estar aqui. — Ele ergueu o rosto de Crystal para o seu com um dedo suave sob o queixo. — Nunca a esqueci. Pensei em você milhares de vezes... só que nunca pensei que você lembrasse de mim. Pensei que você estava diferente ou talvez até casada. — Esta fora sua última fantasia. Jamais pensara encontrar Crystal sozinha, cantando em uma boate de San Francisco, e maravilhou-se com o destino, que o levara até ela. Poderia ter voltado a Nova York sem saber onde ela estava, sem vê-la. Mas agora que a descobrira, não sabia o que fazer. Viera a San Francisco para ficar noivo de Elizabeth Barclay. E agora estava de pé na porta de uma casa da Green Street, apaixonado por Crystal Wyatt.

— Eu te amo, Spencer — ela sussurrou as palavras como se temesse não ter outra chance de dizê-las, e ele sentiu o coração derreter. Como contar-lhe sobre a garota que ia desposar?

Apertou-a em seus braços e manteve-a junto de si. Queria ficar assim para sempre.

— Eu também te amo... oh, meu Deus, Crystal,... eu te amo... — Como podia lhe dizer isto? Não podia lhe prometer nada, só podia abraçá-la por um breve instante e depois voltar a Nova York com Elizabeth na manhã seguinte. Ele precisava mesmo fazer tudo isto? Por que não podia ter Crystal em vez de Elizabeth? Nada havia de errado em seus sentimentos. Em um instante de lucidez completa, percebeu que sempre a amara. E não importava o que lhe custaria, precisava dizer a ela. — Eu te amei desde a primeira vez em que a vi. — Era tão bom dizer-lhe estas palavras, como se estivesse esperando há três anos para encontrá-la e contar. Agora nada mais importava. Nada nem ninguém.

Por fim, ela afastou-se para olhá-lo e sorriu. A criança que ele conhecera no balanço transformara-se em mulher, e ao abraçá-la soube como a amava. Além das palavras, além da razão. Além de qualquer coisa. Ela era tudo que ele queria.

— Eu pensava em você o tempo todo... você estava tão bonito quando foi ao rancho com aquelas calças brancas e a gravata vermelha. — Ele nem lembrava da roupa que vestira, mas ela sim, da mesma maneira que ele recordava o vestido branco que ela usava, quando a conheceu, e o vestido azul na segunda vez. Então, como se pudesse ler-lhe os pensamentos, intuindo o desespero, ela perguntou: — Quando volta a Nova York?

— Amanhã de manhã. — Parecia loucura tal idéia. Só queria ficar ali com ela. Para sempre. Mas tinha sua própria vida. E enfrentar Elizabeth. Mas pouco importava. Nada mais importava, exceto Crystal. Fora por ela que estivera esperando. E agora sabia por quê. Era ela que queria. Não fazia sentido para os outros. Mas para ele sim. Fazia todo sentido, enquanto a abraçava.

— Vai voltar à Califórnia? — O coração de Crystal batia descompassado ao perguntar.

— Vou. — Fitaram-se por um longo tempo. Agora ela sabia que ia voltar. Teria muitas explicações a dar. Mas seria capaz de caminhar sobre brasas para estar com ela.

— Voltarei assim que puder. Primeiro tenho que resolver algumas coisas em Nova York. Mas telefonarei para você. — Ela anotou seu telefone e entregou a ele, que voltou a beijá-la, sentindo a suavidade de seus lábios e saboreando a promessa para o futuro. Futuro pelo qual Spencer ansiava e não temia. Agora não tinha dúvidas, no calor do momento.

Rabiscou rapidamente o nome da firma de advocacia onde trabalhava, o telefone e o endereço, e em seguida abraçou-a pela última vez. Não queria deixá-la. Mas sentia que em poucas horas todo seu futuro fora decidido, e desta vez era o futuro que desejava.

— Não quero ir... — ele sussurrou, apertando-a com mais força, e ela cerrou os olhos, pensando em como era bom ser abraçada por alguém que amava. Sentia-se segura e feliz por estar com ele, mas não se atrevia a acreditar em tudo que estava ouvindo. Era um sonho tornado realidade, tão bom que a assustava. E se ele não voltasse? E se desaparecesse? Mas sabia que ele não ia fazer isto. Afastou-se, e ambos sentiram uma dor quase física. Ela fitou-o como se estivesse tentando gravar sua imagem, a fim de mantê-lo junto de si para sempre. Ou durante o tempo em que ele estaria longe. Mal poderia viver, à espera deste momento

— Eu te amo, Spencer.

— Então não faça esta carinha triste.

— Estou com medo. — Ela foi honesta com ele. Instintivamente, sabia que podia ser.

— Medo de quê?

— E se você não voltar?

— Vou voltar. Prometo. — E estava falando de coração. Todo seu ser sentia-se vivo e cheio de esperança. Ela representava tudo que ele queria. — Te amo, Crystal. — Levou-a até a porta e beijou-a mais uma vez. Ela o abraçou e depois desapareceu, passando na ponta dos pés pela porta da Sra. Castagna. Ele ouviu seus passos subindo as escadas e viu-a acender as luzes de seu quarto. Ela foi até a janela e acenou-lhe e, como um homem que encontra seu sonho, Spencer foi a pé para a casa na Broadway. Em um instante de loucura, pensou em ir ao quarto de Elizabeth e contar tudo. Mas sabia que precisava pensar e lhe falar na claridade do dia, para que ela não pensasse que estava bêbado ou louco. Mas não estava louco. Sabia-se mais lúcido do que nunca, estava inteiramente consciente do que desejava. Agora só precisava saber como chegar a isto.

21

Na manhã seguinte, já estavam todos à mesa quando ele desceu. Seus pais, Elizabeth e os Barclay. Teria sido o momento perfeito para externar o que ele tinha a dizer. Mas ao entrar na sala, recém-barbeado e pálido após duas horas de sono, mal conseguiu entrar na conversação animada.

— Você deve ter chegado bem tarde ontem à noite — Elizabeth falou baixinho, prosseguindo a conversa com o pai e a mãe. Estavam todos prontos para tomar o avião, e os Hill faziam a última refeição com os Barclay. Todos falavam sobre o casamento, e ele sentia uma vontade irresistível de gritar, mas se controlou. De súbito, aquele não mais lhe pareceu o local e o momento adequados para lhes contar sobre Crystal. Spencer percebeu, de repente, que deveria falar com Elizabeth primeiro, em particular.

Serviu uma xícara de chá do bule de prata e deixou-os prosseguir com a conversa, permanecendo em silêncio. Ian percebeu de imediato e riu para ele, sem resistir à oportunidade de uma brincadeira.

— Meu futuro cunhado está de ressaca? Eu sei como são os caras de direito. Toda vez que nos encontramos, fico tão bêbado que Sarah me ameaça com o divórcio.

— Mentira! — esbravejou Sarah, fitando-o com um sorriso carinhoso. — Só fiz isso uma vez, quando você foi preso.

— Os outros desataram a rir, todos, exceto Spencer, que parecia inexplicavelmente infeliz.

— Anime-se, filho. Vai se sentir melhor e poderia até tomar um drinque no avião. — Mas ele não queria um drinque, queria Crystal.

Despediram-se dos Barclay logo em seguida. Estes iriam diretamente para Washington. Fora uma sorte o juiz Barcaly ter conseguido tirar alguns dias. Até mesmo um dia longe da Corte Suprema era raro para ele, mas aquela fora uma ocasião importante. Teria ido à lua para o noivado de sua filhinha.

Elizabeth e Spencer mal se falaram até o avião, e então ela o fitou seriamente. Sentia que havia algo errado com o noivo, nunca o vira tão silencioso e descontente.

— Algo errado? — Era a abertura perfeita, mas ele não se atreveu a aproveitá-la. Seus pais estavam sentados na outra fileira, e Ian e Sarah logo atrás, e Spencer queria poupar Elizabeth da dor de ouvir a notícia na presença deles.

Sacudiu a cabeça de maneira nada convincente, e Elizabeth voltou-se para a janela. Estava aborrecida com ele, mas não voltou a perguntar. E, mais tarde, adormeceu. Ele a observou. Sentia-se culpado apenas olhando-a. Mas não o suficiente para prosseguir com o casamento. Não a amava. Agora tinha certeza. Estava muito apaixonado por Crystal.

Ainda sentia os cabelos sedosos de Crystal em seu rosto, seus lábios nos dele... o toque de sua mão... pensou enlouquecer antes de aterrissarem. Prometera levar Elizabeth a Poughkeepsie naquela noite. E temia estar sozinho com ela. Sabia que precisava falar a verdade, mas destestava ter que magoá-la. Contudo, sabia ser necessário. Só de pensar na surpresa de seus pais e na fúria dos Barclay com sua traição, ficava deprimido. Mas precisava enfrentar tudo aquilo. E estava disposto a isto.

Seus pais, Ian e Sarah tomaram um táxi para Nova York ao chegarem, e ele pegou o carro que deixara no aeroporto. Ele colocou as malas de Elizabeth no carro junto com as suas e dirigiu em silêncio nos primeiros quilômetros. Por fim, Elizabeth não suportou mais.

— Spencer, o que está havendo? O que aconteceu ontem à noite? Você estava bem quando saiu. — E agora ele não estava. Isto ficou claro para ambos, mas apenas ele sabia o motivo. E sabia que precisava lhe contar.

Durante um momento de loucura, Elizabeth lembrou da menina que haviam visto cantar no Harry's sábado à noite, recordou a expressão do rosto de Spencer. Ponderou se teria alguma relação com isto. Mas não podia ser. Ou podia? Ele parecera prestes a desmaiar quando a vira.

— Quer me dizer algo? — Ela o fitou, e Spencer continuou olhando à frente durante longo tempo antes de falar. Sem dizer uma palavra, saiu da estrada, parou o carro e voltou-se para ela. Estava pálido e angustiado e sentia-se mais do que perturbado. Mas ela estava estranhamente calma e aguardava.

— Não posso casar com você. — Mal podia acreditar no que estava dizendo. Mas era preciso. E ainda mais inacreditável foi a reação de Elizabeth. Parecia interessada, mas de repente nem mesmo preocupada.

— Quer me dizer por quê?

— Não sei se posso. — Não queria dizer que não a amava. Seria um golpe demasiado cruel, não seria justo. Não tinha culpa de não ser Crystal. Não era culpa sua se ele não vira raios nem ouvira trovões quando se conheceram. Ela tinha tudo a oferecer-lhe. Era inteligente e atraente, vinha de uma boa família, entretinha-o e gostava dela. Mas simplesmente não a amava. — Sei que não posso. Nunca seríamos felizes.

Ela fitou-o, e, por um instante, Spencer achou que ela estava se divertindo.

— Esta é a coisa mais tola que já ouvi. Nunca pensei que você fosse covarde.

— O que tem isto a ver? — Ele parecia ainda mais desalentado do que antes, e ela acendeu um cigarro e pôs-se a observá-lo.

— Tem tudo a ver. Você é um fraco, Spencer Hill, e está morrendo de medo de enfrentar as coisas. Está pronto para acabar com tudo e fugir como um rato. Todo mundo tem medo... e daí? Então tenha coragem, pelo amor de Deus. Seja homem. Vá embebedar-se em algum lugar, vá chorar com os amigos e enfrente. Não acha que todo homem se sente como você? — Mas nem todo homem estava apaixonado por Crystal. E Elizabeth observava-o com olhos assustadoramente frios.

— Por que não tira uma semana, se recompõe e conversamos quando eu for a Nova York no fim de semana?

— Elizabeth... não é simples assim. — Ainda estava se contendo. Não queria contar que revira Crystal... que se apaixonara, quando ela tinha 14 anos. Pareceria um louco. E, no momento, para falar a verdade, era como se sentia, ao tentar explicar isto à sua noiva.

— É simples assim, se você quer saber. — Ela sorriu e apagou o cigarro. — Por que a gente não finge que nunca teve esta conversa?

Ele suspirou, arrasado, e recostou-se no assento, contemplando sem ver a paisagem do lado de fora da janela.

— Acho que você é ainda mais louca que eu.

— Ótimo. Então faremos uma boa dupla, Spencer, não é mesmo?

— Não, não faremos, droga! — Voltou-se para olhá-la. — Não sou o que você quer e nunca serei. Não quero as mesmas coisas que você. Não quero fama e fortuna, nem ser importante. Nunca serei o homem que você quer. Não quero ser assim.

— E eu, já que estamos falando disto? O que me falta, pois afinal é disto que está falando, não? Estamos falando do que não sou e não do que você não é. — Ela era sempre dolorosamente honesta e esperta o suficiente para compreender o que via, mesmo se não conhecesse as razões.

— Você não precisa de mim. — Parecia um motivo tolo para se desmanchar um noivado, e até Spencer sentiu-se tolo ao falar.

— Claro que preciso. Mas não preciso ficar dizendo, ou é isto que você quer? E por acaso te amo, se é que faz diferença para você. Mas não, nunca vou fingir que acredito no arco-íris, milagres e visões de anjos tocando harpas, dizendo-me que eu te amo. Gosto de você. Acho você inteligente, divertido, e poderíamos ir longe, se você se desse meia chance, e, uma vez chegando lá, poderíamos nos divertir muito. É tudo que quero. É tão horrível assim?

— Não é horrível. Não há nada de horrível nisto. E você não é horrível. E também gosto muito de você... mas precisamos de mais do que isto. — Sua voz ecoava, alterada, no espaço reduzido do carro, mas ela não pareceu perceber. Ele estava suplicando por sua vida, e ela aparentemente não compreendia. — Preciso de violinos, harpas e arco-íris. Acredito neles. Talvez não passe de um romântico incorrigível, mas se nos contentarmos com menos do que isto, daqui a dez anos... cinco... dois... lamentaremos amargamente.

— Por acaso temos uma ótima vida sexual. Não se esqueça disto.

Ele sorriu com a sinceridade dela. E Elizabeth tinha razão. Sua loucura era ainda maior, por estar apaixonado por uma menina com quem nunca dormira. E, de repente, ouvindo Elizabeth e a si mesmo, ponderou se todos os sonhos com Crystal não passariam de pura ilusão. Com ela, tudo eram harpas, violinos, sonhos, recordações e visões. Com Elizabeth, ele tinha realidade. Mas precisava de ambas. Ao menos era o que pensava.

— Ou o sexo não tem importância para você, Spencer? Não é o que parece. — Ela desatou a rir, e ele não conseguiu conter um sorriso.

— Já disse que é importante.

— Ao menos você é sincero. Não é muito corajoso, mas é sincero, pelo menos. — E então ela se adiantou e beijou-o no pescoço, correndo a mão por sua coxa. — Por que não paramos em um motel e discutimos o assunto?

— Pelo amor de Deus, Elizabeth, estou falando sério. Acabei de dizer que não quero casar com você, e você quer ir para um motel. Não escutou o que eu disse? Não está ouvindo? Não está ligando? — Ele parecia frenético.

— Claro que ligo. Mas não vou entregar os pontos. Acho que você está agindo como um garoto de dez anos e não vou passar a mão na sua cabeça. Acho que aconteceu algo ontem à noite que o deixou com medo, e nem sei como descobri isso. E, por algum ardor religioso, ou alguma tolice assim, você quer rumar aos céus. Bom, não quero ouvir falar nisso. Portanto me leve para a faculdade e vá para casa colocar a cabeça no lugar. E me telefone amanhã. — Ela era fria, não havia como negar. De certa forma, ele a respeitava por isso e, sob outro aspecto, sentia-se amedrontado. Precisamente por isso não queria casar com ela, mas com Crystal. Elizabeth fitava-o ao dar partida no carro com um olhar de desespero.

— Quer confessar a noite passada? É isso? Por que não procura um padre e pede o perdão? Então poderemos prosseguir com nossas vidas, como pessoas normais.

— Não tem nada a ver.
— Acho que tem, e acho que você sabe disso. E quer saber de uma coisa, Spencer? — Ela acendeu outro cigarro e contemplou a paisagem calmamente. — Não quero ouvir falar nisso. Vá ter sua *crise de conscience*, como dizem os franceses, em particular, sem destruir nossas vidas.
— O casamento destruiria nossas vidas. Acredite, sei o que estou dizendo. — Ele parecia sério, mas ela ainda não se convencera.
— A infidelidade por si só não é motivo para o divórcio, não interessa o que diz a lei. Portanto, se é isto, se por acaso você fez uma farra com seus amigos ontem à noite, não me venha aborrecer com suas histórias sórdidas. Vá recuperar-se e voltar a ser um homem normal, decente e digno, conte-me uma mentira, me dê uma jóia e pare de lamuriar-se. — Spencer voltou-se para ela, totalmente aturdido.
— Está falando sério?
— Não completamente. Mas quase tudo é sério. Ainda não casamos. Se de vez em quando você sai dos trilhos, eu faço um desconto. Mas quando casarmos talvez eu seja bem menos condescendente.
— Vou tomar nota disso. — Ela era uma garota extraordinária, e, de súbito, ele agia como se ainda fosse desposá-la, em vez de Crystal. — Sem dúvida você tem a cabeça aberta.
— Então é isto, não é?
— Não necessariamente. — Ainda se recusava a falar de Crystal. Não era da conta de Elizabeth. Contudo, ela aviltava a história tratando-a como uma transa de uma noite e dispondo-se a esquecer. Tornava ainda mais difícil a conversa. — Acho que tem a ver com a disparidade de nossas visões sobre o que queremos da vida. Sob certos aspectos, quero mais do que você, e, sob outros, você quer mais do que eu jamais quis. E isto, minha amiga, não constitui um casamento celestial.
— Não existe casamento assim. — Estava novamente na auto-estrada, e ela aproximara-se dele.
— É aí que não concordo com você. Acho que existe.
— Acho que você está louco. — Ao falar, ela pousou a mão na virilha de Spencer, que deu uma guinada com um olhar de quase terror.

— Elizabeth, pare com isso!
— Por quê? Você sempre gostou. — Estava se divertindo com ele. Estava rindo de Spencer. E recusava-se a levar a sério o que ele dizia.
— Você ouviu o que eu disse?
— Tudo. E, francamente, meu amor, acho tudo isto uma besteira. — Plantou-lhe outro beijo no pescoço e, a despeito de si mesmo, ele sentiu uma excitação incontrolável. Sentiu um louco impulso de fazer amor com ela apenas para convencê-la. Mas convencê-la de quê? Que estava tudo acabado? Por que ela se recusava a acreditar? O que ela sabia que ele desconhecia? Ela era inacreditavelmente obstinada e cabeça dura.
— *Não* é besteira. Estou falando sério.
— Pode ser que agora esteja. Mas amanhã estará constrangido. Vou lhe poupar este embaraço não acreditando numa palavra do que disse. Não é um bom espírito esportivo?
Ele parou o carro mais uma vez e olhou-a, mas acabou rindo de si mesmo. Temera que ela cometesse algum desatino, e em vez disto ela nem se abalara com a notícia e seus discursos. Mantivera-se inalterada. E o pior era que parte dele gostava disso.
— Você é *muito* mais louca do que eu.
— Obrigada. — Ela debruçou-se e beijou-o com ímpeto, forçando a língua entre seus lábios, abrindo o zíper lentamente. Ele tentou afastá-la, mas um lado seu não queria.
— Elizabeth, não... — Mas ela não parava de beijá-lo e acariciá-lo, e a excitação despertada não era facilmente controlável, mesmo naquelas circunstâncias desagradáveis. Spencer não conseguia acreditar no que estava acontecendo, mas, um segundo depois, estavam deitados no assento, lutando freneticamente com as roupas de ambos, a saia dela na cintura, as calcinhas puxadas até os tornozelos. As janelas embaçadas ofereciam amplo testemunho da paixão de ambos. Foi um momento ardente e breve, e Spencer sentiu-se totalmente descontrolado. Depois, novamente recompostos, o episódio deprimiu-o. Mas Elizabeth estava mais bem-humorada do que nunca.
— Foi ridículo. — Estava se comportando como um louco, repreendeu-se. Talvez estivesse com estafa.
— Eu gostei. Não seja tão sério. — E continuou rindo

de Spencer até Poughkeepsie. Beijou-o com carinho quando chegaram em Vassar, apesar dos protestos dele, e prometeu ter uma conversa séria com ele quando fosse a Nova York na semana seguinte. Em vez de sentir-se aliviado, culpado, pesaroso ou miserável, no trajeto de volta a Nova York, Spencer sentiu-se desesperadamente idiota. E, somente à noite, deitado na cama e pensando em Crystal, foi que percebeu todo o problema com Elizabeth. Ela conseguira fazer com que ele a pedisse em casamento e agora não aceitaria um não. E ele só queria ir para a Califórnia, para outra mulher. Lembrava uma ópera-bufa, só que era sério. Sentiu-se tentado inclusive a telefonar para seu pai e discutir o assunto, mas sabia que ele pensaria que o filho enlouquecera. E, por um instante, ele não teve certeza de sua sanidade.

Na manhã seguinte, pensou em telefonar para a casa da Sra. Castagna, mas ainda não podia contar nada a Crystal. Ela nem sabia que ele era noivo. De súbito, sentiu que só deveria telefonar quando resolvesse o problema com Elizabeth. Ficou ainda mais furioso consigo mesmo por ter feito amor com ela a caminho de Poughkeepsie. Agora, para completar a confusão, só faltava Elizabeth engravidar. Mas sabia que ela só corria riscos, quando sabia que não havia perigo. Mesmo sem tal complicação, Spencer sentia-se em meio a um dilema intolerável. E, durante o resto da semana, não conseguiu comer, dormir nem se concentrar no trabalho. Só conseguia pensar em Crystal, e no término do noivado malogrado até o momento. De quando em vez, pensava se Elizabeth teria razão e se havia coisas tais como um casamento celestial. Afinal de contas, divertiam-se juntos, na cama e fora dela, e davam-se bem... mas Crystal significava muito mais do que isto... ao menos era o que ele pensava... embora tivesse que admitir que mal a conhecia. Pesara tanto todos os lados da questão e com tanta freqüência que nada mais fazia sentido. No fim da semana, não conseguia mais pensar com clareza. Aquela situação nunca fizera sentido. Só sabia que há anos era assombrado pelas visões românticas de Crystal, as quais contrastavam asperamente com as realidades da mulher de quem ainda estava noivo.

A semana foi um inferno, e um dos amigos do escritório chegou a comentar, tentando brincar

— O final de semana deve ter sido duro, hem, Hill? — Spencer sorriu, mas no dia seguinte, jogando *squash*, estava tão distraído, que perdeu as duas partidas e depois parecia triste quando foram tomar um drinque. Sentiu que precisava conversar com alguém. George Montgomery era novo na firma. Tinha a idade de Spencer e um brilhante futuro à frente. Era sobrinho do sócio mais antigo da firma, Brewster Vincent.

De súbito, ergueu os olhos, desesperado para falar, e o outro sentiu-o profundamente perturbado.

— O que foi que houve?

— Acho que estou enlouquecendo.

— Desconfio que tenha razão, mas quem não está? — George sorriu e pediu outra cerveja para os dois. — Algum motivo especial?

Não sabia como lhe contar. Como começar a falar de Crystal?

— Encontrei uma velha amiga em San Francisco neste fim de semana.

George desconfiou de imediato, pela expressão no rosto do amigo.

— Mulher?

Spencer assentiu, desalentado.

— Não a via há anos e pensei que a esquecera... mas de repente... meu Deus, nem sei como explicar.

— Terminou na cama com ela — sugeriu George, com um sorriso. Coisa semelhante acontecera com ele dois dias antes de casar. — Não se preocupe, é medo. Vai superar isto.

— E se eu não conseguir? Além do mais, não dormi com ela. — Falou para preservar a reputação de Crystal, mais do que a sua, como se isto importasse. George nem a conhecia.

— Então meus pêsames. Não se preocupe, Spencer. Você vai esquecê-la. Elizabeth é uma grande garota. Você poderia fazer coisa muito pior do que se tornar parente do juiz Barclay. — Era tudo que todos pensavam? A importância da relação com o pai dela?

Spencer ergueu os olhos para ele e de pronto George compreendeu que era sério.

— Disse a Elizabeth que queria terminar o noivado.

George soltou um assovio e pousou o copo.

— Você tem razão. Enlouqueceu mesmo. O que ela disse?

Spencer limitou-se a sacudir a cabeça.

— Não quer nem ouvir falar nisto. Acha que é um caso comum de medo e me disse que eu deixasse de me lamuriar.

— Seria engraçado, mas não para Spencer.

— Ao menos ela tem espírito esportivo. Ela sabe da outra?

Spencer sacudiu a cabeça, pesaroso.

— Não contei a ela. Mas acho que desconfia. Ela não está percebendo como a coisa é séria.

George pareceu decidido.

— Não é.

— É sim. Estou apaixonado por ela... pela outra, quero dizer.

— É tarde demais para isso. Pense bem. Pense na confusão que será se você terminar o noivado.

— E se não terminar? Vou passar o resto da vida pensando em outra?

— Não vai não. Vai esquecê-la. — Ele parecia estar certo disto, mas Spencer não estava. — Terá que esquecer.

— Outras pessoas terminam os noivados. — Spencer estava agitado e, para piorar as coisas, não dormia há dias, o que o deixava ainda mais deprimido.

— Não se terminam noivados com a filha do juiz Barclay. — George parecia decidido, e sua atitude aborreceu Spencer. Todos ficavam impressionados demais com a posição dela, e Spencer nunca estivera tão certo desta importância. Pedira-a em casamento porque gostava dela, porque era inteligente e cheia de vida, e achou que poderiam levar uma vida interessante e, por fim, porque dissera a si mesmo que a amava. Só que jamais se sentira assim por causa dela. Desde o princípio soubera disso. Por isso não a pedira em casamento ao longo de todo o ano. E então, de súbito, decidiu que seria bom. Mas errara, e agora? Ainda não tinha as respostas.

— Por que isto é tão importante, George? Que diferença faz quem é o pai dela?

— Está brincando? Você não está casando com uma garota comum, está casando com um estilo de vida, uma família importante. Não pode entrar e sair da vida dela assim. Vão lhe fazer pagar de alguma maneira, e mesmo se não fizerem, seu nome estará sujo daqui até a Califórnia. — Enquanto o amigo argumentava, Spencer pensava em seus pais, em como ficariam desapontados. Mas não podia casar com ela só para satisfazê-los.

— Posso viver assim, se for preciso. — Mas ele podia realmente? E se Crystal não fosse a pessoa certa para ele? E se tudo não passasse de paixão juvenil? Afinal de contas, mal a conhecia. — A questão é a seguinte, amo Elizabeth ou não? E a verdade, George, é que não sei. Como posso amá-la se estou desnorteado por outra?

— Acho que você precisa tirar isto da cabeça e cair na real. Vamos, lhe ofereço um jantar. Tome alguns drinques, vá para cama e não diga mais nada a ela, pelo amor de Deus. Daqui a alguns dias vai se sentir melhor. Provavelmente está acontecendo o que ela disse. Medo. Todo mundo passa por isso. — Mas Spencer não tinha tanta certeza. Ao menos naquela noite conseguiu dormir bem e, pela manhã, viu o anúncio de seu noivado no *The New York Times*, com uma bela fotografia de Elizabeth tirada em Washington, na posse de seu pai. Isto tornou tudo real novamente, e enquanto ia para o trabalho, ponderou se George não teria razão, se não seria melhor tirar Crystal da cabeça. Mas, por Deus, o que ia dizer a ela? Que cometera um erro? Que na verdade não a amava? Que tinha que casar com outra? E Crystal? Ela precisava dele, ou ao menos precisava de alguém. Não era justo, e a idéia de deixá-la torturava-lhe a alma. Mas não precisava lhe dizer nada.

Naquele dia, em San Francisco, Crystal viu o anúncio nos jornais. Spencer não considerara esta possibilidade ao defrontar-se com o dilema. Ela estava jantando no Harry's com o resto dos funcionários, quando de repente Pearl lhe estendeu-lhe o *Chronicle* com ar de interesse. Mas não ficou tão surpresa quanto Crystal, ao ver Spencer sorrindo no jornal.

— Eles não estiveram aqui outro dia? Acho que fui eu que atendi a mesa deles. — Pearl estava pensativa. Sempre ficava fascinada com as *socialites*, sobre cuja vida lia nos jornais. — Acho que foi no sábado. Ela é meio cheia de si, mas lembro que ele é muito simpático. Ficou louco com você. Devia ter visto como a olhava, enquanto cantava.

Crystal sentiu as mãos transformarem-se em gelo, os dedos trêmulos ao devolver o jornal. Já lera o suficiente. O anúncio dizia que Spencer Hill, de Nova York, desposaria a filha do juiz Barclay, Elizabeth, e as duas famílias haviam celebrado o Dia de Ação de Graças na cidade e oferecido uma festa para quatrocentas pessoas na mansão da Broadway. Hedda Hopper disse que a festa fora inacreditável, com champanhe e caviar, além de um bufê que faria o da Casa Branca parecer uma ninharia, a Artie Shaw e seu grupo haviam tocado para o jovem casal até as primeiras horas da manhã. O casamento se realizaria em junho, e o vestido da Srta. Barclay seria confeccionado por Priscilla, em Boston. Crystal contemplava o prato, sem poder acreditar. Ele não dissera nada sobre o noivado. Só afirmara estar apaixonado por ela. E que voltaria à Califórnia. Mentira para ela. E ao lembrar-se de tudo o que ele dissera, sentiu o coração partir-se. Acreditara nele.

— Já tinha ouvido falar nele antes? — indagou Pearl, mastigando a comida com cuidado. Nos últimos tempos estava engordando, mas ainda era uma excelente dançarina.

— Não. — Crystal sacudiu a cabeça e foi esvaziar seu prato, que ainda estava cheio, mas ela não sentia mais fome.

Naquela noite, cantou com todo seu coração, tentando não pensar nele, mas de nada adiantou. Só conseguia pensar nele e, dois dias depois, quando ele telefonou, quase não atendeu, mas a Sra. Castagna insistiu.

— É interurbano! — gritou impressionada, e as mãos de Crystal tremiam quando finalmente atendeu.

— Sim?

— Crystal? — Era a voz dele, e ela fechou os olhos, ouvindo. Não respondeu durante um longo momento, e ele repetiu seu nome, parecendo preocupado e triste.

— Sim?

— Aqui é Spencer.

— Parabéns. — Ele sentiu o coração parar ao ouvi-la e, de imediato, percebeu o que acontecera. Os Barclay haviam mandado publicar o anúncio nos jornais da Califórnia. Quisera ele mesmo contar, mas agora era tarde demais. Ela já sabia.

— Voltei a Nova York para desmanchar o noivado. Juro. Na noite em que voltei até falei com ela.

— Acho que vocês dois decidiram que você não queria realmente desmanchar.

— Não foi isto... eu... não sei como explicar.
— Não precisa. — Ela queria ficar zangada com ele e estava, mas, naquele momento, ouvindo-o, só conseguia sentir uma profunda tristeza. Perdera tanta gente que amava, e agora ele era mais um. Perdido. Fora de sua vida para sempre. Como os outros. Mas desta vez não poderia ser diferente. — Não me deve nada, Spencer.
— O problema não é este... Crystal, eu te amo... — Que coisa terrível para dizer-lhe, diante do anúncio de seu noivado. — Não quero tornar as coisas mais difíceis. Só quero que saiba. Talvez nossas vidas estivessem distantes demais. Nunca conseguimos nos conhecer... — Era uma desculpa pobre. Instintivamente, sabia que poderiam ter continuado e como teriam combinado bem. Mas ele optara pela dura realidade, em vez da ilusão suave. — Tudo se complicou quando voltei para cá. — Ela já lhe parecera tão irreal, mas falando ao telefone, ele sentiu renovada ânsia de abraçá-la e senti-la junto de si.

Na outra extremidade, ela o ouvia chorando em silêncio. Queria odiá-lo, mas não conseguia.

— Ela deve ser uma pessoa muito especial.

Ele hesitou por um instante, querendo dizer a verdade, como ela era muito mais especial do que Elizabeth, contudo aquilo não era real. Não podia ser. Não podia permitir que fosse.

— É muito diferente do que eu e você sentimos. Não tem a mesma magia.

— Então por que vai se casar? — Ela não entendia. Estava tudo muito confuso.

— Para ser sincero, não sei. Talvez porque seja muito complicado não casar.

— Isto não é motivo para se casar com alguém. — Ele sabia disso e não teve resposta.

— Sei disso. Sei que parece loucura, mas vou escrever para você... só para saber como está... ou posso telefonar? — Não suportava a idéia de perdê-la novamente de vista. De novo não. Precisava saber que ela estava bem e socorrê-la se precisasse dele, mas ela não quis.

As lágrimas corriam lentamente pelo rosto de Crystal, e ela sacudiu a cabeça.

— Não... você vai se casar. Nunca tivemos nada mesmo. Foi só um sonho. Não quero mais ouvir falar em você. Só me faria lembrar o que nunca tivemos. — Ela tinha razão, mas deprimiu-o ainda mais saber que ela não queria qualquer contato com ele.

— Você me telefona se precisar de alguma coisa?

— Do quê, por exemplo? — Ela sorriu por entre as lágrimas. — Que tal um contrato em Hollywood? Já fez um teste?

— Claro... — Ele sorriu por entre as próprias lágrimas. — Para você, qualquer coisa. — Qualquer coisa, exceto o que ambos queriam mais do que a própria vida. E ele estava estragando tudo, porque decidira que Elizabeth era o mais "certo". Falando novamente com Crystal, já não tinha tanta certeza. Talvez ela estivesse certa, não querendo que ele telefonasse. Sentia vontade de entrar no primeiro avião só para estar junto dela, mas não podia fazer isto com as duas, precisava tentar agir corretamente com Elizabeth. Devia isto a ela. E não agiria assim com Crystal. — Acho que verei seu nome em néon qualquer dia desses... ou comprarei seus discos... — E estava sendo sincero.

— Quem sabe um dia. — Mas ela não pensava nisto agora. Só estava pensando nele, em como sentiria sua falta. — Fiquei feliz por ver você novamente... mesmo deste jeito... valeu a pena. — Mesmo por uns poucos dias de sonho. Ao menos o vira. E o abraçara. E o tocara. E ele dissera que a amava.

— Não sei como você pode dizer isto agora. Me sinto péssimo... principalmente porque viu a notícia nos jornais.

Ela deu de ombros. Talvez agora não tivesse importância. Talvez nada importasse. Ele nunca fizera parte de sua vida. Não passara de um sonho, do início ao fim... mas fora um belo sonho. Ela recomeçou a chorar, lamentando não ser mais forte, mas era tão doloroso dizer adeus sabendo que seria para sempre.

— Espero que você seja feliz.

— Eu também. — Mas ele não parecia ter muita certeza. — Prometa telefonar se precisar de mim. Estou falando sério, Crystal. — Sabia que ela não tinha mais ninguém, exceto os Webster, e eles não poderiam fazer muita coisa para ajudá-la.

— Está bem. — Ela sorriu, lutando contra as lágrimas. — Eu sou durona, você sabe.
— É... eu sei... queria que não precisasse ser. Você merece alguém legal que cuide de você. — Queria acrescentar "e eu queria ser esta pessoa", mas seria demasiado cruel e inútil para os dois. Por fim, percebendo que nada mais havia a dizer, ele falou: — Adeus, Crystal, eu te amo. — Lágrimas assomaram-lhe aos olhos e mal conseguiu ouvir a resposta que ela sussurrou.
— Eu também te amo, Spencer... — E desligou. Spencer ficou com o telefone na mão. Ela se fora. Para sempre.
Escreveu-a uma vez para contar como se sentia triste e o quanto ela significara para ele, embora tenha sido difícil exprimir tudo isso em palavras, mas a carta voltou fechada, sem resposta. Não sabia se ela havia se mudado, mas acreditava que não. Apenas ela tivera o bom senso de não começar algo que nenhum dos dois poderia concluir. E ela sabia que precisava deixar a história dos dois para trás. Não seria fácil. Foi a coisa mais difícil que ela já precisara fazer, afora deixar o rancho e o vale, mas se forçou a tentar esquecê-lo. Não desejava nem mesmo cantar as músicas que cantara na noite em que ele voltara para vê-la. Tudo fazia lembrá-lo, toda manhã, todo dia, toda noite, toda canção, todo pôr-do-sol. Todo momento pensava nele. Nos anos anteriores, tivera apenas sonhos, mas agora possuía muito mais, e tudo tornava-se mais doloroso. Sabia a cor exata dos olhos dele, o aroma de seus cabelos, o toque de seus lábios e de suas mãos, o som de sua voz ao sussurrar. E agora precisava esquecer tudo isto. Tinha toda uma vida à sua frente e ninguém para amar, entretanto possuía as dádivas do céu, o que a Sra. Castagna a recordava constantemente, e tinha Pearl para fazê-la lembrar que Hollywood ainda a esperava. Mas agora, sem Spencer, nada disto parecia importar.

22

Quanto a Spencer, a vida acabou voltando ao normal. Pensava muito em Crystal, mas decidira assumir um compromisso sério. Foi passar o Natal em Palm Beach com Elizabeth e começou a adaptar-se novamente. Pensava sempre em escrever para Crystal, mas nunca voltou a lhe escrever. Sabia que Crystal queria ser deixada em paz e sentia-se demasiado culpado. Elizabeth fazia vista grossa a tudo isto como se fosse uma gafe social e ela educada demais para mencioná-la.

O Natal foi agradável, apesar de tudo, e voltaram da Flórida relaxados e bronzeados. Restavam apenas seis meses para o casamento.

Em geral, Elizabeth mantinha-o ocupado com festas em Nova York, viagens a Washington para visitar os pais dela. Spencer mal teve tempo para pensar no que quer que fosse naquela primavera, mas com freqüência a lembrança torturante de Crystal vinha-lhe à mente, e tudo fazia para combatê-la. Não adiantava enlouquecer por ela. Estava agindo acertadamente, dizia a si mesmo quase todos os dias.

A Sra. Barclay foi a San Francisco no começo de maio para acertar os últimos detalhes. O casamento seria na catedral da Graça, como Elizabeth queria, e a recepção no hotel St. Francis. Ela pensara em fazer a recepção em casa, mas queria convidar mais de setecentas pessoas, por isto só haveria espaço em um hotel. Haveria 14 pajens e 12 damas-de-honra. O tipo de casamento sobre o qual Spencer já lera, mas nunca assistira. Em junho, foi com Elizabeth para San Francisco, um dia depois desta concluir a faculdade. Era o fim do terceiro ano, e ela pediria transferência para Columbia no outono, assim poderia se formar após o casamento. Fora a única condição estabelecida pelo pai antes de concordar com o casamento Queria que Elizabeth se formasse e lamentava muito que não fosse em Vassar. Mas Elizabeth só queria estar com o marido. No avião para a Califórnia estavam de excelente humor, e Spencer esperava a série constante de festas quando chegassem. Ainda faltava uma semana para o casamento, que seria realizado no dia 17 de junho, e passariam a lua-de-mel no Havaí. Elizabeth mal podia esperar e, na semana anterior, anunciara levemente que colocaria Spencer em "quarentena" antes do casamento. Ele não parou de implicar com ela por causa disso no avião, dizendo que não era mais responsável por seus atos. Mas as oportunidades de ambos seriam mais limitadas do que antes. O pai de Elizabeth reservara um quarto para ele no Bohemian Club, bem como para os pajens de fora da cidade, entre eles George, do escritório de Spencer. Este ainda lembrava como George se mostrara seguro de que Spencer estava agindo certo em casar com Elizabeth e agora passara a achar o mesmo. Até recolocar os pés em San Francisco.

De súbito, percebeu-se pensando em Crystal dia e noite. Agora estava tão próximo e desejava desesperadamente vê-la. Contudo, bebendo bem mais do que de hábito e mantendo sua decisão, forçou-se a não procurá-la. Seria cruel para com ela e mergulhou de corpo e alma nos planos para o casamento e nas festas elaboradas oferecidas a eles diariamente.

Foram a festas em Atherton, Woodside e a várias em San Francisco. Os Barclay ofereceram uma grande recepção pelo casamento no Pacific Union Club, na noite anterior à cerimônia. Spencer fora a sua despedida de solteiro na noite anterior, organizada por Ian. Houvera uma série de *strip-teases* e muito champanhe, e Spencer resistira ao ímpeto de ir ao Harry's a caminho de casa e dizer a Crystal que ainda a amava. Tentou explicar tudo a Ian de maneira incoerente, mas então lembrou que não devia dizer nada a ele.

— Tudo bem, meu filho — rira Ian. — Sempre tomamos champanhe em taças de cristal. — Colocaram-no na cama de seu quarto no clube e Spencer estava bem subjugado no dia seguinte, no jantar de ensaio. Todos estavam lá. E Elizabeth parecia radiante em seu vestido de cetim rosa. Nunca estivera tão bonita quanto nos últimos dias. A mãe comprara alguns lindos vestidos para ela em Washington e Nova York, e ela deixara os cabelos crescerem, um corte francês, que deixavam à mostra os inacreditáveis brincos de diamantes que os pais lhe tinham dado como presente de núpcias. A Spencer, haviam presenteado com um relógio Patek Philippe e uma cigarreira de platina incrustada com safiras e diamantes. Spencer presenteou-os com uma caixa de ouro, com um verso de um poema que ele sabia significar muito para o juiz Barclay. E a Elizabeth deu um colar de rubis e brincos combinando, os quais levaria anos pagando. Mas sabia como ela gostava de rubis e estava acostumada a ter apenas o melhor. E Spencer percebeu que ela merecia o presente, ao sorrir-lhe naquela noite no Pacific Union Club.

A cerimônia foi celebrada ao meio-dia do dia seguinte, e os pajens deixaram o Bohemian Club em um comboio de limusines. A noiva chegou à igreja em um Rolls Royce de 1937, de seu finado avô, ainda em perfeito estado. Os Barclay só o usavam em ocasiões especiais, e Elizabeth estava radiosa, enquanto duas empregadas e o mordomo ajudaram-na a sentar no carro com o véu de cinco metros, cuidadosamente drapejado. O pai contemplou-a em admiração muda. Ela usava uma coroa de renda, incrustada com diminutas pérolas e uma elegante tiara, cuidadosamente desenhada. O pequeno céu francês caía sobre o rosto como névoa, e o vestido de gola alta em renda expunha sua silhueta esbelta. Era um vestido inacreditável em um dia inacreditável, um momento inesquecível, enquanto o chofer os conduzia à catedral da Graça e as crianças na rua apontavam a noiva. Ela estava linda, e o pai lutou para conter as lágrimas ao entrarem solenes na igreja, aos acordes de *Lohengrin*, as vozes infantis cantando como anjos, junto com o coral.

Spencer viu-a aproximar-se e sentiu seu coração descompassado. Era o momento por que haviam esperado. Finalmente chegara. Estava feito. Ela sorriu por sob o véu, e ele percebeu que agira acertadamente. Ela estava adorável. E, em poucos instantes, seria sua esposa. Para sempre.

Desceram juntos o corredor, seguidos pelas damas-de-honra e pajens, sorrindo para os amigos. A fila de cumprimentos estendia-se sem fim. Saíram da igreja à uma hora, e à uma e meia chegaram a St. Francis. Os jornalistas já aguardavam. Foi a maior festa dos últimos anos em San Francisco, multidões aglomeravam-se na rua, assistindo as limusines chegarem. Evidentemente, ela era muito importante. Entraram apressados no hotel, dançaram, comeram e beberam a tarde inteira. Mais de uma vez, ocorreu a Spencer que aquela festa se assemelhava um pouco a uma recepção política. Pessoas chegaram de Washington e Nova York. Vários outros juízes da Corte Suprema haviam comparecido, bem como os democratas mais importantes da Califórnia. E haviam recebido um telegrama do próprio presidente Truman.

Por fim, às seis horas, ela subiu para trocar de roupa e tirou o vestido que jamais voltaria a usar. Fitou-o com tristeza, por um momento, pensando nas horas intermináveis de prova, na atenção dos detalhes. E agora teria que deixá-lo de lado, guardá-lo para as filhas. Vestiu um conjunto de seda branco e um belo chapéu de Chanel e desceu. Os convidados atiraram pétalas de rosa nos noivos que saíam. Foram conduzidos, no velho Rolls Royce, até o aeroporto. O vôo para o Havaí sairia às oito horas. Resolveram tomar um drinque no restaurante. Elizabeth fitou o marido e sorriu, vitoriosa.

— Bem, garoto, conseguimos.

— Foi lindo, querida. — Ele se debruçou para beijá-la.

— Nunca esquecerei você naquele vestido.

— Odiei ter que tirá-lo. Foi tão estranho, depois de todo o trabalho e excitação por causa dele, pensar que nunca mais voltarei a vesti-lo. — Sentia-se terna e nostálgica e, naquela noite, dormiu com a cabeça no ombro de Spencer. Ele sorriu feliz, certo de que a amava. Iriam ao Havaí e depois encontrariam os pais dela para uma semana no lago Tahoe, antes do juiz Barclay voltar a Washington. Voltariam a Nova York e procurariam um apartamento. Ela ficaria no apartamento dele até encontrarem o que queriam. Ela queria morar em Park Avenue, caro demais para o salário de Spencer, mas Elizabeth insistira em contribuir. Recebera um fundo ao completar 21 anos, mas ele não se sentia à vontade em aceitar a ajuda da esposa. Ainda não haviam decidido nada, por isto ela decidira morar no apartamento dele até acertarem tudo. E não tivera mesmo tempo de procurar algum apartamento, enquanto estivera em Vassar.

Ele sabia que tudo se resolveria, enquanto ela dormia e eles rumavam para Honolulu. Hospedaram-se no Halekulani, em Waikiki, e os dias passaram deliciosos. Deixavam-se ficar deitados na praia e voltavam ao quarto várias vezes ao dia para fazer amor. O pai dela conseguira uma carteira de visitante para o clube de canoagem Outrigger e telefonou um dia para saber como estavam, apesar dos protestos da esposa. Esta achava que os recém-casados deviam ser deixados a sós, mas o pai queria saber como estavam, estava ansioso por vê-los no lago Tahoe.

Voltaram no dia 23 de junho, felizes e bronzeados. O juiz Barclay mandara um carro esperá-los, e Spencer dirigiu até o lago, no mesmo dia em que Pearl mostrou a Crystal as fotografias do casamento publicadas nos jornais. Quisera mostrá-las há tempos. O artigo falava do vestido de noiva inacreditável de Elizabeth e do véu de cinco metros. Crystal sentiu um nó no peito ao ler os detalhes e contemplou durante longo tempo a fotografia de Spencer, segurando a mão de Elizabeth e sorrindo.

— Fazem um belo par, não? — Pearl ainda lembrava que o casal havia ido ao restaurante no inverno anterior. Tinha boa memória para rostos e nomes e ainda recordava a notícia do noivado nos jornais, na época do Dia de Ação de Graças.

Crystal não respondeu. Dobrou o jornal e devolveu-o a ela, tentando esquecer que ainda o amava. Estava um dia melancólico, e ela foi para casa mais cedo. Parecia doente e disse a Harry que estava com uma dor de cabeça terrível. De qualquer modo, naquela noite, dispunham de artistas suficientes, e muitos fregueses não haviam comparecido. O Harry's tornara-se uma boate bastante conhecida, em grande parte graças a ela e a sua crescente reputação como cantora.

Enquanto deitava-se naquela noite tentando esquecer as fotos que vira nos jornais, Elizabeth e Spencer estavam sentados junto ao lago, conversando. Os pais dela tinham ido deitar, já era tarde, mas sempre havia muito a dizer. E conversaram sobre certas coisas que o pai dissera sobre a caça às bruxas macarthista. Spencer discordara dele e muito.

Considerava várias das acusações injustas, e Elizabeth agora estava implicando com ele, chamando-o de sonhador.

— Besteira, Elizabeth. O comitê da Câmara está acusando gente inocente de comunista. Isto é uma desgraça!

— Como pode ter tanta certeza de que são inocentes? — Ela sorriu. Concordava inteiramente com o pai.

— Todo o país não pode ser vermelho, pelo amor de Deus! Além do mais, isto não é da conta de ninguém.

— Com a agitação no Extremo Oriente, como pode dizer isto? O comunismo é a maior ameaça do mundo de hoje. Quer outra guerra?

— Não. Mas não estamos falando de guerra. Estamos falando do comportamento de nosso país. O que aconteceu com a liberdade de escolha? E a Constituição? — Detestava discutir política com ela. Gostava quando estavam fazendo amor ou de mãos dadas ou simplesmente sentados à luz do luar. — De qualquer modo, discordo de seu pai. — Haviam discutido o assunto durante horas, e, após o longo vôo do Havaí e a viagem até o lago, estava exausto. — Vamos deitar.

— Continuo discordando de você. — Ela soltou uma risada.

— Talvez não concorde, mas ao menos você terá outra coisa em que pensar além de política. — Ela sorriu e seguiu-o até a casa, mas ele estava cansado demais para fazer amor. Além disso, perturbara-o voltar a San Francisco. O simples fato de estar ali fazia-o lembrar de Crystal.

Mas no dia seguinte ela esteve muito longe de seu pensamento. Foram esquiar no lago e jantaram com amigos dos Barclay. E no dia subseqüente, todos ficaram chocados com as notícias da Coréia. Fora denominada ação política pelo governo, mas, para Spencer parecia uma guerra. Jovens foram convocados de imediato, e a reserva chamada. Quando ouviu a notícia, Spencer percebeu de pronto qual era o significado daquilo para ele e voltou-se para a esposa, horrorizada ao ouvi-lo falar.

— Você fez *o quê*? — Ela arregalou os olhos castanhos. Sem dúvida, estava à beira das lágrimas.

— Pensei que não faria diferença e queria manter minha patente. — Ele permanecera na reserva e agora estavam sendo convocados Em pouco tempo, poderia estar a caminho da Coréia.

— Não pode desistir?

— Agora é tarde demais. — Era mais tarde do que pensara. O telegrama convocando-o para as forças armadas já o esperava em seu escritório. George Montgomery telefonou naquela tarde, e Spencer contou a notícia a Elizabeth, os olhos sombrios. Não tinha medo de ir. Era estranho, mas queria ir, porém sentia muito por ela. Haviam se casado há duas semanas apenas, e já ia para a Coréia. Devia apresentar-se no forte Ord, em Monterey, e tinha dois dias para estar lá. Elizabeth estava em estado de choque, e o juiz Barclay ficou sério ao saber da notícia.

— Quer que eu tente tirá-lo, filho?

— Não, senhor. Obrigado. Já servi no Pacífico antes. Não seria certo fugir à responsabilidade. — Ele nutria sentimentos corretos a este respeito, mas Elizabeth lutou com unhas e dentes naquela noite. Haviam acabado de casar e não queria perdê-lo. Mas Spencer manteve-se firme. — Estou certo que logo estará acabado, querida. Não é uma guerra, é ação política.

— É a mesma coisa! — gemeu ela. — Por que não deixa o papai arranjar tudo para você? — Estava furiosa com ele e implorara ao pai que a ajudasse, mas ele só agiria se Spencer pedisse. E, na verdade, admirava-o pelo que estava fazendo. Só lamentava pela filha. Mal saíra do vestido de noiva e o marido já ia para a guerra. Parecia tremendamente injusto, até mesmo para ele. A única vantagem que conseguia perceber nisto tudo era que, enquanto Spencer estivesse fora, ela voltaria para Vassar. Restava apenas um ano, e a faculdade a manteria ocupada, enquanto Spencer estivesse na Coréia. Deu os telefonemas necessários para Vassar no dia seguinte e ela ficou ainda mais aborrecida quando ele lhe disse que providenciara tudo. Elizabeth soluçou em seu quarto com a crueldade do destino. Em poucos dias, tudo que desejava deslizara por entre seus dedos. Casara com Spencer, e agora ele ia para a guerra, e ela voltaria à faculdade, como se nada houvesse acontecido, como se não tivesse havido casamento. O pai não lhe permitiria nem sequer morar em Nova York, no apartamento de Spencer.

— Spencer, não quero que você vá.

— Querida, tenho que ir. — Fizeram amor com ternura

e ele desejou secretamente que ela não fosse sempre tão cuidadosa. Gostaria de deixá-la grávida. Seria algo para entretê-la e para esperar, e daria a ele um significado ainda maior para a volta. Mas ela sempre usava diafragma e, no período crucial do mês, forçava-o a usar camisinha. Nunca corria riscos, mas ele não ia discutir naquele momento. Já tinham problemas suficientes. Precisava apresentar-se em forte Ord, e ela voltaria a Washington com os pais, onde permaneceria alguns dias.

— Posso ao menos ir com você para Monterey?

— Eles não vão permitir que eu a veja. Não adianta. Volte para sua mãe e seu pai e relaxe um pouco antes de retornar à faculdade, e antes de se dar conta, já estarei de volta. E você sempre poderá ir a Nova York e passar o final de semana no apartamento. — Parecia um pesadelo para Elizabeth, e ele sentia bastante por um lado, embora por outro lado estivesse ansioso para ir. Gostara da camaradagem da guerra, sob certos aspectos, e o ano anterior, em sua mesa em Wall Street, fora tedioso, embora não confessasse a ninguém. Nem a ela admitira, mas a idéia de ir à Coréia era excitante.

Ela o levou de carro até Monterey e após uma despedida longa e chorosa, Elizabeth voltou para o lago para ficar com os pais. Dali a dois dias, tomaria uma avião para Washington. Neste espaço de tempo, Spencer já estava envolvido em um curso de retreinamento em combate. Nem teve oportunidade de telefonar para ela antes de partir. Elizabeth chorou com amargura a partida do marido, entre seus pais no avião para o Leste. A mãe deu-lhe um tapinha simpático na mão e estendeu-lhe um suprimento de lenços, enquanto o pai dormia, a maior parte do vôo. Estava cansado e tinha muito trabalho à sua espera ao voltar. Para todos eles, seria um verão bastante longo. Elizabeth só esperava que a guerra da Coréia não fosse muito prolongada. Queria começar sua vida com o marido.

23

Spencer permaneceu no forte Ord durante sete semanas, exercitando-se com obstáculos e manobras simuladas. Surpreendeu-o perceber que em cinco anos esquecera tanta coisa, mas, com o passar das semanas, sentiu-se novamente saudável, em forma, e seu corpo poderia lembrar mais do que sua mente. Todas as noites jogava-se exausto em seu beliche, demasiado cansado para falar ou comer, ou mesmo telefonar para sua esposa. Precisava fazer um esforço e telefonar de vez em quando, para que ela não ficasse preocupada demais. Mas Elizabeth reclamava mais do que estava preocupada. Estava zangada por ele estar longe, quando poderia estar em casa, indo a festas. Não imaginara assim o começo de seu casamento. Mas quem poderia saber que a guerra na Coréia viria mudar tudo? Estranhamente, para ele fora um alívio, o qual não pensara desejar. Quando casara com ela, tinha certeza. Contudo, agora, quando telefonava, às vezes sentia-se falando com uma estranha. Ela relatava-lhe as festas a que comparecia com os amigos dos pais e o jantar na Casa Branca com os Truman. Aquele estava sendo um momento estranho para Elizabeth, casada e ao mesmo tempo parecendo solteira. Fora à Virgínia hospedar-se com alguns amigos, e na semana seguinte sua mãe a levaria de volta a Vassar.

— Estou morrendo de saudade, querido. — Ela pareceu ainda mais jovem do que antes, e ele sorriu.

— Eu também. Logo voltarei para casa. — Mas nenhum dos dois sabia quando. Poderia demorar meses ou anos, e apenas tal idéia a deprimia. Não queria voltar para Vassar, não queria que o marido fosse para longe e mais de uma vez reprovou-o por ter ficado na reserva, mas agora era tarde demais. O erro já fora cometido, e ele estava de novo no exército.

Deram-lhe duas semanas de licença antes de embarcar, mas disseram-lhe que deveria permanecer no raio de trezentos quilômetros, para o caso de decidirem embarcá-lo antes. Spencer quase odiou ter que contar isto a Elizabeth, porque ela desejaria ir a seu encontro, e ele achava que não valeria a pena. Ela teria que voltar à escola dentro de poucos dias e seria pior ter que dizer adeus novamente. E se o chamassem antes, ela ficaria muito desapontada. Finalmente, contou que estava de licença, e ela concordou que de nada adiantaria ir a seu encontro, com o risco de ele ter que deixá-la a qualquer momento. Ela sugeriu que ele ficasse na casa de San Francisco, e ele assentiu com um olhar pensativo.

— Tem certeza de que seus pais não se incomodam? — Não queria se impor, mesmo com a casa desocupada. Não queria que pensassem que estava levando vantagem.

— Não seja tolo, agora você é da família. Vou perguntar a mamãe se você quiser, mas sei que ela não vai se importar. — E Priscilla Barclay tomou o telefone prontamente e falou com Spencer para que ficasse na casa. Havia o caseiro e uma senhora chinesa que trabalhavam para eles há anos, os quais tomavam conta da casa dos Barclay em sua ausência.

— Sinta-se em casa. — Ela lamentava muito a partida do genro, sobretudo pela filha. Elizabeth estava desalentada desde que deixara Spencer na Califórnia. Seria um alívio mandá-la de volta à escola. Ao menos lá ela teria em que pensar, enquanto esperava a volta do marido da Coréia.

Spencer alugou um carro, foi para a cidade e acomodou-se em um dos elegantes quartos de hóspedes. Dispunha de duas semanas só para si e nada para fazer. Era um alívio afastar-se dos homens com quem estivera convivendo e do mundo das botas de combate e das chapas de identidade. Estava preocupado com o que ouvira sobre a ação na Coréia. Parecia uma guerra feia, e não estava muito ansioso em voltar ao Pacífico. Nove anos mais velho do que da primeira vez e com 31 anos, não dispunha de tanta boa vontade em ser ousado e corajoso. Tinha muito o que viver, e a morte heróica em uma terra estranha não o atraía muito. Contudo, vez por outra, era excitante sentir-se novamente livre. Telefonara para o escritório de advocacia em que trabalhava ao receber a notícia, e todos os sócios veteranos foram simpáticos, desejando-lhe boa sorte e dizendo esperá-lo na volta, a fim de reassumir seu trabalho, quando a guerra terminasse. Mas ele teria que repensar tudo isto um dia. Por enquanto, tinha uma brecha para respirar e não estava mais tão certo de querer voltar a Wall Street. Ainda se interessava bastante pelo mundo criminal e, neste campo, com certeza não teria oportunidade. Mas teria que conversar com Elizabeth sobre o assunto antes de tomar alguma decisão drástica. E desconfiava que ela ia preferir que ele retornasse à mesma firma em Wall Street.

Spencer fez uma longa caminhada pela cidade na primeira tarde livre em San Francisco, uma tarde quente de agosto, e naquele mesmo dia Crystal completava 19 anos. Estava comemorando no restaurante com um bolo para os amigos, e Harry deu-lhe a noite livre. Ela comprou uma garrafa de champanhe para abrir com a Sra. Castagna. Recentemente, mudara para um dos quartos melhores, quando o corretor de seguros foi convocado para a Coréia. Era um pouco maior e tinha uma janela que dava para o jardim diminuto de outra casa. Afora isto, nada mudara. Estava indo bem no *show* do Harry's, e os jornais haviam feito menções favoráveis a ela. Chegara até a cantar em diversas festas a fantasia.

Boyd e Hiroko tinham-na visitado duas vezes, com a pequena Jane, quando Hiroko fora consultar o Dr. Yoshikawa. E o bebê nascera no mês anterior, só que desta vez não teve ninguém para ajudá-la. O bebê nascera de nádegas e morrera antes que Boyd conseguisse alguém para ajudá-la. Fora até uma parteira de Calistoga e deixara Hiroko sozinha com Jane. Por sorte, a parteira concordara em ir, Boyd não disse que sua esposa era japonesa, e ela salvou a vida de Hiroko. Mas esta permaneceu de cama durante um mês, e Crystal prometera fazer-lhe uma visita, só que temia voltar ao vale, mesmo que para visitar a amiga. Era-lhe demasiado doloroso. Sabia que Tom ainda mantinha um caso com a irmã de Boyd, mas, em sua última carta, Hiroko disse que ele se alistara novamente para ir à Coréia. Boyd também havia sido convocado, mas há alguns anos sofria de asma e desta vez recusaram-se a levá-lo, felizmente. Teria sido muito difícil para Hiroko ficar sozinha entre vizinhos ainda hostis. Cinco anos após a guerra, as coisas permaneciam do mesmo jeito. O ódio que sentiam por ela não diminuíra, as recordações permaneciam, e os corações estavam igualmente frios, sobretudo agora com as hostilidades na Coréia. Para eles, era tudo a mesma coisa, coreanos, japoneses, a maioria não sabia a diferença.

Crystal estava deitada na cama após deixar a Sra. Castagna. Sentia-se feliz depois de duas taças de champanhe, pensando em sua vida. Ficou pensando onde Spencer estaria, se voltara a alistar-se também. Não que isto importasse. Ele saíra de sua vida. Não existia mais. Exceto em seu coração, onde sempre estivera presente. E não conseguia evitar de pensar se seu casamento era feliz. Procurava impedir-se de pensar nele, mas não era muito fácil, e, com o champanhe, ele voltava a seus pensamentos. Permitiu-se pensar nele, como uma espécie de presente de aniversário.

Naquela noite fazia calor em seu quarto, e ela decidiu dar um passeio por North Beach. Havia pessoas nos restaurantes e de pé nas calçadas, falando em italiano. Crianças corriam, perseguindo-se e escondendo-se das mães sob a brisa quente da noite, e por um momento ela lembrou a própria infância, Jared implicando com ela. Estava usando *jeans* e uma camisa velha e suas botas de *cowboy*, os cabelos compridos presos em uma trança, passeando até a esquina para comprar sorvete de casquinha.

— Feliz aniversário — murmurou para si mesma e então voltou lentamente para a casa da Sra. Castagna. O sorvete pingava, sujando tudo, e ela lutou para não desperdiçar o que restava, parecendo uma criança, inclinando-se para evitar os pingos do sorvete, com suas botas de *cowboy*, sorrindo para uma garotinha que a observava. Mas ela não viu o soldado alto e moreno assistindo tudo a distância. Sentira-se sozinho na casa solitária e caminhara quilômetros naquela noite, pensando nela e em sua esposa, e tentado pela primeira vez em muito tempo a rever Crystal. Mas satisfizera-se passando pela casa onde sabia que ela outrora morara, onde a vira após o Dia de Ação de Graças. Pensara que ela estaria no trabalho, e de fato ela deveria estar. Seu coração deu um salto assim que a avistou. Era como rever um sonho, a garota de *jeans* e botas de *cowboy* de pé na calçada, tomando um sorvete, e por um instante hesitou em aproximar-se. Ela parecia uma menina e então, como se sentiu observada, ela se voltou e sentiu-se gelar como o sorvete que escorria por sua mão. Empertigou-se, olhou-o fixamente e então voltou apressada para casa, mas ele atingiu os degraus antes dela.

— Crystal, espere... — Não sabia o que lhe diria, mas agora era tarde demais. Sabia que precisava lhe falar.

— Spencer, não... — Ela voltou-se e fitou-o com toda a saudade que sentira, e ele teve certeza que errara em deixá-la. Sem dizer uma só palavra, estendeu a mão e tocou a sua, e Crystal quis resistir, mas não pôde. — Crystal... por favor... — implorou ele. Só sabia que precisava conversar com ela, mesmo que apenas por um minuto, apenas para olhá-la e abraçá-la, estar junto dela. Crystal fitou-o, e ambos souberam que o sentimento ainda estava vivo, exatamente como o haviam deixado, talvez até mais intenso. Ele não falou, apenas puxou-a para si e abraçou-a, e desta vez ela não resistiu.

Spencer soube como fora tolo em ouvir Elizabeth e George e ele mesmo. Errara desposando a outra, quando só queria Crystal. Tentara fazer a coisa certa e, apesar de tudo, errara. Agora só queria aquela garota, com seus cabelos platinados e os olhos cor-de-lavanda. A garota que amava há quatro anos.

— O que vamos fazer, Spencer? — ela sussurrou sob o abraço.

— Não sei. Usufruir o que pudermos, acho, enquanto pudermos. — Assemelhava-se a um vício reiniciado. Elizabeth fora esquecida, ao olhar Crystal.

— Por que você voltou? — Ela se referia ao lugar onde morava e não apenas a San Francisco.

— Porque tinha que voltar. Queria vê-la de novo ou pelo menos o lugar onde a vi pela última vez.

— E aí? — Ela fitou-o com tristeza, perdidas todas as forças e resistências, restando apenas o amor que sentira desde a primeira vez. — Agora você é casado. — Lera a respeito do casamento nos jornais. — Onde está sua... esposa? — Odiava a palavra e precisou esforçar-se para pronunciá-la. Agora era fácil pensar em como as coisas poderiam ser diferentes se ele não tivesse mantido o noivado. Ambos pensavam a mesma coisa, enquanto se olhavam, e Spencer tomou-lhe a mão, ansiando beijá-la.

— Está em Nova York. — Não queria dizer nem mesmo o nome dela, não na presença de Crystal. — Estou embarcando para a Coréia daqui a alguns dias e tenho algum tempo livre. Eu... meu Deus, Crystal, não sei o que dizer... sinto-me um desgraçado. Cometi um erro. Agora percebo. Que coisa horrível de se dizer após um casamento. Pensei estar agindo acertadamente. Disse isto a mim mesmo. Queria acreditar nisto, mas agora que a estou vendo, minha cabeça está confusa... toda minha vida de cabeça para baixo. Eu devia ter fugido com você em novembro e mandado para o diabo a "coisa certa" e ser nobre. Tínhamos acabado de ficar noivos... pensei... oh, meu Deus... o que sei eu? — Parecia angustiado.

Mas, por um instante, os olhos de Crystal lançaram faíscas, furiosos. Ela falou-lhe com voz dura, e ele não a censurou.

— E onde eu fico nisto, Spencer? Brincando com você quando está de licença? Quando tem o fim de semana livre?... Quando consegue escapulir? E eu? E *minha* vida, depois que você me deixa? — Prometera a si mesma nunca mais vê-lo, mesmo se tivesse oportunidade, o que duvidava muito. Não adiantava prosseguir. Ele fizera sua escolha, e ela não se esquecera disto, mesmo que ele sim. Por isto devolvera a carta sem abrir. — Exatamente o que você tinha em mente? — Agora ela estava de fato zangada, o que a tornava mais atraente aos olhos de Spencer. — Um pouco de diversão antes de partir? Bem, esqueça. Vá para o inferno... ou volte para ela... é o que você vai mesmo fazer, como da última vez.

Ele a fitou com tristeza, não podia negar o que ela acabara de dizer, embora quisesse. Queria prometer nunca mais voltar para Elizabeth, mas agora estavam casados, e Spencer não sabia o que fazer. Não podia lhe contar que o casamento estava acabado antes mesmo de começar. Mas era o que pensava e o que desejava. Queria ficar com Crystal para sempre.

— Não posso lhe fazer promessas. Não posso lhe dar nada agora, exceto eu mesmo, neste instante. E talvez não seja muito... mas é tudo que tenho, isto e o amor que sinto por você.

— O que quer dizer com isto? — Os olhos encheram-se de lágrimas, ela fitou-o e falou com voz grave e rouca. — Eu também te amo. Mas e daí? O que isto nos traz?

— No momento... — Ele sorriu com tristeza. Não queria magoá-la e ponderou se errara em vir, mas simplesmente não pudera evitar. — No momento, posso lhe mandar cartas da Coréia... se aceitar lê-las desta vez. — Ela se virou para que Spencer não a visse chorar. Ele era tão bonito e há tanto tempo o amava. Quando voltou a olhá-lo, percebeu que, do fundo do coração, não se importava com o fato de ele ser casado. Ele era seu, naquele momento, enquanto estivessem juntos, e talvez valesse a pena aproveitar aquela oportunidade única e agarrá-la até ele partir para a Coréia.

Crystal abaixou a cabeça, pensando no que ele dissera, e então, lentamente, voltou-se e fitou-o.

— Queria ter coragem para mandá-lo embora... — Mas não concluiu a frase.

— Eu irei se você quiser. Farei o que você quiser... — E vou sonhar com você o resto da vida... — É isto que você quer, Crystal? — Baixou os olhos para ela, tocando seu rosto com dedos compridos e suaves, falando baixinho. Ele a amava. Teria feito qualquer coisa por ela. Era exatamente o tipo de amor que ele relatara a Elizabeth. O amor que jamais haviam sentido e nunca sentiriam, disto ele tinha certeza.

Mas ela sacudiu a cabeça, os olhos fixos nos dele com adoração silenciosa.

— Não, não é isto que quero. — Foi honesta com ele, sempre fora, e Spencer mal lhe ouviu as palavras, seu coração disparara. — Talvez só tenhamos direito a isto... alguns dias... alguns momentos roubados... — Não era muito, mas era o que tinham, e para ambos valia a pena.

— Talvez tenhamos mais do que isto algum dia... mas não posso prometer nada ainda. Não posso. Não sei o que vai acontecer. — Ele parecia preocupado, mas queria ser honesto. Ela sorriu de forma estranha e tomou a mão de Spencer, subindo lentamente os degraus da casa da Sra. Castagna.

— Eu sei.

Ele se sentiu novamente como um garoto, seguindo-a para o interior da casa, ainda segurando sua mão e observando a massa de cabelos sedosos, o corpo longo e esguio subindo as escadas à sua frente. Ela se voltou com o dedo nos lábios, pedindo silêncio. Retirou a chave do bolso do *jeans*, e ele entrou no quarto. Crystal não queria que a Sra. Castagna os ouvisse. Sem dúvida ela faria uma cena. Não gostava que as moças trouxessem homens para o quarto, nem que os homens trouxessem mulheres. De quando em vez acontecia, mas quando ela descobria, o que em geral acontecia, ela se colocava à espreita na porta da frente e registrava sua desaprovação.

— Tire os sapatos — sussurrou Crystal, puxando suas botas de *cowboy* e revelando um par de meias vermelhas que haviam sido do irmão. Sorriu para Spencer e sentou-se na borda da cama, novamente parecendo uma menina. Em certos momentos, ele lembrava com facilidade da criança que ela fora, e então, de súbito, ela voltava a ser a jovem desejável.

Ele sentou-se a seu lado, sussurrando, e ela sorriu timidamente, quando ele lhe tocou os cabelos e a beijou. Foi um beijo suave, cheio de saudade e gratidão por ela aceitar o pouco que Spencer podia lhe oferecer.

— Te amo tanto... — ele sussurrou devagar — você é tão linda... tão boa... — Ardia o desejo por ela e precisou de toda sua força para resistir ao ímpeto de rasgar-lhe as roupas. Mas quando mergulhou os dedos ágeis em sua blusa, percebeu-a recuar por uma fração de segundo. Spencer afastou-se, pensando no que fizera, mas ela o beijou com ardor e forçou-se a permitir que ele a explorasse. Ele a observou com atenção, temendo assustá-la, certo de que era virgem. — Está com medo? — Ela sacudiu a cabeça e fechou os olhos. Ele a deitou com carinho na cama e despiu-a lentamente. Só parou para acender o abajur e quando a viu esplêndida em sua nudez na cama estreita, ele também tirou a roupa e ajudou-a a entrar sob as cobertas. Lembrou como ela era tímida, quando menina, e não quis deixá-la constrangida nem assustá-la ou magoá-la. Queria que tudo fosse perfeito para Crystal, queria que aquele momento fosse um tesouro para sempre. Ela era ainda mais adorável do que imaginara, e quando finalmente a penetrou ambos gemeram baixinho. Ela torceu-se em seus braços, e ele a beijava sem parar, abraçando-a e sussurrando o amor que sentia por ela. Ficaram deitados juntos por muito tempo e quando terminaram, ele a manteve junto de si, como se pudessem tornar-se um só corpo e uma só alma se a abraçasse durante tempo suficiente, e nada os separaria.

Ela permaneceu deitada, sonhadora em seus braços, e ele franziu a testa ao ver uma lágrima correr-lhe pelo rosto.

— Crystal... você está bem? — Então, sentindo uma pontada de culpa. — Está arrependida? — Tinha tão pouco a

oferecer-lhe, não tinha o direito... contudo, sabia o quanto a amava.
　　Mas ela sacudiu a cabeça e sorriu por entre as lágrimas, sussurrando.
　　— Não estou arrependida... eu te amo.
　　— Então o que houve?
　　— Nada. — Ela sacudiu a cabeça de novo, mas, por um instante, a recordação de Tom envolveu-a, mesmo sendo aquela experiência tão diferente.
　　— Conte-me. — Ele a apertou ainda mais, e as lágrimas dela caíram sobre seu peito nu. Ela as enxugou, mas caíam cada vez mais rápido. Ele a envolveu em seus braços, preocupado. Precisava tanto dele, era tão vulnerável e tão jovem, não tinha quem cuidasse dela, exceto ele. Não era justo, e logo ele teria que deixá-la. — Não vou lhe deixar, enquanto não me contar em que está pensando.
　　— Estava pensando em como sou feliz. — Ela sorriu por entre as lágrimas, mas ele não acreditou.
　　— Você poderia me enganar. Jurava que você estava chorando. — Adorava estar com ela, amava a doce fragrância de sua pele e os cabelos sedosos. Amava tudo que era dela.
　　— Algo aconteceu com você, não foi? — A voz de Spencer era tão cheia de carinho que a fez chorar ainda mais. Ele desconfiara, mas não ousara perguntar, e a história dela perseguir Tom com a arma do pai não fora esquecida.
　　E agora ela o fitou com olhos tristes e assentiu.
　　— Quer contar?
　　Ela sacudiu a cabeça, novamente criança.
　　— Não consigo... foi tão terrível...
　　— Deve ter sido. Mas não importa agora, meu amor. Seja o que for, já passou. E quem sabe, se você falar, o fardo se tornará menor.
　　Ela fitou-o, hesitante, por um longo instante, ponderando no que Spencer pensaria dela se contasse que Tom a estuprara. Por fim, lentamente, sabendo que podia confiar nele, contou a horrível história. Ele permaneceu deitado, imóvel, abraçando-a e deixando que contasse tudo, agarrada a ele e soluçando. Os olhos de Spencer faiscavam enquanto a ouvia, mas sua voz foi carinhosa, e ela se sentiu segura deitada em seus braços.
　　— Você devia ter matado Tom. É uma pena não ter con-

seguido. Acho que eu teria acabado com ele se estivesse lá.
— Estava falando sério, mas ela sacudiu a cabeça com veemência. Agora sabia. Mas fora tarde demais para Jared.
— Eu errei... se eu não tivesse... se... — Não suportou repetir a frase, mesmo para Spencer. — Se eu não tivesse feito isto, ele não teria matado Jared... oh, Spencer... A culpa foi minha... Eu o matei. — Não parava de soluçar nos braços dele, que a beijava e abraçava.
— Não foi culpa sua. Nada disto... foi um acidente, e foi culpa de Tom e não sua. Ele atirou, Crystal, não você. Ele a estuprou e também não foi sua culpa. — A simples idéia deixava-o louco, e Spencer crispou as mãos sem perceber diante das imagens que ela pintara... o celeiro... o rosto sobre ela... a brutalidade dele... e o assassinato do irmão.
Crystal fitava Spencer com tristeza.
— Eu queria matá-lo. Queria feri-lo tanto quanto ele me feriu... errei... e Jared morreu por isto. — Ele pagara o preço, e ela também, perdera o irmão, o lar, a família. Fora um preço alto demais pelos pecados de Tom e, por um instante, Spencer percebeu que, se fosse Crystal, teria puxado o gatilho, e era um atirador muito melhor do que ela.
— Agora você precisa esquecer. Não pode mudar os fatos. Só pode decidir não levar isto com você.
— Nunca poderei esquecer. O que fiz matou meu irmão.
— Não é verdade. — Ele se sentou, e ela se aninhou junto a ele, que passou um braço pelos ombros de Crystal. — Você não fez nada, Crystal. Compreende? — Ela voltou a sacudir a cabeça, e de pronto ele percebeu que jamais a convenceria. Ela carregaria a culpa por toda a vida e secretamente acreditava ter sido sua culpa o fato de Tom a estuprar, por alguma razão inexplicável e por motivos óbvios ela sentia que matara o irmão. Tal convicção mudara sua vida, e Spencer não queria que os fatos a marcassem ainda mais. — Você tem que olhar para a frente a partir de agora e pensar nas coisas boas que a esperam. Você tem seu canto e algum dia poderá fazer uma grande carreira. — E sorriu. — E agora você me tem. — Por um minuto... ou dia... ou talvez a vida inteira.
Ela sorriu e beijou-o suavemente no rosto. Ele retribuiu o beijo em seus lábios com renovada paixão. Enquanto trocavam um beijo, ambos pensavam no que aconteceria, no que o futuro

lhes reservava, se é que haveria algo além. Mas era cedo demais para pensar nisto. Tudo era novidade entre ambos. Muito depois, já mais calma, ela parou de chorar, aninhada junto a ele.

— Acha mesmo que poderei fazer uma grande carreira? — Parecia difícil de acreditar, mas a idéia lhe agradava, e ele mostrava-se convencido, o que a deixou satisfeita.

— Acho sim. Estou falando sério. Sua voz é incrível. Algum dia você será uma grande estrela, Crystal. Acredito mesmo nisso.

— Não vejo como. — San Francisco parecia a anos-luz de distância de Hollywood, ainda assim ela acalentava seus sonhos e gostava do que estava fazendo.

— Dê tempo a si mesma. Mal começou. A vida está apenas iniciando para você. Quando tiver minha idade, as pessoas estarão fazendo fila nas ruas para vê-la. — Ela soltou uma risada ao se imaginar assim e brincou com ele, roçando seu ombro com os cabelos louros.

— Obrigada, vovô...

— Respeito pelos mais velhos. — Mas a mão que tocou a coxa de Crystal exigia total atenção, e um instante depois ela estava deitada em seus braços mais uma vez, e tudo foi esquecido quando ela se deu de todo coração. Só queria o que tinham, até Hollywood pareceu distante em comparação com o que tinha ao lado de Spencer.

Naquela noite dormiu nos braços dele, respirando com suavidade, o rosto semelhante ao de uma criança, a cabeça no ombro dele, e Spencer nunca se sentira tão feliz em toda sua vida. Sabia que vivera para isto.

Pela manhã, deram uma longa caminhada e foram tomar o café da manhã. Ela falava animada sobre o restaurante de Harry e como gostava de cantar ali. Era como se sempre estivessem juntos, Spencer sorria e ouvia. A menina tímida desaparecera e a seu lado havia uma mulher com quem sempre sonhara.

Pareciam recém-casados e ninguém imaginaria que ele era casado com outra. Crystal conversava com alegria, ele ria e curvava-se para beijá-la. Estava fascinado com tudo que ela dizia. Para variar, ela não falou de política, nem das coisas que ele e Elizabeth discutiam. Era apenas a vida real e as coisas que importavam para os dois.

Depois voltaram ao quarto e fizeram amor de novo, e naquela tarde, quando a levou ao trabalho, ele percebeu, aturdido, o quanto sentia sua falta. Cada hora longe de Crystal era-lhe dolorosa. Voltou à casa dos Barclay a fim de pegar algumas coisas e ficar com ela todo o tempo em que estivesse em San Francisco. Pensou rapidamente em Elizabeth, enquanto arrumava sua sacola. Mas agora ela não parecia importante. Nada importava. Exceto Crystal.

Para desencargo de consciência, telefonou para Elizabeth naquela noite, após deixar Crystal no trabalho. Acabou acordando-a, embora fossem apenas dez e meia. Ela se disse entediada e pareceu triste ao perguntar quando ele iria para a Coréia.

— Ainda não recebi o aviso. Assim que souber, telefono. — Então disse a ela que estava hospedado em casa de amigos, sentia-se muito sozinho na casa dos Barclay. Ela sorriu, e ele prometeu voltar a telefonar dali a alguns dias. E se precisasse de algo, ela poderia deixar um recado para ele na casa dos Barclay. De vez em quando ele telefonaria para saber se havia recados. Mas a voz dele estava fria, embora ela não tenha parecido perceber.

Meia hora mais tarde, ele deixou a casa. E Elizabeth desapareceu de seus pensamentos de maneira tão completa, que parecia ter saído de sua vida. Era quase como se nunca houvessem casado. Mas ele se recusou a pensar a respeito, assistindo Crystal cantar naquela noite, sabendo que as músicas eram dedicadas a ele. Depois do trabalho, voltaram a pé para casa na Green Street. Nunca se sentira tão feliz, e ela estava linda com seu vestido florido. Deixara os vestidos de cetim no trabalho. Só eram usados nos *shows*, e ela parecia novamente jovem com os cabelos soltos, o rosto sem maquiagem voltado para ele com um sorriso tranqüilo. Todas as suas tristezas pareciam ter se desvanecido desde que ele reaparecera em sua vida. E o mundo de ambos limitava-se a eles apenas.

— Spencer — ela o fitou —, vai escrever para mim quando for embora.

— Claro que sim. — Mas ambos sabiam que, quando voltasse, Spencer teria que enfrentar seu casamento. E ainda não sabia o que ia fazer. Estava vivendo o dia-a-dia, e Crystal não perguntara mais nada. Ele não fez promessas que não poderia cumprir desta vez, não guardou segredos. Só pensavam no que tinham, que durante duas semanas foi perfeito para ambos.

24

Spencer voltou para Monterey no dia 3 de setembro e, dois dias mais tarde, tomaria o avião para Taegu, via Tóquio. Antes de partir, foi a San Francisco passar mais uma noite com Crystal. Harry deu-lhe folga naquela noite e caminharam durante horas, conversando de mãos dadas. Queriam que a noite jamais terminasse, queriam lembrar cada momento juntos. Nenhum dos dois lamentava nada. Tudo saíra à perfeição.

— Não está arrependida, não é? — Ele sempre se preocupava com ela, mas em questão de horas pouco poderia fazer por ela. Teria que ser forte, enquanto ele estivesse longe, e talvez para sempre, depois. Mas não lhe faltava força. Ele só lamentava não haver ninguém para olhar por Crystal, como gostaria.

— Não estou arrependida. Eu te amo demais para me arrepender de alguma coisa. — Sorriu-lhe. Crystal parecia estar em paz, mais adulta após as duas semanas passadas com ele. Sentia-se à vontade com Spencer, e as noites juntos haviam sido repletas de paixão. — Mas vou sentir muita saudade de você. — Então lhe lançou um olhar preocupado. — Tome cuidado, Spencer... não deixe que nada lhe aconteça.

— Nada acontecerá, tolinha. Estarei bem. Voltarei antes de você imaginar. — Mas nenhum dos dois sabia o que ia acontecer, quando ele voltasse da Coréia. As respostas não pareciam fáceis, e talvez jamais o fossem. Mas Spencer pensou que talvez, distante das duas, tudo ficasse mais claro. Sabia que acabaria tendo que tomar uma atitude. Não podiam continuar assim indefinidamente. Entretanto, não fizera promessas a Crystal sobre o futuro, e ela não pedira nada. Só queria dele o que Spencer lhe dera nas duas semanas após encontrá-la na rua tomando um sorvete no dia de seu aniversário.

Voltaram ao quarto e fizeram amor pela última vez. Depois, enquanto ele se vestia, percebeu lágrimas nos olhos dela. Sofria ao vê-lo de uniforme, mas desceu os degraus decidida, quando ele se preparava para voltar a Monterey, postando-se nos degraus de entrada, descalça e de camisola.

— Entre. Telefono quando chegar lá — Ele sussurrou de novo. Durante duas semanas, conseguira evitar a Sra. Castagna.

— Te amo. — As lágrimas fizeram-na engasgar com as palavras, e ele a apertou com força, desejando imprimir o corpo de Crystal em seu pensamento para sempre. Queria que ela lembrasse dele e das duas semanas juntos, caso nunca mais voltasse. Afinal de contas, estava indo para a guerra, e só Deus sabia o que aconteceria.

— Também te amo, Crystal. — Foi tudo que conseguiu dizer, descendo apressado os degraus e virando a esquina, em direção ao carro estacionado ali. Um instante depois, acenou e afastou-se, e ela subiu em silêncio para o quarto, tão vazio sem ele. Spencer partira, e ela sabia que talvez não o visse mais. Contudo, sabia que jamais o esqueceria. Ele era demasiado precioso e presente em seu coração para deixá-lo agora, não importa o que acontecesse.

Ele telefonou quando chegou a Monterey. Chegara o último momento. Partiria na manhã seguinte, às dez e meia. Depois telefonou para Elizabeth e precisou contentar-se em deixar um recado. Ela estava em aulas, mas para ele foi um alívio. Evitara-a durante dias e só telefonara porque sabia ser sua obrigação. Era difícil fingir, e ela o conhecia muito bem. Captava cada inflexão, cada estado de espírito, dissecava cada frase. Mas até o momento, embora se sentisse péssimo, conseguira enganá-la. Não fora o que planejara, mas todos os seus planos haviam ido por água abaixo assim que vira Crystal. Precisava estar com ela, enquanto ela permitisse. E cada momento com ela fora precioso.

Enquanto o avião voava para Camp Hickam, no Havaí, se afastando de Monterey, Spencer via os últimos vestígios da Costa Oeste pela janela do avião e só conseguia pensar em Crystal. A garota de seus sonhos, a mulher que amava além da razão.

No mesmo instante, ela contemplava o céu, sabendo que bem ao sul ele estava partindo para a guerra. Rezou por sua segurança e fechou os olhos, lutando contra as lágrimas, e voltou para casa, indo em silêncio para seu quarto, que durante duas semanas compartilhara com Spencer. De súbito, pareceram apenas momentos. Tanta coisa não fora dita, tantas coisas por fazer. Não houvera tempo. Ele quisera ir até o vale também, mas Crystal relutara. Ao mesmo tempo que queria ver Boyd e Hiroko e Jane, não desejava encontrar a mãe, a irmã ou Tom. Não queria voltar para lá de novo e, duas semanas depois, quando Boyd telefonou do posto de gasolina para avisar que a avó de Crystal morrera, mesmo assim ela não quis regressar.

A avó Minerva seria enterrada no rancho, junto do pai de Crystal e de Jared. Morrera dormindo, e Boyd ouvira dizer que a mãe de Crystal estava muito triste, mas esta endureceu o coração e agradeceu o aviso, mas disse que não iria.

— Obrigada por me avisar. — Outro capítulo fechado. Outra que se ia. Da família, só restavam Becky e a mãe, que estavam mortas para ela. — Como vai Hiroko?

— Já está de pé. Mas... tem sido duro para ela... você sabe... — Ela chorara o bebê que havia perdido, e durante dois meses nada a consolara. Desta vez o médico avisara que ela não teria mais filhos. Seria apenas Jane... a pequena Jane Keiko... o bebê que Crystal ajudara a dar à luz com Boyd. Sua afilhada.

— Por que não vêm me visitar? — Crystal não contou que vira Spencer. Era um segredo deles.

— Quem sabe qualquer hora dessas. — Em seguida, hesitante. — Você sabe que Tom foi para a guerra, não é? Foi para a Coréia há duas semanas. Acho que sua irmã está muito triste. Ao menos foi o que minha irmã contou. Acho uma tremenda sorte ela se livrar daquele desgraçado. — Não conseguiu se conter, e Crystal ouviu, os olhos gélidos. Agora odiava todos eles, todos, exceto Boyd e Hiroko e Jane. Sua vida com eles ficara para trás.

— Quem está administrando o rancho?

— Acho que sua mãe e Becky. Elas têm bastante gente capaz no rancho, a não ser que todos sejam convocados. — Seria como na época da guerra, ao menos era o que parecia. Uma crueldade, apenas cinco anos de intervalo. Pelo menos Boyd não teria que lutar. Ficava contente por Hiroko. — Você está bem, Crystal?

— Estou. Estou aqui, cantando com todo meu coração.

— Acontecera muito mais do que isto, mas não queria contar a ninguém, nem mesmo aos Webster. — Por que não pensam em vir até aqui?

— Vamos tentar. E Crystal... sinto muito por sua avó.

— Ela quase esquecera o motivo pelo qual ele telefonara, e ele também, mas o velho Petersen já fazia sinal para que Boyd voltasse ao trabalho, e ele precisou desligar rapidamente.

— Obrigada, Boyd. Mande meu carinho para Hiroko e Jane. E avisem-me quando vierem a San Francisco.

— Pode deixar. — Ele desligou, e ela ficou sentada olhando o vazio, no corredor da casa da Sra. Castagna.

— Algo errado? — Ela surgia como um fantasma sempre que ouvia algo que considerasse um telefonema interessante.

Crystal voltou-se com um suspiro.

— Minha avó morreu.

— Que pena. Era muito idosa? — A Sra. Castagna parecia lamentar por Crystal, tão sozinha, tão jovem, bonita e decente.

— Quase oitenta anos, acho. — Mas parecia ter cem e nunca mais vira a neta, mas Crystal não se permitiria pensar nisso agora. Era tarde demais para isso. A avó Minerva se fora. E ela tinha muito com que se preocupar, com Spencer na Coréia.

— Vai ao enterro? — A Sra. Castagna era curiosa.

Crystal sacudiu a cabeça.

— Acho que não.

— Você não se dá com a família, não é? — Nunca recebia telefonemas, cartas, exceto de uma pessoa chamada Webster, e nunca saía para parte alguma, afora nas poucas semanas em que escondera o garoto em seu quarto. Mas a Sra. Castagna fingira não saber de nada, porque gostava dela.

— Já disse, meus pais morreram. — A Sra. Castagna assentiu. Nunca acreditara muito naquilo. Mas os olhos de Crystal nada revelavam, quando a mulher os analisou. Ela era ainda mais velha que Minerva, porém cheia de vida e não pretendia morrer tão cedo.

— Como vai seu amigo? — Por um instante, Crystal não respondeu. Sabia que a Sra. Castagna estava se referindo a Spencer e tentou parecer neutra ao subir as escadas para seu quarto.

— Está bem.

— Foi para algum lugar?

Ela parou no topo das escadas e baixou os olhos tristes para ela, os quais diziam tudo.

— Foi para a Coréia.

A velha assentiu e voltou para a cozinha, onde ficou à janela. Pensara a respeito dele. Sabia que se hospedara no quarto de Crystal, mas estava sozinha há tanto tempo que deixou que ficassem, o que não lhe era comum. Crystal não lhe dera problema ao longo daquele ano, e ele parecia um bom rapaz. Uma pena ela estar dormindo com ele, mas com uma moça como aquela, sem pais e ninguém para olhá-la, não era de surpreender. Mas aquele fora o único homem com quem vira Crystal. Parecia um bom homem, decente. Uma pena ter ido para a guerra. Esperava, assim como Crystal, que ele sobrevivesse. Lá em cima, em seu quarto, Crystal deitou-se na cama estreita que compartilhara com ele e chorou, rezando para revê-lo, para que ele vivesse e voltasse para ela, talvez para sempre.

25

Os seis meses seguintes pareceram intermináveis para todos, Crystal cantando no restaurante noite após noite, Elizabeth na faculdade, e Spencer na Coréia. Ele escrevia para ambas sempre que podia, mas às vezes enlouquecia ao postar as cartas. E se cometesse um erro, se pusesse o nome de Crystal e mandasse a carta para o endereço de Elizabeth e sua esposa recebesse a carta? Às vezes, sentia-se tão cansado, que tal erro não seria impossível, mas, na verdade, não cometeu erros. Apenas se preocupava demais. E torturava-se constantemente quanto à necessidade de tomar uma decisão.

    Contou a Crystal como se sentia, como sentia saudades dela e quanto a amava. Mas não fez promessas para após a guerra. Ainda não sabia o que fazer com Elizabeth ou se queria realmente se divorciar dela. Sabia o quanto amava Crystal e também sabia que teria que desistir de uma das duas, não poderia continuar assim. Mas também devia algo a Elizabeth. Havia iniciado algo com ela, e não era culpa sua se não a amava. Não era culpa de ninguém. Mas, sem dúvida, complicava as coisas, e, no momento, estava demasiado ocupado em sobreviver à guerra para tomar uma decisão. Sabia que teria que esperar até voltar para casa, enquanto isso escrevia a Elizabeth contando o que via, os costumes, os monumentos, as roupas, as pessoas. Sabia que ela sentia verdadeira fascinação pelo assunto, além das implicações políticas. E não que Crystal não estive consciente, apenas a esfera de interesses de ambas diferia, e a necessidade que sentia do coração de Crystal era bem maior. Elizabeth escrevia contando como estava cansada da faculdade, história que ele já ouvira antes, e contando dos jantares dos pais nas festas durante as férias. Várias vezes ficara com Ian e Sarah em Nova York, mas eles estavam começando uma nova caçada em Connecticut e agora passavam todos os fins de semana em Kentucky, comprando cavalos novos para Sarah. Mais de uma vez, Elizabeth mencionou a satisfação por não estar grávida. Exatamente o oposto de Crystal, mas a situação era tão confusa, que Spencer se sentiu aliviado por nenhuma das duas estar grávida.

As cartas de Elizabeth mais pareciam notícias de casa. As de Crystal alimentavam-lhe a alma e davam-lhe forças para prosseguir.

Elizabeth formou-se em junho, e os pais compareceram, naturalmente. Ela convidou os pais de Spencer também e pareceu tremendamente satisfeita consigo mesma ao concluir tudo. Ele recebeu a carta em Pusan, sentindo-se a ponto de morrer com a umidade e o calor, ajudando seus homens a negociar a passagem pelos caminhos estreitos entre os arrozais. Era uma guerra amarga, e, mais de uma vez, sentiu que não deveriam estar ali. Sabia que ele e Elizabeth teriam algumas discussões quando voltasse para casa, se ainda continuassem casados. Enquanto escrevia para ela, era estranho pensar nisto, sobretudo porque ela não sabia o que ele estava pensando ou o que acontecera com Crystal antes de ele deixar San Francisco.

Naquele verão, enquanto Elizabeth ia para o lago, como de hábito, Crystal finalmente decidiu voltar ao vale. Pensara a respeito durante muito tempo e, com Tom Parker fora, decidiu tomar coragem. Agora só precisaria enfrentar suas recordações dolorosas, do pai e de Jared. Era estranho estar lá e não ir ao rancho, mas não tinha a menor vontade de ver a mãe ou Becky.

Hospedou-se em casa dos Webster durante alguns dias e sentiu-se bem em voltar, deixando-se ficar ao sol e aspirando o perfume do vale. Até obrigou-se a passar pelo rancho, que parecia abandonado e deserto. Todos os empregados haviam sido convocados, e ouvira dizer de Boyd que sua mãe estava contratando mexicanos que vinham diariamente cuidar dos vinhais e do milho. Ela e Becky acabaram por vender o que restava do gado. E foi Spencer quem escreveu depois, contando que Tom morrera tentando recapturar Seul, e, enquanto lia, Crystal sentiu uma pontada de culpa por perceber-se contente. Jamais o perdoaria por ter assassinado seu irmão. Ponderou como Becky teria recebido a notícia e se permaneceria no rancho com a mãe e os três filhos. Pensou que talvez resolvessem vender a propriedade. Detestava a idéia, mas nada mais poderia fazer. Agora era a vida de outra pessoa, não a sua. Às vezes, era difícil de acreditar que já morara ali.

No Natal, finalmente Boyd e Hiroko foram vê-la cantar. Estavam felizes e satisfeitos. Deixaram Jane em casa com a esposa do velho Sr. Petersen, que adorava ficar com a menina, agora com três anos e meio e mais parecida do que nunca com Hiroko, pelas fotografias que esta mostrou a Crystal. Acima de tudo, eles se impressionaram com a boa disposição de Crystal. Tornara-se ainda mais graciosa, realçando o talhe notável. E aprendera novos truques, através dos filmes. Seus favoritos eram *Sinfonia em Paris* e *Nascida Ontem*, e Pearl ainda a treinava de quando em vez, na voz e na dança. Mas, a esta altura, ela já ultrapassara o conhecimento da amiga.

Boyd e Hiroko surpreenderam-se com a força de sua voz quando a ouviram. Crystal transformara a casa noturna de Harry em uma mina de ouro. Ele se vangloriava dela com os amigos e não se surpreendeu quando dois empresários de Los Angeles foram ao restaurante e ofereceram seu cartão a Crystal, pedindo a ela que telefonasse. Convidaram-na a procurá-los caso ela fosse a Hollywood, e sugeriram que ela poderia fazer um teste para o cinema. Era final de fevereiro, e Crystal ficou esfuziante, mostrando o cartão a Pearl. Contudo, ainda não se sentia pronta para Hollywood. E, secretamente, desejava esperar a volta de Spencer no mesmo lugar. Escreveu contando a respeito dos empresários na carta seguinte, que ele recebeu um mês depois, em março, sentado no Paralelo 38.

Ponderou se ela deveria ir para Hollywood procurá-los. Um lado seu queria que ela fosse, mas o outro queria que ela esperasse para começar uma vida com ele após a Coréia. Sabia que não era justo, mas agora que estava longe, temia perdê-la. Ela era jovem, bela e tinha direito a uma vida completa. Mas agora ele sentia um medo desesperado de que ela iniciasse uma vida sem ele. Mas corria menos perigo do que imaginava. Ela só se preocupava com Spencer e esperava.

Cada vez recebia menos notícias dele, mas soubera por ele que a situação piorara, e as constantes tentativas de trégua estavam fracassando, com novas mortes e inúmeras desilusões a cada momento. Spencer pareceu deprimido ao escrever a respeito. Como todos os outros, queria o fim da guerra, mas esta parecia interminável. E Crystal surpreendeu-se quando ele escreveu contando que Elizabeth fora a seu encontro em Tóquio. Ele quis que o encontro soasse quase casual, mas Crystal sentia um ciúme fervoroso só de pensar no encontro. Por que ela não podia ir a Tóquio também? Ele estava fora há muito tempo, e ela esperava fielmente, morando na casa da Sra. Castagna e cantando no Harry's. Não havia outro homem em sua vida. Nunca quisera ninguém. Somente Spencer. E nenhum homem que conhecera chegava à altura dele. Ela estava com 21 anos, inacreditavelmente bela e amava-o acima de tudo. O único problema de Spencer estava em ser casado. Sua amiga Pearl tentava encorajá-la e encontrar alguém, mas de nada adiantava. Crystal não se interessava, apesar das inúmeras ofertas. Os homens que iam ao Harry's ouvi-la enlouqueciam e constantemente convidavam-na a sair, mas ela nunca aceitou. Era fiel a Spencer.

A cada ano, ela parecia mais linda, e, no verão, Harry achou-a no auge da beleza. Havia uma luminosidade em sua volta quando cantava, que emudecia toda a sala. Além de uma suavidade e delicadeza que a tornavam ainda mais bela. Harry também estava curioso com a ausência de um homem em sua vida e, às vezes, imaginava se Crystal estaria encontrando alguém em segredo, mas ela nunca falava de sua vida amorosa, e Harry jamais fizera perguntas.

Em Washington, Elizabeth começara a trabalhar, ajudando o Comitê da Câmara Sobre Atividades Antiamericanas. Envolvera-se profundamente em seu trabalho, bastante prestigioso. Sozinhos, estavam mudando o curso de várias vidas em Hollywood, e, em maio, Elizabeth enfureceu-se particularmente com o testemunho da conhecida dramaturga Lillian Hellman, que se recusou a testemunhar, sob pretexto de que, embora não fosse comunista, seu depoimento poderia afetar as vidas das pessoas com quem trabalhava e de quem gostava. Elizabeth travou longas conversas com seu pai a este respeito e escreveu contando tudo a Spencer nas cartas, explicando o que estava fazendo e o que pensava de McCarthy. Ele evitou o assunto ao responder e perguntou de sua saúde e de seus pais, mas nada sobre o trabalho. Detestava tudo o que a esposa estava realizando. Ela sabia que ele desaprovava, mas tinha que apostar no que acreditava e gostava do trabalho. E não deixaria a nova função por nada, exceto se Spencer voltasse para casa e para o trabalho em Wall Street. Mas ela pretendia convencê-lo a mudar para Washington. E, no outono de 1952, decidiu deixar o apartamento do marido definitivamente. Comprou uma casa na rua N, em Georgetown, com o dinheiro de seu fundo e colocou a maior parte dos pertences de Spencer em caixas de papelão. Era uma bela casa de tijolos que lhe servia perfeitamente. Ficava perto das melhores lojas da Wisconsin Avenue, e ela comprava antiguidades com a mãe, sempre que lhe sobrava tempo. Naquele ano, saíram fotografias da casa na revista *Look*, a qual ela enviou a Spencer. Ele contemplou o artigo e percebeu que em nenhuma das fotografias havia algo seu. Ponderou o que ela teria feito com seus pertences. De súbito, sentiu-se sem casa para onde ir quando a guerra acabasse. Nem sabia onde moravam, não conseguiu visualizar o local, exceto pelas fotografias na revista. E tudo aquilo parecia tão árido e perfeito. Não conseguia se imaginar fazendo amor com ela no quarto pequeno e luxuoso onde ela posara. A visão da revista só fez com que ansiasse ainda mais por Crystal e seu quarto na casa da Sra. Castagna. Voltou a ficar confuso com o que faria ao final da guerra. Teria alguma obrigação com Liz? Ou consigo mesmo, com o que realmente desejava?

Elizabeth passou o Natal em Palm Beach com os pais, como de hábito, e, em seguida, tomou um avião para Tóquio e foi visitar Spencer. Desta vez, ele temeu a visita e tentou lembrar a si mesmo que afinal de contas ela era sua esposa, mas deitados lado a lado na cama, mal conseguia se obrigar a tocá-la. Ela não parava de falar sobre seu trabalho e Joe McCarthy.

— Por que não falamos de outra coisa? — sugeriu ele educadamente. Estava cansado e magro e não queria ouvir falar na guerra que ela estava travando contra os comunistas imaginários, em nome de McCarthy. Seu trabalho era apenas de investigação, mas ouvindo-a, poderia supor-se que ela era um anjo vingador de McCarthy, e ela conseguiu deprimi-lo ainda mais. Ele conhecia os verdadeiros comunistas e estava farto de lutar contra eles. Estava na Coréia há mais de dois anos e queria ir para casa, mas a trégua atual fora novamente violada, e ele começava a pensar que nunca mais sairia da Coréia. Só queria de Elizabeth um pouco de carinho e consolo. Mas ela não era a mulher mais indicada para isto, e ele começava a ver claramente. Elizabeth mal parecia percebê-lo, só pensava em seu trabalho, em seus amigos e seus pais. Aquilo nem parecia um casamento para ele, contudo era ela a sua esposa, e não Crystal.

E quando tentava conversar com ela a respeito da guerra e suas desilusões, Elizabeth impedia-o, fazendo o assunto parecer desinteressante.

— Você estará de volta a Wall Street em pouco tempo. — A princípio ela não respondeu, mas, ao final, revelou o que estivera pensando, apenas para experimentar o terreno.

— Acho que não vou voltar. — Ela assentiu, satisfeita. Combinava perfeitametne com seus planos. Queria mesmo mudar-se permanentemente para Washington. Passara a adorar a cidade.

— Existem muitas firmas excelentes em Washington. Você vai adorar, Spencer.

— Quando voltar para casa, vou repensar minha vida. — Fitou-a com seriedade, tentando, por um instante, a falar de Crystal. A brincadeira já fora longe demais e tornara-se cansativa. Mas aquele não era o momento. Em vez disso, sugeriu um passeio pelas ruas de Tóquio e o luxo do Hotel Imperial.

A maioria dos homens na R e R hospedavam-se no lago Biwa, mas o pai de Elizabeth fizera reserva para o casal. Queria que ficassem em um hotel de primeira classe. Elizabeth adorava falar da generosidade do pai. Constantemente comentava as antiguidades que seu pai comprara para a casa nova, o candelabro francês, o tapete persa. Spencer estava farto daquilo tudo. E sentia-se um impostor enquanto a ouvia, fingindo-se interessado, satisfeito ou agradecido. Agora percebia que fora contratado para uma vida de gratidão e sabia não ser isto que queria. Sentia-se diminuído e sem importância, porque não tinha tanto dinheiro nem poder quanto eles. Para eles, era isto que importava, para Elizabeth e seus pais. E não sentia a menor vontade de competir com eles. Queria levar sua vida em um mundo onde o respeitassem. Mas não podia lhe dizer isto poucos dias antes de retornar à guerra da Coréia. Agora tudo que ela falava parecia tão insignificante. Vira mulheres e crianças morrendo, chorara pelos bebês que encontrara à beira da estrada e os enterrara. Há muito convivia com ideais destroçados e sonhos distantes. E quando tentava contar tudo isto a ela, Elizabeth nem queria escutar. Mostrava-se totalmente egoísta e inconsciente das agonias que Spencer vinha suportando há dois anos. E, ao final, ele lamentou ter ido a seu encontro. Jurou nunca mais fazê-lo, caso a guerra continuasse. Esperaria para resolver suas diferenças quando voltasse para os Estados Unidos. Ali tudo era muito irreal, muito estranho e, de certa forma, muito doloroso.

Voltou para a frente de batalha ainda mais deprimido. Sentia-se distante de todos e desenvolvera um ódio surdo pela Coréia e as misérias que tivera que suportar ali. A princípio, tentou escrever contando tudo a Crystal, mas ao reler as cartas, sempre acabava decidindo não enviá-las. Pareciam lamúrias, covardes e indignas de um homem. Por isso, ela recebia prolongados silêncios, interrompidos ocasionalmente por uma breve carta avisando que ainda estava vivo, afirmando, ao final, que ainda a amava. Sentia-se incapaz de comunicar-se com quem quer que fosse, até mesmo com Crystal. Não podia descrever o tremendo cansaço, a disenteria, a desmoralização com as mortes constantes, a raiva com a morte dos amigos. Por fim, tudo entrou em ebulição dentro dele, e não conseguiu mais escrever.

Quando ele parou de escrever, o juiz Barclay, através de contatos militares de que dispunha, soube que estava bem, apenas ocupado em vencer a guerra. Mas Crystal não tinha contatos. Só sabia que ele deixara de escrever e, a princípio, pensou que estivesse morto, mas foi verificar e não encontrou seu nome na lista de vítimas, de feridos, mortos ou desaparecidos em combate. Ele estava vivo em algum lugar e deixara de escrever. Passaram-se meses até Crystal concluir que ele não estava morto e que as cartas não estavam extraviadas, simplesmente ele não estava mais escrevendo. E supôs que isto significava que o caso de amor terminara. A princípio, foi difícil de acreditar, após tudo que havia sido dito e compartilhado, mas, depois de muitos meses, não havia como esconder que tudo acabara. Após anos esperando-o, ele simplesmente decidira parar de escrever. Provavelmente reencontrara a esposa e decidira continuar casado. Ao menos poderia ter-lhe dado uma satisfação, poderia ter dito algo, em vez de simplesmente desaparecer no silêncio. No começo, Crystal sofreu terrivelmente, sozinha com suas próprias confusões, e chorou por ele. Chorou quase como se ele tivesse morrido, e durante algum tempo foi como se de fato Spencer estivesse morto. Ela tirou duas semanas de férias e foi a Mendocino. Pensou muito e ao voltar, sabia que precisava prosseguir, com ou sem ele.

Então telefonou para os empresários que a haviam procurado meses antes e após uma rápida conversa, concordou em ir fazer um teste em Hollywood.

Na noite em que voltou ao trabalho, contou a Harry e, a princípio, ele se surpreendeu. Contudo, sempre soubera que tudo não passava de uma questão de tempo, mais cedo ou mais tarde ela seria descoberta por alguém que lhe daria a oportunidade que merecia e esperara durante toda sua vida. Agora ela não tinha o que esperar. Chegara o momento, e ela sabia que deveria agarrá-lo.

— Quem são os caras? — Harry desconfiava de todo mundo e durante anos a protegera como um pai, afastando os bêbados e os homens que constantemente tentavam molestá-la. — Sabe algo deles?

— Só sei que são empresários de Los Angeles — ela respondeu com honestidade. Ainda perdurava uma aura de inocência em torno dela.

— Então quero que Pearl vá com você, ela pode ficar enquanto você precisar. E se não der certo, volte para cá com ela. Qualquer dia desses, surge outra oportunidade. Quero que espere pela oferta certa.

— Sim, senhor. — Ela sorriu, novamente uma menina, excitada porque Pearl iria junto. A perspectiva de uma visita a Hollywood ainda a assustava, muito embora soubesse mais do que nunca ser o que desejava. Há anos as pessoas diziam que algum dia se tornaria uma estrela. Boyd, Harry, Spencer, Pearl, e agora queria experimentar.

Harry ofereceu-lhe uma festa de despedida antes da partida e deu-lhe dinheiro para hospedar-se em um hotel decente, pois ela gastara a maior parte de suas economias com roupas. Foi difícil deixar Harry. Era um pouco como sair de casa. Ali fizera amigos e encontrara segurança e agora sairia no mundo para encontrar fama e fortuna. Estaria aterrorizada se não quisesse tanto o sucesso.

Também foi difícil deixar a Sra. Castagna. Deixou uma mala, mas entregou o quarto. E a velha senhora chorou e ofereceu-lhe um último copo de xerez. Deixá-la cortava o coração de Crystal, mas prometeu escrever de Hollywood, contando sobre as estrelas que conheceria.

— Se vir Clark Gable, mande-lhe meu carinho! — Admoestou-a sobre o último copo de xerez. — E cuide-se, está ouvindo? — Crystal beijou-a na despedida e chorou abertamente ao deixar Harry.

— Se precisar de dinheiro, telefone, garota! — Mas ele já fora bondoso demais com ela. Não ousaria pedir mais e estava determinada a não recorrer a ele. Ademais, se fosse bem no teste, talvez logo conseguisse um papel. Nutria todas as esperanças ao partir na quinta-feira à tarde, de trem, porque era mais barato. Já haviam feito reserva em um hotel de Los Angeles, e Crystal teria uma entrevista com os empresários na manhã seguinte.

Entrou no escritório com os joelhos trêmulos, usando vestido branco simples e sapatos também brancos, os cabelos presos e pouca maquiagem. Parecia pura e imaculada, além de inacreditavelmente bela. Aos 21 anos, estava ainda mais bonita do que lembravam. E fitaram-na, aturdidos com sua boa sorte.

Mas o que Crystal não sabia, e Pearl desconfiou, foi que haviam escolhido os empresários menos bem-sucedidos de Hollywood. Ainda assim, conseguiram providenciar um teste de cinema para ela no dia seguinte e marcaram uma entrevista com alguém que queriam que Crystal conhecesse. Alguém que poderia ser extremamente útil, se quisesse.

As doze últimas garotas enviadas haviam sido recusadas. Mas até Ernesto Salvatore concordou que aquela era uma beldade.

O teste de cinema deixou-a assustadíssima, mas foi excitante, e quando relaxou, saiu-se bem. Ela e Pearl passaram o resto do dia visitando os cenários. Fizeram um *tour* pelas residências das estrelas de cinema e foram ao Teatro Chinês de Grauman. Percorreram Sunset Boulevard e pararam entre as ruas Hollywood e Vine. Crystal ria ao deixar que Pearl a fotografasse. Ela e Pearl soltaram risadinhas ao ver que os transeuntes fitavam-na, ponderando se seria uma estrelinha. De súbito, haviam-na percebido, e duas garotas pediram autógrafos, convencidas de que ela era "alguém". Crystal adorou.

Voltaram ao prédio dos empresários. Ao final do dia, pediram a ela que retornasse ao escritório, mas não ofereceram mais explicações. Ela usava um vestido preto que Pearl escolhera, sapatos de saltos altos de couro negro e uma anágua rígida que mantinha o vestido, sem cinta, que revelava a pele acetinada de seus ombros. Não havia um grama de excesso em Crystal. Tudo era perfeito e suave. E Pearl insistira que usasse um grande chapéu, mostrando como colocar todo o cabelo com uma só torção. Instruiu-a para tirar o chapéu com acerto.

Quando Pearl e Crystal retornaram ao escritório dos empresários, o homem de quem o agente falara já a esperava. Era alto, moreno e bonito. Usava um terno escuro e bem cortado, camisa branca e gravata estreita. Tudo nele sugeria alguém importante. Crystal adivinhou que devia ter por volta de 45 anos, e assim que a olhou ele soube que encontrara uma mina de ouro.

Já vira seu teste de cinema mais cedo. Sem dúvida, ela não tinha refinamento e não era sofisticada para o negócio, mas sua voz era boa e, com sua beleza, ela poderia ser muda. Os empresários haviam acertado, ao menos uma vez. Esta era uma verdadeira beldade.

Gostou de seu sorriso e do modo como se movimentava, e quando a saia preta girou, admirou a visão fugaz de suas pernas, que a tornariam famosa. Por fim, ao olhá-lo, Crystal tirou o chapéu exatamente como Pearl ensinara. Com gesto gracioso, a juba loura caiu, e os três homens quase perderam o fôlego ao verem os cabelos caindo como asas de anjos sobre seus ombros. O homem de terno escuro sorriu e levantou-se para apresentar-se. Aquela garota estava à altura de Ernesto Salvatore. Aproximou-se lentamente de Crystal, e ela percebeu algo intrigante nos olhos dele, como se pudesse ver o que lhe ia por dentro, seus segredos mais íntimos. Entretanto, nada tinha a esconder. Nada nem ninguém.

— Olá, Crystal. — Cumprimentou-a calmamente. — Meu nome é Ernesto Salvatore. Mas pode me chamar de Ernie. — Cumprimentou-a e deu uma olhada em Pearl, ponderando se a ruiva já mais velha seria mãe dela. Também tinha belas pernas, mas não como as de Crystal, longas, as quais lembravam uma rosa de cabo longo. Gostou de seu ar inocente. Só precisava de mais maquiagem e prática. Um professor de canto, alguém que lhe mostrasse como mover-se, algumas aulas de interpretação durante algum tempo e então, "Zum! Rumo ao apogeu!" Mas nada disse a ela nem aos empresários. Crystal observava-o nervosamente, ponderando quem seria aquele homem e porque quisera conhecê-la.

— Pode vir a meu escritório segunda-feira à tarde? — Ela estacou por um momento, pensando se podia confiar nele e, por fim, assentiu.

— Acho que sim. — Pearl sorriu com a frieza de Crystal que percebeu um olhar de aprovação em Salvatore que a observava. Explicou-lhe onde era o escritório e ofereceu seu cartão a Crystal, com um menear satisfeito de cabeça em direção aos empresários. Desta vez haviam acertado em cheio. Após dezenas de perdedoras, e várias péssimas, finalmente haviam trazido um verdadeiro diamante.

Salvatore era um conhecido empresário, com quem algumas grandes estrelas haviam começado, embora não muitas. Também havia passado por alguns escândalos nada agradáveis. Suicídios de mulheres, bastante explorados pela imprensa, de quem ele era empresário e com quem tinha negócios. Além de outros incidentes que preferia não recordar. Mas o principal era que Salvatore representava a ponta do *iceberg* que assustava alguns. Não obstante, tinha alguns contatos importantes. E bastava olhá-lo para se sentir isso. Só que não Crystal. Ela era inocente demais para perceber algo estranho em Ernie Salvatore.

— Pode mudar para Los Angeles? — Fitou os olhos de Crystal. Ponderou exatamente quem ela seria, de onde viera. Parecia tão jovem e inocente, ficou pensando quem a protegeria além da ruiva envelhecida que viera à reunião. Mas pouco importava de onde ela era. Faria com que subisse. Ia transformá-la no que sempre quisera ser. Uma estrela. E de primeira grandeza. Se ela deixasse.

— Sim, posso mudar para Los Angeles. — Toda a vida sonhara em vir para Hollywood e agora faria qualquer coisa para realizar seu sonho. Qualquer coisa razoável. Agora não tinha a quem dar satisfações, exceto a ela mesma... nem mesmo Spencer.

Salvatore possuía uma voz grave e ardente, com uma aura de comando, e ela observou-o fascinada. Ele aproximou-se para uma inspeção mais detida. Mas adorou o que viu. Ela era impecável.

— Quantos anos tem?

— Vinte e um — ela respondeu calmamente. — Em agosto faço vinte e dois. — Não era menor de idade. Perfeito.

Era inocente, pura e exatamente o que ele procurava há anos. E jogaria tudo nela. Sabia até qual o melhor filme para ela. Bastava telefonar para o diretor e tirar a estrela do filme, mas para Ernesto seria fácil, e pretendia dar o telefonema na manhã seguinte.

Explicou o que queria que ela fizesse. Queria que fosse fazer compras, muitas roupas, disse, enquanto consultava uma série de contas. E que fosse a seu escritório na segunda-feira pela manhã. O diretor já estaria lá e poderia vê-la em pessoa, e à tarde ela começaria a trabalhar no filme. Só esperava que ela lembrasse as falas, mas o professor de interpretação ensinaria alguns truques para ajudá-la. Ponderou se a outra mulher também ficaria e, por fim, perguntou a Pearl se era mãe de Crystal.

Ela sorriu, lisonjeada com a pergunta, mas sacudiu a cabeça.

— Não, sou apenas amiga.

— E sua mãe? — Ele se voltou para Crystal. — Onde está? — Garotas como ela sempre possuíam mães ferozes e tediosas para ele. Era bem mais fácil quando elas não existiam. Sobretudo se houvesse alguma encrenca depois.

— Morreu. — Crystal respondeu tranqüilamente, com sua voz aveludada.
— E seu pai?
— Também. — Seus olhos anuviaram-se, e ele percebeu que era verdade. Melhor ainda do que pensara. Poderia fazer exatamente o que pretendia com ela. Gostou até mesmo do nome. Combinava com Hollywood. Crystal Wyatt. Ela subiria. Então agradeceu a todos eles, saiu, e, minutos depois, Pearl e Crystal também se foram. Crystal estava atordoada e contemplava Pearl atônita. — O que significa isto?
— Acho que você conseguiu. Espere até o Harry saber!
— Mas, por um minuto, Crystal ficou quase desapontada. Era tudo o que queria e, no entanto, sabia que não voltaria ao mundo confortável e seguro do Harry's. Agora estava na vida real e, de súbito, sentiu um pouco de medo do que encontraria ali. Ernie Salvatore não parecia muito com Harry.
— Não sei. Acho que ele é tipo um empresário.
— É meio assustador, não? — Crystal nunca conhecera ninguém como ele antes e ainda não sabia se gostara.
— Não seja tola. — Pearl dispersou suas dúvidas. — Achei-o bem bonito. — Mas os padrões de Pearl eram bem diferentes dos de Crystal. E ela ainda era assombrada pela recordação de Spencer.

Passaram o fim de semana explorando Beverly Hills com um carro e motorista que aparecera misteriosamente no hotel, enviado por Ernie Salvatore. E foram assistir dois filmes, além do La Brea Tar Pits. Na segunda-feira, Crystal reapareceu com um dos vestidos que comprara com o dinheiro de Ernie. Ao dar este dinheiro, ele o chamara de adiantamento. Mas ela se sentia um tanto nervosa mesmo assim. Ele lhe dera quinhentos dólares, e embora a perspectiva de fazer compras com o dinheiro dele fosse excitante, também a amedrontava. Por que ele estava fazendo tudo aquilo? O que queria dela? Recordou as histórias horríveis que ouvira sobre empresários e agentes em Hollywood, mas tentou convencer-se de que seu sonho se tornara realidade. Se não podia ter o homem que amava, ao menos poderia realizar seu sonho do estrelato, e Ernie ia ajudá-la a chegar lá.

Comprou quatro vestidos, uma bolsa, dois pares de sapatos e três chapéus, e ainda restaram quase duzentos dólares. Os trajes realçavam sua aparência virginal, contudo todos sugeriam vagamente a sensualidade. Uma abertura aqui, um véu ali, um botão aberto acolá. Os saltos eram altíssimos, as saias amplas e curtas o suficiente para exibir as pernas que Salvatore quase aplaudira. E o diretor prometido esperava por ela no escritório de Ernie, impressionando-se tanto quanto este esperara. De qualquer modo, devia mesmo alguns favores a Ernie, portanto o resultado já era certo. Prometera despedir a estrela de seu filme, contanto que Crystal conseguisse falar e decorar suas falas. Mas o papel não era complicado, nem a história.

— Você conseguiu, garota. — Sorriu o diretor. — Começamos a filmar na próxima segunda-feira. Você tem uma semana para estudar o roteiro e preparar-se.

Ela fitou-o aturdida. Afinal, o sonho tornara-se realidade. E graças a Ernie. De súbito, tudo à sua volta pareceu irreal, ela se sentiu movendo-se debaixo d'água.

O diretor saiu pouco depois, após prometer enviar-lhe o roteiro, e, alguns minutos mais tarde, Ernie estendeu-lhe o contrato.

— O que faço com isto? — Ela fitou-o sem entender. As coisas estavam indo rápido demais. Queria discutir o assunto com alguém, mas não havia com quem falar. Pearl parecia tão atordoada quanto ela, e até Harry ficaria aturdido com Ernie Salvatore. Os empresários já lhe haviam dito que ele era um dos melhores na cidade, e haviam-na entregue a ele sem receio, sem dúvidas. Mas algo lhe dizia que não deveria confiar nele. Gostaria de poder falar com Spencer sobre tudo aquilo, mas ele estava em outro mundo, e com seu silêncio finalmente ela compreendera que ele a deixara. Mas, após quase três anos, ainda sentia saudades dele. Mal passava de uma criança quando ele partira, três anos antes, contudo, até ele dissera que ela devia ir para Hollywood. Talvez se impressionasse com ela, finalmente lá. Talvez visse seu nome em néon algum dia... talvez voltasse para ela quando fosse uma estrela... mas até isso parecia loucura. Ele se fora, voltara para Elizabeth. Ao que soubesse, já devia estar de volta aos Estados Unidos e nunca telefonara. Seus dias com Spencer estavam acabados, e tinha que pensar na carreira há muito esperada. Finalmente. Quase parecia o Natal.

Salvatore estendeu-lhe uma caneta com um sorriso compreensivo e deu-lhe um tapinha suave na mão.

— Não tenha medo, minha cara. Você vai se tornar uma grande estrela. Isto é apenas o começo.

— O contrato é para este filme? — Ela ainda estava confusa, ponderando como ele o obtivera tão rápido. Como sabia que ela aceitaria o emprego? Ou o diretor trouxera consigo?

— Este é um acordo entre nós dois. Assim poderei tratar de todos os contratos para os filmes que você realizar. Assim é muito mais simples. Um contrato entre nós dois, e eu cuido do resto dos aborrecimentos para você.

— Que tipo de aborrecimento? — Ela o fitou bem nos olhos, e ele achou um pouco menos de graça do que antes. Ela era esperta. Mas também estava ansiosa pelo que ele tinha a oferecer, e ele sabia disso. Comprara as roupas, passeara o final de semana inteiro de limusine e, como todas as outras, estava louca para participar de um filme. Todas as iscas estavam ali. Agora ela só precisava assinar o contrato. E ela assinaria. Tinha certeza. Todas assinavam.

— Você não quer que eu te aborreça com tudo isso, não é, Crystal? — Então soltou uma risada, como ela estivesse sendo inacreditavelmente infantil. — Confia em mim, não é, minha cara? — Como não confiaria? Os agentes haviam afirmado que ele era um dos maiores. Ela correu os olhos para Pearl, que assentiu quase imperceptivelmente. Com isto, Crystal tomou a caneta, deu uma olhada no contrato que não entendia e assinou. — Perfeito. — Ele pegou a caneta de sua mão, que tomou nas suas e beijou. Em seguida, lentamente fixou seus olhos nos dela, e ela sentiu um calafrio na espinha. Ele a fitava de maneira perturbadora. Mas ela se afastou, e disse a si mesma que estava bancando a tola. Ele sabia o que estava fazendo e, sem dúvida, era bom em seu ofício. Não lhe conseguira trabalho em um filme? Mas ele também fizera com que outra fosse despedida por causa disso. Crystal preferiu não pensar nisso, enquanto ele falava que ia mudá-la para outro hotel, melhor do que o reservado por Harry. Este hotel ficava em Westwood.

— Vou poder pagar? — Ela nem sabia quanto ia ganhar no filme, mas Ernie soltou uma gargalhada com suas apreensões.

— Claro que sim. — Então fitou Pearl. — E você também vai ficar? — Alguma coisa sutil em seus olhos dizia que ela não era bem-vinda, e Pearl percebeu.

— Eu... bem... — Ela olhou nervosamente para Crystal. Aparentemente, nos últimos minutos, ela se tornara inútil. — Acho que vou voltar para San Francisco. — Fitou-os desculpando-se e Crystal pareceu desapontada. Salvatore percebeu isto e sorriu para as duas, guardando o contrato, que trancou em uma gaveta onde, tranqüilizou Crystal, ficavam seus pertences mais valiosos.

— Por que não fica até a semana que vem, quando Crystal começa a trabalhar? Aí ela estará ocupadíssima. E acho que esta semana ela também terá que trabalhar um pouquinho. — Voltou-se para ela com ar paternal e explicou-lhe que começasse a trabalhar com um professor de voz. Naturalmente ela teria de freqüentar aulas de interpretação, mas também aprenderia muita coisa nos cenários, se fosse atenta. Pearl concordou em ficar até a semana seguinte, e Ernie garantiu que elas mudariam de hotel antes do anoitecer. Sugeriu que fossem arrumar as malas, e o motorista as levaria ao hotel. E com a permissão delas, as encontraria mais tarde, para um coquetel. Cinco minutos depois, estavam novamente no carro, e Crystal estranhamente silenciosa. Estava pensando em tudo que acabara de acontecer e ainda se sentia demasiado aturdida para acreditar. Pearl falava sem parar, comentando como ele era bonito, cortês, e que grande oportunidade para Crystal, e que grande estrela ela seria antes mesmo de perceber. Sem saber por que, Crystal continuava não confiando nele. Não falou nada até chegarem ao hotel. Então voltou-se para Pearl, enquanto colocavam as roupas nas valises.

— Acha mesmo que ele é legal?... Quero dizer... oh, sei lá... — Sentou-se a uma cadeira e chutou os sapatos de salto, desejando estar de *jeans*. Mas ele já avisara que de agora em diante ela teria que pensar em sua imagem. Precisava usar roupas bonitas e sensuais, maquiagem, cabelos penteados e deveria ser vista em toda a cidade, nas festas a que fosse convidada.

E ele providenciaria para que fosse convidada a todas elas. Parecia excitante, mas, de súbito, não pôde deixar de pensar por que ele se mostrava tão ansioso por fazer tudo isso por ela. Compartilhou seus temores com Pearl, que disse que ela estava louca.

— Claro que ele é legal. Está brincando? Viu o escritório? Só a decoração deve custar um milhão de dólares, ou algo assim. Acha que ele teria um escritório daqueles se não fosse alguém importante? Garota, você caiu no lugar certo e nem percebeu. E ele está fazendo tudo isso porque sabe que algum dia você será uma grande estrela. A única que ainda não sabe é você, sua boba. — Ofereceu um sorriso largo à amiga, e Crystal soltou uma risada. Ouvindo Pearl, começara a sentir-se melhor, e após telefonarem para Harry, antes de deixarem o hotel, sentiu-se ótima. Ele disse que estava orgulhoso dela e que ela conseguira uma grande coisa. Afinal, para isso ela fora. E conseguira exatamente o que queria. E eles estavam certos. Era bobagem preocupar-se. Não tinha com que se preocupar. Agora só precisava usufruir do que conseguira.

A suíte do novo hotel parecia um cenário de cinema, assim como o saguão de veludo vermelho e mármores brancos. Era um hotel pequeno, em boa vizinhança, inegavelmente espalhafatoso. Mas Pearl garantiu que seria um excelente lugar para ela ser vista, sugerindo que mudasse de roupa várias vezes ao dia e passeasse pelo saguão. Crystal soltou uma gargalhada com a idéia, mas, naquela tarde, decidiu experimentar, e as duas riram incontrolavelmente, pois Crystal já trocara de roupa três vezes e não parava de caminhar pelo saguão, colocando uma carta na caixa de correio ostensivamente, pegando outra chave para a amiga e perguntando se alguém deixara uma encomenda.

— Alguém te viu? — Pearl perguntou excitada. Insistira que Crystal fosse sozinha, e esta ainda ria ao voltar para relaxar e vestiu seus *jeans*. Trouxera-os por via das dúvidas, juntamente com suas botas de *cowboy* e as meias vermelhas de Jared, que ainda se encontravam entre os bens mais preciosos de Crystal.

— Viu. — Crystal ainda ria, enquanto pendurava o vestido e tirava as meias de náilon. — O empregado da portaria me viu. Deve achar que sou uma vagabunda.

— Espere até ele começar a ver seus filmes. Aí vai saber quem você é! — Falou com tanto orgulho, que Crystal se voltou lentamente para olhá-la, cruzando o quarto para abraçá-

la. Pearl fora uma grande amiga nos últimos quatro anos. Seria estranho quando se fosse, deixando-a só.
— Obrigada — Crystal falou baixinho.
— Por quê? — Pearl resmungou, mas não conseguiu esconder o apreço que sentia pela amiga. Crystal tornara-se a filha que não tivera, e deixá-la no sábado e voltar para San Francisco seria terrível.
— Obrigada por acreditar em mim. Nunca estaria aqui se não fosse você e Harry.
— Esta é a maior tolice que já ouvi. Os empresários a encontraram no restaurante. Nada tivemos a ver com isso!
— Vocês tiveram tudo a ver com isso. Harry me contratou, você me ensinou. Me ensinou tudo que sei de cantar no palco. Você acreditou em mim nestes três anos e agora me trouxe para cá. É muita coisa, se quer saber.
— Não seja boba, apenas sinta-se feliz por estar aqui. — Voltou-se e sorriu, aproximando-se da grande fórmica vermelha e do bar dourado, servindo-se de uma cerveja na geladeira. Então sentou-se em um banco alto de veludo negro e ergueu a garrafa em brinde na direção de Crystal. — A você, garota... — E então, com gesto grandioso, abarcou com a mão a suíte que ele reservara para elas. — E a Ernie!
— A Ernie! — concordou Crystal, abrindo uma Coca-Cola para si e sentindo-se bem melhor do que naquela manhã. Não sabia mais porque se preocupara tanto, só sabia que se preocupara. Naturalmente sem motivo.
Ele chegou às seis horas para os drinques e encontrou Pearl um tanto desalinhada e Crystal de *jeans*. Crystal sentiu-se como se tivesse sido pega escamoteando o dever de casa. Sabia que deveria parecer glamourosa e comportar-se, ele falara das cláusulas morais dos contratos cinematográficos. E ali estava ela, de *jeans*, horas após assinar o contrato. Mas ele soltou uma gargalhada e pareceu divertir-se com Pearl. Crystal concluiu que ele era bem melhor do que pensara. E ao olhá-lo mais atentamente, enquanto Ernie abria o champanhe que trouxera, achou-o realmente bonito. Mas sua beleza era bastante diferente da de Spencer, que era distinto, um jovem e belo guerreiro. Aquele homem parecia ter aberto caminho pelos salões de recepção da Europa. Ao menos uma vez ela tivera várias taças de champanhe, assim Pearl descreveu a situação.

Qualificou-o de suave e cortês, e alguns minutos depois Ernie ignorou-a e concentrou-se em Crystal. Falou-lhe com voz suave e se disse feliz com o contrato. Colocou um envelope bojudo em sua mão. Era um envelope cinzento com o nome e endereço de seu escritório gravado em luxuoso papel.

— Esqueci de lhe dar isto hoje de manhã. Sinto muito, Crystal. Em geral, não cometo erros assim. — Ele sorriu como quem está acostumado a ser perdoado. Estava acostumado a muita coisa com que Crystal nunca sonhara.

— O que é? — Ela abriu o envelope com cuidado e surpreendeu-se ao ver um cheque; retirou-o do envelope e viu que estava assinado por ele. Por que estava lhe dando mais dinheiro? Já recebera quinhentos dólares para roupas, como "adiantamento", mas adiantamento de quê, ponderou ela, erguendo o olhar e vendo-o sorrir.

— É o dinheiro da assinatura do contrato. Você não esperava selar um contrato só com um beijo, não é? Mas confesso que se fosse este o caso, eu adoraria. — Crystal fitou-o constrangida. Não compreendia nada destes negócios.

— Você me deve isto? — Ela pareceu divertida e, de súbito, deliciada. Nem mesmo começara a rodar o filme e já estava ganhando dinheiro. Morando como uma rainha no hotel em que ele a instalara. Quem disse que Hollywood era difícil? Só um louco diria tal coisa... mas novamente não conheciam Ernie Salvatore. Ela chegara diretamente no topo, como dissera Pearl.

— Na verdade, minha cara, eu lhe devo 2.500 dólares. Mas os quinhentos para roupas foram um "adiantamento", como já disse, assim subtraí do seu cheque. — Não queria que ela sentisse demasiado em dívida para com ele, no momento não, ou ficaria assustada. E não era isso que queria. Ela precisava se sentir ganhando o dinheiro dele, e ela estava. Naquela tarde, ele pedira um salário polpudo por ela, para o primeiro filme. Daí ele lhe pagaria um pequeno salário e embolsaria o restante, exatamente o que ela assinara em seu escritório naquela manhã. — Vou lhe colocar no meu banco, Crystal. Você pode abrir uma conta amanhã de manhã. — Ela nunca tivera conta bancária, e a idéia deixou-a excitada. Deu outro gole no champanhe que ele servira, e dali a pouco ele se pôs de pé e desejou-lhes boa-noite. Sorriu para Crystal que o levou até a porta e beijou-a no rosto antes de sair, mas desta vez ela não sentiu nada de estranho nele, estava até começando a gostar de Ernie. Quem não gostaria, dissera Pearl. Ele era tão bom com elas. O hotel luxuoso, a suíte, o champanhe, e Crystal sorria, acenando com seu primeiro cheque depois que ele saiu.

— Não sei se gasto ou se ponho em uma moldura. — Mas, na manhã seguinte, decidiu-se prontamente pela primeira opção. Depois que a secretária de Ernie telefonou naquela manhã com a informação, ela foi ao banco e depois a uma joelheria do outro lado da rua, onde comprou um lindo bracelete para Pearl, o qual esta já vira antes. Ficara fascinada com a loja, pois todos os atrativos se relacionavam com o cinema. Óculos escuros, um megafone, pequenos refletores de Klieg com um diamante, uma cadeira de diretor de ouro e uma pequena claquete que abria e fechava, como as que usariam nas filmagens do primeiro filme de Crystal. Pearl começou a chorar quando Crystal colocou nela o presente, e passaram o resto da tarde rindo e conversando e agindo como turistas. Ernie oferecera novamente a limusine, e não lhes ocorreu que ele fizera isto para saber exatamente o que Crystal estava fazendo. Parecera-lhes simplesmente bondade da parte dele, e o motorista era muito simpático.

O professor de voz foi encontrá-la à tarde, e quando Crystal cantou ao piano da suíte, ele se surpreendeu com seu talento. Uma pena seu papel não ser cantando no filme. Ele também seria o professor de interpretação e deu-lhe várias dicas sobre o roteiro, dizendo-lhe que não se preocupasse. Mal perceberam e a semana chegou ao fim. Pearl foi embora com lágrimas, abraços e promessas de telefonar. E, de repente, Crystal estava sozinha em Hollywood. Seus sonhos haviam se realizado, começaria a trabalhar em um filme no dia seguinte e ao sair para um passeio a pé na noite fresca, percebeu-se pensando em Spencer. Ponderou onde ele estaria, o que estaria fazendo, com quem estaria. Se estava na Coréia ou em casa, e se sentia sua falta. Não importa o quanto tentasse, jamais poderia apagá-lo de sua mente, nem esquecer as duas semanas mágicas que haviam passado juntos. E não importa o que acontecesse em sua vida, sabia que sempre o amaria. Spencer ainda estava muito vivo em sua lembrança, exatamente como no dia de sua partida e nos dias antes... e como quando tinha quatorze anos e apaixonara-se por ele à primeira vista, no casamento de sua irmã.

— Ora, ora, que rostinho sério. Deve guardá-lo para um papel dramático. — A voz falou bem atrás dela, que girou sobre os saltos, surpresa, encontrando-se diante de Ernie. Estava a poucos quarteirões do hotel, mas em pensamento encontrava-se a quilômetros de distância e não o ouvira se aproximar. — Pensei que estaria se sentindo sozinha sem sua amiga, aí dei uma passada para ver como você estava. Na portaria me disseram que você saíra para dar uma volta. Importa-se se eu caminhar com você?

— Claro que não. — Ele fora tão bondoso, como poderia fazer objeção a qualquer coisa que ele fizesse? Na verdade, estava se sentindo tremendamente sozinha. E pensar em Spencer não ajudava. Era sempre doloroso lembrar como ele simplesmente desaparecera no silêncio. Já acontecera antes... entre o casamento de Becky e o batizado do bebê... e depois até se reencontrarem em San Francisco no Dia de Ação de Graças em que ele ficara noivo, e novamente pouco antes dele partir para a Coréia. Mas desta vez fora diferente. Antes ela não dormira com ele. Não o amava como agora. Mas não adiantava ficar pensando nisso. Nada podia fazer. Ele desistira dela, deixara de escrever, nem mesmo respondera suas cartas, e ela sabia que ele perdera o interesse muito tempo antes. Das cartas cheias de paixão, em que ele dizia como sentia saudades suas, haviam passado para cartões-postais e depois nada.

— Está animada para amanhã? — Ernie sorriu-lhe benevolente, recordando o filme.

— Muito. — Ela foi honesta, e ele gostou da aura de excitação renovada. Uma boa mudança, depois das estrelas de segunda grandeza com que em geral saía.

— Você vai se sair muito bem. Talvez no próximo filme consigamos um papel cantando que realmente mostre seu talento. — Ele a ouvira cantar no teste e sabia como era talentosa. Mas quisera lançar primeiro o rosto, antes de preocupar-se com o resto, e sabia exatamente o que estava fazendo.

— Eu gostaria muito. — Sentia falta de cantar, mesmo durante os poucos dias desde que deixara San Francisco.

— Seu professor de voz disse que você é ótima.

— Obrigada. — Ela sorriu, e ele quase sentiu o corpo trêmulo ao observá-la. Então, ocorreu-lhe uma idéia, enquanto bancasse o papai confessor para ela, ou tutor benevolente, também podia levá-la para jantar.

— Já foi ao Brown Derby? — indagou inocentemente, mas já sabia pelo motorista que ela não fora lá. Recebia relatórios de suas atividades diárias. Queria ter certeza de que ela não era uma prostituta vulgar, que dormiria com qualquer um e estragaria a reputação de ambos. Mas até o momento ela se mostrara impecável, talvez porque a amiga de San Francisco estivesse junto. Ele até chegara a pensar se ela ainda seria virgem. Era bem o tipo de garota assim, e ele gostara disso. Seria muito mais fácil conquistá-la.

— Não. — Ela sorriu, toda inocência e beleza estonteante. Sob qualquer luminosidade, com qualquer roupa, vestida, penteada ou de *jeans*, a garota era fantástica.

— Gostaria de jantar lá esta noite? Mas já aviso que, se formos, vou lhe trazê-la cedo para casa. Você tem que dormir bem para começar a trabalhar amanhã.

— Sim, senhor. — Mas seus olhos se haviam acendido como árvores de Natal. — Eu adoraria. — Sua ingenuidade o divertia. Ela ia ser interessante.

Consultou o relógio, fez cálculos rápidos e ofereceu-se para caminhar de volta ao hotel com ela e pegá-la novamente dali a uma hora. Ele vestia calças de flanela cinzas e um casaco de *tweed* leve, e queria mudar de roupa e colocar um terno para levá-la a jantar.

— Volto às oito horas. E pretendo trazê-la de volta às dez, aconteça o que acontecer. — E infelizmente sem ele. Mas Ernie era esperto demais para adiantar-se com tanta rapidez.

— Está bom para você?

— Está ótimo! — Ela lhe deu um beijo no rosto, como faria com seu avô, e ele ficou envergonhado ao deixá-la e entrar em sua Mercedes. Tinha vários carros e deixara uma das limusines à disposição dela a semana inteira. De qualquer modo, preferia a Mercedes e queria estar sozinho com ela naquela noite. Ficou satisfeito ao buscá-la e ver que estava usando um vestido de seda branco justo, com uma casaquinho combinando. Ela estava fantástica, e ele extremamente contente por ter feito o convite. Assim como a maior parte dos presentes no Brown Derby.

Ela entrou conversando afavelmente sobre sua vida no vale quando criança e de repente sentiu-se pregada ao solo, ao perceber que todos a olhavam. E olharam mais ainda ao verem com quem estava. Não restava dúvida, ele sempre encontrava as garotas mais bonitas da cidade. Isto ninguém podia negar, e esta era ainda mais bonita. Ele parecia conhecer todos do local, e Crystal quase desmaiou ao ver um homem que parecia Frank Sinatra passar por ela. Ernie conduziu-a lentamente até a mesa, comprimentando a todos e apresentando-a a nomes com que apenas sonhara.

— Não fique tão assustada. — Ele falou com delicadeza e sorriu. Estava deliciado com a reação de todos, e ela se saíra bem. O vestido branco havia feito as pessoas pararem para olhar, sobretudo quando ele a ajudou a tirar o casaquinho, deixando à mostra uma visão generosa do decote. Em geral, ela não usava decotes assim, pelo contrário, fazia questão de ocultar o colo, mas Pearl insistira que comprasse o vestido, e ela decidira usá-lo para o jantar no Brown Derby. E não se arrependeu. Ernie adorara. E, durante o jantar, ele a surpreendeu. Sentiu-se tremendamente à vontade com ele.

Ernie era agradável e bondoso e muito educado. Nada havia de insinuante no modo como falava. Afinal de contas, ele não era traficante de escravas brancas, apenas um empresário, como se auto denominava. Ela confessou que a vida inteira quisera ser estrela de cinema. Ele já ouvira a mesma história antes, mas sorriu como se fosse a primeira vez. Cary Grant estava no bar, e Rock Hudson entrou para encontrar alguém rapidamente e deixou-se ficar um pouco; Crystal olhava em torno, extasiada. Era muito mais do que ousara esperar. Ao fitá-lo, sentiu as lágrimas assomarem aos olhos, e ele pareceu repentinamente preocupado.

— Algo errado?

— Não acredito no que está me acontecendo. — Ele sorriu. Gostava delas assim. Frescas e jovens. Gostaria de ficar com ela naquela noite, conhecê-la melhor, mas queria que descansasse para o início das filmagens no dia seguinte. Isto era mais importante. Ela era mais do que uma simples garota para ele. Era um investimento.

Conversaram sobre o café, e ele disse que desejava que ela fosse vista na cidade na companhia dos homens certos, mencionando discretamente uma lista dos que iriam lhe telefonar. Ela reconheceu alguns nomes e, por um instante, pensou que ele estivesse brincando, mas ao fitá-lo, viu que não.

— Por que está fazendo tudo isso por mim? — Ainda não conseguira compreendê-lo. Por que ela? Mas ele sabia exatamente o que estava fazendo.

— Algum dia você nos fará ricos. — Ele sorriu como se houvesse encontrado um diamante no café. — Você será muito famosa.

— Como é que sabe? — Por que ela era diferente do resto? Não sabia como era espetacular, particularmente agora, com os vestidos que a incentivara a comprar e a maquiagem cuidadosa. Estava muito distante das camisas de trabalho e as botas de *cowboy*, mas, por um momento, ela não sentiu saudades delas.

— Nunca me enganei. — Vangloriou-se calmamente, dando-lhe um tapinha na mão e pedindo a conta. Enquanto esperavam, ele fez a pergunta que estivera remoendo desde que a conhecera.

— Como é sua vida sentimental? — Ela pareceu pensativa, e ele sorriu. — Em outras palavras, você tem namorado? — Ela compreendera, mas estava pensando na resposta.

— Não — respondeu baixinho, o rosto triste ao pensar em Spencer.

— Tem certeza?

— Tenho.

— Ótimo. Mas já teve? — Ela assentiu. — E onde está ele? — Queria ter certeza de que ela estava livre e não traria problemas. Claro que poderia enfrentá-los, mas não seria de seu agrado.

— Não sei onde ele está — prosseguiu Crystal. — Na Coréia ou já voltou para Nova York. De qualquer modo, não importa mais. — Mas precisou conter as lágrimas ao dizer isso.

Então recostou no assento e fitou Ernie, que cumprimentava amigos que passavam. Ele era atraente e simpático e tinha estilo; Crystal começava a gostar dele. Nunca conhecera ninguém assim. Também percebeu que ele usava uma aliança de ouro maciço com um diamante de bom tamanho. O terno era caro, e a camisa branca feita por um costureiro de Las Vegas, mas parecia ter sido feita por algum alfaiate londrino. Aquele homem era elegante e naturalmente cuidava da aparência, além de irradiar uma sensualidade crua que Crystal percebeu; mas havia algo mais, um vigor que ainda a amedrontava um pouco. Ele o ocultava bem, mas percebia-se que Ernesto Salvatore era um homem que sempre conseguia o que queria. Contudo, não havia nem sinal disso, quando ele se voltou para ela com um sorriso amigável.

— Vamos? — indagou amavelmente, levantando-se e conduzindo-a por entre pelo menos uma dúzia de rostos famosos. Alguns cumprimentaram-no, mas desta vez ele não parou. Conduziu-a até a porta fingindo não perceber as pessoas que a fitavam e, alguns minutos mais tarde, deixou-a no hotel. Ela agradeceu, e ele acelerou. Ela subiu para seu quarto para uma boa noite de sono antes de começar a trabalhar no dia seguinte.

Mas, já na cama, descobriu que não conseguia dormir e, pela primeira vez não estava pensando em Spencer. Pensava em seu novo empresário e embora admitisse que ele era charmoso, como dissera Pearl, não sabia por que, mas ele a amendrontava.

26

Crystal começou a trabalhar, e, como prometera seu professor, foi mais fácil do que pensara. As filmagens eram prolongadas e rigorosas, mas todos pareciam dispostos a ajudá-la. Ela estudava suas falas diariamente e toda noite pensava em dormir cedo, mas se surpreendia com a quantidade de homens que telefonavam. Ernie citara todos eles, portanto ela sabia que telefonavam seguindo ordens, mas eram sempre educados, agradáveis e atraentes. Chegavam de *smoking*, em carros caros, atores, cantores e dançarinos famosos. Ela vira alguns deles nos filmes. E a levavam a todos os lugares. Ao Chasen's e ao Cocoanut Grove e ao Mocambo. Parecia um conto de fadas, e cada vez que tentava descrever tudo a Pearl nas cartas, faltavam-lhe palavras. Relatou as festas a que fora, as pessoas a quem conhecera e, por um instante, ponderou se ela acreditaria. Era o tipo de história que se lia em revistas de cinema, mas era verdade. Tudo. Crystal também contou do filme.

Na metade das filmagens, Ernie telefonou para ela.

— Divertindo-se?

— Saio todas as noites. — Ela sorriu e ele respondeu com uma risada.

— Então como é que está em casa agora?

— Estava tão cansada que cancelei o compromisso des-

ta noite. Acho que não ia conseguir me vestir mais uma vez.
— Ele se sentiu tentado a fazer um comentário, mas achava que ela não estava pronta para ouvir. Preferiu responder inocentemente e não assustá-la.

— Nem uma vez? Só para mim?

— Oh, Sr. Salvatore... — sua voz minguou. Estava exausta. Todos os dias acordava às quatro para estar nas filmagens às cinco e meia da manhã e maquiar-se e vestir-se.

— O que houve com o "Ernie"? Fiz algo errado?

— Não, desculpe. — Ele parecia tão agradável, e ela lhe devia tanto. Sabia que não podia dispensá-lo. Queria que não tivesse telefonado. Estava realmente exausta.

— Não precisa se desculpar, basta lembrar da próxima vez. Que tal um jantarzinho em algum lugar tranqüilo? Nem precisa se vestir para ser vista.

Ela suspirou, aliviada. Ademais, fora uma delicadeza da parte dele telefonar. Sorriu e contemplou a paisagem pela janela.

— Posso usar *jeans*?

— Será uma honra. E traga um maiô, se tiver algum.

— Aonde vamos? — Ela estava intrigada e um tanto preocupada.

— A Malibu. A um lugar tranqüilo que conheço. Você poderá relaxar, e a trago para casa cedo.

— Vou adorar. — Vestiu-se apressadamente, escovou os cabelos e prendeu-os em um coque, colocou o *jeans* e uma das camisas velhas que trouxera consigo, além das botas de *cowboy* que tinha há anos. Olhou-se ao espelho e de repente reconheceu-se novamente; sentia-se muito bem sem vestidos e maquiagem.

Dez minutos depois, ele a apanhou de Rolls-Royce, e ela viu que ele também estava usando *jeans*. Ernie soltou uma gargalhada divertida com a aparência de Crystal.

— As pessoas são tão tolas. Eu adoraria que você fizesse um filme exatamente assim, Crystal, mas ninguém compreenderia. — Percebeu que as botas e o *jeans* eram autênticos e recordou as histórias que ela contara a respeito do vale quando jantaram no Brown Derby.

Ela se sentiu mais à vontade com ele do que se sentira das outras vezes. Sem as roupas caras e os restaurantes caros,

onde todos a olhavam, facilitava as coisas, e não lhe ocorreu aonde iriam. Conversaram afavelmente, falaram sobre a infância dela e a dele em Nova York, e, de súbito, ela percebeu que haviam parado em uma entrada para carros junto a uma casa empoleirada acima do oceano.
— Onde estamos?
— Minha casa de Malibu. Trouxe maiô? Tenho uma piscina. O mar aqui é muito gelado. — Ela sentiu um arrepio de medo percorrer-lhe a espinha, contudo ele não dera qualquer indício de que precisasse se preocupar. Mas as cicatrizes emocionais deixadas por Tom jamais haviam desaparecido por completo, e, de pronto, ela imaginou o que Spencer acharia de ela estar ali com Ernie. Mas agora não importava. Ele era casado. E a vida era dela e de mais ninguém. Arrancou Spencer de seu pensamento à força, seguindo Ernie até a porta, que ele abriu com uma só chave. Não havia ninguém, e Crystal se assustou. — Não tenha medo, pequena. — Ele sorriu gentilmente. — Não vou lhe machucar. Só pensei que você precisava de uma noite fora. — Ele tinha razão, realmente ela precisava, mas não sabia se estaria em segurança ali. Seu instinto dizia para não entrar, mas se sentiu tola com tanta preocupação, ele era tão agradável e tão bondoso.

Ela o seguiu para o interior da casa, que era linda, toda envidraçada e com teto alto, tapetes fofos brancos e compridos sofás de couro branco, além do quarto que parecia ainda maior com os espelhos habilidosamente dispostos. Do lado de fora, o sol se punha lentamente sobre o Pacífico. Tudo era lindo e parecia mais real quanto mais ela olhava. O cenário a fez lembrar o pôr-do-sol no rancho, aos quais assistira com o pai em épocas mais felizes.

— Quer um drinque? — Ele foi até o bar e abriu uma geladeira oculta atrás de uma porta de espelho, mas ela recusou. Pretendia ficar sóbria.

— Não, obrigada.

— Que tal uma soda? — Ela pediu uma Coca-Cola, e ele sorriu. Era mesmo uma garota, escondida por sob o corpo magnífico. Nunca vira menina tão bela e ainda se maravilhava por tê-la achado. — Você não bebe ou não confia em mim?

Ela hesitou e soltou uma risada.

— Acho que os dois.

— Garota esperta. — Ele serviu uma vodca com tônica para si e convidou-a a sentar no sofá. Ela ainda estava tentando imaginar onde seria a piscina, mas agora que estavam dentro da casa, ela parecia bem maior. Antes de entrarem, parecera pequena.

— Pedi um jantar para nós dois. Tenho certeza de que está bem escondido em algum lugar. Tenho um empregado que vem diariamente aqui. Mas não costumo usar esta casa. Moro em Beverly Hills. — Ele sabia que ela continuava morando no hotel. — Você pode usar esta casa sempre que quiser, Crystal. Venha para cá relaxar. Depois de um dia duro nas filmagens, você vai precisar. — Ela ficou tocada com a bondade de Ernie. Fizera tanto por ela. Era difícil compreender por quê. Claro que para ganhar dinheiro, mas havia algo mais. Ele também se encarregara das pequenas coisas, as flores, os pequenos presentes, a seleção de acompanhantes e agora aquela noite na praia, de *jeans*. Exatamente o que ela mais desejava. Nisto ele era bom. Era o que fazia melhor. Captava bem os desejos das pessoas.

Ela recostou a cabeça no sofá, enquanto o sol se punha atrás dele e suspirou contente.

— Achou que este está sendo o melhor dia que tive até agora.

— Ótimo. Quer nadar antes de jantar ou prefere esperar? Quem sabe uma caminhada na praia.

Ela sorriu, tranqüila.

— Eu adoraria.

Ele pousou o copo e escancarou a porta do terraço; uma brisa fria entrou, e ele desceu as escadas até a areia; ela se pôs a correr, sentindo o vento no rosto e nos cabelos, e, pela primeira vez em muito tempo, sentiu-se verdadeiramente feliz. Parecia uma criança caminhando e correndo; tirou as botas e experimentou a água com os pés. Anoitecia, mas ele a seguiu em silêncio, observando-a com prazer, como um pai orgulhoso. Por fim, ela voltou até ele, o rosto rosado com o ar frio e o vento.

— Está com frio?

— Não, estou bem. — Mas ele percebeu que Crystal estava com frio e tirou o casaco, colocando-o em seus ombros. O casaco recendia a sua colônia, que ela não notara antes, e, de súbito, Crystal percebeu que gostava dela. Ponderou se ele seria casado, ou se teria filhos, quem estaria atrás daquela fachada, mas ele nada oferecia de si. Parecia estar ali apenas para satisfazê-la, e por fim, voltaram à casa e foram à procura do jantar. Ele encontrou lagosta à espera, com uma maionese leve e salada de espinafre. Uma garrafa de champanhe fora deixada em um balde de gelo de prata, além de ovos cozidos com caviar.

— Já comeu caviar? — Ela sacudiu a cabeça, apenas ouvira falar, e ele sorriu paternalmente. — Talvez no começo não goste. Algumas coisas são assim. — Mas ela tentou agradá-lo e não achou ruim. Sentaram-se em uma mesa baixa com cadeiras confortáveis, e ela gostou da lagosta e do champanhe. Bebeu pouco, e ele não insistiu para que bebesse mais. Ele tinha tempo, muito tempo, e só a queria quando ela também quisesse. E sabia que, com o tempo, ela também ia querer. Devia muito a ele para recusar.

Conversaram sobre o lugar onde ela morara, sobre seu pai quando vivo, sobre tudo que lhe era importante, e ele ouviu como se o mundo dependesse do que ela estava dizendo. Meia hora depois do jantar, ele sugeriu outro mergulho, sorrindo caloroso.

— Vai servir para relaxar.

Ela soltou uma risada com as palavras.

— Se eu estivesse mais relaxada ainda, adormeceria no chão. — Fora um dia longo e duro, que já estava fazendo efeito sobre ela. E o ar marinho deixou-a mais sonolenta. — Um mergulho pode ser bom, se eu não me afogar depois de toda essa lagosta.

— Não se preocupe, eu salvo você.

Ela sorriu agradecida, sem se dar conta do quadro que formava apenas sentada ali, relaxada de *jeans* e botas e a velha camisa e os cabelos dourados.

— Acho que você já me salvou.

— Espero que sim. — Seu benfeitor sorriu benevolente e mostrou onde trocar-se, enquanto ele ia acender as luzes da piscina. Um instante depois, ela surgiu com um maiô branco que o deixou sem fôlego. Ela não sabia como era fantástica, e era melhor assim. Gostava disso nela. E a platéia também. Nunca esquecia disso.

— Espero que esteja suficientemente aquecida. — Observou-a entrar na água e foi mudar de roupa, enquanto ela flutuava alegremente. A piscina era enorme e morna, e ela pensou nunca haver se sentido tão confortável antes. Fitou-o alegremente quando ele retornou, enrolado em uma toalha branca felpuda. Quando ele tirou a toalha da cintura, ela percebeu que ele estava nu. Ela conteve um gritinho e voltou-se discretamente, temendo constrangê-lo, e ouviu sua risada. — Não se preocupe, Crystal, não vou lhe estuprar. Nunca fui acusado disso. — Mas ele já fora acusado de outras coisas, das quais ela não tinha conhecimento. Entrou na piscina, e ela começou a nadar, temendo ver o que não devia. Ao passar por ela, ele sorriu. — Por que não tira o maiô também? Está quente, parece uma banheira. — Aparentemente, ele não tinha motivos ocultos, só estava à vontade, e não tentou tocá-la. Crystal sorriu e tentou parecer descontraída, mas saber que ele estava nu a deixava nervosa.

— Não, estou bem. Obrigada.

— Como quiser, minha cara. — Ele era muito suave e esperto, e não se apressou rumo a seu objetivo. Tudo viria no devido tempo, por um motivo ou outro. Um momento depois, ele saiu e pôs-se de pé casualmente ao lado da piscina; sem querer, ela percebeu que ele tinha um belo corpo. Era alto, esguio, mas musculoso, nadava diariamente. Possuía o físico de um homem bem mais jovem, e ofereceu-lhe mais champanhe, mas ela não se atreveu a olhá-lo, e, de súbito, ele ponderou uma vez mais se ela seria virgem. Sem dúvida, seria um inconveniente, mas nenhum obstáculo era intransponível. Estava disposto a fazer o sacrifício por ela, mas ao fitá-la, teve que sorrir. Ela se agitava na água como um peixe, tentando desesperadamente não parecer nervosa. — Se eu diminuir as luzes, vai se sentir melhor? Acho que tenho esta idiossincrasia. Detesto sungas. Você terá que me perdoar.

— Não tem importância. — Ela tentou parecer adulta e comportar-se como pensava que uma estrela de cinema agiria, mas ele a estava deixando terrivelmente nervosa. E antes que pudesse responder, ele reduziu as luzes da sala, deixando apenas a penumbra da piscina e as luzes do teto que mais pareciam velas.

— Melhor?

— Muito — mentiu ela.

Ele bebericou o champanhe e entrou novamente na água, e desta vez nadou diretamente até ela, tomando-a com firmeza pela cintura debaixo da água. De pronto ela estremeceu, fitando-o nos olhos, enquanto ele a abraçava.

— O que vai fazer comigo? — Estava aterrorizada.

— Torná-la uma estrela de cinema. — Ele sussurrou baixinho, mas de repente ela ponderou o que ele queria em troca. Talvez as histórias de Hollywood fossem verdadeiras, mas ela rezou em silêncio que desta vez não acontecesse... meu Deus, por favor... desta vez não... — Não vou te machucar, Crystal. Confie em mim. — Ela assentiu, incapaz de falar enquanto ele a abraçava, e lentamente aproximou-se e beijou-a. — Você é linda... a mulher mais bonita que já conheci. — Voltou a beijá-la, e ela começou a chorar.

— Por favor... não... por favor... — Ela tremia tanto que conseguiu comovê-lo.

— Desculpe, garotinha. Não queria te assustar. Só quero te fazer feliz. — Então, sob o olhar de Crystal, ele nadou até a borda e saiu da piscina, enrolou-se novamente na toalha, e ela ficou boquiaberta de surpresa. Ele gostava dela e a admirava, não ia estuprá-la. De repente, sentiu-se desesperadamente tola e foi sentar-se junto a ele, que bebericava champanhe na borda da piscina.

— Desculpe... — Ela sabia que devia uma explicação por seu comportamento. — Fui estuprada há quatro anos... Acho que... Pensei..

Ela desatou a chorar, e ele abraçou-a com carinho e sussurrou:

— Sinto muito. Não tenha medo de mim. Se for honesta comigo, nunca te magoarei. — Havia uma ameaça velada na frase, mas Crystal estava demasiado aliviada para perceber. Aninhou-se junto a ele agradecida e deixou-o segurar a taça de champanhe, enquanto ela bebericava.

— É tudo muito novo para mim. E foi muito repentino. Não sei o que pensar na metade do tempo. Sinto muito ter me comportado como uma boba.

— Não tem problema. — Ele sorriu benevolente. — Você é uma boba linda, e gosto de você. — Parecia uma frase que Spencer poderia ter dito, e a compreensão de Ernie comoveu-a. — Quer voltar agora, Crystal? Sei que você tem que acordar cedo. Ou quer nadar mais um pouco?

Ela precisava relaxar novamente, após sua terrível estupidez, e fitou-o bem nos olhos, pegando-o de surpresa com seus olhos azuis profundos.

— Acho que quero nadar mais um pouco. Tudo bem? Você está com pressa?

Ele soltou uma risada e sacudiu a cabeça.

— Claro que não.

Desta vez ela baixou a guarda, e não foi tão ameaçador quando ele tirou a toalha e entrou na água. Ela nadou durante algum tempo e então começou a flutuar; de repente, ela abriu os olhos e o viu a seu lado. Ele ficou de barriga para baixo a fim de não embaraçá-la e inclinou-se suavemente para beijá-la, e desta vez ela não resistiu. Sentia que lhe devia aquilo, por ter sido tão tola antes, e ele continuou a beijá-la e começou a acariciar-lhe os seios carinhosamente; e para sua surpresa, ela percebeu que estava gostando. Nadou para longe dele, mas Ernie seguiu-a, não com violência, mas apenas nadando a seu lado, tocando-a; então ele deslizou a mão por sob o maiô e voltou a beijá-la. Ela queria que ele parasse, contudo, e por um momento de pura loucura percebeu que não poderia. Nadou até as escadas e tentou recuperar o fôlego, mas sentiu-o atrás de si, abaixando lentamente o maiô molhado e deixando à mostra seu corpo elegante. Ela tentou virar-se, mas ele fez pressão contra suas costas, fazendo maravilhas com suas mãos experientes. Ela lançou a cabeça para trás, em súbita angústia, e gemeu baixinho.

— Ernie, não... — desta vez não havia convicção em suas palavras, e ele não deixou de tocá-la, com dedos torturantemente suaves. Ele era um mestre, e ela apenas uma novata. Caíra na ratoeira e, no momento, nem tinha consciência disso. — Oh, céus... não... por favor... — Ele parou de pronto, como se seguindo sua ordem, e todo o corpo de Crystal estremeceu; ela virou para ele em expectativa e, sem uma palavra, ele se adiantou e penetrou-a dentro d'água. Ela arregalou os olhos, atônita, mas em questão de segundos, o prazer que ele estava sentindo a contagiou. Fizeram amor como em uma sinfonia e, no crescendo, foi Crystal quem o apertou junto de si, desejando que ele não parasse. Depois, enquanto ele sorria para ela, ela estava constrangida. Não o culpava pelo que acontecera, ela também quisera. Não que ela o quisesse, mas o que ele lhe fizera era diferente de tudo que já experimentara. Nem mesmo com Spencer fora assim.

— Está zangada comigo? — Ele pareceu preocupado, e ela franziu o cenho, zangada não com ele, mas consigo mesma.

— Não — ela sussurrou, a voz rouca. — Não sei o que me aconteceu... Eu...

— Estou lisonjeado. — Ele a beijou de leve e tocou-lhe novamente os mamilos; em questão de segundos ela voltara a ansiar por ele. Passaram horas na piscina, fazendo amor, e à meia-noite ele a levou lentamente para cima. O quarto era todo de veludo branco e tapetes, peles de urso e de raposa, e uma pele de *vison* branca estendida sobre a cama onde ele a deitou, ainda molhada, e a enxugou cuidadosamente com a toalha, penetrando os lugares certos, primeiro com a toalha, depois com dedos suaves e por fim com os lábios e a língua que dardejava como vaga-lume. Ela gemia por ele quando finalmente ele a penetrou, e entregaram-se à paixão a noite inteira. Ela nunca experimentara algo assim antes. Com Spencer fora diferente. Com Ernie era angustiante, assustador e, não importa quantas vezes a possuísse, ela continuava querendo mais. Parecia um vício, ela pensou, mas não era. Apenas ele detinha um poder, uma maestria e um desejo de ensinar-lhe coisas novas. Mas ela estava assustada quando pararam.

— O que está fazendo comigo? — Estava exausta e teria que ir trabalhar dentro de meia hora. Nunca passara por tal experiência.

— Todas as minhas predileções, minha linda menina. — Então ele sorriu, quase travesso. — Quer mais?

— Não... não... — Ela sacudiu a cabeça. Não conseguia explicar o que acontecera. Sabia que precisava se afastar dele ou talvez voltasse a querê-lo. Tomou um banho quente e depois abriu a água gelada; ele a deixou sozinha. Quando ela ressurgiu, já pronta, havia café fumegante e pãezinhos quentes à sua espera. Ela o fitou. — Por que está fazendo tudo isso por mim?

Ele soltou uma gargalhada e tocou-lhe o rosto com o dedo.

— Porque você é minha. Pelo menos, enquanto quiser. O que acha? — Parecia assustador e errado. Contudo, ele lhe dera a carreira com que sempre sonhara. Providenciara acompanhantes que a levavam para sair, lhe dera inclusive roupas novas. E agora uma noite como ela jamais experimentara. Isto era assim tão errado? Mas secretamente sabia que sim. E sentia-se terrivelmente culpada. E pensar em Spencer quase lhe partiu o coração. A lembrança do que haviam compartilhado agora parecia de certa forma enodoada. Fora apenas inocência e amor. Mas ali era diferente. Sentia-se uma prostituta. Não amava aquele homem, mas ele fora bom com ela e, se a quisesse, que mal havia? Era realmente tão errado? Certas pessoas diriam que ela estava brincando com fogo, e outras teriam dito que ele era um bom homem. Ambos seriam verdadeiros. Ele era muitas coisas. Mas, no momento, não lhe queria mal. Beijou-a novamente e ao sair para o trabalho, disse-lhe que levasse o Rolls-Royce.

— Como você vai voltar?

— Peço ao motorista que venha me buscar. Não se preocupe, garotinha. Estarei bem. — Beijou-a mais uma vez, e o simples toque a fez lembrar o que ele lhe fizera na noite passada, muito diferente do que Tom Parker lhe infligira no chão do celeiro... e ainda mais distante do que ela e Spencer haviam compartilhado... Ali não havia amor, mas Ernie estava a seu lado, era bom com ela... e o que importava?... Afinal, Spencer desaparecera. Para sempre.

27

À tarde, quando Crystal voltou ao hotel, um pacote a esperava. Levou-o para o quarto e abriu-o com cuidado, arregalando os olhos, constrangida e atônita. Era um bracelete de diamantes de Ernie. Não sabia o que fazer com a jóia, temia colocá-la. Deixou-se ficar sentada olhando a jóia e tremendo. Ainda estava horrorizada com o que fizera na noite passada. Jamais agira assim e nunca mais queria vê-lo; só que à noite ele telefonou gentil e carinhoso e pareceu perceber o que ela estava sentindo, sem que fosse preciso dizer.

— Gostou do bracelete? — Ele parecia uma criança que comprara flores para a mãe.

— Eu... sim... Ernie... é inacreditável. Mas não posso aceitar. — O presente fazia-a sentir-se como uma prostituta. Não havia amor entre eles, apenas as coisas estonteantes que ele fizera com seu corpo.

— Por que não? Meninas bonitas merecem coisas bonitas. — Ao menos ele não disse que ela fizera por merecer. — Posso te ver um pouquinho?

— Não... eu... — ela começou a chorar baixinho, ainda com medo dele e de suas próprias reações. Não sabia o que lhe acontecera na noite passada. O dia inteiro, nas filmagens, consumira-se com a culpa, tentando não pensar em Spencer.

— Garota, não vou te magoar. — Ele pareceu triste, e

ela lamentou. Não era culpa de Ernie se ela se comportara tão mal. Pelo menos não era o que pensava. Ele não a forçara. Apenas a seduzira com suas carícias e seus dedos experientes.

— Só quero conversar um pouco com você.

— Eu o encontro no saguão.

— Ótimo. Daqui a meia hora estarei aí. — Ele trajava calças e camisa brancas, com um suéter de *cashmere* lançado sobre os ombros. Entrou a passos largos no saguão e beijou-a de leve no rosto; cabeças voltaram-se. Ele era um figura conhecida em Hollywood, e ela uma belíssima mulher.

Ernie pediu drinques no bar e ela se sentou, parecendo constrangida e embaraçada; ele tomou sua mão entre as dele, aparentemente sabendo o que ela estava pensando.

— Não se sinta mal com o que aconteceu ontem. Foi natural e lindo. Podemos ser amigos, eu e você. — Mas amigos não faziam amor na piscina a noite inteira, e Crystal fitou-o com os olhos marejados de lágrimas.

— Não sei o que aconteceu. — Queria contar o quanto amava Spencer, quanto tempo o esperara. Mas não podia. O quanto ele significava antes de deixá-la. Não era mais importante. Ela tinha direito a sua própria vida, mas não com um homem como Ernie. Ele era rico demais, experiente demais, poderoso demais, e ela sabia disso. — Acho que me deixei levar pela loucura. — Era uma desculpa pobre, mas era tudo que lhe podia dizer, enquanto ele bebericava o drinque e sorria, novamente atônito com sua beleza. Ela tinha um rosto que fazia as pessoas pararem para olhá-la, fazia os homens desejarem tocá-la. Ele vira o copião de seu filme no dia anterior, e obviamente o câmera a adorara.

— Eu também me deixei levar um pouco pela loucura. Não existe mal nisso, Crystal. Você é linda, simplesmente perdi o controle. Você me perdoa? — Sabia como lidar com ela, que o fitava cautelosa. — Por isso mandei o bracelete. Para desculpar-me pela noite passada. — Sabia como ela estava se sentindo culpada e queria que considerasse o presente como um pedido de desculpas e não um pagamento. Sabia que seria importante para ela. Crystal era muito diferente da maioria das atrizes iniciantes com que saía, as quais ficavam felizes em oferecer seus corpos em troca de seus favores. Mas esta era diferente. Era honesta e carinhosa. Mas ele gostava disto.

— Sinto muito, Crystal... — Seus olhos irradiavam tanta sinceridade que ela começou a sentir-se um pouco melhor. Talvez ambos houvessem perdido a cabeça, tentou convencer-se de que eram ambos responsáveis, mas ela não conhecia Ernie Salvatore. — Um dia você olhará para o presente como uma recordação de seus primeiros dias em Hollywood. Poderá mostrar a seus filhos. — Ela hesitou, mas ele parecera tão magoado quando Crystal tentou devolver o bracelete, que ela acabou convencendo-se a mantê-lo. — Podemos recomeçar?

Ela assentiu lentamente, não muito segura do que queria, mas sentiu-se novamente em débito, quando ele disse como ela estava linda no copião do filme. Afinal de contas, tudo isto acontecera graças a ele; ficaram sentados um longo tempo, conversando sobre o filme. E ele já providenciara outro para ela.

— Tão cedo? — Ela estava surpresa e muito agradecida. — Quando começa? — Mostrava-se hesitante e ainda tímida, tentando desesperadamente esquecê-lo sem toalha ao lado da piscina.

— Mais ou menos uma semana depois que você terminar este. Acho que no começo de abril. — Disse quem eram os atores, e ela fitou-o assustada. Conhecia todos os nomes, alguns deles importantes.

— Está falando sério?

— Claro. — Ele não contou quanto lhe custara colocá-la no filme. — Desta vez é um papel pequeno, mas acho que talvez a deixem cantar. O elenco é quente. Só estar no mesmo filme que eles já será excelente para você. — Ele parecia saber tudo para fazê-la decolar na carreira, e estava se esforçando por ela. Na manhã seguinte, Crystal viu seu nome nos jornais. Falava sobre seu próximo filme. Era verdade. Ele conseguira mesmo.

Naquela noite saíram para jantar, após o artigo no jornal falando sobre o novo filme; no dia seguinte, havia uma fotografia deles no jornal, com a seguinte legenda, "O empresário Ernie Salvatore e sua nova amiga, Crystal Wyatt". Parecia que estava lendo a respeito de outra pessoa, e ela fitou a fotografia assombrada. Mandou uma cópia para Harry e Pearl, ainda telefonava para eles de vez em quando. Sentia muita falta deles, embora nem a metade da saudade que sentia de Spencer. Ainda se deixava pensar se algum dia teria notícias dele, mas, no fundo do coração, sabia que não. E, ao pensar nisto, sentia-se desesperadamente só, sem ele. Agora, o único amigo que tinha era Ernie.

Ele lhe mandava flores, presentes e a constrangia mais de uma vez enviando o Rolls-Royce com o motorista para pegá-la no trabalho após as filmagens. Entretanto, não fez novas tentativas de seduzi-la. Aguardava que ela o procurasse e sabia que acabaria acontecendo, de uma forma ou de outra. Duas semanas após a primeira visita, ele a convidou a voltar a Malibu. Ela hesitou, mas a esta altura já se sentia mais à vontade com ele e achou que não aconteceria nada. Desta vez não entraram na piscina, mas caminharam pela praia. Em poucas semanas ela começaria o novo filme, e tinham muito o que conversar. Então de súbito, ele se voltou para Crystal e sorriu. Havia algo de paternal em seu comportamento, pensou ela. Ele a tomara sob sua proteção, decidindo tudo por ela. Após quatro anos cuidando de si, aquela era uma nova experiência, mas tinha que admitir que estava gostando.

— Tenho desejado lhe fazer uma pergunta, Crystal. — Ele hesitou, enquanto mais uma vez contemplavam o pôr-do-sol; tomou-lhe a mão suavemente. — Quer ficar um pouco comigo?

— Aqui? — Ela pensou que ele estivesse se referindo ao fim de semana e só conseguia pensar na noite em que haviam feito amor, corando com a recordação.

Ele voltou a sorrir. Ela ainda era tão inocente e jovem. Quase com 22 anos e ainda era uma criança, ao menos para os padrões hollywoodianos.

— Aqui só não, menina boba. Em Beverly Hills também. Pensei que seria bom para sua carreira e bem mais agradável do que ficar no hotel, além de mais barato. — Tentou parecer prático, escondendo o que era. Uma oferta.

— Não sei... Eu... — Voltou os olhos cor de lavanda para ele, e até o âmago endurecido de Ernie Salvatore enterneceu-se um pouco. — Ernie, o que está querendo dizer? Você já foi tão bom comigo. Eu não devo... não quero me aproveitar. — Ela ainda não compreendera, quando ele passou os braços em torno de seus ombros.

— Quero que você venha viver comigo. Quero estar per-

to de você. — Seguiu-se um longo silêncio, em que ela o contemplou e em seguida voltou os olhos tristes para o pôr-do-sol. Onde estaria Spencer? Para onde fora? Por que não era ele quem estava lhe fazendo esta proposta, em vez de Ernie?
— Hollywood é um lugar duro. Quero lhe dar minha proteção. — O que mais ela poderia pedir? Contudo, sabia que não o amava.

Sacudiu a cabeça lentamente.
— Não posso.
— Por que não?

Ela o fitou honestamente, colocando a sua carreira em primeiro plano, mas não podia lhe mentir. Ele já fizera muito por ela, para ser desonesta.
— Eu não te amo.

Ele não disse que isto não importava, não era seu amor que queria. Era o resto dela, seu corpo para aquecer suas noites, seu rosto para vender nos cinemas. Lucraria muito com ela, ele e as pessoas mais importantes que estavam atrás dele. Ele era o testa-de-ferro de um grupo interessante, mas, para todos, era independente. E ela lhe seria vantajosa. Percebera isto desde o primeiro instante em que a vira.

— Talvez o amor venha com o tempo. Somos amigos, não somos?

Ela assentiu, ainda fitando o pôr-do-sol. Ele fora bom com ela, melhor do que qualquer outro, mas ele queria mais do que ela se dispunha a lhe dar. Contudo, ele agia em tão grande escala, as roupas, os carros, os filmes, o bracelete de diamantes.

— Posso pensar um pouco sobre o assunto? — Outras teriam estremecido com a idéia de dispensar Ernie Salvatore, mas ele mostrou-se paciente e bondoso quando voltaram para casa. Serviu uma taça de vinho para Crystal, que ela bebericou escutando música. Sentia-se em paz com ele. Nunca a pressionava, simplesmente ficava ali e, de certa forma, compreendia o que ela queria. Ela queria ser uma estrela. Era um sonho infantil, entretanto sabia que poderia se tornar realidade. Mas ela não queria sacrificar sua integridade em nome deste sonho e viver com um homem que não amava. Mas o que mais lhe restava? Na verdade, não tinha nada. Apenas um sonho. E a recordação de um homem que partira há

três anos e jamais voltara, não importando o seu amor.
— Quer ir para casa agora? — Ele estava sempre pronto a fazer o que ela desejava, e Crystal sorriu-lhe. Ele se adiantou e beijou-a. Era a primeira vez que a beijava desde a noite em que haviam feito amor, há duas semanas. Durante duas semanas, ele mantivera uma distância adequada e nada exigira dela. E agora tampouco estava exigindo algo. Mas estava oferecendo seu coração e sua casa, e para Crystal isto era muito. Ela a beijou de novo, carinhoso, e tocou-a suavemente. Ela fez menção de recuar, mas ele a puxou para mais perto, e ela sentiu uma força surpreendente nas mãos dele. — Não vá — sussurrou Ernie. — Por favor... — Ela quase sentiu pena dele. Dava-lhe tanto e pedia tão pouco. Deixou que a beijasse, e em poucos instantes seu corpo correspondia ao dele, e desta vez foi Crystal quem tirou a roupa. Fizeram amor no enorme sofá de couro branco com os espelhos no teto e o amplo entardecer atrás deles.

Desta vez não houve remorso, nem surpresa. Ela estava consciente do que fizera e por quê. Sentia-se devendo a ele, por tudo que já fizera. Sabia que não o amava, mas também não havia mais nada nem ninguém. Agora era sua vida. Hollywood, com sua luz e seu *glamour*, e ele era parte disso tudo. Não podia mais lutar. Já lhe devia muito, e ele tinha muito a oferecer. A vida sempre fora muito difícil para ela, e estava cansada. Com Ernie, acabariam os sofrimentos.

Ficaram em Malibu naquela noite. Ela não tinha a quem dar satisfações, exceto a si mesma, nem tampouco motivo para voltar ao hotel. Ninguém se importaria com o que fazia ou mesmo saberia. Nem Harry. Nem Pearl. Nem mesmo a pobre e velha Sra. Castagna. Quando ela voltou ao hotel, três dias depois, para pegar a correspondência, encontrou uma carta de Spencer que Pearl mandou para ela. Após todo aquele tempo finalmente ele escrevera, tentando explicar seu prolongado silêncio. Contou como odiava a guerra e como deixara de ter esperanças durante algum tempo, mas que ainda a amava. Só que agora era tarde demais. Ela já concordara em ir morar com Ernie. E a carta de Spencer não dizia nada que ela já não soubesse. Ele ainda estava na Coréia, ainda estava casado. Ela agira acertadamente indo para Hollywood. Talvez nada mudasse com Spencer. E amá-lo era um luxo a que não podia mais se dar. Vendera sua alma a Ernesto Salvatore. E não respondeu a carta de Spencer.

Ernie ajudou-a a fazer a mudança para sua casa em Beverly Hills, e da noite para o dia a vida de Crystal mudou. Ernie tinha uma cozinheira e duas empregadas, e ela recebeu um quarto de cetim rosa que mais parecia um cenário para um filme de Joan Crawford. E quando foi pendurar suas roupas, descobriu que os armários já estavam repletos de roupas que ele comprara para ela e, sobre uma cadeira, um novo casaco de *vison* branco. Ela o colocou sobre o *jeans* e soltou uma risadinha, como uma garotinha girando e olhando-se ao espelho. Telefonou para Pearl e contou a novidade. Pearl não pareceu surpresa ou chocada. No máximo, um pouco ciumenta.

Iam juntos a todos os lugares, aos melhores restaurantes, às maiores festas; às estréias e primeiras exibições, e aos Prêmios da Academia pouco antes dela começar um novo filme.

— Veja como você será algum dia — ele sussurrou quando Shirley Booth entrou no palco para receber seu Oscar de melhor atriz por *A Cruz da Minha Vida*. Gary Cooper ganhou o prêmio de melhor ator por *Matar ou Morrer*. E *Cantando na Chuva*, com Gene Kelly, foi o filme predileto. Tudo parecia um sonho para ela, o sonho que acalentara desde a infância no vale.

— Feliz? — Ele indagou, sorrindo, certa noite, após fazerem amor, e ela assentiu tranqüilamente. Estava feliz, por incrível que parecesse, embora não o amasse. Ele cuidava dela, mimava-a, providenciava tudo, e ao iniciar o novo filme, Ernie encarregou-se de que todos a tratassem como uma rainha. Agora ela era importante. Era a namorada de Ernie Salvatore. Ela acabaria aspirando a algo mais do que isto. Queria ser uma boa atriz e cantora, embora raramente cantasse. O canto fazia parte de outra vida. E ela estava se concentrando principalmente na representação. Mas o que tinha com Ernie era bastante agradável. Ela trabalhava duro com o professor de voz e de interpretação, que agora ia em casa ensinar-lhe alguns dos truques da profissão de atriz. Crystal tinha boa memória e senso de oportunidade quando dizia suas falas. Sempre chegava na hora e nunca fazia alvoroço. As pessoas da filmagem gostavam dela porque trabalhava e estava bem preparada. Pouco a pouco, os artistas começaram a conhecê-la e respeitá-la. E a maioria também sabia de Ernie. O Rolls ia pegá-la todas as noites, e às vezes Ernie a esperava no carro com uma garrafa de champanhe em um balde de gelo de prata e duas taças Baccarat. Era um estilo de vida que ela só conhecera através de leituras, e agora passara a ser o seu. Integralmente. O sonho tornara-se realidade. Tornara-se o que sempre quisera ser e, no momento, não se importava com o que sacrificara para obter.

Ela terminou o segundo filme em fins de maio, e Ernie levou-a para passar alguns dias no México. Tinha como pretexto alguns negócios naquele país, e ela gostou de conhecer algo tão novo e diferente. Crianças andavam pelas ruas descalças e com rostinhos felizes e olhos grandes, havia roupas exuberantes e locais interessantes. Crystal adorou. E quando voltaram a Los Angeles, ele lhe entregou um roteiro com um sorriso, curvando-se para beijá-la ao voltar para casa do escritório. Estava elegante como sempre, e certas vezes pareciam casados. A esta altura, ela já se acostumara com ele, e Ernie nunca a pressionava a dizer o que não sentia. Não era importante para ele.

— O que é isto? — Ela sorriu. Iriam ao Cocoanut Grove para jantar e dançar.

— Seu Oscar. Parece que você conseguiu, garota. — Era um roteiro, mas para outro estúdio, com um papel feito para ela, que ele conseguira. Os boatos espalhavam-se. Ela estava no cinema constantemente, ele pagava a imprensa uma fortuna para atrair o interesse sobre Crystal. E quando a levava para sair, as pessoas olhavam, incrédulas. As pessoas não eram bonitas assim. Nem mesmo em Hollywood. Ela ainda tinha o olhar desconfiado de uma corça saída das florestas e um corpo que chamava a atenção de todos. Ele a ensinou como se vestir, como andar e como entrar em um recinto de modo que todos parassem o que estavam fazendo. E Ernie tinha que admitir, ela era natural. Algum dia se tornaria uma grande estrela. Das maiores. Agora não tinha mais dúvidas, sobretudo com o oferecimento que acabara de aterrissar em sua mesa; e logo se seguiriam outros. De qualquer modo, ela era sua. E, algum dia, se fosse preciso, ele lhe diria.

O roteiro era para um filme que começaria em julho, e a atriz escolhida para o papel de coadjuvante discutira com a estrela e precisaram despedi-la. Procuravam desesperadamente outra pessoa, e Crystal servia perfeitamente. Ademais, ela já conseguira a reputação de atriz fácil de se trabalhar, e, em Hollywood, isto era mais raro do que diamantes. Ela ia crescer e rápido.

Certas vezes, Ernie ponderava se a amava, embora isto não fosse importante para ele. Já passara desta fase. Com 45 anos, divorciara-se cinco vezes e tinha dois filhos, que moravam em Pittsburgh, ambos mais velhos que Crystal, e não os via desde pequenos.

Ela passava horas lendo o roteiro e tomando notas. Era um bom papel e surpreendera-se por considerarem seu nome. Tinha mais falas do que nos outros dois filmes, e este seria bem mais difícil, exigia muita emoção, e ela sabia que teria que trabalhar com afinco junto a seus professores, mas estava adorando.

— Ernie, é maravilhoso — disse ao encontrá-lo na piscina. Ele tinha um telefone junto à piscina e estava sempre fazendo ligações e assinando papéis. Até nos momentos de folga não o deixavam em paz. Às vezes, ele passava a noite em um bangalô com sócios, até acertar determinado negócio.

— É um bom filme, Crystal. Vai ser muito bom para você.

Mas, por um momento, ela pareceu preocupada, sentando-se e fitando-o.

— Acha que vou conseguir?

Ele soltou uma gargalhada e beijou-lhe os cabelos louros sedosos. Os cabeleireiros precisavam ficar a postos nas filmagens, mas ela se recusara a cortá-los. Era a única atriz em Hollywood que ponderava se estaria à altura do papel. A maioria só queria conseguir papéis, sem pensar na qualidade de seus trabalhos, mas Crystal era diferente. Era o que a destacava do resto, além de sua beleza. Ele escolhera uma vencedora.

— Você fará um excelente trabalho.

— Terei que trabalhar como um cão para lembrar todas estas falas.

— Você se sairá bem. — Saíram para comemorar naquela noite. Ela trabalhou noite e dia no *script* até o primeiro dia da filmagem.

As filmagens começaram no dia 9 de julho, e, nas duas primeiras semanas, ela mal dormiu. Trabalhava com os professores até depois de meia-noite. E às quatro horas levantava. Às cinco, o chofer a levava aos estúdios. William Holden e Henry Fonda trabalhavam no mesmo filme, e ela ficou aterrorizada ao conhecê-los. Mostraram-se amigáveis, e todos a trataram com respeito, mas ela não tinha tempo de fazer amigos. Trabalhava demais para conversar com alguém ou ficar depois do trabalho. E os professores iam inclusive ao camarim das filmagens durante o intervalo para almoço.

Certa vez, ela avistou Clark Gable nas filmagens, visitando um amigo, e concluiu que jamais vira homem tão lindo. Contou tudo a Ernie naquela noite, bastante animada, e ele soltou uma gargalhada.

— Espere alguns meses. Ele estará dizendo aos amigos que viu Crystal Wyatt! — Ela sorriu. Ernie sempre a fazia sentir-se importante. Contudo, mal o viu naqueles dias. Estava ocupada demais com as filmagens e não lhe restava tempo para sair. Sentia-se uma reclusa, fechada em seu camarim, estudando como de hábito, quando alguém esmurrou a porta, quatro dias depois. Ela ouviu gritos excitados e abriu a porta para ver o que estava acontecendo.

— Acabou! Acabou!

— O filme? — Ela pareceu chocada, ponderando o que teria saído errado. Mal haviam começado, e aquele filme duraria mais do que os outros. Haviam-lhe dito para planejar trabalho em setembro.

— A guerra! — Um dos empregados estava à sua frente, com lágrimas de alegria descendo pelo rosto. Tinha dois irmãos na guerra e, de súbito, Crystal conteve um gritinho ao compreender. — A guerra na Coréia acabou! — Ele lançou os braços em torno dela, e abraçaram-se, lágrimas também nos olhos de Crystal. Durante meses tentara esquecê-lo. E não respondera à carta que ele escrevera em abril. Mas agora ele voltaria, como os outros. Spencer... o homem que ela traíra ao ir morar com Ernie... ia voltar para casa. Mas para quem? Ainda era casado com Elizabeth. E ela estava vivendo com Ernie. E se Pearl não dissesse, ele nem saberia onde encontrá-la. Por um momento, enquanto observava os outros rindo e falando e chorando, ela ponderou o que ia fazer.

28

Elizabeth estava atrás do portão, tentando avistar o rosto dele, empurrada de todos os lados pela multidão que viera recebê-los Foram necessárias duas semanas para dar baixa, e ela quisera encontrá-lo no Japão e ir passar alguns dias em Honolulu Mas o Exército insistira que ele voltasse para San Francisco, onde estaria livre assim que pusesse os pés em terra firme. Os pais dela estavam lá, e centenas de mulheres falavam ansiosamente. Haviam tido sorte. Inúmeras outras haviam ficado em casa chorando. Ninguém voltara para casa e para elas. Mas Spencer sobrevivera. Fora ferido, mas de leve, e voltara ao combate uma semana depois. Fora uma guerra horrível, uma "ação política" que custara vidas, a segunda guerra em que servira em doze anos.

Ela tirara um mês de férias do trabalho e iriam para o lago com os pais. Os Barclay haviam convidado os pais dele também, embora Spencer ainda não soubesse. E haviam planejado uma grande festa surpresa na casa de San Francisco.

Ao vê-lo sair correndo do avião, Elizabeth ajeitou o chapéu e esperou nervosa. Há muito tempo que não o via, e agora tudo seria diferente. As estadas no Hotel Imperial haviam se tornado inoportunas, porque ele passava por muita tensão, e agora voltavam à vida real, o que talvez exigisse outros ajustes. Nunca haviam chegado a viver realmente juntos antes da guerra, e Spencer permanecera três anos fora. Ela estava com 24 anos e tornara-se muito independente, inteiramente envolvida com a política. Começara a participar de tudo e conhecera algumas pessoas interessantes em Washington durante a ausência do marido. Mas a última coisa em que pensou foi na política quando finalmente o viu. Ele estava muito magro, parecendo mais alto, destacando-se na multidão, e aproximou-se lentamente, conversando com alguns homens. Ainda não os vira. Ela o viu cumprimentar os amigos que correram ao encontro das esposas, e ele continuou no meio da multidão, enquanto ela tentava se aproximar. A mãe de Spencer chorava, via o filho pela primeira vez em três anos, mas ele ainda não se apercebera da presença dos parentes. Tinha os olhos tristes ao perscrutar a multidão e cabelos grisalhos que não existiam antes. Estava com 34 anos e ainda mais bonito do que no dia em que Elizabeth o conhecera no jantar dos pais. De súbito, com um olhar de surpresa, ele percebeu o rosto dela sob o grande chapéu de palha, hesitou por um instante, e por fim soltou a sacola militar e correu em sua direção, abraçando-a e tirando-a do chão, girando-a; os pais correram ao seu encontro. Até o juiz Barclay tinha uma lágrima nos olhos ao cumprimentar Spencer de modo efusivo, e Priscilla chorava abertamente ao abraçá-lo.

— Que bom te ver aqui, seguro e com saúde!

— Obrigado. — Ele abraçou e beijou todos; a mãe percebeu algo diferente em seus olhos, algo que não existia antes, o que a preocupou. A espécie de dor que conhecera com a morte do filho mais velho. Ele parecia haver perdido algo na guerra, a fé, a crença, a certeza que possuía antes. Nunca acreditara naquela guerra.

Amontoaram-se na limusine que esperava e foram para a casa na Broadway, conversando, rindo e chorando. As duas mulheres mais velhas fitaram-se várias vezes, solidárias e com sorrisos ternos. Eram as mães, e, às vezes, não era nada fácil. Apenas Elizabeth estava em excelente humor, de mãos dadas com o marido, que passava um braço confortavelmente por seu ombro. Mas tinham se visto diversas vezes no Japão, ao contrário dos pais, que não encontravam Spencer desde o começo da guerra, três anos antes. Fora um longo período para todos, e Spencer era o que mais evidenciava isso. Recostou a cabeça no assento e fechou os olhos, falando com todos e com ninguém, enquanto Elizabeth tagarelava animada com a mãe.

— Não acredito que estou em casa. — Ainda não estava, mas ao menos já estava perto, de volta ao solo americano, com a esposa a seu lado. Mas ainda precisava resolver algo. Torturara-se a respeito desde que deixara San Francisco.

— Bem-vindo, filho. — O pai deu um tapinha em sua mão e engasgou com as lágrimas. Spencer apertou-lhe a mão com força.

— Te amo, pai. Meu Deus, espero que este país fique algum tempo fora de encrenca.

— Espero que desta vez você não fique entre os reservas. — Elizabeth repreendeu-o com um sorriso, e ele soltou uma gargalhada.

— Nunca mais. Da próxima vez terão que convocar outro garoto. Vou ficar em casa engordando com a bunda sentada, enquanto minha mulher tem filhos. — Falou meio de brincadeira, mas também para sondar o terreno. Queria discutir muitas coisas com Elizabeth, e esta era importante. A mulher não fez comentários, apenas sorriu, mas nada mudara ao fecharem a porta do quarto, logo após chegarem na casa da Broadway. Ele atirou o uniforme no chão, ansioso por vê-lo carbonizado, e, após um banho, aproximou-se com cautela de Elizabeth. Enquanto estivera fora, resolvera muita coisa, mas nem tudo. Elizabeth agora lhe era mais real porque não recebia notícias de Crystal há muito tempo, e ela voltara a tornar-se um sonho. Embora sentisse falta da outra, não decidira o que fazer com Elizabeth e o casamento. Ela mudara muito em três anos, e Spencer queria saber muita coisa, sobretudo se queria ter filhos ou não. Mas há muito decidira não jogar mais com ela. Queria saber exatamente quem era Elizabeth e o que desejava, e se não servisse para ele, não continuariam casados. Precisava dar-lhe uma chance, mas ele também tinha direito a obter o que desejava e não sabia se era Elizabeth Barclay. Vira muitos homens morrerem, vira muito sofrimento para desperdiçar sua vida com a mulher errada. A vida era muito curta e, aos 34 anos, a sua já ia pela metade. A vida tornara-se demasiado cara para que desperdiçasse um segundo sequer com uma mulher com quem não queria estar. E tocou no assunto naquela tarde, enquanto ela estava sentada na banheira, e eles se preparavam para o jantar. Deliciava-se na espuma perfumada.

Spencer sentou-se na borda da banheira, após o banho, com uma toalha em volta da cintura e sentindo-se inquieto com ela. Estava mais bonito do que nunca, o corpo rijo como de um garoto. A vida fora dura para todos eles na Coréia.

— O que pensa sobre ter filhos ultimamente? — Ela ergueu os olhos, surpresa, e sorriu com a pergunta.

— Em geral, ou filhos meus? — O irmão e Sarah finalmente haviam anunciado abertamente que não desejavam filhos, e ela não ficara chocada com a decisão.

— Nossos. — Ele não sorriu, aguardando a resposta. Aquela era outra coisa por que não estava mais disposto a esperar.

— Não pensei muito nisto ultimamente. Não foi o assunto principal, com você longe. — Ela sorriu e movimentou graciosamente as pernas na banheira borbulhante. — Por quê? Temos que resolver hoje? — Ela parecia aborrecida, sentia-se estranha com ele olhando-a atentamente na banheira.

— Talvez. Acho que o fato de termos que "resolver" isto já significa alguma coisa, não?

— Não. Não é preciso ter pressa.

— Como seu irmão e Sarah? — Ele percebeu que estava procurando briga com ela. Queria tomar uma decisão e rápido. Ter duas mulheres no pensamento ao longo de três anos quase o enlouquecera.

— Eles não têm nada a ver com isto, Spencer. Estou falando da gente. Tenho 24 anos, ainda sou jovem, muito obrigada, e tenho um trabalho importante em Washington. Não vou prejudicar tudo isto por causa de um filho. — Ele tivera sua resposta. Mas estava zangado com o modo como ela falara.

— Acho que suas prioridades estão todas erradas.

— Você vê as coisas diferente. Para você, seria bom voltar para casa e para um filho. Para mim, seria um grande sacrifício. Faz muita diferença.

— Faz sim. — Ele se pôs de pé e ajeitou a toalha em volta da cintura. Ela sorriu, pensando em como ele ficava engraçado enrolado em uma toalha rosa. — Não deveria ser um sacrifício, Elizabeth. Deveria ser algo que ambos queremos.

— Bem, "nós" não queremos. Você quer, e talvez algum dia eu também, mas agora não, não é o momento. Meu trabalho é importante demais. — Ele já estava cansado de ouvir aquilo, e ela sabia o quanto Spencer odiava McCarthy.
— O trabalho é assim tão importante para você? — Mas ele já sabia a resposta. Ela só falava nisto quando se encontraram em Tóquio.
— É. — Ela o fitou bem nos olhos. Não temia ser honesta com ele, nunca temera. — O trabalho é muito importante para mim, Spencer.
— Por quê?
— Porque me sinto independente. — Algo que ele não desejava em sua esposa, contudo... havia algo nela... parecia ainda não estar acostumado a ela. Haviam permanecido casados duas semanas, e ele partira. Mas ela tinha algo de desafiador, que o fazia querer conquistá-la, e, no fundo do coração, sabia que Elizabeth jamais seria conquistada. — Tirei uma licença para vir te encontrar, mas vou voltar ao trabalho quando formos para casa, Spencer, e espero que saiba disto.
— Agora eu sei, não é? — Ele acendeu um cigarro sob os olhos de Elizabeth. A guerra fora dura com ele e com muitos outros. Ele sobrevivera a tudo, após o período difícil em que deixara de escrever para Crystal. Mas certos momentos jamais seriam esquecidos, como de homens morrendo em seus braços, sem necessidade, tudo por uma guerra que não lhes dizia respeito. Tudo aquilo partira-lhe o coração, e agora era difícil voltar para casa e deixar o que acontecera para trás. — E aliás, onde é nossa casa? Parece que deixamos Nova York. Onde eu fico? Desempregado, imagino.
— Você não gostava mesmo de seu trabalho. — Ela não pareceu impressionada. Era dura na queda. — Foi o que me disse em Tóquio.
— Talvez. Mas tenho que ganhar a vida. Não sou tão "independente", digamos, como você. Preciso de um emprego, Elizabeth.
— Estou certa de que papai vai adorar apresentá-lo a quem você quiser. E tenho algumas idéias, tipo algo no governo. Combinaria muito com você.
— Sou democrata. E não estamos em moda ultimamente.
— Meu pai também, e eu também. Tem lugar para to-

dos em Washington. Isto é democracia, não ditadura, pelo amor de Deus. — Era ridículo, estava em casa há quatro horas, e já estavam discutindo política e o trabalho dela, quando ele só queria sentir-se novamente bem e acomodado com uma mulher que amasse, e que o amasse. Mas ali não havia nada de confortável. Não tinha casa, nem trabalho, e de repente sentiu-se perdido sem o Exército. O que também o deixou confuso, pois só queria voltar para casa e agora que conseguira, sentia-se infeliz.

Vestiu-se e desceu e, duas horas depois, estava assombrado. Duzentas pessoas que não conhecia haviam sido convidadas para o jantar. Era uma festa-surpresa para ele, mas seu pai percebera que o filho não estava preparado para aquilo. De Seul a San Francisco de um salto exigia um certo ajuste. Spencer não conseguiu dormir naquela noite, saiu de casa e caminhou quilômetros, ouvindo as sereias do nevoeiro e acabando em North Beach. Mas a cada vez que ouvia algum som no caminho, dava um salto, temendo algum inimigo tocaiado.

Acabou na frente da casa da Sra. Castagna, perscrutando as janelas, o coração descompassado. Sonhara com aquele momento ao voltar para casa. As janelas estavam às escuras, e ele quis entrar e fazer-lhe uma surpresa. Mas, ali de pé, voltou a pensar por que ela não respondera às cartas.

Experimentou a porta da frente com mão trêmula, mas estava trancada, e ele tocou a campainha. Demoraram muito para atender e, por fim, surgiu uma mulher sonolenta, de roupão.

— Sim? O que deseja? — Falou de dentro da porta, e ele a via por entre o vidro da porta. Era uma mulher de meia-idade e nada atraente.

— Vim ver a Srta. Wyatt. — Ele estava com o uniforme, sem dúvida, era um soldado.

A mulher ponderou um instante e por fim sacudiu a cabeça. A esta altura já conhecia todos dali e, por fim, lembrou.

— Ela não mora aqui.

— Mora sim. — Ele assentiu, insistente, e de súbito percebeu que ela devia ter-se mudado. Assustou-se ao perceber que não sabia de seu paradeiro. — Ela morava no quarto do canto, no andar de cima. — Apontou. Mas fazia três anos. Talvez por isto ela não respondera às cartas.

— Ela mudou antes de minha mãe morrer. — Seu coração quase parou. A Sra. Castagna também se fora. Tudo mudara. Esperara tanto por este momento, e agora Crystal não estava mais lá, nem aquilo que lhe fora familiar.

— Sabe para onde ela mudou? — Continuavam falando por entre a porta, mas a mulher não abriu. Era muito tarde, e não o conhecia. Podia ser um bêbado, ou um louco, e não ia deixá-lo entrar. Era uma das filhas solteiras da Sra. Castagna, e agora dirigia o lugar, com austeridade e muita cautela. Aumentara o aluguel e estava pensando em vender a casa. Ela, as irmãs e os irmãos haviam se decidido pelo dinheiro.

— Não sei para onde ela foi, senhor. Nem a conheci.

— Ela não deixou endereço? — A mulher sacudiu a cabeça e acenou, dispensando-o, para que pudesse voltar a seu quarto.

Ele desceu os degraus e ergueu os olhos para as janelas às escuras. Ela se fora, e ele não sabia onde encontrá-la.

Depois foi ao Harry's, certo de que a encontraria ali; estavam fechando quando chegou. O *maître* já tirara o paletó, e dois homens lavavam o chão; todas as cadeiras estavam sobre as mesas.

— Desculpe, senhor, estamos fechando. — Ele pareceu aborrecido quando Spencer entrou. As portas deviam estar trancadas, mas obviamente alguém esquecera e as deixara abertas.

— Eu sei... desculpe... Crystal está aqui? — De repente sentiu medo ao perguntar. E se não estivesse? E se houvesse acontecido algo a ela? Durante todo aquele tempo, estivera envolvido consigo mesmo e as misérias de sua existência. Ele a desapontara. E agora só Deus sabia o que lhe acontecera.

Mas o *maître* sacudiu a cabeça, ansioso por livrar-se de Spencer.

— Ela se mudou para Los Angeles. Mas arranjamos uma grande garota para substituí-la. Volte amanhã. — Contudo, ele só queria a outra "garota", a única que amava, cuja lembrança lhe dera forças na Coréia.

— Sou um velho amigo dela. Acabei de voltar de Seul. sabe o endereço dela em Los Angeles? — Talvez tivesse acabado indo para Hollywood. A idéia excitou-o, mas estava ansioso para encontrá-la. Tinham muito o que conversar, muito a dizer, e ele devia uma explicação por seu prolongado silêncio. Mas o homem sacudiu a cabeça, parecendo desinteressado e antipático. Soldados de volta da Coréia não eram problema dele.

— Não. Harry deve saber. Tirou duas semanas de férias. Telefone quando ele voltar.

— E... — Buscou o nome e por fim lembrou, aliviado. Que noite miserável. — Pearl... está aqui?

— Estará amanhã às quatro. Pode falar com ela. E, escute, tenho que fechar. Por que não telefona amanhã? — Então, gratuitamente: — Ouvi dizer que ela está fazendo filmes. A Crystal. Uma pena não cantar. Ela era a melhor. — Sorriu fugazmente, tentando parecer amigável, enquanto levava Spencer até a porta, e este assentiu. Um instante depois, Spencer estava de pé do lado de fora, sem a menor idéia de onde estaria Crystal. Ela se fora. Para Hollywood. Exatamente como sonhava. E ele precisaria enfrentar Elizabeth sozinho e decidir o que fazer com o casamento. Talvez fosse melhor assim. Talvez fosse melhor primeiro tomar a decisão e depois ver Crystal, e aí poderia ir ao seu encontro de mãos limpas. Tal idéia pesou sobre seus ombros, enquanto caminhava lentamente de volta à casa da Broadway. Ao entrar em seu quarto, Elizabeth dormia profundamente. Não imaginava aonde ele fora. Estava dormindo em paz, e ele a contemplou sob a luminosidade fraca que vinha da porta do banheiro. Pensou se ela estaria sonhando e com quê... se é que ela sonhava. Ela era tão prática e racional. Até mesmo sua volta fora tratada como um acontecimento social, algo a ser organizado e planejado. Não houvera carinho, abraços ou mãos dadas. Não haviam feito amor, e a verdade é que não sentia a menor vontade.

Deitou a seu lado após apagar a luz e ficou ouvindo o ritmo da respiração de Elizabeth. Por fim, virou-se e fitou-a em meio a escuridão, acariciando-lhe os cabelos suavemente, pensando que merecia mais do que ela tinha a oferecer. Ela abriu o olho, sentindo sua presença, meio aborrecida e espreguiçando-se.

— Está acordado? — Levantou a cabeça, tentando ver o relógio, mas estava demasiado sonolenta para focalizá-lo. — Que horas são? — murmurou, sonolenta.

— É tarde... volte a dormir... — sussurrou ele, e ela virou de costas para ele, assentindo.

— Boa noite, Elizabeth. — Queria dizer que a amava, mas não conseguiu pronunciar as palavras, e deitado ali, só conseguia pensar que Crystal estava em Hollywood e ainda não sabia como encontrá-la. No dia seguinte, telefonaria para Pearl, no restaurante, e rezou para que ela soubesse o endereço. Contudo, decidira procurar Crystal apenas quando sua vida estivesse resolvida. Não demoraria muito, e seria mais justo com ela. Mas estava morrendo de saudades. A volta fora solitária, um dia tão esperado que finalmente chegara. Mas agora que estava novamente em casa, sabia que se sentia um estranho.

Só conseguiu adormecer quando já amanhecia e então sonhou com armas sendo disparadas a distância... e alguém falava com ele por entre o estrondo... alguém sussurrava, dizia algo que ele não conseguia escutar, porque as armas faziam um ruído ensurdecedor... mas ele tentava ouvir desesperadamente, chorando no sonho... tinha certeza de que era a voz de Crystal.

29

Já haviam feito todos os planos para ele, Spencer descobriu no dia seguinte. Passariam três semanas no lago Tahoe, seus pais ali ficariam nas duas primeiras semanas, e os Barclay haviam planejado diversos jantares para entretê-los.

— É melhor comprar algumas roupas antes de irmos para o lago — sugeriu Elizabeth. Tudo o que tinha com ele eram os uniformes, suas botas de combate e sua chapa de identidade, pouco adequados para o estilo de vida do lago Tahoe. Ela foi com ele, e ele sentiu-se novamente criança, enquanto Elizabeth o ajudava a escolher e insistia em deixar as contas por conta de seu pai. Ele anotou a quantia e garantiu ao juiz Barclay que assim que chegasse em casa, enviaria um cheque. Permitira que Elizabeth fechasse sua conta no banco em Nova York quando ela deixou o apartamento e mudou-se para Georgetown.

— Não se preocupe com isso, filho. — Harrison Barclay soltou uma gargalhada. — Sei onde encontrá-lo.

Tudo foi facílimo e resolvido com antecedência. Foram para o lago Tahoe juntos, em uma caravana, Elizabeth na camionete com Spencer, e os dois casais mais velhos na limusine. Pararam em Sacramento para almoçar e depois foram diretamente para o lago, onde tudo fora organizado à perfeição. Quase diariamente havia um almoço em sua homenagem, um jantar para cinqüenta, nadavam à tarde, e apenas dez dias depois ele conseguiu ir pescar com o pai. Sentou-se no barco e contemplou a água. William Hill fitou-o tristemente.

— Está tendo dificuldades em reajustar-se, não é, filho?

Spencer suspirou. Era um alívio estar sozinho. A tensão com Elizabeth era constante, e a despeito da enorme bondade deles, estava farto dos Barclay.

— Estou sim. — Fitou o pai com sinceridade e assentiu. — Não pensei que minha volta seria assim.

— O que pensou que seria diferente? — Ele era um homem inteligente e de bom coração. Queria ajudar seu filho. Detestava vê-lo tão infeliz.

— Não sei, pai... não tenho o meu lugar. Passei três anos no país de outros, fazendo o que os outros queriam... estou muito velho para isso. Quero ir para casa e nem sei se tenho uma.

— Claro que tem. Você tem uma bela casa, eu e sua mãe conhecemos no último Natal.

— Ótimo para vocês. Moro em uma casa que nunca vi, com mobília que não comprei, em uma cidade que mal conheço. — Pintou um quadro tão melancólico, sentindo tanta autocompaixão, que o pai acabou rindo, sem malevolência.

— Não é tão ruim como você está dizendo. Dê-se uma chance. Você chegou em casa há menos de duas semanas.

Spencer correu a mão pelos cabelos e o pai sorriu com o gesto familiar. Era bom tê-lo de volta, vivo e saudável, e não estava preocupado com as reações do filho. Na sua opinião, isto tudo era normal. Ele e Alicia haviam falado sobre o assunto na noite anterior, e ela sugerira que ele tentasse conversar com Spencer.

— Não sei, pai. — Pensou em contar o romance com Crystal antes de partir, mas não quis. Ela era sua, e o sentimento por ela inteiramente particular. Ao menos agora sabia onde ela estava. Pearl lhe dera o telefone em Los Angeles, e ele se agarrara ao pedaço de papel como se fosse sua vida. Nas últimas duas semanas, uma dúzia de vezes pegara o telefone, mas forçara-se a não telefonar. Era muito cedo. Ainda não resolvera nada e sabia que precisava. Mas Elizabeth agia como se tudo estivesse bem e tornava tudo mais difícil.

Como se percebendo que havia mais, William Hill decidiu fazer ao filho uma pergunta delicada.

— Você ainda ama Elizabeth, não é? — Eles formavam um belo par, detestaria vê-los separados, apenas porque Spencer estava nervoso e impaciente. Mas o filho demorou muito para responder.

— Não tenho mais certeza de nada. Nem sei se a conheço.

— Você ficou muito tempo longe, filho. Com a sua idade, mesmo com a minha, três anos parecem a eternidade.

— Quero ter filhos. Ela não. Isto é fundamental, pai.

— Ela ainda é muito jovem. Dê-lhe uma oportunidade. Vá para casa, readapte-se, acostumem-se um ao outro novamente e depois tente resolver as coisas. Ela vai aceitar. Precisou ficar sozinha nos últimos três anos, é uma grande mudança ter você de novo a seu lado.

Mas Spencer parecia farto.

— Ela nunca está sozinha. Sempre tem o pai. Ele pagaria minhas cuecas se eu deixasse. — Referia-se às recentes compras na cidade e o pai soltou uma gargalhada.

— Existem problemas maiores do que este na vida. Eles são boa gente, Spencer, e querem ver vocês dois felizes.

— Eu sei... desculpe... devo parecer mal-agradecido. Só que estou terrivelmente confuso. — Voltou a contemplar o lago e depois fitou o pai. Desta vez falou com voz mais suave, e o pai percebeu alguma coisa distante e triste nos olhos de Spencer, o que o preocupara desde a volta do filho. — Havia outra pessoa antes de minha partida, pai... alguém que conheço há muito tempo. — Não contou que ela tinha 14 anos quando a conhecera.

William Hill pareceu triste e fitou o filho.

— Foi sério?

— Foi. — Spencer não hesitou na resposta. — Muito. Elas são muito diferentes... tão diferentes como podem ser duas mulheres...

— Você já a viu depois que voltou?

Spencer sacudiu a cabeça, mas pretendia vê-la. Para isto vivera.

— Não a veja. Só irá complicar as coisas para você. Você é casado com uma moça adorável, aproveite, fique onde começou.

— E a vida é isto? — Os cabelos grisalhos brilharam ao sol, e William Hill surpreendeu-se novamente ao vê-los.

— Às vezes. Às vezes o casamento é uma questão de sustentar as coisas, queira ou não.
— Não parece muito divertido.
— Às vezes não é. — Estendeu a mão e tocou a mão do filho. — Ouça um conselho de um homem mais velho, Spencer, não vire sua vida de cabeça para baixo. Seria um erro terrível. Fique com Elizabeth. Ela é uma excelente moça e casada com você. Você deve algo a ela, depois de esperá-lo todo este tempo. — Spencer sabia disto. Eis porque voltara para ela, após três anos sonhando com Crystal.

Então o pai fisgou um peixe e distraíram-se durante algum tempo. Depois, o pai fitou-o novamente, sério e comovido por Spencer ter confiado nele. Só esperava tê-lo incentivado a tomar a direção certa.

— Pense bem e seja paciente por enquanto. Tudo dará certo. Você nunca se perdoará se a decepcionar. Pense nisto também. Você não deve nada à outra. É casado com Elizabeth. E agora tem que lembrar disto. — Tudo que o pai estava dizendo fazia sentido, mas deprimiu-o tremendamente. Ligou a lancha e voltaram ao cais, enquanto ele assentiu.

— Obrigado, papai. — Fitou-o por um longo instante e voltaram para a casa. Pela primeira vez sentira que o pai o amava pelo que era e não apenas como um substituto de Robert.

— Pescaram algo? — Elizabeth estava com excelente humor ao voltarem. Adorava o lago e rever todos os velhos amigos e o carinho com que cercaram Spencer.

— Um par de sapatos velhos. — Ele abriu um sorriso largo, estava com aparência bem melhor. A conversa com o pai tirara-lhe parte da tensão. — Três peixes... — inclinou-se sobre ela, que fingiu manter o nariz empinado... — e um beijo para minha esposa. — Pelo menos ela deixou que ele a beijasse. Depois entraram e Elizabeth foi pintar as unhas, enquanto ele tomava banho. Falou sobre a festa a que iriam naquela noite e ele a fitou pensativo. — Vamos ficar em casa esta noite.

— Não podemos, querido. Estão nos esperando. E são amigos de meu pai.

— Diga a eles que você está com dor de cabeça ou que meus ferimentos de guerra não sararam. — Ofereceu-lhe um sorriso de menino. Queria uma noite só com ela. Não haviam usufruído de um momento sequer sozinhos desde que ele voltara, mas ela não parecia se importar.

— Amanhã. Prometo. — Mas na noite seguinte o irmão chegou, e ela insistiu que seria uma indelicadeza não sair com eles. E no dia seguinte foram a uma festa *black-tie*. Ele se sentia em uma prisão, sendo alimentado com champanhe e não água. Era solitário estar com ela e cercado de gente todo o tempo. Tentou explicar isto a ela quando estavam deitados na praia, mas Elizabeth insistiu ser uma tolice dele. — Como pode se sentir sozinho com todas estas pessoas interessantes em volta?

— Porque ainda não estou pronto para isso. Quero ficar sozinho com você, para conversar e conhecê-la de novo. — Mas ela se recusava a compreender. Então, por um instante ele percebeu o que precisaria fazer. Decidiu ir a Los Angeles passar o fim de semana. Finalmente sabia o que dizer a Crystal. Tomara a decisão. E ao voltar pediria o divórcio a Elizabeth. Quis dizer tudo a ela quando saíram do lago. Não queria uma cena tremenda com os pais por perto.

— Mas meus pais convidaram pessoas por sua causa. — Ela estava furiosa. Convidavam pessoas por causa dele quase toda noite.

— Sinto muito. Não posso evitar. Tenho negócios a tratar em Los Angeles. — A voz soou subitamente fria. Agora sabia o que ia fazer.

— Que negócios? — Ela fitou-o desconfiada. Ele nem tinha emprego no momento.

— Alguns investimentos que fiz ao terminar a faculdade.

— Eles não podem esperar?

— Não. Nem mais um minuto. É importante, Elizabeth. Tenho que ir. — Não telefonou para Crystal antes de partir. Entraria em contato com ela de lá e lhe faria uma surpresa.

Elizabeth ainda estava zangada quando ele partiu. Almoçava com os pais quando ele iniciou a volta a San Francisco e deixou o carro na casa, tomando um táxi até o aeroporto. O vôo foi de duas horas, e aterrissaram em uma tarde abafada de fins de agosto. Ele tomou um táxi até a cidade e hospedou-se no Hotel Beverly Hills com o dinheiro que tomara emprestado ao pai. Assim que chegou ao quarto, discou o número que haviam lhe dado no Harry's. Uma empregada atendeu e disse algo parecido com "Salvatore", o que lhe arrancou um sorriso. Aparentemente ela sempre alugava quartos de italianas. Perguntou por Crystal e disseram que ela estava trabalhando. Pearl contara que Crystal estava fazendo outro filme. Ele ficou animado por ela e sentiu-se um novo homem ao perguntar onde poderia encontrá-la. De súbito, parecia que toda sua vida entrara em foco. Sentia-se novamente em paz, com seu destino sob controle. Finalmente sentia que tomara a decisão certa.

— Na MGM — respondeu a mulher, revelando o número do estúdio com toda inocência. Ele tomou nota, saiu apressado do hotel e deu o endereço que procurara na lista telefônica ao motorista de táxi. O trajeto foi longo, e ele sentia o coração descompassado com a idéia de revê-la. Nunca se sentira assim com ninguém, exceto com Crystal. Sabia dever-lhe muitas explicações e desculpas por seu comportamento insano. Sabia que lhe devia muita coisa, mas agora teriam a vida inteira. E sorriu para consigo no banco de trás do táxi, pensando nela e no futuro de ambos.

A entrada da MGM era grandiosa, e ele olhou à sua volta como um turista quando entraram no estúdio, após serem detidos por um guarda de segurança. Spencer disse que queria ver Crystal Wyatt e em que filme ela estava. O guarda disse que o estúdio estava fechado e que ele precisaria de autorização para entrar. Mas quando Spencer disse onde estivera e por quanto tempo, o guarda hesitou e deu uma olhada por sobre o ombro. Seu filho morrera na guerra e faria tudo por um soldado. — Não conte a ninguém que o deixei entrar — disse, acenando para eles, e Spencer agradeceu. O motorista dirigiu-se para o estúdio que o guarda indicara, enquanto dúzias de atores passavam com vestes espetaculares. Havia *cowboys* e índios, presos e belas garotas com maiôs de banho e vestidos insinuantes. Era um mundo totalmente diferente do Harry's, em San Francisco. Ao pagar o motorista, Spencer parou por um minuto e olhou à sua volta. Por fim, pisou com cautela no solo firme. À sua frente, havia um prédio enorme quase semelhante ao hangar de um avião e, a distância, avistou pessoas amontoadas sob luzes brilhantes, um homem gritando com elas e todo o resto em silêncio. Postou-se ali, imóvel, e quando fizeram uma pausa, dez minutos depois, se aproximou mais. Então, como em um sonho, ele a viu de pé, de costas, mas, mesmo a distância, percebeu de imediato que era Crystal. Quis correr e tomá-la nos braços, o coração acelerado, mas aproximou-se lentamente, não desejando incomodar, e então, como se o sentindo, ela voltou-se, e ambos sentiram-se gelar. Ela ainda era a mesma, apenas mais bela do que há três anos. Finalmente a criança se fora e deixara para trás aquela mulher explêndida. Os cabelos de Crystal estavam presos em um coque gracioso, e usava um vestido branco sem cinta e sapatos de cetim brancos, tudo recoberto de pequenas lantejoulas. Ela parecia saída de um conto de fadas, os olhos marejados de lágrimas, toldando-lhe a visão, aproximando-se dele lentamente. Ela não falou, limitou-se a ficar de pé, olhando-o como uma mulher em um sonho, e então caiu em seus braços e o beijou, e ele achou que seu coração partiria. Nunca sentira tanto amor por ela quanto naquele instante. Sobrevivera à guerra apenas para voltar para ela e novamente abraçá-la. Fora isto que procurara e não encontrara em San Francisco. Mas encontrara ali, exatamente como pensara, em Crystal.

— Oh, meu Deus... você não sabe como senti sua falta... — Toda a angústia que ele sentira, toda a solidão, toda a tristeza percorreu-o novamente ao abraçá-la, e as lágrimas correram pelo rosto de ambos. Ela sabia o que fizera e sentia seu coração despedaçado. Dissera a si mesma que ele não voltaria, mas ele voltara. E ela estava vivendo com Ernie Salvatore. Mas, naquele momento, não conseguia pensar em Ernie. Não conseguia pensar em ninguém. Somente em Spencer, que abraçava e beijava, enquanto ela tocava seu rosto com lábios famintos e dedos suaves. — Oh, querido, só amo você... — Ele a afastou e sorriu. — Você está linda. — Foi o sorriso terno de um pai orgulhoso. — Agora é uma estrela de cinema?

Ela pareceu constrangida e voltou a beijá-lo.

— Ainda não, mas vou chegar lá. Este filme é excelente. — Contou-lhe quem eram os atores, e ele mostrou-se impressionado. Ela realmente conseguira, enquanto ele estivera fora. Chegara a Hollywood e agora estava nos filmes. Mas então ela levou o dedo aos lábios e sussurrou. — Estão se preparando para recomeçar as filmagens. Venha até meu camarim. — Ele a seguiu na ponta dos pés até a sala onde ela se vestia, comia e estudava durante horas. Era pequeno, limpo e arrumado, e uma mulher retirava a roupa para a próxima cena de Crystal, que sorriu e a dispensou, voltando em seguida para Spencer. — Tenho uma hora livre. — Perscrutou-lhe o rosto, querendo saber por que ele voltara, onde estivera, quando voltara para casa e se ainda estava casado.

— Isto é real? É mesmo você? — Ela o fitava estupefata, recordando seus intermináveis meses de silêncio. Sentaram-se, de mãos dadas, e ele tentou explicar tudo, a solidão, o sofrimento e sua confusão, o desespero por estar naquele país, o sentimento de que nada mais importava, exceto a constante miséria e destruição que testemunhava.

— Era como se nada ali fosse real... nem mesmo você, durante algum tempo, acho. Sentia-me como se jamais fosse conseguir sair, não conseguia conversar com ninguém. E as cartas só pioravam as coisas. Tentavam fazer com que tudo parecesse normal e alegre, o que formava um contraste brutal entre as vidas deles e a minha. Acho que outros homens também se sentiam assim. Falamos bastante a respeito no avião de volta. Até então, ninguém se dispusera a falar nisso, ninguém queria admitir como estava mal, talvez se tivéssemos admitido, não suportaríamos continuar lá. — Nunca sentira tanto frio, tanta desesperança, tanta infelicidade. — Agora acho que tudo acabou... só é difícil de esquecer. — Fitou-a tristemente.

— Pensei que você tinha decidido romper nosso relacionamento. — Crystal falou com voz baixa e triste, pensando que aquilo mudara sua vida, trouxera-a a Hollywood e a empurrara para Ernie. Pensava nada ter a perder, mas ele fora tão bom com ela. Fizera muito por ela, que por sua vez achava que também lhe devia muito. E ele tornava tudo tão fácil.

Spencer enrijeceu-se, sofrido, ao ouvi-la falar.

— Eu não teria tomado esta decisão sem falar com você. Não sabia o que fazer... recebia cartas de Elizabeth que me faziam sentir muito culpado. Ela esperava minha volta para tudo continuar como antes, mas eu sabia que não conseguiria. Nos encontramos em Tóquio algumas vezes, e estes encontros só pioravam as coisas, quando eu voltava para a frente de batalha. Era como passar o fim de semana com uma estranha. Agora também está sendo assim. Voltei há duas semanas e estou enlouquecendo. — Fitou-a seriamente e Crystal desviou o olhar. Agora era ela que se sentia culpada. Era ela que devia algo a Ernie.

— Tentei encontrá-la na noite em que voltei. — Prosseguiu ele. — Fui até a casa da Sra. Castagna, mas a mulher lá disse-me que você se mudara, e fui ao Harry's, mas estavam fechando... — Ele parecia tão desesperado quanto se sentira naquele dia. E ela não se surpreendeu haver alguém diferente na casa da Sra. Castagna. A última carta que lhe enviara, meses antes, fora respondida com um cartão do filho, contando que sua mãe morrera, e Crystal ficara triste ao saber da notícia. Gostava dela. — Finalmente, Pearl me deu o número de seu telefone, e liguei hoje pela manhã, assim que cheguei. A senhoria disse onde você estava, e agora cá estamos. — Ele sorriu, assemelhando-se a um garoto no Natal, e Crystal não explicou que aquela não era a senhoria, mas sua empregada, ou melhor, de Ernie.

— O que pretende fazer com Elizabeth? — Sentia o coração descompassado ao falar, e uma parte de si rezava para que ele não se decidisse pelo divórcio, o que tornaria as coisas mais fáceis para ela, ao menos durante algum tempo. Não podia simplesmente sair da vida de Ernie, depois que ele a colocara nos filmes e tudo o mais que fizera por ela. Contudo, à semelhança de Spencer e Elizabeth, não o amava.

Mas Spencer respondeu com toda calma. Pensara bastante a respeito no avião para Los Angeles. Falaria com a mulher assim que voltassem para Washington. Arrumaria suas coisas e tomaria o primeiro avião para a Califórnia. Não tinha mesmo emprego em outro lugar. Poderia procurar algum em Los Angeles, assim como teria feito em Washington ou Nova York. Advogados sempre conseguem emprego. E então, assim que estivesse empregado e divorciado, casaria com Crystal, se ela quisesse. Era tudo inacreditavelmente simples.

Ele sorriu. Estava feliz demais para sentir-se culpado.

— Vou pedir o divórcio a Elizabeth. Acho que já devia ter falado com ela há muito tempo. Acho que já sabia disto há três anos, mas parecia uma desonestidade com ela. Acabáramos de casar. Não sei. Fui um idiota em não falar naquela época. Mas não posso mais representar esta farsa. Seria um sujeira depois de ela esperar todo este tempo. — Recordou as palavras de seu pai no lago. — Mas nem sei se ela se importa. Ela só pensa em seu trabalho e em suas malditas festas. — Não era só isso, mas restava pouca coisa mais, pelo que ele vira ao voltar da Coréia. — Agora ela está no lago, e voltaremos para Washington em poucos dias. — Fitou Crystal bem nos olhos. — Está praticamente acabado. Posso voltar para cá em uma ou duas semanas e assim que encontrar trabalho, pedirei o divórcio e poderemos casar... — Estava certo de que Elizabeth seria razoável e concordaria com o divórcio. Então, de súbito, pareceu preocupado. E se as coisas houvessem mudado para Crystal? Contudo, não era o que parecia pelo modo como ela o beijara. Mas acrescentou, cauteloso: — ...se você ainda me quiser. — E se Elizabeth concedesse o divórcio. Mas tinha certeza de que ela aceitaria, quando ele contasse como se sentia no casamento.

Crystal fitou-o por longo tempo, e, por fim, seus olhos encheram-se de lágrimas, mas ela não falou. Desejara tudo aquilo durante anos, sonhara com tudo aquilo enquanto ele estivera fora e perdera a esperança de ver seu sonho realizado. Concluíra que ele optara por Elizabeth e nem se dera ao trabalho de avisá-la.

— E então?... — indagou ele, observando as lágrimas correrem pelo rosto de Crystal. Não sabia se eram lágrimas de alegria ou de desapontamento. Tomou-a nos braços e apertou-a. Crystal continuou a chorar, e ele sorriu, olhando por sobre o ombro dela. — Não chore, querida. Não vai ser ruim. Prometo. Cuidarei de você... juro. — Era tudo que sempre desejara. Afastou-a carinhosamente, ela fitou-o e sacudiu a cabeça. Precisava dizer-lhe muita coisa.

— Talvez agora você não me queira. — Precisava falar de Ernie.

— Não sei por quê. Só se você se casou, enquanto eu estive fora. — Sorriu Spencer, certo de que este não era o caso. — Mesmo isto pode ser resolvido. Podemos passar seis semanas juntos no Reno e casar lá, se você for casada. — Ele estava brincando, mas ela o fitou, sentindo que o coração poderia se partir. Era ainda pior. Finalmente ele ficaria livre, e ela presa a Ernie. Mas se ele tivesse escrito... se tivesse mantido contato com ela... se tivesse explicado... então ela recordou as cartas que não respondera. Pensara ser tarde demais e não quisera se atormentar ou jogar com ele. Aquela história se estendera por tanto tempo, e ela pensara, quando ele contou que Elizabeth fora a seu encontro em Tóquio, que Spencer decidira continuar o casamento.

— Spencer... — Ela lutou com as palavras, buscando explicar, mas sabia que não ia ser fácil. — Estou morando com uma pessoa. O meu empresário... é uma longa história... e não sei por onde começar. — Ele a fitava, triste, à espera do relato, mas não era o que esperava. Não sabia o que encontraria, sabia que talvez a encontrasse furiosa ou indiferente ou diferente. Mas não pensara encontrá-la ainda apaixonada por ele e vivendo com outro. E não gostou da realidade. — Quando vim para Hollywood, fui apresentada a ele por dois agentes. Disseram que ele era o melhor, e logo ele conseguiu um trabalho para mim em um filme. Na verdade, comecei a trabalhar uma semana depois de chegar. Ele fez tudo por mim, comprou roupas, me instalou em um hotel, até pagou... — Não falou de Malibu nem do bracelete de diamantes. — Assinei um contrato com ele, ele resolve tudo para mim, Spencer. Devo-lhe muito... não posso simplesmente deixá-lo... não seria justo... — Para Spencer, mais pareceu uma escravidão, não conseguia acreditar no que estava ouvindo.

— Está apaixonada por ele?

Ela sacudiu a cabeça tristemente.

— Não. E falei de você logo no começo. Mas disse que estava acabado. Pensei que estava. Não recebia notícias suas há meses e pensei que tinha se decidido por Elizabeth... — A voz falhou e ela recomeçou a chorar. Spencer pôs-se a percorrer a sala de um lado a outro com olhar de fúria.

— Eu estava tentando sobreviver, se é que lhe interessa. — Fitou-a, completamente frustrado. Todo aquele tempo passara chapinhando na lama, gelado de frio, afundado nas trincheiras coreanas, e ela pensando que ele não a amava.

— Sinto muito... você ficou muito tempo fora... e... aqui tudo estava tão diferente. Queria muito vencer em Hollywood. — Ela foi sincera, mas não estava sendo fácil para Spencer ouvir tudo aquilo, e não estava gostando.

— Queria tanto que vendeu seu corpo junto?

— Ora, diabos! — Ela pôs-se de pé, subitamente furiosa com ele. — Quando você foi embora, estava casado, não é? Ou já esqueceu este pequeno detalhe? Esperei quase três malditos anos por você, Spencer Hill, e na metade do tempo você nem se deu ao trabalho de escrever. No final, tinha escrito dez palavras em uma folha de papel que poderia ser endereçado a qualquer uma. Não falava de nós, ou do futuro, ou do que pretendia fazer. Simplesmente esperava que eu ficasse sentada esperando, e foi o que fiz durante muito tempo. Mas eu também queria ter uma vida. Tinha direito a algo mais do que ficar o resto da vida na casa da Sra. Castagna, esperando o Messias. — Ele não respondeu, porque ela estava falando a verdade. Não podia negá-lo. — Por isso vim para cá, e Ernie tomou-me sob sua asa. Ele é um homem poderoso, Spencer. Pode tornar-me uma grande estrela algum dia. E não vou ficar com ele para sempre, só que não vou sair da vida dele de um dia para outro porque você mandou. Devo muito mais a ele e não quero transformar um amigo em inimigo. Ele tem sido bom para mim, e devo algo a ele. Além do mais, se eu fizer isto, algum dia ele poderá me magoar.

— Você quer dizer fisicamente? — Spencer pareceu aterrorizado, mas Crystal de pronto sacudiu a cabeça.

— Claro que não. Quero dizer profissionalmente. Acho que ele poderia rasgar o contrato.

— Não tenha tanta certeza. Ele não é idiota. É um homem de negócios, sabe onde coloca as mãos. Que tipo de contrato você assinou? — Também estava preocupado com isso, mas este era o menor problema.

— Um contrato-padrão. — Ela tentou parecer confiante, mas, na verdade, sabia muito pouco a respeito do contrato. Ernie sempre dizia que não era importante.

— O que significa?

— Ele atua como meu intermediário com os estúdios. Entram em contato com ele, que prepara tudo para mim. — Era uma boa extensão, e ela a comprara.

— Quem paga você? Ele, ou os estúdios lhe pagam diretamente? — Spencer estava bastante desconfiado. Já ouvira falar de contratos como aquele, com agentes que devoravam fortunas inteiras de grandes estrelas, e os atores terminavam sem nada.

— Ernie assina os cheques. Assim ele tira meus impostos.

— Você já viu os contratos dos estúdios ou os cheques dele com seu salário?

— Claro que não. — Crystal parecia aborrecida. — Ele cuida de tudo para mim. Seu trabalho é esse. — Exatamente o que Spencer temia.

— Então pode ter certeza de que ele está fazendo uma fortuna à sua custa, meu amor, e você está ganhando uma ninharia perto do que eles pagam.

— Não é verdade! — Crystal apressou-se a defendê-lo, mas sabia que o contrato com Ernie não era o problema. — De qualquer maneira — ela voltou a sentar-se, parecendo esvaziada, e ergueu os olhos tristes para Spencer —, não posso simplesmente largá-lo. Depois poderei. Mas ele não vai compreender se eu for embora amanhã, e não seria justo com ele. Assim como não seria se você desse um chute em Elizabeth duas semanas depois do casamento. — Ela estava tentando ser otimista e sabia disso. Mas sentia-se em débito com Ernie, mesmo que Spencer não compreendesse. Ele fora muito decente com ela para que virasse as costas a ele por causa de Spencer.

— Então o que você quer dizer, Crystal? Que está tudo acabado? Que você quer ficar com ele? — Ele perguntou com voz trêmula, não de raiva, mas de medo.

Ela respondeu com os olhos marejados de lágrimas. Queria sair do camarim, tomar a mão de Spencer e ir até a igreja mais próxima para que casassem. Mas também sabia que não podia fazer isso. No momento não. Por enquanto não. Queria resolver a situação com Ernie de maneira delicada. E ela acertara ao dizer que ele poderia ser um inimigo ferrenho, caso se enfurecesse. E teria todo o direito se ela lhe desse um chute após toda a sua bondade.

— Preciso de tempo. Preciso de tempo para conversar com ele, para terminar este filme e então dizer-lhe que quero morar sozinha ou algo assim. Mas não posso fazer isto em uma semana, Spencer. Você demorou três anos com Elizabeth. Me dê pelo menos um ou dois meses. Quero resolver as coisas com calma. E estou na metade de um filme.

— Por que tanto tempo? Por que tem medo de ele prejudicar sua carreira ou por que o ama? — Ainda não sabia ao certo o que ela sentia por aquele homem, nem por que se sentia tão devedora. Não compreendia as sutilezas de modo como Ernie trabalhava, nem como ele usava o senso de obrigação de Crystal, seus temores e sua consciência.

— Porque acho que devo isso a ele. Como cortesia, no mínimo. Não se sai da vida de um homem que fez tanto por você. E quero que ele continue a ser meu agente depois que deixá-lo.

— Acho que não seria acertado, Crystal. Pelo amor de Deus, existem muitos outros.

— Não tão bons quanto Ernie. — Ele também a convencera disso, e Spencer enfureceu-se mais uma vez, ouvindo-a. Parecia que estariam presos àquele cara a vida inteira.

— Você parece com Elizabeth falando de McCarthy. Meu Deus, volto da guerra querendo me acomodar e ter uma vida normal, e todos estão preocupados com suas carreiras. Exceto eu. Que ótimo, não? — Sentia pena de si mesmo, mas Crystal não sabia se o censurava. Só sentia gratidão por Spencer ainda querê-la após saber de Ernie. Outros homens teriam ido embora de imediato.

— Você vai encontrar um trabalho aqui. Talvez até os estúdios o contratem. Eles têm batalhões de advogados. — Pensou em sugerir que Ernie poderia arranjar algo para ele, mas não ousou, e além disso demoraria um pouco até poder pedir tal coisa a Ernie.

— O que quer que eu faça enquanto espero você, Crystal? — Não compreendia as regras. Ela estendeu-lhe a mão carinhosamente e respondeu.

— Apenas que seja paciente. Sinto muito por tudo isto. — Ela pareceu constrangida e baixou os olhos. Ele inclinou-se e beijou-lhe os cabelos sedosos, soerguendo-lhe o queixo para que pudesse vê-la.

— Não se preocupe. Eu mereço. Poderia ter sido bem pior. Você poderia ter me mandado para o inferno. Tenho sorte de você ainda me querer.

— Eu te amo... — ela sussurrou, e Spencer abraçou-a. Então alguém bateu suavemene a porta, avisando de que ela teria outra cena em dez minutos. Ela ergueu olhos pesarosos para Spencer, sem querer deixá-lo, mas precisava voltar ao trabalho e pensar no modo de contar tudo a Ernie. — O que vai fazer agora?

— Você pode ficar algum tempo comigo ou é muito complicado? — Sabia muito bem a resposta, por sua própria situação com Elizabeth e os Barclay.

— Acho que não posso. — Ele a beijou novamente. Os olhos de Crystal irradiavam tristeza, não queria que ele se fosse.

— Então vou voltar para San Francisco. Telefono daqui a alguns dias. E apresse-se, sim? — Brincou. Não estava satisfeito com a situação, mas poderia suportá-la durante algum tempo. A culpa era sua se as coisas haviam se passado assim. Muito embora não estivesse satisfeito, não podia condená-la. Poderia ter sido bem pior. Ela poderia estar apaixonada por outro e até casada. Diabos, a esta altura ela poderia estar com dois filhos. Acontecera algo desagradável, mas ao menos ela ainda o amava.

Ele a beijou ardentemente antes de partir, e Crystal não conseguiu suportar a idéia de perdê-lo mais uma vez, entretanto, desta vez, seria por pouco tempo. E agora sabia onde ele estava. Poderia telefonar, e ele prometera ligar para contar como estavam as coisas em sua vida. Assim que falasse com Elizabeth, pretendia voltar para a Califónia, em questão de poucas semanas, e começar a procurar um trabalho e esperava que, a esta altura, ela já tivesse acabado o filme e resolvido o problema com Ernie. Encontrariam um lugar onde morar e, no momento, tinham muito em que pensar. Ambos sentiram-se esperançosos, e Spencer beijou-a mais uma vez, apertando-a junto a si e recordando o doce perfume de seu corpo.

— Odeio ter que deixá-la de novo — ele falou baixinho.

— Eu também. — Ela sorriu. Mas desta vez não seria por muito tempo, e quando estivessem novamente juntos, seria para sempre.

— Estarei de volta em breve. — Ele prometeu, e Crystal assentiu. Ambos teriam muita coisa a fazer durante o mês seguinte, uma série de obstáculos a superar antes de poderem reunir-se.

Por fim, com um último beijo, ele saiu do camarim e ela o acompanhou, observando-o afastar-se com um olhar de carinho que contava toda a história. Ele acenou, e ela retribuiu em silêncio, a fim de não perturbar o trabalho dos atores na filmagem. Nenhum dos dois viu Ernie, observando-os do fundo do cenário.

30

Spencer voltou ao hotel e deixou-o naquela mesma tarde. Não fora o fim de semana que planejara, e ainda estava chocado após saber que ela morava com outro. Mas tinha que ser justo e lembrar que ele ainda vivia com Elizabeth. E sabia que tudo aquilo em parte ocorrera por sua culpa, pois Crystal desistira de ter esperanças e envolvera-se com Ernie. De qualquer modo, a situação não lhe agradava, e estava ansioso para que ela resolvesse tudo. Também estava preocupado com o contrato. Desconfiava de que por trás havia muita coisa que Ernie não contara.

Tomou o avião de volta a San Francisco naquela noite e alugou um carro. Sem saber onde estava indo, dirigiu para o norte. Só pensava nela, só lembrava do modo como ela o olhara, ao beijá-la no pequeno camarim. Os mesmos sentimentos estavam presentes, até mais intensos.

Chegou a Napa às dez horas e continuou dirigindo. Pensou em parar em um hotel, mas então viu as placas e percebeu por que tomara aquele caminho. Estava pagando seu tributo ao passado e à criança que ela era quando a conhecera. Eram onze horas quando atravessou a cidade e parou na entrada do rancho. O portão estava fechado, a casa oculta pelas árvores, mas ele ponderou se o balanço ainda estaria ali. Há seis anos não visitava o lugar. E há sete a conhecera.

Parou em um hotel e tentou achar os Webster na lista telefônica, em vão. E não lembrava mais onde eles moravam. Mas não fora até ali para vê-los. Viera por causa dela e pelo que já fora outrora. Antes de Hollywood, antes da guerra, antes de Elizabeth, antes do homem com quem estava vivendo, antes de todos... quando ele a conhecera, com seu vestido branco no casamento da irmã. Fora tudo tão simples, no começo.

Permaneceu um longo tempo sentado no carro e, por fim, lentamente deu a partida. Agora tinha que pensar em sua vida, ele mesmo lhes dera um mês. Agora não parecia muito, mas, naquela tarde, fora toda uma eternidade. Parou para jantar em uma cidade que não conhecia e demorou seis horas para chegar ao lago Tahoe. Passou por Donner Pass ao amanhecer e só conseguia pensar na garota que deixara na MGM, a mulher que amava e que iria desposar.

Estacionou o carro e entrou na casa. Subiu as escadas na ponta dos pés, até o quarto, onde Elizabeth ainda dormia. Enquanto ele tirava a roupa, ela se espreguiçou e fitou-o com olhar sonolento.

— Voltou? — Ainda estava meio adormecida.

Ele assentiu, temendo dizer mais. Estava demasiado cansado para dizer qualquer coisa. E prometera a si mesmo esperar até deixarem o lago Tahoe. — Volte a dormir. — Foi tudo que disse, mas ela sentou na cama, observando-o com atenção.

— Pensei que você só voltaria no domingo.

— Foi mais rápido do que pensei. — Rápido demais e não suficientemente rápido. Quisera passar o fim de semana com Crystal.

— Onde você estava? — Elizabeth analisava-o, despindo-se e deitando a seu lado.

— Já disse. Los Angeles. Tinha alguns negócios lá.

— E resolveu tudo? — Sua voz era fria e agora ela estava completamente desperta.

— Mais ou menos. Não encontrei todos que queria, por isso voltei antes.

Ela assentiu, sem saber se acreditava. Há dias estava sentindo-o diferente, na verdade desde que voltara, e ponderou o que poderia ser. — Quer conversar?

— Especificamente não. Dirigi a noite inteira. — Fechou

os olhos, esperando que ela parasse de falar. Mas não.
— Por que não ficou na casa de San Francisco?
— Queria voltar para cá.
— Que bom. — Ele não soube se ela estava sendo sarcástica ou não, e a última coisa que desejava era perguntar.
— Está se sentindo melhor? — Ela conversava como se estivessem no meio da tarde, e Spencer soltou um gemido, abrindo os olhos e fitando-a sentada a seu lado.
— Pelo amor de Deus, Elizabeth. Por que não conversamos de manhã?
— Já é manhã. — O sol já nascera, e os pássaros começavam a cantar.
— Sim, estou me sentindo melhor. — Muito melhor, após rever Crystal.
— Quer falar sobre isso? — Ela procurava algo e se insistisse, acabaria por descobrir.
— Não. Não há o que falar. — Ainda não. Não com as famílias em volta deles. Durante duas semanas não haviam usufruído da privacidade, e ele queria pelo menos isto ao dizer que desejava o fim do casamento.
— Acho que temos muito o que conversar. Não sou idiota, sabia? — De pronto ele ponderou se ela saberia de Crystal e sentou-se. Mas ela não poderia saber, a não ser que houvesse mandado alguém segui-lo. — Sei que as coisas têm lhe aborrecido. Eu e seu pai conversamos a respeito faz alguns dias. Não é fácil voltar da guerra. Sei disso. Para mim também não tem sido fácil.
De súbito, ele sentiu pena dela, e ficou pensando o quanto seu pai teria falado. Esperava que não se tivesse metido e contado tudo a Elizabeth. — Você tem sido muito compreensiva em todos estes anos. — Pegou um cigarro, desejando poder falar mais e dizer que ainda a amava. Se é que algum dia a amara. Nem disso tinha certeza. Seus sentimentos por Crystal eclipsavam tudo, e sua relação com Elizabeth sempre fora muito diferente.
— Voltaremos a nos acostumar um ao outro. — Ela falou carinhosamente, fitando-o. Ele se sentiu traindo-a. E a traíra, desde há muito. Agora tinha certeza de que nunca deveriam ter-se casado.
— Tem certeza de que ainda quer? — Estava caminhan-

do para algo que só queria dizer quando fossem embora do lago, mas ela o estava forçando, e dali a um minuto teria que falar.

— Acho que sim. Por isto esperei você todo este tempo. Acho que você vale o esforço. — Ela sorriu, fazendo-o sentir-se ainda pior. Seu pai tinha razão. Devia-lhe algo. Mas não pelo resto de sua vida. Seria pedir muito. Um preço demasiado alto a pagar pelos anos que ela esperara por ele.

— Você é uma excelente mulher, Elizabeth. — Demais. Ela excedia em muito o que ele queria suportar. Ela tinha suas próprias idéias, seu jeito, sua casa e a família que a cercava, com a qual ele precisava competir. Não havia espaço para ele, ao menos assim se sentia. Com Crystal, poderia construir uma vida nova. Poderia fazer tudo por ela. Poderia compartilhar o começo de sua carreira, começar uma vida nova, ter filhos. Tudo isso era-lhe importante. — Não sei o que lhe dizer. — Voltou-se para ela, e ela leu toda a verdade em seu rosto. — Acho que não posso continuar. Acho que nunca devíamos ter casado.

— Agora é um pouco tarde, não acha? Depois de todo este tempo? — Ela estava zangada e magoada, mas não surpresa. Há dias esperava por isto. Mesmo antes do pai de Spencer conversar com ela. Já sabia o que estava por vir. O juiz Hill dissera que o filho estava um tanto "desequilibrado", e ela teria que ser paciente. No que lhe dizia respeito, já fora bastante paciente. Sua paciência custara três anos.

— Estive três anos fora. Antes ficamos juntos duas semanas. E mudamos. Nós dois. Não quero mais as mesmas coisas de antes. E você tem seu trabalho. Mal nos conhecíamos quando parti e, nos últimos três anos, nos tornamos estranhos.

— Não pude evitar. Foi assim. Mas depois de três anos esperando, não vou aceitar a derrota, se é isto que está sugerindo. — Seus olhos eram duros como rochas, e ele sentiu o coração comprimir-se ao fitá-la.

— Por quê? Por que não? Só vamos nos fazer infelizes. — Tentou argumentar, mas percebeu que ela não queria ouvir.

— Não necessariamente. Temos muito a oferecer-nos. Sempre tivemos, foi o que sempre achei.

— E sempre tive dúvidas. Fui sincero com você quando ficamos noivos.

— E eu disse que não me importava. Temos exatamente o necessário a um bom casamento. Boas carreiras, inteligência, vidas interessantes, estas coisas fazem os melhores casamentos.

— Não de onde vim. Que tal amor, ternura, lealdade, filhos? — Mas o quanto ele e Crystal haviam sido leais um ao outro? Ambos viviam com outras pessoas. Tentou não pensar nisto enquanto falava com Elizabeth. Não importava o que tinham, nunca chegaria aos pés do que existia entre ele e Elizabeth.

— Você leu romances demais. Ficou fora da vida real durante muito tempo, Spencer. Claro, estas coisas são importantes, mas são a vitrine e não o alicerce. — Ela estava dizendo o que ele já sabia. Que eram diferentes demais. Valorizavam coisas diferentes. Ele queria amor. E ela grandes negócios.

— O que você sente por mim? — Voltou-se subitamente para ela, com expressão de angústia. — De verdade? O que sente quando deito a seu lado na cama, à noite? Paixão, amor, desejo, amizade? Ou sente-se sozinha como eu? — Haviam feito amor apenas uma vez desde que ele voltara e fora desastroso.

— Sinto pena de você. — Fitou-o bem nos olhos e falou friamente. — Acho que você procura algo que não existe. Sempre procurou. — Mas e se ele contasse que descobrira? Não queria falar. Queria deixá-la, mas não havia necessidade de magoá-la. Não queria isto. Só queria sua vida de volta. Mas estava óbvio que ela não queria devolvê-la. — Acho que você é um sonhador... e acho que você deve começar a viver no mundo que o cerca, no mundo em que vivemos, Spencer. Um mundo cheio de gente importante, com carreiras importantes. Estão todos fazendo coisas úteis, não estão sentados de mãos dadas com as esposas e bajulando os filhos.

— Então sinto pena deles e de você, se é assim que vê a vida.

— Você tem que se recompor, arrumar um emprego em Washington, começar a fazer amigos, encontrar as pessoas certas...

— Como as pessoas que seu pai conhece? — interrompeu-a, os olhos fervilhando de raiva. Estava farto deles e da constante busca de "importância" sempre crescente. O que era importante para eles, para Spencer não contava nem um pouco. Sobretudo agora, após três anos na Coréia.

— Sim, como eles. O que há de errado com eles?
— Nada, só que não gosto deles.
— Você tem sorte de eles conversarem com você. — Ela também estava furiosa. Estava cansada da expressão desconfortável de Spencer em toda festa a que compareciam. — Você tem sorte por eu ter casado com você. E tem ainda mais sorte por eu ser esperta demais para me divorciar. Algum dia você fará algo de si, eu providenciarei para que isto aconteça. E algum dia, Spencer Hill, você me agradecerá.

Ela a fitou e então desatou a rir. Gargalhou até as lágrimas rolarem pelo rosto. Ela era a mulher mais egocêntrica que já conhecera e se achava sempre certa. Mas ela também era uma força contra a qual lutar.

— Exatamente o que planeja fazer de mim, Elizabeth? Que tal presidente? Ou rei? Seria divertido... talvez eu até gostasse.

— Não seja tolo. Você poderia ser qualquer coisa que quisesse. Todas as portas estão abertas para você em Washington, até o Gabinete, se jogar as cartas certas.

— E se eu não quiser jogar?
— A opção é sua. Mas eu falei sério. Se quiser o divórcio, fique sabendo que não vou dar. — Ele ainda nem pedira, mas já recebera a resposta.

— Por que ia querer permanecer casada sem a minha vontade? — Ele não conseguia entender, mas ela foi muito clara sobre seus sentimentos, levantando-se e fitando-o como uma expressão gelada.

— Não vou deixar você me constranger após todo este tempo. Esperei por você, e agora você terá que cumprir seu dever. O preço não é tão alto, se você refletir melhor. Poderia ser pior. — Então, como se pensando melhor: — Além disso, por acaso eu te amo. — Talvez ele tivesse se comovido, caso ela houvesse falado de maneira diferente e um pouco antes.

— Não sei se você conhece o significado desta palavra.
— Talvez não. — Ela não arredou pé. — Mas, neste caso, Spencer, você pode me ensinar. — Dirigiu-se ao banheiro e trancou a porta. Ele a ouviu tomando banho, e, meia hora

depois, ela reapareceu, imaculada, de calças brancas e uma camisa de seda branca impecável, sapatos brancos, o colar de pérolas e um par de brincos de pérolas e diamantes. Era bonita, mas nada o enternecia ou aquecia. — Vai descer para o café da manhã ou quer dormir um pouco? — Ambos sabiam que ele não conseguiria voltar a dormir, mas sua aparência era péssima. A noite o fatigara, e a manhã não fora muito melhor. A notícia de que ela não daria o divórcio mergulhara como uma faca em seu coração, tão repleto de Crystal.

— Desço daqui a pouco.

— Ótimo. Hoje somos esperados na casa dos Houston para o almoço. Sei que você vai adorar.

— Estou excitadíssimo. — Mas, de certa forma, ele se sentia aliviado após a conversa com ela. Ao menos não precisava mais fingir adorar o casamento. Ela estava a par da situação, e ele também, infelizmente. Olhou-a de novo, preparando-se para sair do quarto. — Está falando sério, Liz? — Ele falou com voz suave. Queria fazê-la perceber a inutilidade de continuarem juntos.

— Sobre o quê? Ficar com você? — Ele assentiu. — Estou sim.

— Por quê? Por que não admite que deu tudo errado? De que adianta insistir?

— Já disse, não vou permitir que você me faça parecer uma idiota. Além do mais, seria constrangedor para meu pai.

— Este é o motivo mais infeliz que já ouvi.

— Então pense nos seus próprios motivos, se quiser. Mas falei sério. E acho que com o tempo ambos seremos felizes no casamento. — Mal podia acreditar no que ela estava dizendo, mas, sem outra palavra, ela deixou o quarto e desceu para o desjejum, enquanto Spencer permaneceu deitado, pensando em Crystal.

Ela enfrentara seus próprios problemas naquela noite. Só parara de trabalhar às dez. Um dos refletores quebrara, e depois uma grande parte do cenário. Haviam atrasado horas, e quando ela chegou em casa, já era meia-noite, e Ernie a esperava.

— O que fez hoje? — Ele parecia imperturbável, observando-a despir-se. Crystal estava exausta e passara a noite pensando em Spencer e no que precisaria fazer: contar a Ernie.

— Nada de mais. O refletor quebrou, e ficamos parados durante horas. — Haviam reclamado do calor, da longa espera e do jantar.

— Só isso? — Ele se aproximou lentamente de Crystal, nua por sob a camisola.

— Claro. Por quê?

Ele a agarrou pelos cabelos e puxou-lhe a cabeça para trás com toda força. Ela conteve um grito e lutou para soltar-se.

— Não tente me enganar.

— Ernie!... Eu... — Mas as palavras morreram em seus lábios. Percebeu pelo olhar que ele sabia da visita de Spencer ao estúdio. — Recebi a visita de um velho amigo... só isso.

— Ele puxou-lhe novamente os cabelos, e os olhos de Crystal encheram-se de lágrimas de dor e medo.

— Não minta! É o cara da Coréia, não é? — Ele era esperto e acertara. Imaginara tudo, quando a empregada contou que um homem telefonara, e fora ao estúdio ver se havia alguém com ela. Chegara a tempo de vê-los desaparecer no camarim. E esperara muito tempo, até vê-los reaparecer, fitando-se como amantes há muito perdidos.

— Sim... sim... — Ela ofegava, enquanto Ernie lhe torcia os cabelos com as mãos. — É ele... sinto muito... não sabia que você ia se aborrecer...

— Sua putinha estúpida! — Ele a esbofeteou, atirando-a ao chão. — Se você encontrar com ele de novo ou telefonar ou falar com ele, algo horrível vai acontecer a ele. Entendeu, Madame Pureza?

— Sim... Ernie, por favor... — Ela estava horrorizada. Não conhecia este lado de Ernie.

— Agora tire a roupa. — Ela ofegou com a expressão de seu rosto, e ele nem estava bêbado. Mas seus olhos aterrorizaram-na. Ele se aproximou com passos decididos. Rasgou a camisola e deixou-a à sua frente, nua e trêmula. — E lembre-se de uma coisa, agora você me pertence! A ninguém mais! A mim... porque sou seu dono! Está claro! — Ela assentiu, lágrimas escorrendo pelo rosto que ele voltou a esbofetear, e, sem mais cerimônia, lançou-a a uma cadeira próxima e arrancou o pijama, soltando um gargalhada com a expressão dos olhos de Crystal. — Exatamente. Vou fazer exatamente o que quero porque sou seu *dono*. — E tomou-a com tamanha força e brutalidade que desta vez ela gritou, não de prazer, mas de pânico, e quando ele acabou, atirou-a ao chão, onde ela ficou soluçando de agonia. Exatamente o que Tom Parker fizera, de certa forma pior, porque ela confiara em Ernie. Devia ter ido embora com Spencer naquela tarde. Agora percebia, mas era tarde demais. Muito mais tarde do que imaginava, e aterrorizou-se com o que Ernie poderia fazer com Spencer, se estivesse falando sério. E ela não queria arriscar Spencer. Mesmo se precisasse morrer.

Ele a fitou, jogada ao chão, e soltou uma gargalhada enquanto ela chorava, sem ousar olhá-lo.

— Levanta! — Agarrou-a novamente pelos cabelos. Ela o fitou aterrorizada. — Se voltar a ver este cara, Crystal Wyatt... eu te mato. — Foi deitar-se, e ela dirigiu-se ao banheiro, onde vomitou, e ao contemplar-se no espelho, viu olhos vazios. Ele lhe dera tudo e agora achava-se seu dono. Mas uma coisa era certa, agora ela sabia o que aconteceria se tentasse deixá-lo para ir ao encontro de Spencer.

31

Spencer e Elizabeth foram para Washington no dia 6 de setembro, com os Barclay. Fora uma semana torturante para Spencer. A tensão entre ambos chegara ao auge. Mas ela prosseguira, como se nada houvesse de errado, determinada a continuar com a ilusão do casamento. Ele não sabia como a demoveria de tanta determinação, mas em um mês queria voltar para a Califórnia e para Crystal. E tocaria no assunto do divórcio assim que chegassem a Georgetown. A resistência de Elizabeth fora uma completa surpresa para ele. Tanto ele quanto Crystal haviam sido ingênuos quanto à disposição dos parceiros em deixá-los, e agora Spencer só pensava em uma forma de convencer Elizabeth a conceder o divórcio.

Mas quando chegaram a Washington, ela estava tão orgulhosa com a casinha, tão ocupada com os amigos e com o trabalho, que Spencer mal a via. Ela tinha uma empregada que cozinhava e arrumava a casa, e aparentemente, eram convidados a todas as festas da cidade. Spencer já quase perdera a esperança. Sentia-se afogado em um mar de pessoas, dia e noite, e cada vez que tentava falar com ela, de alguma maneira Elizabeth evitava o assunto. Por fim, no segundo fim de semana de volta a Washington, ele explodiu no café da manhã. Ela acabara de avisar que aceitara um convite para almoçar com os pais naquele dia e achou que ele gostaria de jogar golfe com seu pai.

— Pelo amor de Deus, Elizabeth, não podemos continuar assim. Você não pode fingir indefinidamente que não há nada errado. — Para ele, nada mudara desde lago Tahoe ou até bem antes.

— Já disse o que penso, Spencer. Só isso. Para o resto da vida. Acho melhor você desistir e começar a aproveitar.

— Olhou-o com frieza e o autocontrole de sempre, os quais o deixavam louco.

Ele sentou e correu a mão pelos cabelos, no gesto familiar que ela ainda não considerava com carinho. Na verdade, a irritava. Mas estava preparada para suportar tudo. A vida deles era aquela, e ele seu marido.

— Precisamos conversar. — Os olhos de Spencer mostraram-se inflexíveis. Ela era uma mulher decente, e ele apreciava o que fizera por ele. Mas não era isto que queria. Agora tinha certeza. E não queria um casamento que fosse apenas aparência e fingimento.

— De que quer falar? — Ela falou com voz glacial. Estava farta da aparente dificuldade de Spencer em ajustar-se. Pelo que podia ver, ele tinha tudo que queria. Uma bela casa, uma empregada, uma esposa interessante com um bom trabalho e sogros importantes. Mas Spencer não pensava assim. *De maneira alguma.*

— Temos que falar sobre nosso casamento.

Ela fitou-o com olhos gélidos. Já ouvira esta história e não estava interessada em continuar batendo na mesma tecla. Não lhe daria o divórcio. Ele teria que ser adulto e enfrentar a realidade.

— Não há o que conversar.

— Eu sei — ele falou com tristeza. — É exatamente este o problema.

— O problema é que você ainda está resistindo ao casamento. Quando parar, as coisas melhorarão muito. Olhe meus pais. Acha que sempre foi fácil para eles? Estou certa que não. Eles foram trabalhando a relação. E nós podemos fazer o mesmo, se você aceitar o que é e prosseguir. — Ela o fitou sem complacência.

— Para mim *"o que é"* — disse ele, tentando falar calmamente — é que não considero isto um casamento.

— Discordo. — Ela parecia zangada, mas não triste. Estava farta de falar sobre o mesmo problema.

— Não estamos apaixonados. Nunca estivemos. Isto não é importante para você?

— Claro que é. Mas isto virá depois. — Ela não parecia preocupada, o que o deixava ainda mais louco.

— Quando? Quando acha que virá, Elizabeth? Aos 65 anos, como a pensão de um aposentado? Ou sentimos no começo, ou não se sente mais. E eu nunca senti. Tentei dizer a mim mesmo que aquilo era paixão, mas não era. Quis desistir depois que ficamos noivos e falei com você. Deixei que você me convencesse e fui um idiota, sei disso. Não foi justo com você, nem comigo, e agora estamos pagando o preço da sua maldita teimosia.

— Que preço você *está* pagando? — Agora ela estava furiosa e finalmente mostrava seu sentimento. — O preço do conforto, de ter uma esposa de quem pode se orgulhar ou um sogro que é um dos homens mais importantes do país?

— Estou pouco ligando para tudo isto, e você sabe.

— Não tenho tanta certeza. E você? Por que casou comigo, se não estava apaixonado? — Era uma boa pergunta.

— Convenci-me de que estava apaixonado. Pensei que poderia dar certo, mas não conseguimos e temos que enfrentar isto.

— *Você* tem que enfrentar. *Você* precisa resolver isso. O problema é *seu*. Você fica se lamuriando o tempo todo. Pare de choramingar e faça algo.

— É o que quero fazer, maldição! — Ele esmurrou a mesa e sentiu ímpetos de atirar algo nela. — Quero o divórcio para que a gente possa sair disso e comece a viver como um ser humano normal.

— Não vamos a parte alguma, Spencer. Estamos casados e assim continuaremos. Para melhor ou pior, até que a morte nos separe. Portanto pare de lamuriar-se e acostume-se à idéia. Mexa esta bunda e vá procurar emprego. Faça o que quiser, mas entenda uma coisa, não vou me divorciar de você. — Ele sentiu o desespero dominá-lo enquanto a escutava. Só queria voltar para Crystal e à Califórnia.

— Quanto tempo acha que conseguiremos continuar assim?

— Para sempre. Se for preciso. Depende de você o grau de dificuldade.

— Você não quer algo mais? Eu quero. Quero alguém com quem possa conversar. Alguém que goste das mesmas coisas que eu. Vida, amor, felicidade e filhos. — Estava à beira das lágrimas. — Elizabeth, quero ser feliz.

— Eu também. — Ela fitou-o sem nenhuma simpatia e de repente pensou algo. Nunca pensara nisto antes, mas ainda lembrava da forma como ele olhara para a garota da casa noturna, após a festa de noivado em San Francisco, e a declaração de Spencer, dois dias depois, de que não queria mais se casar. — Spencer — fitou-o bem dentro dos olhos —, existe outra? — Mas ele não podia revelar isto. O problema não era este. O problema era que haviam cometido um erro que precisava ser enfrentado. O que poderia acontecer depois não era da conta de Elizabeth.

— Não, não existe. — Não ia lhe contar tudo. Não queria piorar as coisas.

— Tem certeza? — Conhecia-o melhor do que ele pensava, mas Spencer sacudiu a cabeça, decidido a mentir sobre Crystal.

— Não é importante. Estou falando de algo muito mais fundamental. O casamento não funciona para os dois, e nunca funcionará. — Mas ela chegara perto da verdade e percebeu-o de pronto.

— *É* importante. Tenho o direito de saber se existe outra.

— Isto mudaria alguma coisa? — Fitou-a cautelosamente.

— Não vou lhe dar o divórcio, se é o que quer saber. Mas eu saberia algo de você. Acho tudo isto uma tolice, você reclamando para esconder algo, não é?

— Já lhe disse, o problema não é este.

— Não acredito.

— Elizabeth, seja sensata. Por favor. — O que poderia lhe dizer? Que havia outra? Que ela era a mulher mais linda que já vira, e estava apaixonado desde que ela tinha 14 anos? E agora eles queriam se casar.

— Meu pai queria lhe apresentar a amigos importantes hoje. — Ela ignorava tudo o que ele dizia. — Acho que devemos ir.

— Pelo amor de Deus, estamos falando sobre nossas vidas. Por que não ouve e reflete?

— Porque sua reflexão é o divórcio, Spencer. E a minha não. E não vou permitir que saia disso. Simples. Não vou deixar que me constranja publicamente. Não quero me divorciar. Quero estar casada. — Sempre desejara casar com ele e conseguira exatamente o que desejava. Quase. No que lhe dizia respeito, isto era tudo que se podia esperar da vida. Quase tudo. Para ela era o suficiente, embora para ele não, e ela não ia permitir que ele saísse assim tão fácil.

— Mas quer permanecer casada assim?
— Quero. — Ela não hesitou. — Um dos amigos de meu pai quer lhe oferecer um trabalho hoje. Acho que deve conhecê-lo.
— Estou farto dos amigos de seu pai e de seu pai.
— Ele é um democrata bastante importante, e o emprego é no governo. — Ela prosseguiu como se não o tivesse ouvido, e Spencer esteve prestes a berrar. — E ele acha que você pode ser útil.
— Não quero ser útil a mais ninguém. Exceto a mim. E a você. Quero resolver esta confusão.
— Não há confusão, Spencer. No que me diz respeito, ao menos. E não vou lhe dar a liberdade, portanto esqueça.
— Ele a fitou e compreendeu que ela estava falando sério. Jamais concordaria com o divórcio. Estava em uma armadilha. Talvez para sempre.
— Está falando sério?
— Completamente. — Consultou friamente o relógio. — Temos que chegar lá ao meio-dia. Sugiro que agora você vá se vestir.
— Não sou criança, Elizabeth. Não quero que me digam o que fazer, quando me vestir e quando comer e quando ir a uma festa.
— Desculpe. — Ela se pôs de pé e fitou-o friamente. Ele destruíra qualquer esperança neste sentido, mas mesmo assim não o deixaria livre. E estava convencida da existência de outra mulher. Fosse quem fosse, não ia fisgá-lo. — Terá que conviver com isto, não é? — Saiu calmamente do quarto e, uma hora depois, estava pronta na sala, com um conjunto azul-marinho e a bolsa e o escarpim de couro de jacaré que o pai lhe dera de aniversário. Furioso consigo mesmo por ceder a ela, Spencer também estava pronto. Usava um terno cinza, o rosto condizente com um funeral.

Ela entabulou conversação agradável com ele, como se nada houvesse acontecido. Ele sentia a vida destroçada. Ao menos a parte importante. Sentia-se totalmente desesperançado. E, como esperava, o amigo do pai de Elizabeth era sério e importante. Ofereceu a Spencer um trabalho no governo que o interessaria se quisesse permanecer em Washington, e se quisesse uma colocação a ele oferecida exclusivamente por causa dos Barclay. Mesmo assim, o emprego era bom. O primeiro que o interessava, e disse ao homem que ia pensar. Mais por educação do que por estar falando sério. Só queria falar com Crystal. Mas quando telefonou tarde da noite, quando Elizabeth já estava deitada, soube que Crystal não se saíra melhor. Ernie vigiava-a noite e dia, e uma ou duas vezes pensou que estava sendo seguida. Temia até mesmo falar com Spencer ao telefone, mas por sorte Ernie estava fora quando Spencer telefonou. Contou apenas que Ernie a ameaçara. Mas, na verdade, agora temia pela vida de Spencer. Sabia que Ernie não brincava em serviço.

Ultimamente Ernie aparecia de surpresa nas filmagens, sentava-se no camarim de Crystal, vigiava seus telefonemas, embora fossem muito poucos. Só lhe permitia ir para o trabalho, voltar para casa, para ele. Não voltou a surrá-la, não a estuprou, nem a tocou. Não precisava. Bastava ameaçar Spencer. E no dia seguinte ao estupro, voltou para casa com um enorme colar de diamantes. Sorrira desagradavelmente, e ela lera no cartão: "Considere-o como um cinto de castidade. Com amor, Ernie." Agora ela não tinha mais dúvidas do que lhe aconteceria se tentasse deixá-lo por Spencer. Ele mataria os dois. Disto tinha certeza. Ele mesmo o dissera.

Agora sabia o que teria que fazer. Precisava deixar Spencer, pelo bem dele. Nem podia contar por quê. Sentia muito medo para contar a verdade, medo de que ele tentasse reagir, ou voltasse à Califórnia e tentasse arrancá-la de Ernie.

— Como vai tudo aí? — Spencer parecia exausto. Já passava de meia-noite e estava emocionalmente esgotado com a tensão de tentar convencer Elizabeth, inutilmente, a conceder-lhe o divórcio.

— Tem sido difícil. — Crystal falou baixinho. Era a primeira vez que falava com ele após muitos dias, e as lágrimas corriam, enquanto pensava no que teria que dizer. Mas era preciso. Pelo bem dele.

— Esta é a frase do ano, hem? — Ele tentou brincar, mas estavam ambos deprimidos. Ele cometera o primeiro erro ao decidir casar com Elizabeth quando sabia que não a amava. Escutara todos, exceto ele mesmo. E pensara estar agindo acertadamente. Tentara inclusive convencer-se de que a amava e

de que seus sentimentos por Crystal não passavam de paixão.
— Falou com Elizabeth?
— Falei. Não consegui nada. Ela se recusa terminantemente a cooperar, e a não ser que lhe dê uma surra ou a pegue na cama com outro, só vou conseguir o divórcio se ela concordar. Mas não vou desistir. Dê-me um tempo, Crystal. Vou convencê-la. — Ainda não sabia como, mas tinha que conseguir. Contudo, não estava preparado para as palavras de Crystal, que o atingiram como um soco no estômago.
— Não é preciso. Ernie e eu conversamos sobre o assunto e... — Quase engasgou-se, mas se forçou a parecer normal. Foi o papel mais difícil de sua carreira, entretanto acreditava que a vida de Spencer dependia disso e precisava convencê-lo, não importa o que ele pensasse dela depois. Não importava mais. Começara a compreender o papel de Ernie em Hollywood. Ouvira as pessoas falarem dele nas filmagens, quando a viram com ele. E os boatos das ligações de Ernie haviam-na assustado. Havia muito mais por trás de Ernie, sem dúvida, gente perigosa estava por trás dele. E para estes Crystal representava a perspectiva de muito dinheiro. — Ele acha que minha carreira ficará prejudicada se eu o deixar agora. — Prosseguiu ela. — A publicidade seria muito negativa para mim.
Spencer sentiu o coração parar ao ouvi-la.
— O que está querendo dizer?
— Estou querendo dizer... — Ela forçou uma voz fria, que não lhe era comum. Normalmente, sua voz era repleta de calor e paixão, assim como seu canto. — que acho melhor você não voltar. Não estou disposta a fazer mudanças.
— Vai ficar com ele? *Por causa do que as pessoas iriam dizer*? Enlouqueceu?
— Não. — Ela foi tão convincente que sentiu o coração partir-se enquanto falava, mas era melhor magoá-lo do que permitir que Ernie o machucasse. — Acho que eu estava fora de mim quando o vi. Não pude evitar... fazia tanto tempo e... sei lá. Talvez eu estivesse apenas representando... o papel de um amante há muito perdido e a garota que o amara. — Lágrimas corriam-lhe pelo rosto como um temporal, mas sua voz não mudou.
— Quer dizer que não me ama?
Ela engoliu em seco, pensando nele e não em si e na vida vazia que se estendia diante de si.

— Acho que passou tempo demais... Acho que nós dois nos deixamos levar quando nos reencontramos.

— Não me venha com esta baboseira! Eu não me "deixei levar" por nada. Sobrevivi três anos a esta maldita guerra horrenda só para voltar para você e dizer que a amava. — Estava quase gritando e precisou conter-se. Elizabeth dormia no andar de cima e não queria acordá-la. — Talvez eu tenha esperado demais. Talvez tenha sido um idiota ao fazer muitas coisas. Deus sabe que posso ter estragado a vida de muita gente, mas de uma coisa eu tenho certeza, não me "deixei levar", nem representei quando a vi. Eu te amo. Estou pronto a casar com você, assim que sair desta confusão, e quero saber o que diabos você está querendo dizer.

— Estou dizendo... que está acabado. — Seguiu-se um silêncio interminável, e a voz de Spencer soou grave e áspera quando voltou a falar.

— Está falando sério? — Havia um soluço em sua garganta, mas conteve-se, à espera.

— Estou. — Ela mal conseguia falar. — Estou falando sério. Minha carreira é importante demais... e devo muito a Ernie.

— Ele a está obrigando a dizer isto? — E de repente, — Ele está aí? — Isto explicaria tudo. Ela não podia estar falando sério. Vira seu rosto e sabia que ela ainda o amava. Ao menos era o que pensava.

— Claro que não. Ele não me forçaria a dizer nada. — Era a maior mentira que já dissera para protegê-lo. — Não quero que você venha para cá. Acho que não devemos nos ver mais, nem como amigos. Não adianta, Spencer. Acabou.

— Não sei o que dizer. — Ele estava chorando, mas não deixou que ela percebesse. Por um momento, sentiu que sobrevivera à guerra para nada.

— Cuide-se. E, Spencer...

— O quê? — Sua voz soava como se alguém tivesse morrido.

— Não quero que me telefone.

— Compreendo. Tenha uma boa vida, como se diz. — Não estava sendo amargo, estava alquebrado. — Mas quero que saiba de uma coisa. Se algum dia precisar de mim, estarei aqui. Basta telefonar. E se mudar de idéia... — A voz morreu, enquanto pensavam um no outro. Mas ela precisava matar qualquer esperança.

— Não mudarei de idéia. — Seu rosto estava mortalmente pálido, mas Spencer não podia ver. Ela fizera o que precisava e agora só lhe restava Ernie no mundo. A idéia aterrorizava-a, mas no momento não podia pensar nisso. E aqueles eram os últimos minutos que lhe restavam com Spencer, mesmo que ele não soubesse. Não queria desligar ainda. Queria ouvir a voz dele, estar junto de Spencer por um último instante. — O que vai fazer com Elizabeth? — Pelo menos era algo a dizer, e na verdade ela queria saber.

— Não sei. Ela diz que não dá o divórcio. Talvez não, mas talvez se canse com o tempo. Com certeza não temos um casamento.

— Então por que ela quer você? — As lágrimas corriam pelo rosto copiosamente, enquanto Crystal tentava prolongar a conversa.

— Ela não quer perder o prestígio. E acho que só se preocupa com isso. Alguém para jogar golfe com seu pai e para levá-la às festas. — Estava exagerando, mas não muito, ao menos não segundo seus padrões. Sem dúvida não chegava aos pés do que vivera com Crystal. Estranhamente, mesmo no pouco tempo que haviam passado juntos, ele sentia conhecer Crystal melhor do que sua mulher, ou melhor do que jamais a conheceria. — Não sei o que vou fazer agora. — Permanecer em Washington, voltar para Nova York, abandoná-la ou aceitar o emprego que lhe haviam oferecido. Não importava mais. Sentia-se um autômato. — De qualquer maneira, acho que é um mistério, não é assim que dizem?

— É. — Ela guardou silêncio por um minuto, sofrendo e ansiando dizer como o amava. Detestava a idéia de deixá-lo acreditar que não o amava mais. — Acho que é... um mistério.

— Seja condescendente com você, Crystal... cuide-se... — E então ele pronunciou as palavras que quase partiram o coração de Crystal, desligando em seguida. — Sempre te amarei. — Spencer pousou o fone no gancho e ficou sentado no pequeno escritório que Elizabeth decorara para ele, chorando como uma criança que perdera a mãe. Ficou ali sentado chorando durante horas, recordando-a, saboreando os momentos que haviam compartilhado e tentando acreditar que ela sabia o que estava fazendo. Difícil acreditar que agora ela queria apenas isto, sua carreira e não ele. Sabia como seus sonhos de Hollywood haviam sido importantes, mas de certa forma parecia impróprio dela. Contudo, sabia que precisava respeitar seus desejos. Devia-lhe isto. Precisava saber como continuaria a viver sem ela.

Na Califórnia, Crystal pousou o fone no gancho com mãos trêmulas. Todo seu corpo parecia congelado, sabia que fizera o que devia, mas parecia haver destruído tudo que lhe era importante. Vendera a alma sem saber a um homem mau e agora teria que pagar o preço, que lamentaria pelo resto da vida. E não valia a pena.

Deixou-se ficar muito tempo fitando o vazio, incapaz de acreditar que ele realmente estava perdido. Era como se Spencer houvesse morrido, e fora ela quem o matara. Lembrou-se do sentimento por ocasião da morte de Jared, o vazio, a culpa e a solidão que a comprimiram.

— Que cara alegre é esta? — Ela ergueu os olhos, sobressaltada. Não o ouvira entrar no quarto, mas Ernie estava de pé à sua frente, parecendo zangado. — Algo errado? — Ela sacudiu a cabeça. Não queria falar com ele. — Ótimo. Então vista-se. Vamos a uma estréia esta noite. E depois quero mostrá-la a alguns produtores.

— Não posso — Ela ergueu os olhos cheios de lágrimas. — Não estou me sentindo bem.

— Claro que pode. — Serviu um drinque no bar e estendeu-o a ela. Crystal deu um gole e deixou o copo de lado, não se sentindo melhor. Bebida não ia ajudar. Nada resolveria. Mas Ernie sorriu e lançou-lhe um olhar encorajador. — Você é uma boa garota. Agora vá vestir-se. Temos que sair daqui a meia hora. — Ela o fitou sem vê-lo, pôs-se de pé e caminhou lentamente até o quarto, sob o olhar de Ernie. Ela não sabia, mas ele estava satisfeito. Ouvira o telefonema no receptor que escondia no escritório.

Ela saiu com ele naquela noite, e os fotógrafos proliferavam. Fotografaram-na linda nos braços de Ernie. Ela estava calada e pálida, mas ninguém percebeu. Chegaram tarde à estréia, mas Ernie não se incomodou. Só chamaria mais atenção. Deu um tapinha no braço de Crystal ao entrarem e estava satisfeito com ela ao constatar que os produtores haviam gostado dela. Crystal mal lhes dirigiu a palavra, nem tampouco a Ernie. Estava perdida em um outro universo, que não mais existia. O universo que compartilhara com Spencer.

32

Na época de Ação de Graças, Spencer já aceitara o emprego no governo que lhe fora oferecido por amigos do juiz Barclay. Sentia-se um vendido, mas sabia que devia manter a cabeça ocupada. Não podia continuar sentado em casa, esperando que algo mudasse. Nada mudaria. Elizabeth não o deixaria, e Crystal dissera que não o queria de volta à Califórnia.

Mas ao menos percebeu que estava gostando do trabalho, para sua surpresa, e no Natal as coisas já se haviam ajustado, afora o sentimento de que parte dele morrera ao desistir de Crystal. Mergulhava ainda mais no trabalho, trabalhava dia e noite e descobriu que gostava mais de política do que esperava.

Washington era divertida e excitante, e ele estaria feliz não fosse a aridez de sua relação com Elizabeth. Qualquer esperança de proximidade com ela fora destruída ao pedir o divórcio. E na confusão subseqüente, tornou-se óbvio que ele não a amava nem confiava nela. E agora sentia-se ligado a ela pelos motivos errados.

Elizabeth era uma companhia agradável quando queria, era inteligente, esperta e divertida. Mas a vida a dois mudara muito depois que ele confessara não amá-la. Fora uma tolice, mas ele estivera tomado pela emoção e o desespero e a esperança de desposar Crystal. Elizabeth nunca tocou no assunto, mas ele sabia que ela sempre teria isto contra ele. A paixão inicial entre os dois fora esquecida e embora houvessem recomeçado a fazer amor, o ato era permeado de controle e lástima, além de uma certa amargura de ambas as partes. Para quem os conhecia, pareciam um casal feliz, realizado e ajustado. Representavam bem. E os desapontamentos mútuos eram mantidos em segredo. Ela estava satisfeita com o emprego dele, o principal para ela. O único contato com Crystal agora limitava-se aos cinemas escuros. Fora assistir o primeiro filme de Crystal, certa noite em que Elizabeth ficara trabalhando até tarde, e depois de retornarem de Palm Beach, ele lera que Crystal estrelaria um grande filme.

Ela ainda não era uma estrela de primeira grandeza, mas era vista em toda parte, e ele sabia que os estúdios que a queriam em seus filmes precisavam enfrentar Ernie. Ela estava fazendo uma fortuna para ele e para os homens que Ernie representava, por isto ele a ameaçara de morte caso o deixasse. Protegera seu investimento. Os jornais diziam que ela começaria um novo filme em junho, e, neste meio tempo, ela aparecia constantemente nos jornais, junto com Ernie, ou com estrelas famosas que Ernie arranjava pela publicidade que traziam. Crystal aparecia regularmente nas colunas sociais, e seu rosto tornava-se cada vez mais conhecido.

Ela começara bem, mas Spencer estremecia cada vez que pensava em sua vida com Ernie. Sentia náuseas e com muita freqüência procurava não pensar no assunto.

E quando ela começou a filmar, em junho, em Palm Springs, Spencer encontrava-se em Boston com o novo patrão, estabelecendo contatos políticos. Havia um jovem senador que deveriam encontrar e vários outros que encontrariam antes de voltar a Washington. Elizabeth deixou o trabalho no outono. Decidira fazer direito. E estava satisfeita com Spencer. Ele estava indo bem e tinha a aprovação do pai dela. Spencer estava fazendo exatamente o que ela queria. O que a deixava um pouco mais amigável com o marido. Ele não tocara mais no assunto do divórcio, e ela acabara por supor que ele caíra em si.

E quando o telefone tocou, em uma fria tarde de novembro, Elizabeth ainda estava na escola, e Spencer acabara de chegar do escritório. Ainda não lera os jornais da tarde e não

soubera da notícia. Sentiu o coração parar ao pegar o fone e ouvir soluços. A telefonista fizera a ligação, e ele só sabia que era um interurbano. Mas demorou alguns minutos para ouvir a voz dela, e seu coração deu um salto ao perceber que era Crystal. Há mais de um ano não a via.
— Crystal... é você?
Seguiu-se silêncio do outro lado da linha, e só se ouvia a interferência da estática. Por um momento, pensou que a ligação fora cortada e então ouviu-a novamente, chorando histericamente e falando coisas incompreensíveis. Ponderou se estaria ferida e sentiu o desespero de querer encontrá-la.
— Onde você está? De onde está telefonando? — gritou em vão e, por fim, ouviu-a novamente chorando. Até o momento, ela só dissera seu nome de maneira inteligível. Spencer consultou o relógio e percebeu que na Califórnia eram três horas da tarde. — Crystal... escute... tente controlar-se... fale comigo. O que houve? — Aparentemente tudo. E ele também estava prestes a chorar de frustração e desespero. — Crystal! Está me ouvindo?
— Estou — ela gemeu baixinho e recomeçou a chorar.
— O que foi, querida? Onde você está? — Esquecera onde ele mesmo estava. Só conseguia pensar na garota do outro lado da linha. Queria estar a seu lado para ajudá-la, mas, graças a Deus, ela telefonara. E se aquele sacana a tocara, ia matá-lo.
O choro diminuiu um pouco, e ele a ouviu respirar fundo.
— Spencer... preciso de você... — Ele fechou os olhos enquanto ouvia, esperando o resto. — Estou na prisão.
Ele arregalou os olhos de imediato, todo seu corpo retesado.
— Por quê?
Seguiu-se uma longa pausa e um soluço de tristeza. Ela quase engasgou ao falar e depois fez silêncio.
— Assassinato.
Ele sentiu a sala girar ao ouvir.
— Está falando sério? — Sabia que sim e sentiu um calafrio percorrer-lhe a espinha.
— Não fui eu... juro... alguém matou Ernie ontem à noite... em Malibu... — Tentou explicar o resto, mas ainda estava demasiado transtornada, e ele não conseguiu entender nada.

Instintivamente, ele pegou um lápis e começou a rabiscar o pouco que pôde entender. Ela estava na prisão de Los Angeles, e haviam encontrado o corpo de Ernie em sua casa de Malibu naquela manhã. Então tinham ido para Beverly Hills e detido Crystal sob a acusação de assassinato.

— Algum motivo para pensarem que foi você?

— Não sei... não sei... discutimos ontem na praia... e alguém nos viu. Ele me bateu — Spencer estremeceu, quase como se sentisse ele mesmo o golpe — e aí me lancei sobre ele, mas foi só isso... e o deixei lá à noite. Ele disse que estava esperando amigos, alguns sócios com quem trataria de um negócio. Não sei quem eram. — Ele ainda tomava notas enquanto escutava.

— Alguém sabe?

— Não sei.

— Por que vocês discutiram? — Era o advogado que tomava notas.

— O contrato novamente. Eu queria cancelá-lo. Ele estava me emprestando aos estúdios como um carro. Ganhava todo o dinheiro, e eu estava farta disso. Ele não me deixava nem mesmo decidir que filmes queria fazer. Estava apenas me usando... — Ela voltara a soluçar, finalmente compreendera quem ele era, mas tarde demais. Não podia escapar dele e já perdera Spencer. — Eu o odiava... mas não teria cometido assassinato, Spencer. Juro.

— Pode provar? Alguém a viu em Beverly Hills? Foi a algum lugar? Telefonou para amigos?

— Não. Ninguém. Nada. Estava com uma dor de cabeça terrível depois que ele me bateu na praia e fui deitar. A empregada estava de folga, e não vi o motorista. — E Spencer soube que por isso ela havia sido presa. Tinha motivo e não tinha álibi, e ninguém para corroborar a história. — Spencer — sua voz parecia de uma criança —, sei que eu não devia lhe pedir isto... provavelmente você vai me mandar para o inferno... mas você quer me ajudar? — Seguiu-se um silêncio no fone e ele a ouviu assoar o nariz mais uma vez. Sabia que tinha que ajudá-la. Soubera no momento em que atendera o telefone. Não havia decisão a tomar, não havia escolha, ele estava indo para a Califórnia.

— Estarei aí amanhã. Encontrarei alguém para representá-la.

— Não pode ser você? Oh, meu Deus, Spencer... estou com medo... E se eu não conseguir provar que eu não estava em Malibu? — Ela falava como uma garotinha, e ele sentiu-se pleno de compaixão. Estava tão absorvido na conversa que não viu a esposa entrar. Ela estava de pé no corredor, ouvindo o que ele dizia a Crystal.

— Não se preocupe. Vamos provar. Mas escute, não sou advogado criminal. Você deve contratar o melhor. Não se incomode com isto, Crystal... por favor... — Teria muito medo de não lhe fazer justiça, e havia muita coisa em jogo. A vida dela. E, indiretamente, a sua.

— Quero que seja você... se você tiver tempo... — Ela não pensara nisto antes, mas ouvi-lo, a acalmara um pouco e agora tinha que pensar se ele teria tempo ou não. Supunha que ele tivesse um emprego e talvez não pudesse se afastar. Mas não era isto que preocupava Spencer. Nunca praticara a advocacia criminal, e não importava o quanto esta o fascinava ou o quanto ele amava Crystal.

— Falaremos sobre o assunto quando eu chegar. Precisa de algo enquanto isso? — Ele voltara a gritar. Havia estática na ligação.

— Preciso. — Ela sorriu por entre as lágrimas. — Uma serra para metal. — Soltou uma risada, e ele sorriu.

— Boa menina. Vamos sair dessa. Tenha calma. Estarei aí em um minuto. E, Crystal... — Ele sorriu pensando nela e, neste instante, viu que Elizabeth o observava. Percebeu que não poderia concluir a frase. — Que bom que você telefonou. — Ela também estava contente, mas se sentiu culpada após pedir a ele que a deixasse em paz no ano anterior. Mas não tinha a quem recorrer. E sempre o amara.

— Disse a eles que meu advogado era você. Tudo bem?

— Claro. Diga a eles que confirmei. E não fale mais nada. Nada! Está me ouvindo?

— Ouvi. — Mas ela pareceu hesitante. Já haviam feito inúmeras perguntas. Ela fora interrogada o dia inteiro, até sofrer um ataque histérico. Então, haviam permitido que telefonasse para seu advogado.

— Estou falando sério! Não diga nada a eles. Quero discutir tudo com você primeiro. Entendeu?

— Entendi. — Agora ela parecia mais segura.

— Ótimo. — Ele estava satisfeito. — Eu a vejo amanhã. Vamos sair dessa, pode acreditar. — Ela agradeceu e recomeçou a chorar, e desligaram logo em seguida. Ele ficou contemplando o fone por um longo momento e voltou-se para Elizabeth, que o observava.

— O que foi?

Seguiu-se um longo silêncio, e os olhos de ambos se encontraram antes que ele respondesse. Sabia que teria que dizer a verdade ou grande parte dela. De qualquer maneira ela descobriria, assim que a história chegasse aos jornais. A esta altura, Crystal já era bastante conhecida, o suficiente para dar uma grande história.

— Uma velha amiga com problemas na Califórnia. — Respirou fundo, enquanto ela franzia a testa. — Vou para lá amanhã.

— Posso perguntar por quê? — Os olhos de Elizabeth eram frios ao acender um cigarro e fitá-lo.

— Quero ver se posso ajudar.

— Posso perguntar quem é a amiga?

Ele hesitou por um segundo antes de responder.

— Ela se chama Crystal Wyatt. — O nome nada significava para Elizabeth, mas o olhar de Spencer sim.

— Acho que você nunca falou dela. — Sentou-se cuidadosamente no sofá, mal afastando os olhos dele. Instintivamente, soube ser aquela mulher que se interpunha entre os dois. — Que espécie de amiga é ela, Spencer? Uma antiga paixão?

— Uma menina que conheci. Mas agora ela é adulta e está com muitos problemas. — Ele não sentou ao lado da esposa. Aparentemente, havia uma parede de gelo entre os dois.

— Ah... E o que pensa fazer para ajudá-la?

— Possivelmente defendê-la ou encontrar um bom advogado.

— De que exatamente ela está sendo acusada?

Ele fitou o fundo dos olhos da esposa.

— Assassinato.

Seguiu-se um prolongado silêncio na sala, e por fim ela assentiu.

— Entendi. É sério, não? Mas já lhe ocorreu, Sir Galahad, que você não é advogado criminal?

— Eu disse a ela. Vou ver se encontro alguém para defendê-la.

— Pode fazer isto daqui. — Ela falou com voz contida, apagando o cigarro.

Mas Spencer sacudiu a cabeça.

— Não posso. — Sabia que precisava ir para a Califórnia. Só para vê-la. Ela telefonara desesperada, e não ia abandoná-la. Era sua chance de ajudá-la. A vida de Crystal estava em jogo, e não importa o que custasse, ele estava disposto a fazer qualquer coisa por ela, até mesmo defendê-la, se fosse preciso. — Vou para lá amanhã de manhã.

— Se eu fosse você, não iria. — Havia uma sutil ameaça, e ela o fitou. Mas ele não mudaria de opinião.

— Tenho que ir.

A voz de Elizabeth soou estranhamente calma.

— Se você for, eu peço o divórcio. — Exatamente o que ele queria um ano antes, e agora ela sugeria a hipótese como uma ameaça. Pouco importava o que ela faria ou diria. Spencer estava decidido a partir.

— Sinto ouvir isto.

— Sente? — Cada vez ela se tornava mais glacial. — Era isto mesmo que você queria. E a Srta. Wyatt? — Nunca mais esqueceria o nome. — O que ela vai achar?

— A única coisa que ela acha agora, Elizabeth, é terror. — As palmas de suas mãos estavam úmidas ao olhar a esposa. Finalmente haviam chegado ao momento de decisão. Como demorara a chegar. — Não sei quanto tempo ficarei fora.

— Eu falei sério. Não quero ser publicamente constrangida com você fazendo papel de idiota na Califórnia.

— Conversamos sobre isso quando eu voltar. — O divórcio não era mais fundamental.

— Creio que não, Spencer. É melhor você pensar bem antes de ir. — O silêncio na sala era quase palpável. — Acho que você tem algumas aspirações políticas, e o divórcio não vai ajudar muito neste sentido.

— Isto parece chantagem.

— Chame como quiser. É algo para se pensar, não?

— Não tenho escolha. — Passou a mão nos cabelos, que nas têmporas começavam a ficar grisalhos. Estava com 35 anos, apaixonado por Crystal há oito anos, e agora ela precisava dele. Não ia decepcioná-la, não importa o que Elizabeth fizesse, nem tampouco suas ameaças. — Elizabeth... ela precisa de mim.

— Está apaixonado por ela? — Mas, pela expressão nos olhos de Spencer, ela soube que a pergunta era tola.

— Estava. — Pela primeira vez estava sendo honesto com ela. Tarde demais para que não o fosse. O casamento deles fora um erro desde o começo. Nunca deixara de querer o que não tinham. O que vivera rapidamente com Crystal.

— E agora?

— Não sei. Não a vejo há muito tempo. Mas não é por isso que vou. Vou para a Califórnia porque ela não tem a quem recorrer.

— Comovente. — Elizabeth pôs-se de pé e dirigiu-se às escadas que levavam ao quarto. — Pense no que eu disse. Antes de partir. Sugiro que peça a outro advogado para defendê-la.

Assim que ela saiu da sala, ele telefonou para a companhia aérea e fez uma reserva. Subiu lentamente as escadas, ponderando no que lhes aconteceria. Mas agora isto não era importante. Para ele, o fundamental era salvar Crystal. Não havia dúvidas. A vida dela estava em jogo. Ao menos livrara-se de Ernesto Salvatore. Mas a que preço. Sabia que ela poderia receber a pena de morte ou no mínimo a prisão perpétua.

Subiu para arrumar a mala, telefonou para seu patrão e disse que precisava ir à Califórnia tratar de uma questão pessoal. Seu chefe era compreensivo, e Spencer prometeu telefonar assim que tivesse algo definido e então foi para o quarto e viu Elizabeth lendo o jornal calmamente. Ela o olhou de forma estranha, e ao fitar o jornal, Spencer viu que ela estava lendo a história do assassinato de Ernie, e acima havia uma grande fotografia de Crystal. Não estava tão bonita quanto o era na realidade, mesmo assim estava fascinante, com um amplo chapéu e um vestido decotado, os longos cabelos claros caindo nos ombros. Ela fitava diretamente a câmera, e após um prolongado momento de reflexão, Elizabeth ergueu os olhos, com uma estranha expressão no rosto. Já vira aqueles olhos antes, lembrava dela perfeitamente e olhou Spencer no fundo dos olhos.

— É a garota da boate, não é? — Lembrava dela. Era típico de Crystal. Uma vez que alguém a via, nunca mais a esquecia. Ele assentiu lentamente. Agora a verdade era evidente. Mentira a respeito de Crystal desde o princípio, mas isto acontecera quando ainda pensava estar apaixonado por

Elizabeth. Assentiu lentamente, fitando-a com um misto de tristeza, pesar e culpa. Mas o casamento fora um erro desde o começo, e ambos sabiam. — Engraçado — ponderou Elizabeth —, sempre pensei que era ela. Ainda lembro da expressão de seu rosto naquela noite. Parecia que tinha sido atingido por um raio.

Então ele sorriu. Exatamente as palavras que ele usara há tanto tempo, ao falar sobre o que queria. Desde então já pensava nela, quando dissera a Elizabeth, em Palm Beach, que desejava ouvir trovões e raios.

— Você vai? — Voltou a fitá-lo.

— Vou.

Ela assentiu e apagou a luz. Ele deitou a seu lado e só conseguiu pensar naquela noite em Crystal na prisão na Califórnia.

33

O portão abriu com um tinido horrendo, e ele foi conduzido a uma pequena sala com uma janela ampla, uma mesa de madeira gasta e duas cadeiras. O guarda trancou a porta atrás de Spencer assim que este o seguiu. A sensação de estar ali era terrível e, por um instante, ele ficou aturtido e emudecido ao ver Crystal, de bata azul, os braços para trás, algemada. Os olhos arregalados de terror, ela fitou-o, e Spencer sentiu o coração partir-se ao soltarem suas mãos e deixarem-na com ele. Mas, como seu advogado, ele não se atreveu a beijá-la. Só conseguia olhá-la e sentir a mesma onda de amor. Quando os olhos de ambos se encontraram, ele não duvidou por um minuto sequer que ela o amava. O ano anterior parecera desfazer-se, e sentiu-se poderoso a seu lado.

Mas ele desconfiou que a sala tinha microfones escondidos e falou em voz baixa, fitando-a e estendendo a mão, sem falar nada do que estava sentindo. Ela apertou a mão com força, e seus olhos encheram-se de lágrimas. Sentira tanta falta dele, e o ano anterior fora um pesadelo.

— Você está bem?

Ela assentiu e sentou-se, ainda segurando a mão de Spencer, e ele aguardou alguns minutos antes de fazer qualquer pergunta. Repassaram toda a história, e ele ficou horrorizado. Salvatore a tratara como uma escrava, bem protegida na pro-

verbial gaiola de ouro, mas, nos últimos meses, ela fora sua prisioneira e só podia fazer o que ele permitia. Os filmes, as festas, os aparecimentos em público, as saídas. O resto do tempo ele a mantinha em casa, sob cuidadosa vigilância. E ela discutia constantemente com ele. Mas não oferecia real ameaça. Desde Spencer, não houvera outro homem em sua vida.
— Alguém testemunhou alguma discussão?
— As empregadas. — Assentiu ela. — O chofer.
— Algum amigo dele?
— Alguns. Ele levava a maioria para Malibu. Não falava de suas coisas. — E também desconfiava de que ele encontrava outras mulheres. Várias vezes abusara dela sexualmente, ao longo dos últimos meses, e a deixara com um olho roxo que a forçara a ficar fora das filmagens durante duas semanas, e os mexericos haviam chegado aos jornais. Disseram que fora acidente, e seu rosto ficara muito machucado, impedindo-a de trabalhar. Assim, ela trabalhara na trilha sonora, agora que começara a cantar nos filmes.
Spencer estava horrorizado com a história.
— Por que não me telefonou?
— Ele disse que o mataria se eu voltasse a procurá-lo. Soube quem você era assim que o viu. Por isso... — Ela hesitou — telefonei para você ano passado e acabei tudo. Temia por você. — Ela fitou-o tristemente, consciente do sofrimento que lhe infligira, mas ele sentiu o coração confranger-se. Então ela o amava e só terminara a relação para protegê-lo. Ele sorriu, os olhos irradiando carinho, e ela contou que Ernie ameaçara matá-la também, mais de uma vez, sobretudo nos últimos tempos, em que discutiam constantemente sobre o contrato. — Todo o dinheiro ficava com ele. Tudo. Eu só recebia dinheiro para comprar roupas. — Como uma prostituta e seu cafetão, mas Spencer não disse nada, limitou-se a ouvir e tomar notas quando ela dizia algo que considerava importante. Indagou a respeito de datas e acontecimentos, pessoas e lugares. Fora um período terrível para ela, um pesadelo.
— Eu achava que devia muito a ele. Não percebia o que ele estava fazendo. — Ergueu os olhos para Spencer, e ele sentiu o coração desfazer-se enquanto a ouvia. Ainda mais agora, que sabia porque ela dissera para que ele não voltasse à Califórnia. — Acho que ele sempre se achou meu dono. Eu não

passava de um objeto para ele. Um objeto que ele comprou barato e lucrou muito, como um bom investimento. E, a princípio, sempre me fazia pensar que estava fazendo tudo por mim. — Ela o fitou com amargura. — E eu achava que devia algo a ele. Mas ele me tirou tudo que eu tinha, até você. — Spencer lembrava muito bem.
— E depois?
— Tivemos muitas discussões.
— Públicas.
— Às vezes. — Estava sendo sincera. — Certa vez contei a Hedda que ia cancelar o contrato e procurar outro empresário. Ele quase me matou. Acho que havia outras pessoas no negócio com ele, e Ernie temia a reação deles. Mas eu nunca cheguei a saber, porque nunca vi meu contrato de novo e fui muito idiota e não o li no dia da assinatura. — Até o contato com Harry e Pearl ela perdera. Salvatore acabara conseguindo afastá-la de todos. Só lhe permitia trabalhar, e cada vez ela ficava mais famosa e fazia filmes melhores. Seu investimento ia bem. Como um cavalo premiado...
— Você discutiu com ele na noite em que morreu?
— Só na praia, que lhe contei. Mas desta vez eu revidei o tapa. Com toda força. Acho que o ouvido dele estava sangrando quando voltei para casa, mas nem liguei. Eu o odiava, Spencer. Era um homem perverso, e acho que teria mesmo me matado.
— Alguém o viu machucado? Ou viu você batendo nele?
— Acho que um vizinho. Estava passeando com o cachorro na praia. E ele disse à polícia que me vira atacar Ernie com um pedaço de pau. Mas é mentira, eu estava com um graveto na mão e bati nele com a outra. — Spencer assentiu e tomou nota, ouvindo-a, enquanto um guarda caminhava junto à janela.
— E aí?
— Voltei para casa, e ele recomeçou a me bater.
— Deixou marca?
Ela sacudiu a cabeça.
— Desta vez não. A maior parte das vezes ele tomava o cuidado de não deixar marcas. Não queria me deixar sem trabalhar. Se eu não trabalhasse, ele e os amigos perderiam dinheiro.

— Quem eram eles? Você conhece? — Mas ela balançou a cabeça. — E aí, o que aconteceu? — Ele estava reconstruindo a história com cuidado. Queria detalhes precisos para quando convocasse um advogado para defendê-la. Queria o melhor e preocupava-o nunca ter cuidado de um caso criminal antes. Ela precisava de alguém melhor. E ele conseguiria o melhor para ela.

Crystal suspirou e assoou o nariz com um lenço branco imaculado que ele ofereceu. Fitou-o agradecida e respirou fundo, fechando os olhos e tentando lembrar.

— Não sei... andei pela casa... discutimos durante um bom tempo. Quebrei uma lâmpada.

— Como?

— Atirei nele.

— E acertou?

— Não. — Ela sorriu tristemente por entre as lágrimas. — Errei. — Então o sorriso desapareceu. — E aí ele disse que estava esperando uma pessoa e queria que eu voltasse para a casa de Beverly Hills.

— Disse quem era?

Ela sacudiu a cabeça.

— Não.

— Alguém a viu sair?... Um vizinho? Um empregado?

— Não havia ninguém lá. Estávamos sozinhos.

— A que horas você saiu?

— Por volta das oito. Tinha que trabalhar no dia seguinte. Eu tirara aquele dia de folga. Mas queria ir deitar. Ele disse que passaria a noite em Malibu. E aí... não o vi mais. Achei que estava tudo bem. Saí para o trabalho às cinco, o motorista me levou como de hábito. — Ela engasgou com as palavras. — E a polícia chegou no estúdio às nove... disseram... disseram que ele estava morto. Fora encontrado com tiros na cabeça, e achavam que morrera por volta de meia-noite.

— Encontraram a arma?

Ela assentiu, parecendo assustada.

— Encontraram... na praia. Alguém tentou se livrar dela, mas não atiraram a arma longe e ela voltou com a maré... e havia passos de mulher na areia... e Spencer... — Ela começou a soluçar. — Juro que não fui eu.

Ele apertou a mão de Crystal entre as suas.

— Você já viu a arma?
Ela assentiu.
— Já. Era de Ernie. Vi na escrivaninha algumas vezes, mas acho que ele teve medo de que eu pudesse usá-la e depois nunca mais vi, até... até a polícia me mostrar, ontem de manhã.
— Não conhece outra pessoa que pudesse levá-la para ele?
— Não sei... não sei... — Sem dúvida ela fora amplamente provocada no ano anterior, mas Spencer sabia que isto não significava que tivesse matado Ernie. E com o tipo de ligação que suspeitava que Salvatore devia ter, poderia ser qualquer um. Alguém que ele enganara em um negócio, uma mulher abandonada por ele, alguém que ele enganara nas cartas, algum subordinado que o odiava ou mesmo seus chefes. Mas Spencer também sabia que, fosse quem fosse, caso fizesse parte do submundo, estaria cuidadosamente protegido, e o verdadeiro assassino jamais seria descoberto. Haviam deixado a culpa para Crystal. E ela caíra direitinho.
Sua voz era um sussurro na sala horrível.
— O que acha que pode acontecer?
Ele não queria responder a tal pergunta. Se não fosse libertada, poderia pegar prisão perpétua ou até pior. Não queria pensar nisto. Só sabia que não poderia permitir que acontecesse.
— Não vou mentir para você. É um caso difícil. Você teve a oportunidade e o motivo e nenhum álibi. Uma péssima combinação. E gente demais sabia de seus problemas com ele, diabos, qualquer pessoa odiaria um homem desses. Só queria que alguém a tivesse visto sair naquela noite ou chegar em casa em Beverly Hills. Tem certeza de que ninguém viu?
— Acho que não. Não imagino quem.
— Bem, pense um pouco. E vamos precisar de um bom investigador neste caso. — Já decidira pagar tudo. Sabia que ela não tinha um centavo. Salvatore lhe tirava tudo.
— O que você vai fazer agora? — Fitou-o com olhos assustados. Precisava voltar à cela e estava aterrorizada. Todos os guardas haviam olhado para ela, e várias prisioneiras tinham demonstrado considerável interesse pela "estrelinha", como a chamaram. Crystal Wyatt era uma novidade na prisão de Los Angeles, e Spencer queria tirá-la dali o mais rápi-

do possível. Mas todas as tentativas de pagar a fiança foram inúteis. Tentou reduzir as acusações para homicídio involuntário, mas eles consideraram assassinato, e ela teria que permanecer na prisão até o julgamento. Disse a ela que teria de fazer todo o esforço para suportar e, por fim, ele voltou ao hotel a fim de dar alguns telefonemas. Ligou para dois amigos da faculdade de direito, que lhe deram os nomes dos melhores criminalistas de Los Angeles. Mas a maioria não queria aceitar o caso, lhes parecia bastante claro o veredicto, e mais de um deixou implícito que um criminoso e sua garota eram meio inconsistentes. Spencer desligou, furioso, e pôs-se a andar pelo quarto. A decisão fora tomada por ele, não a confiaria a nenhum daqueles advogados. Teria que cuidar do caso ele mesmo e só rezava para fazer-lhe justiça. Tudo estava em jogo. A vida dela e o futuro de ambos.

Naquela noite, telefonou para Elizabeth e para a repartição do governo onde trabalhava avisando que ia ficar para o julgamento. O chefe não gostou muito, e Elizabeth ficou furiosa. Ele lembrava claramente das ameaças que ela fizera antes de sua partida, mas agora nada disso importava. A vida de Crystal estava em jogo, e ele decidira defendê-la.

— E quanto tempo vai demorar isto, Spencer? — ela perguntou quando ele disse que defenderia o caso.

— Ainda não sei. Ela tem direito a julgamento em trinta dias, e o julgamento pode demorar semanas. Acho que ficarei pelo menos dois meses aqui, talvez mais. — Suspirou e espreguiçou-se durante o telefonema. Fora um dia interminável, e em vez de ajudar Crystal, ele não chegara a parte alguma.

Mas Elizabeth estava furiosa com o tempo que ele permaneceria na Califórnia.

— Você não está pensando em passar o Natal aí, não? — Faltava um mês para o Natal e, como de hábito, eles iriam para Palm Beach com os pais dela.

— Não acredito que ainda seja bem-vindo.

— Não é, mas que diabos acha que vou dizer a meus pais?

— Então era isso. Manter as aparências ainda era tremendamente importante, e não salvar o casamento. Mas eles não tinham casamento a salvar, e agora ele sabia a verdade sobre Crystal.

— Acho que você não precisará contar nada a eles. Es-

tará nos jornais durante meses. — Vários repórteres haviam fotografado Spencer, quando este deixara a prisão, e ele já esperava se ver nos jornais na manhã seguinte.
— Ótimo. E seu trabalho? Acho que você não pensou nisso. — O pai dela também lhe conseguira o emprego. Aparentemente, devia-lhe tudo, inclusive a filha.
— Disse-lhes que queria uma licença. O governo estará no mesmo lugar quando eu voltar, e se me despedirem, tudo bem. Procurarei outra coisa quando voltar, não é mesmo? — Se voltasse. Mas tudo isto seria decidido depois.
— Você faz tudo parecer muito fácil.
— Bom, não é. Mas estou tentando tirar o melhor de uma péssima situação. A vida da garota está em jogo, Elizabeth. E não vou virar as costas para ela.
— Eu sei por quê — ela hesitou e suspirou. — Ela poderia matá-lo.
— Boa noite, Elizabeth. Telefono daqui a alguns dias.
— Não telefone, estarei na faculdade. E no próximo fim de semana vou esquiar com amigos. Depois vou passar o Dia de Ação de Graças com meus pais.
— Mande-lhes lembranças. — Ele estava sendo parcialmente sarcástico, mas ela não achou graça. Ele fora longe demais, e Elizabeth praticamente decidira não aceitá-lo de volta, mesmo se ele quisesse.
— Vá para o inferno.
— Obrigado. — Ao menos estaria com Crystal.
Passou dias trabalhando com ela, verificando a história, submetendo-a a interrogatórios cerrados, mas era sempre a mesma coisa, e, no terceiro dia, Spencer soube que acreditava nela. Foi a diversas audiências por ela e contratou um investigador para verificar tudo, mas fora exatamente como ela contara, ninguém a vira entrar nem sair, e a única testemunha afirmava que a vira acertar Ernie com um pedaço de pau na praia e foi até mais longe, dizendo que ela parecera insensível ao vê-lo sangrando. Não era uma boa imagem para ela, nada daquilo. E não havia como evitar o fato de que ela tivera motivo e oportunidade e não podia provar onde estava na noite do assassinato.

Ela emagrecia a cada dia, e sempre que a via, Spencer achava seus olhos maiores. Ela parecia aturdida com tudo que acontecera, e no dia de Natal partiu-lhe o coração deixá-la na prisão, compartilhando sua fatia de peru com as outras prisioneiras. Ainda não ousavam falar de seus sentimentos. Mas ele segurara a mão dela antes de sair, e ambos haviam dito tudo com os olhos. Não precisavam de palavras, nunca haviam precisado. Eram um só.

O julgamento fora marcado para o dia 9 de janeiro, após alguns adiamentos. Sem dúvida, ele não ia sugerir adiamentos. Queria acabar com tudo o mais rapidamente possível, por ela. E haviam optado pela autodefesa. Era a única esperança para Crystal, e Spencer conseguiria o máximo de mulheres no júri.

Telefonou para Elizabeth em Palm Beach, na noite de Natal, mas ela se recusou a atender. Priscilla Barclay mostrou-se fria e disse, bastante afetada, que lera sobre ele nos jornais. Inútil tentar explicar. Sobretudo quando telefonou para os pais, na manhã de Natal.

— O que você está fazendo, droga? — O juiz Hill falou bruscamente. — Você não é criminalista. Vai perder o caso por causa desta garota. — Era exatamente o que ele temia.

— Não consegui ninguém decente para defendê-la em tão pouco tempo.

— Não é motivo para correr riscos.

— Não estou, pai. E estou fazendo o melhor que posso.

— Elizabeth não está nada satisfeita.

— Não está mesmo.

— Simplesmente não compreendo. — O pai sacudiu a cabeça, consternado, e Spencer desejou-lhes Feliz Natal. Mais de uma vez, o pai pensara se aquela seria a garota sobre quem Spencer falara ao voltar da Coréia. Era apenas um palpite, mas algo lhe dizia que era ela, e se a questão era esta, haveria encrenca com os Barclay. Ponderou se Spencer sabia o que estava fazendo. Nas duas ou três vezes que Spencer telefonou, deu-lhe alguns conselhos, em sigilo. Achava que a autodefesa era a única esperança para eles e assim mesmo tênue.

A escolha do júri demorou dez dias, mas no fim Spencer conseguiu o que queria. Eram sete mulheres e cinco homens, e todas estremeceriam com as histórias dos abusos de Salvatore. Spencer foi pessoalmente comprar as roupas que ela usaria no julgamento, a fim de que Crystal parecesse a menina que conhecera anos antes, inocente e pura. Ela não precisou fingir medo, estava mesmo aterrorizada sentada ao lado dele na mesa da defesa. A acusação foi direta, ríspida e brutal. Pintaram um quadro da moça que viera a Hollywood disposta a tudo para subir, incluindo dormir com um homem que tinha o dobro da sua idade, o qual obviamente possuía contatos nada bons. Não tentaram ocultar o caráter de Ernie, mas, ao contrário, tentaram usar esta mesma faceta. E o advogado de acusação trabalhou bem. A fez parecer uma prostituta, colecionando roupas caras, gananciosa, cheia de peles e diamantes. Mostraram que ela ganhara vivendo com a vítima. E sua carreira também subira, graças ao homem que assassinara a sangue-frio, ela já era uma pequena estrela, e foram citados todos os filmes de que participara, e a acusação tentou fazer parecer que Crystal nada fizera por merecer. Pintaram um quadro de violência, um feudo familiar que deixara morto o irmão de Crystal e a obrigara a sair de casa aos 17 anos, conseguindo um emprego em uma boate de San Francisco durante vários anos, indo depois para Los Angeles, a fim de fisgar qualquer um que a ajudasse a subir. E quando Ernie não lhe servira mais, querendo livrar-se do contrato que assinara com ele, ela o matara.

Mas Spencer se preparara bem e não precisara gastar um centavo para que as pessoas testemunhassem a seu favor. Pearl falou da inocência de Crystal, de sua boa moral, seu trabalho árduo. Harry retratou-a não como uma cantora de boate, mas como um anjo jovem e doce. Crystal desatou a chorar, ouvindo os testemunhos, fitando-os agradecida do outro lado do tribunal. E o investigador contratado por Spencer desencavara todo *maître*, empregada e camareira de Hollywood que vira Salvatore abusar de Crystal. Chegaram a deduções quanto ao estupro na casa de Malibu, um contrato que ela nunca compreendera, surras, insultos e abusos de quase todo tipo, e Spencer falou inclusive do estupro que ela sofrera quando criança. Crystal baixou os olhos miseravelmente para as mãos, recordando a cena no celeiro com Tom Parker. Era uma garota diversas vezes alquebrada, contudo sempre sobrevivera, uma moça que trabalhara duro e que vencera, nunca magoando ninguém, até Ernie tentar estuprá-la pela segunda vez, até surrá-la e ameaçá-la, e, em legítima defesa, ela o matara. Não adiantava dizer que não cometera assassínio. Sabia que perderia o caso, por isso pintou-lhes um monstro. Um monstro que tentara destruir aquela moça, sem família, sem amigos, sem ninguém no mundo para defendê-la. E o que Spencer disse fez com que odiassem Ernie pelo que lhe fizera. No último dia, ela depôs a seu favor e parecia tão jovem, inocente e amedrontada, com seu vestido cinza simples, que todos os jurados fitaram-na extasiados. E quando Spencer finalmente concluiu a defesa, rezou para que tivessem vencido.

O caso partiu-lhes o coração, mas deliberaram durante dois dias, em busca de evidências, discutindo entre si. Dois homens ainda a consideravam culpada de assassinato, e enquanto Spencer andava de um lado a outro pelos corredores e Crystal aguardava o veredicto, mal atreveu-se a olhá-la. Se perdesse o caso, a vida dela estaria acabada. Só estar ali com ela já era uma agonia. Crystal pouco falava, limitando-se a fitá-lo com seus grandes olhos azuis, e quando o beleguim chamou-os para a sala, seus joelhos tremiam tanto, que mal conseguiu acompanhar Spencer. O juiz pediu-lhe que ficasse de pé e então voltou-se para o primeiro-jurado e pediu o veredicto. Crystal fechou os olhos e esperou. Mal conseguia raciocinar enquanto ouvia. Fora acusada de assassinato em primeiro grau, e não havia alternativa, seria considerada culpada ou inocente. Ela planejara aquilo? Pretendera matá-lo? Sabia o que estava fazendo ao atirar a sangue-frio? Ou ele a ameaçara, e ela lutara por sua vida, e ele acabara obrigando-a a atirar? Neste caso, ela seria inocente, embora pelo resto da vida o mundo acreditaria que o matara. Relutara ante tal perspectiva e insistira com Spencer durante semanas que não era culpada, nem estava presente quando ele fora morto. Mas Spencer sabia que não poderia defender este ponto. Só podia criar um caso que mostrasse ela e não Ernie como vítima.

— Qual o veredicto, Sr. primeiro-jurado? Inocente ou culpada de assassinato em primeiro grau? — O fim era simples assim. Seguiu-se uma pausa interminável. Todos aguardaram.

O primeiro-jurado pigarreou e olhou-a. Spencer tentava ler-lhe a expressão do rosto. Estava satisfeito? Ou o jurado lamentava o que estavam prestes a fazer? Não havia como saber.

— Inocente, meritíssimo. — Fitou Crystal novamente, com um sorriso tímido, enquanto o juiz da Corte Suprema batia o martelo, e Crystal caiu nos braços de Spencer. Quase desmaiou. Era um caso evidente de legítima defesa, disseram. Ela estava livre. Apesar disto, carregaria pelo resto da vida o estigma de assassinato. Estava livre para levar sua vida e, sem pensar, Spencer abraçou-a. Não ousara tocá-la naqueles dois meses e agora a abraçava, e ela chorava, a platéia manifestava-se. Os repórteres entraram, e os *flashes* espocaram por toda a sala, enquanto o tribunal se levantava e Spencer a retirava apressadamente do prédio. Um carro com motorista já esperava, e precisaram abrir caminho à força por entre a multidão. Fora um caso sensacional, e o verdadeiro assassino estava livre para sempre. Crystal levara a culpa, mas estava livre. Spencer conseguira.

Ela ainda chorava, incrédula, enquanto se afastavam do tribunal. Deixara seus poucos pertences na prisão. Nunca mais queria vê-los. Nunca mais queria ver Hollywood nem as coisas que Ernie lhe dera. Só queria ir embora, parar alguns minutos no hotel de Spencer, onde ele fez a mala, e uma hora depois estavam a caminho de San Francisco em um carro alugado.

— Não consigo acreditar. — Ela sussurrou, enquanto ele acelerava rumo ao norte. — Estou livre. — O mundo nunca lhe parecera tão belo. E, naquela tarde de fevereiro, com Spencer a seu lado, dois anos após chegar a Hollywood, ela deixava a cidade.

34

Estavam a trinta quilômetros da cidade, quando Spencer parou o carro no acostamento da auto-estrada. Fitou Crystal e, de pronto, ela sorriu. Estava tudo acabado, o pesadelo chegara ao fim e ele salvara sua vida. Spencer abriu um sorriso largo e puxou-a para seus braços com tal ímpeto que, por um instante, deixou-a sem fôlego.

— Meu Deus, Crystal, nós conseguimos.

Ela ria e chorava ao mesmo tempo, afastando-se para olhá-lo, mergulhando novamente em seus braços, consciente de nunca mais querer deixá-lo.

— *Você* conseguiu. Eu só fiquei lá sentada e apavorada.

— Eu também. — Admitiu ele, com um sussurro junto a ela, recostando em seguida no assento e fitando-a como não ousara desde que voltara à Califórnia. Mas agora ninguém os observava. Finalmente estavam a sós. E ele acompanhara pelo espelho retrovisor desde que haviam deixado o hotel, a fim de ter certeza de que não estavam sendo seguidos pelos repórteres. — Nunca senti tanto medo em toda minha vida. — Nem queria pensar no que teria acontecido se ela fosse considerada culpada. Mas felizmente isto não acontecera. E agora tudo terminara. Ambos precisavam recuperar o fôlego, e ele queria passar algum tempo com ela e decidir suas vidas. De súbito, soltou uma gargalhada. Haviam saído tão apressadamente da cidade que nem percebera aonde estavam indo. — Aonde quer

ir? — Instintivamente, tomara a direção de San Francisco.
— Não sei. — Ela ainda estava em estado de choque, fitando-o. Quatro horas antes, sua vida estivera em perigo, e agora as vidas de ambos estendiam-se à sua frente. Ergueu o rosto para o sol de inverno, com o vestido simples que Spencer comprara. — Só quero ficar sentada aqui e respirar um minuto. Nunca pensei que sairia. — Spencer não disse que certas vezes ele também não acreditara. Telefonara para seu pai do hotel e contara que ganhara a causa, e este o parabenizara, ansioso por ler tudo nos jornais. Perguntara a Spencer quando voltaria, e este respondera que ainda não sabia. Ambos precisavam de tempo para recuperar-se, e seria bom ficar longe da polícia e dos repórteres, que o haviam enlouquecido durante o julgamento. Crystal recostou-se ao assento e ele indagou se sentiria falta de lá.

— De Hollywood? — Ela ponderou durante alguns segundos e, por fim, sacudiu a cabeça. — Não muito. O trabalho... o canto... a representação, desses gostava muito. Mas o resto era bastante vazio. — E pagara um preço demasiado alto. Quase lhe custara a vida, graças a Ernie. Mesmo após a morte, ele quase a matara. — De qualquer modo, nunca conseguirei voltar para lá.

— Por que não? Algum dia poderá, se quiser. — Mas ele compreenderia se ela não conseguisse.

— Não posso. A cláusula moral não lhes permite contratar uma assassina para um filme. — Ela soltou uma risada vazia, e ele ligou o carro. Ela contemplou a paisagem pela janela. O mundo nunca lhe parecera tão doce, e percebia suas cores com renovada atenção. Tudo estava tão verde e azul, tudo tão lindo. Fitou Spencer. — Devo-lhe minha vida. Mas acho que você sabe disto. — Tocou-lhe a mão e aproximou-se mais de Spencer, parecendo novamente jovem. A tensão desaparecera, ela soltara os cabelos, e apenas seus olhos contavam uma história de profundo terror. Então, ele tocou seu rosto com intenso carinho e inclinou-se para beijá-la.

— Eu te amo muito. Morreria se algo te acontecesse. — Ela agarrou-se a ele como uma criança perdida, e Spencer passou o braço em torno de seus ombros e apertou-a mais.

— Não sei o que teria feito se... — Mas ela não conseguiu terminar a frase. Spencer olhava a estrada e abraçava-a.

— Não pense mais nisso, Crystal. Acabou. — E enquanto rumavam para San Francisco, ponderaram aonde iriam. Ela ainda não sabia. Só queria estar o mais distante de Los Angeles e o mais rápido possível. Queria dar uma parada para visitar Harry e Pearl, junto com Spencer. Tinham muito o que conversar, sobretudo agora que ele sabia que Crystal terminara tudo no ano anterior por causa das ameaças de Ernie e não porque não o amava.

Chegaram a San Francisco às dez horas da noite e foram diretamente ao Harry's. Mas ele já soubera da notícia. Abraçaram-se e choraram, e ele serviu-lhes drinques. Depois, Spencer levou-a para o Fairmont. Reservou dois quartos, para o caso de alguém comunicar à imprensa. Os quartos eram adjacentes, e ele ficou satisfeito. Ela postou-se na porta e fitou-o e sentiu os joelhos enfraquecerem. Ele a tomou em seus braços e deitou-a na cama. Abraçou-a durante horas, redescobrindo tudo que ambos recordavam. E quando finalmente ela adormeceu, Spencer desligou a luz, e ela só acordou pela manhã. Ele já despertara e a esperava com café e *croissants*, sorrindo, enquanto ela se espreguiçava, ele deslizou para a cama para o seu lado.

— Bom dia, Bela Adormecida. Sente-se melhor?

Ele já telefonara para o escritório e tivera uma longa conversa com seu chefe. O que este dissera não o surpreendera, e Spencer não lamentou nada. O chefe considerava a sensação provocada por Spencer nos dois últimos meses incompatível a um trabalho no governo, e Spencer tornara-se um constrangimento para eles. Esperavam que ele compreendesse e lamentavam particularmente aborrecer o juiz Barclay. Mas Spencer sentira uma onda de alívio ao ouvir. Nada contou a Crystal. Sabia que ela ficaria preocupada por ele. E a outra mensagem que recebera fora misteriosa, de um senador iniciante da Califórnia. Estranhamente, Spencer nem o conhecia.

Permaneceram na cama, conversando novamente sobre o julgamento e, durante o desjejum, ele lhe mostrou os jornais. O caso era manchete em todos os jornais daquele dia, e Crystal temeu ser reconhecida ao sair.

— É duro ser famosa. — Ela sorriu, e compartilharam os deliciosos *croissants* e café. Ele fez uma sugestão que a deixou pensativa. Queria ir até o vale e visitar Boyd e Hiroko. Mas Crystal não sentia vontade de voltar. Sabia que seria demasiado doloroso.

— Não quero rever o rancho. — Sabia que não poderia

suportar. Estava certa de que Becky fora-se há muito tempo, bem como Tom, mas achava que sua mãe ainda estaria lá. E as lembranças eram muitas e dolorosas. Mas, com Spencer a seu lado, admitiu que talvez fosse diferente. — E você? — Fitou-o preocupada. — Não tem que voltar para casa? — Sabia que ele não telefonara para Elizabeth desde que haviam chegado a San Francisco. Spencer não soube o que dizer. Não se falavam há semanas. Preferira enfrentar a situação após o julgamento. E agora não queria deixar Crystal.

— Não estou com pressa. — Ainda não lhe contara sobre a perda do emprego. Mas o preço fora pequeno, para salvar Crystal. Naquela tarde caminharam pelo cais, e ela comprou algumas roupas. Não lhe coubera nada do dinheiro que havia ganhado em Los Angeles. Ernie ficara com tudo, e ela deixara todas as suas coisas na casa de Beverly Hills. Não as queria, nem mesmo vendê-las. Mas logo teria que arranjar emprego. Não permitiria que Spencer a sustentasse para sempre. Voltara ao ponto de partida de anos antes, sem casa e sem dinheiro. Quando chegara à casa da Sra. Castagna, tinha mais dinheiro. Concretizara seu sonho hollywoodiano e o usufruíra durante algum tempo. Mas agora ao menos tinha Spencer. Por um instante ou um dia. Sabia que ele teria que voltar a Washington. Mas sentia profunda gratidão por cada momento que usufruíam. Durante o julgamento, não haviam conversado a respeito. E, sob os olhos vigilantes da guarda e os fotógrafos à espreita, ele não se atrevera a tocá-la. Mas agora dispunham de vários dias à sua frente e poderiam deleitar-se com a presença de ambos.

Voltaram tarde ao hotel naquela tarde, e ao ver as pessoas encarando-a no saguão, Crystal disse preferir o jantar no quarto. Agora gente demais sabia quem ela era, a maioria pelos motivos errados. Naquele dia conversaram sobre muitas coisas, sobre Washington, o trabalho de Spencer e sua vida naquela cidade. Sobre quanto passara a gostar da política e do mundo do governo, e ele mesmo admirou-se ao confessar isto a ela. Crystal falou das pessoas que conhecera em Hollywood, das estrelas, do trabalho árduo. E afirmou que, apesar de Ernie, gostara da experiência.

— Acho que seria boa algum dia. — Ela declarou baixinho, depois que ele pedira o jantar para os dois. Estavam sentados e abraçados, nos robes que haviam comprado naquele dia em I.

Magnin. Compartilhavam o clima aconchegante e uma proximidade que sobrevivera a tudo que tinha acontecido entre eles.

— Você já era boa antes de ir para lá. — Ele ainda lembrava da voz de Crystal e como cantava no Harry's. — Talvez quando as coisas esfriarem, você possa voltar, algum dia.

— Não acredito que eu queira. — Sua voz era suave e seus olhos tristes. — Aquele é um mundo duro. — Mas se não fosse Hollywood, o que faria? Não sabia fazer outra coisa, exceto cantar e representar. E agora temia exibir seu rosto. Todos a reconheceriam. Harry oferecera-lhe seu antigo emprego de volta naquele mesmo dia, mas ela não aceitara.

— As pessoas não se lembrarão do julgamento para sempre. Ele acabará se apagando como as notícias de ontem. — Então ele recordou o telefonema do senador e ponderou sobre o que desejava.

O jantar foi servido em bandejas de prata, e Spencer observou-a ciscando a comida. Tocou-lhe a mão suavemente e perguntou em que estava pensando.

Ela sorriu, os olhos brilhantes de lágrimas, e então soltou uma risada.

— Estava pensando que gostaria de ir para casa. Mas não tenho casa. — Ele também soltou uma gargalhada. Era verdade. Ela não tinha para onde ir, nenhuma casa. Pearl oferecera-lhe um quarto, mas Crystal não queria impor sua presença e não sabia se permaneceria em San Francisco. Muitos de seus planos dependeriam de Spencer.

— Vamos passar alguns dias no vale. Não precisamos ficar. Podemos dar uma passada para visitar Boyd e Hiroko e depois vamos para outro lugar. Você precisa de tempo para pensar. Faz apenas dois dias, Crystal. Vamos amanhã.

Ela hesitou durante um longo momento, fitando-o, mas por fim assentiu.

— E você? Não pode ficar cuidado de mim para sempre.

— Eu adoraria.

— Você tem sua vida em Washington, Spencer. O que restou depois que o arrastei para cá durante três meses. Imagino que será difícil pagar. — Estava pensando em Elizabeth, não entendia muito bem a relação deles. Spencer nunca falava dela ou então raramente. Contudo, sabia que ele ainda estava casado. Agora que Ernie se fora, ela estava livre, mas Spencer não.

O espectro da vida conjugal dele ainda pairava entre ambos ou ao menos nos pensamentos de Crystal. Spencer telefonara uma vez para a esposa e deixara recado com a empregada, avisando que estava em San Francisco, mas não dissera que estava no Fairmont. Ainda não se sentia preparado para falar com ela. Simplesmente não queria que a esposa entrasse em pânico se telefonasse para o hotel em que ele se hospedara em Los Angeles e descobrisse que ele saíra no dia do veredicto. Sabia exatamente o que ela ia pensar e não queria ter que admitir ou negar. Do jeito que as coisas estavam entre eles, não era da conta dela. Recordou a ameaça de Elizabeth antes de sua partida e ponderou se agora ela finalmente concordaria com o divórcio.

Então contou a Crystal que perdera o emprego e falou com uma tal indiferença, que ela o fitou horrorizada.

— Você não fez isso!
— Fiz sim!
— Meu Deus! Estamos ambos desempregados. — Ela soltou uma gargalhada, mas sentia-se terrivelmente culpada. Naquela mesma manhã ele contara como gostava do governo e da política, e ela ficou pensando no que ele faria agora. Então ele relatou o telefonema do senador, e ela o incentivou a retribuir o telefonema na manhã seguinte. — Você vai se candidatar ao escritório?
— Talvez. Ou então posso tornar-me juiz como meu pai.
— Ele sorriu, agora nada parecia ter importância. Só lhe importava que ela estava em segurança e juntos. Nada mudara entre eles ao longo de nove anos. Ela ainda o assombrava noite e dia, e agora só sabia que não queria deixá-la.

Conversaram noite adentro sobre suas vagas aspirações políticas, os filmes dela, e depois sobre assuntos, tais como, filhos e cães, Boyd e Hiroko. Ela estava ansiosa para revê-los na manhã seguinte, a despeito da reticência em visitar o vale. Ele alugara outro carro e sairiam cedo na manhã seguinte. Crystal mal podia esperar para ver Jane, que não reencontrara desde que deixara San Francisco. Agora ela estava com sete anos e provavelmente nem lembraria de Crystal.

Por fim, foram deitar e fizeram amor mais uma vez, e durante horas de carinho ele a abraçou. Novamente os anos que os separavam fundiram-se e transformaram-se em simples instantes. Era como se o tempo que haviam perdido desaparecesse quando se abraçavam bem forte, dormindo como crianças em paz.

35

Rumaram para o norte no dia seguinte, e Crystal ia sentada ao lado de Spencer, ouvindo rádio e imersa em seus pensamentos. Ele sorriu, pensando em como era fácil estar ao lado dela, que nada exigia. Além disso, não havia desapontamentos, choques de idéias, nem acusações. Era inevitável pensar em Elizabeth e em como ambas eram diferentes. Mas Crystal parecia um sonho, sempre inalcançável, além de seus dedos, contudo, sempre claramente visível, exatamente o que ele desejava.

Cruzaram a Golden Gate e rumaram para o norte, o céu alto no céu. Tudo estava verdejante e renovado, a vegetação lavada pelas tempestades de inverno que tornavam as colinas cor-de-esmeralda e brilhantes sob um céu da cor dos olhos de Crystal. Ela parecia em paz ao fitá-lo, e sorriram. Era gostoso estar lado a lado, nem precisavam de palavras, enquanto ele dirigia.

Ela mostrou o caminho, e desta vez ele lembrou onde os Webster moravam. Sentindo o coração descompassado, Crystal atravessou o jardim diminuto e tocou a campainha. Seguiu-se um longo intervalo e, por fim, uma garotinha veio abrir a porta. As lágrimas assomaram aos olhos de Crystal.

— Olá. — A criança ergueu os olhos para ela, e souberam de imediato que era Jane. Possuía os olhos orientais da

mãe e cabelos castanho-avermelhados, exatamente como quando nascera. — Quem é você?
— Meu nome é Crystal, sou amiga de sua mãe.
Não havia medo nos olhos da criança, e Spencer tomou a mão de Crystal.
— Ela está lá dentro fazendo o almoço.
— Podemos entrar? — A criança assentiu e deu um passo ao lado. A sala estava do mesmo jeito que Crystal lembrava. Muito pouca coisa mudara. Ainda eram pobres, mas eram ricos de amor. Havia fotografias de Jane e cópias japonesas que Hiroko trouxera do Japão. A sala era asseada, repleta dos poucos tesouros que possuíam. Crystal tinha os olhos marejados de lágrimas ao galgar os poucos degraus que levavam à cozinha, postando-se e observando a amiga. Hiroko estava cantando em japonês e voltou-se, esperando ver Jane. Arregalou os olhos e, com um gritinho, as duas mulheres lançaram-se nos braços uma da outra.

Permaneceram abraçadas durante um longo tempo, os anos apagados, da mesma forma que ocorrera com Spencer. Não se viam há muito tempo, mas nada mudara entre elas.
— Estava tão triste por você, Crystal. — Então ela viu Spencer de pé observando-as e sorriu ao vê-los juntos. Na parede da cozinha ainda havia uma fotografia dele com Boyd no dia do casamento. — Você está linda! — Beijou-a novamente, enxugando as lágrimas. De súbito, todos falavam ao mesmo tempo, e Jane observava, ponderando quem seriam. Hiroko explicou que Crystal ajudara a trazê-la ao mundo, e Spencer ouviu a história que desconhecia, fitando Crystal com admiração.
— Aí está você — brincou. — Poderia ser uma parteira.
— Nem pensar. — Ela sorriu. Ela e Hiroko falavam sem parar, enquanto Spencer e Jane brincavam. Tudo ia bem com eles. O velho Sr. Petersen morrera e deixara o posto para Boyd. Hiroko indagou a respeito da carreira cinematográfica de Crystal e falaram do julgamento. Então ouviram um caminhão aproximando-se, e Boyd entrou apressado para o almoço, ansioso por saber quem eram as visitas. Vira o carro e parou no umbral da porta, observando a cena e abraçando-a com um gritinho, sacudindo depois a mão de Spencer.
— Lemos sobre você. — Abriu um sorriso largo, alivia-

do ao ver ambos. — Fiquei pensando se você viria até aqui.
— Spencer explicou que tentara visitá-los dois anos antes, mas não conseguira encontrar a casa onde moravam, que ficava retirada em uma estrada secundária. Não a teria descoberto mais uma vez, se Crystal não mostrasse o caminho.

Hiroko preparou almoço para todos, com a ajuda de Crystal, sentindo-se à vontade como sempre na cozinha acolhedora. Pouco depois, Boyd contou-lhe todas as novidades. Becky casara de novo e morava em Wyoming com mais dois filhos. Em seguida, ele hesitou ponderando o quanto Crystal gostaria de ouvir naquele momento.

— Sua mãe está muito doente — disse baixinho. Crystal era o único membro da família que lhe restara. Mas Crystal não queria vê-la naquele momento, já dissera a Spencer que não desejava ir ao rancho. Seria muito doloroso para ela, muito triste rever o rancho após todos aqueles anos. Fazia seis anos que fora embora, seis anos que Jared morrera, e não havia mais nada ali de seu, exceto o túmulo do pai e de Jared. Mesmo assim, ela indagou a respeito, ponderando se sua mãe se mudara. — Não, ela ainda mora lá. No que restou do rancho. Venderam o pasto há anos. Não tem mais gado. Mas acho que os vinhais ainda estão fortes, pelo menos foi o que ouvi as pessoas dizerem. Não vou lá há muito tempo. Mas sei que o Dr. Goode tem ido bastante lá. Ela está doente desde junho. — Fez outra pausa, dando uma olhada em Spencer, voltando a fitá-la. — Acho que ela não dura muito, Crystal. Se é que isto significa algo para você agora.

Ela sacudiu a cabeça tristemente.

— Está tudo acabado para mim.

Ele assentiu. Já imaginava.

— Pensei em lhe escrever uma ou duas vezes, no caso de você querer vê-la antes de ela morrer.

Crystal meneou a cabeça, tentando esquecer os dias de infância. Agora eles já eram passado, assim como o rancho.

— Acho que não adianta muito, e não acredito mesmo que ela quisesse me ver. Não tive mais notícias dela desde que parti. Becky está aqui? — Se a mãe estava morrendo, pensou que a irmã poderia ter vindo de Wyoming.

— Ela veio para o Natal e ficou algum tempo, disse minha irmã. E não a vi. Mas agora já foi embora. — Crystal assentiu, de certa forma aliviada ao saber que a irmã não estava ali. Becky nada lhe significava, na verdade, nunca significara. Os únicos que amara estavam mortos, exceto aqueles que estavam sentados conversando na sala dos Webster. Após o almoço, foram todos dar uma longa caminhada, antes de Boyd voltar para o trabalho. Prometeram dar uma passada para despedir-se dele no posto antes de irem embora. Spencer e Crystal ainda não haviam decidido para onde iriam. Ele pensava que talvez ela gostasse de visitar a terra do vinho e ficar em algum hotelzinho acolhedor. Mas quando, por fim, despediram-se de Hiroko, Spencer fez a volta errada e, de súbito, Crystal empalideceu. Estavam passando por fora do rancho. Ele também reconheceu a propriedade e fitou-a cauteloso.

— Quer que eu pare um pouco? Ninguém vai saber que estivemos aqui. Se sua mãe está tão doente, tenho certeza de que não vai estar perambulando por aí. — Assentindo imperceptivelmente, ela apontou uma estrada coberta pela vegetação.

— Esta estrada leva diretamente ao rio. — Mas ele não quis arriscar ir com o carro. Desceram, e ele tomou a mão de Crystal. Caminharam durante longo tempo, Crystal em silêncio. Chegaram a uma pequena clareira, e ele avistou três túmulos ali. Jared, o pai dela e a avó estavam enterrados ali, como se esperando por Crystal, que enxugava os olhos, silenciosa. Ele a abraçou, e voltaram por entre o capim alto. Spencer recordou o casamento de Becky, com Crystal com seu vestido branco e descalça, os sapatos lançados em algum lugar, os cabelos brilhando como ouro branco à luz do sol. Então, enquanto ainda caminhavam, ela afastou-se lentamente e deixou-se ficar olhando a casa grande onde nascera. Lembrou do pai e sofreu ao ver a casa.

— Quer entrar? Vou com você. — Ele a observava com atenção, sentindo seu sofrimento.

— Não sei o que diria depois de tanto tempo.

— Olá é sempre um bom começo. — Ela se voltou e sorriu.

— Esperto. — Soltaram uma risada e fizeram a volta, mas, de repente, a porta de tela bateu com estrondo e viram a enfermeira saindo. O Dr. Goode estava junto à porta, e Crystal fitou Spencer por uma fração de segundo. Ele assentiu, encorajador, ela hesitou durante um momento e, por fim, aproximou-se lentamente da casa que outrora fora cheia de pessoas que amava, restando agora apenas lembranças desbotadas.

— Vá em frente — sussurrou ele e Crystal apertou sua mão e subiu lentamente os degraus da frente. Suas mãos estavam úmidas, e o Dr. Goode fitou-a detidamente e de maneira estranha. Ele a reconhecera e estava surpreso com sua presença. Há tempos ela se fora, deixando para trás tanto escândalo.

— Como soube? — indagou ele.

— Soube do quê? — Crystal fitou-o, sentindo-se novamente criança.

— A qualquer momento ela poderá morrer. Agora está acordada, se quiser entrar. — De súbito, Crystal ponderou se o choque seria demasiado forte para a mãe, após todos aqueles anos.

— Quando as pessoas sabem que estão morrendo, as coisas mudam. — Ele falou baixinho, ponderando quem seria o homem. — Você se casou? — Ela sacudiu a cabeça, e ele não falou mais. Não sabia onde Crystal estivera, nem o que fizera. Estava demasiado ocupado cuidando dos doentes. Ouvira dizer que ela se tornara estrela de Hollywood, mas Crystal não parecia uma estrela naquele momento. Para ele, parecia a mesma, um pouco mais velha, talvez um tanto mais magra, embora tão bela quanto antes. — Vá dizer olá a ela. Agora sua mãe não lhe poderá fazer mal. — Crystal entrou lentamente na cozinha, quase esperando ver a avó, mas agora não havia ninguém. A sala estava imersa em penumbra, tudo parecia velho e cansado. Nenhuma mão amorosa conservara as coisas naqueles anos. Parecia que a mãe deixara que tudo desmoronasse, tanto dentro como fora. Spencer seguiu-a. Crystal bateu e entrou. Olivia estava deitada; quase nada restara dela. Definhara e só parecia restar-lhe os olhos, que fitavam Crystal.

— Olá, mamãe.

Olivia pareceu surpresa, mas não tanto quanto Crystal pensara. Era como se esperasse sua vinda, e se não esperava, também não se importou.

— Como vai? — Não tocaram no dia em que Crystal partira, nem no sofrimento que a mãe infligira ou no que Tom fizera. A mãe continuou deitada, fitando sua filha caçula, esperando a morte para unir-se aos outros.

— Estou bem. — A mãe não sabia do julgamento. Agora não sabia de nada e não se importava mais. Durante meses, o mundo encolhera, limitando-se a seu quarto.
— Soube que você foi para Hollywood. É verdade?
Crystal assentiu.
— Fui sim. Passei um tempo lá.
— O que está fazendo agora?
— Visitando você. — Ela sorriu, mas não encontrou resposta nos olhos da mãe, demasiado cansada.
— Você deve ter sabido do rancho. Achei que procurariam você após a minha morte. Becky disse que Boyd Webster saberia onde encontrá-la.
— Ele sempre sabe. O que tem o rancho? Vai vendê-lo?
— Agora depende de você. Este rancho sempre significou muito para mim, mas seu pai o deixou e não tive outra escolha senão viver aqui até a morte. Depois será seu. Becky enlouqueceu durante algum tempo. Mas agora tem uma boa vida. Um bom homem. Você soube que Tom morreu na Coréia?
— Soube. — Mas sua mente processava rapidamente o que a mãe acabara de dizer. Sentou-se cuidadosamente na cadeira de balanço junto à cama e estendeu hesitante a mão, buscando a da mãe. Olivia não resistiu, simplesmente deixou-se ficar, como um graveto entre os dedos de Crystal. — O que quer dizer a respeito do rancho?
— É seu. Era assim que ele queria. Arrendei a terra, acho que é assim que se fala. Mas depois disso ele queria que você ficasse com todo o rancho. Disse que você era a única que sempre se preocupara com o rancho. — Crystal ouvia, os olhos marejados de lágrimas. O pai deixara o rancho para ela e jamais lhe haviam dito nada. Haviam permitido que fosse embora, sem contar que um dia o rancho seria seu. — Se quiser, você pode ficar no chalé. Não é usado há anos. Não vou durar muito — disse ela, retirando a mão. — Agora é seu.
— Não fale assim. Alguém está cozinhando para você?
— Sim. Uma das garotas da igreja ainda vem aqui. O Dr. Goode vem aqui duas vezes ao dia e, na maioria das vezes, traz a enfermeira. — Então ela cerrou os olhos, demasiado cansada para continuar falando. Começou a dormitar, e Crystal pôs-se de pé, contemplando a mulher que lhe infligira

tanta dor, que lhe escondera a posse da propriedade durante todo aquele tempo. Era difícil sentir algo por ela além de pena. Estava à beira da morte. Então, tudo seria de Crystal. Era inacreditável. Saiu do quarto silenciosamente e encontrou Spencer. Fez sinal para que saíssem. Lá fora, ela sentou nos degraus e fitou-o, aturdida.

— Você não vai acreditar no que acabei de saber.
— Ela lhe perdoou. — Ele sorriu, e ela retribuiu.
— Não, é tarde demais para isto. Ela está doente demais para ligar a tudo isso. — Contemplou os campos praticamente seus e sentiu uma onda de amor pela terra, e precisamente por este motivo o pai a deixara para a filha. Então recordou suas últimas palavras, "...nunca desista... do rancho..." Sentira-se muito culpada quando deixara a terra. Voltou os olhos para Spencer. — Meu pai deixou-me o rancho quando morreu, e nunca me contaram nada. Acho que por isto me odiavam tanto. Porque ele deixou tudo para mim. — Ela o fitava como se em estado de choque. Rever a mãe após todos aqueles anos e agora isto. Ela sacudiu a cabeça e pôs-se lentamente de pé. — O que vou fazer com tudo isto?

— Morar aqui e ter uma boa vida. É um belo lugar. Ou foi e poderá voltar a ser algum dia. Aposto que os vinhais ainda são lucrativos. E quem sabe até o milharal.

— Spencer. — De súbito ela sorriu. — Estou em casa.
— Está sim. — Ele sorriu. — Tenho certeza que sim. E você nem queria vir aqui. — Ambos sorriram e então recordaram a mulher que estava morrendo na casa. Voltaram lentamente ao carro, ponderando sobre aonde ir.

— Ela disse que poderíamos ficar no chalé se quiséssemos.
— Nós? — Ele sorriu. — Ela sabe que eu estou aqui?
— Não... está bem... ela disse que eu poderia. Mas tenho certeza de que deve estar um caos. — E não queria estar ali com a mãe morrendo. — Vamos para outro lugar e voltamos depois. — Ele assentiu, e voltaram ao carro. Ele foi até o posto de gasolina e disseram adeus a Boyd, assegurando que voltariam. Naquela noite, Boyd telefonou para o hotel em que estavam hospedados. Crystal telefonara para Hiroko e deixara o número. A mãe morrera, pouco depois da partida deles. Crystal ficou sentada durante um longo tempo, tentando perceber como estava se sentindo. Não era tristeza nem perda,

nem mesmo raiva. Quase tudo se fora, exceto a recordação distante da mulher que conhecera quando criança. E agora o rancho era seu, exatamente como o pai queria. Não tinha a menor idéia do que faria com a propriedade. Mas ao menos agora tinha um lugar onde viver.

Voltaram no dia seguinte, e dois dias depois a mãe estava enterrada junto aos outros. Crystal hesitou durante dois dias, em que permaneceram com Boyd e Hiroko, mas por fim decidiu mudar-se para a casa grande e assumiu inclusive seu antigo quarto, onde instalou-se com Spencer. Sua velha cama ainda estava lá, e o piso ainda estalava, exatamente como lembrava. Estranhamente, nada mudara. Contudo, tudo era diferente agora, ao caminharem pelos campos ao entardecer, até o lugar onde se haviam conhecido, e ele sorriu para Crystal. Às vezes a vida era muito estranha. Crystal ainda não assimilara tudo. Alguns dias antes, nada tinha no mundo e agora possuía o rancho que o pai lhe deixara.

Enquanto o sol se punha, eles se beijavam, regressando depois à casa, de mãos dadas, agradecidos pelos momentos preciosos que haviam compartilhado, e Crystal começou a cantar suavemente, como uma recordação esmaecida.

36

Spencer cavalgou por quase todo o rancho com ela na manhã seguinte. Grande parte do terreno havia sido tomado pelo mato, e o rancho não tinha mais empregados. Apenas os vinhais estavam parcialmente conservados, e dois mexicanos trabalhavam quando eles passaram a cavalo.

Nadaram no rio que ela amava quando criança e sentaram-se enrolados em cobertores, rindo abraçados, e ela cantou as músicas que costumava entoar para seu pai. Por um instante, sentiu-se culpada, como se estivesse rindo no túmulo de sua mãe, mas não era isso. A mãe morrera anos antes para ela, e o rancho era o último presente de seu pai.

Quando voltaram para casa, ela colocou a velha chaleira no fogo e recordou a avó com seu avental branco imaculado. Contou a Spencer suas primeiras lembranças, e ele ouviu, enlevado. Por fim, conversaram sobre Washington e quando ele pretendia voltar.

— E Elizabeth? — Ambos sabiam que ele precisava tomar uma decisão. Mas a decisão viria por si só, se ele ficasse tempo suficiente com Crystal. Não conseguia imaginar deixá-la mais uma vez, e ambos sabiam que ele não queria isso. Não via Elizabeth há três meses e agora estava praticamente certo de que, com uma pequena pressão, ela pediria o divórcio. Para ela, seria demasiado constrangedor vê-lo deixar tudo em

Washington e permanecer na Califórnia com Crystal. E Crystal queria que ele ficasse com ela, mas a decisão cabia a ele. Não queria que Spencer abdicasse de sua vida em Washington, caso fosse isto que ele desejasse. Nada tinha a oferecer-lhe, em comparação à vida que Spencer levava com Elizabeth e os Barclay. Soubera no dia anterior que o rancho mal se sustentava. Ela poderia sobreviver ali, mas comparada a Elizabeth, nada possuía. Além de seu amor por ele e tudo que sentia por Spencer desde o dia do casamento de Becky.

Ele lembrou de telefonar para o senador naquela tarde, e ela estava lavando os pratos, enquanto ele fazia a ligação. Crystal estava ouvindo rádio e ergueu os olhos quando o ouviu desligar o telefone. Sorriu para ele e enxugou as mãos no *jeans* novo que comprara.

— E então?

Ele a fitou. Coisas estranhas estavam acontecendo. O senador da Califórnia acompanhara avidamente o julgamento de Crystal e queria que Spencer fosse trabalhar com ele quando voltasse a Washington, o que esperava para logo. Tinha um importante trabalho a oferecer-lhe e, pela primeira vez, não era graças ao juiz Barclay.

— É o que você quer? — Ela indagou após ouvir as explicações de Spencer. Era um trabalho de prestígio, o qual ele sabia que viria a adorar, mas não queria voltar para Washington e deixá-la. Queria estar ali a seu lado, no Vale Alexander.

— Seria exatamente o que eu queria há seis meses. Cortaria o braço direito por este emprego. — Sentou-se em uma das velhas cadeiras da cozinha, e ela serviu uma xícara de café para ele. — Mas agora não sei, prefiro ficar aqui com você. — Puxou-a para seu colo e fitou-a, ainda surpreso com a oferta do senador.

— O que disse a ele? — Ela observava seu rosto com atenção. Precisava saber o que seria melhor para ele, o que realmente queria fazer.

— Disse que telefonaria na próxima semana, assim que voltasse. Ele volta para Washington amanhã à tarde. Não consigo acreditar que tenha falado sério, mas parece que ele não estava brincando. — Do desastre, ambos haviam recebido bênçãos extraordinárias. — Mas e nós? Você vem comigo? — Quase esquecera Elizabeth. Naquele momento apenas Crystal importava.

— O problema agora não é este. Você é mais importante.

— Ele bebericou o café fumegante e fitou-a pensativo, admitindo ser aquela colocação o que sempre desejara. De súbito, os horizontes políticos abriam-se para ele, mas era tarde demais, agora tinha Crystal. Não queria perdê-la novamente, nem mesmo por um trabalho como o que lhe havia sido oferecido. Mas enquanto o ouvia falar do mundo da política, ela percebeu o quanto ele o amava. E soube também que para ele seria melhor uma esposa como Elizabeth. E todas as suas ambições cairiam por terra, casado com uma mulher como ela, acusada do assassinato de Ernie. O escândalo acabaria com ele, e então o que lhe restaria? A vida de fazendeiro. Ele não nascera para isto. Nascera para coisas grandiosas, e, naquela noite, fizeram amor, e depois ele achou-a estranhamente silenciosa. Ponderou sobre o que a estaria preocupando, talvez fosse a casa e as recordações. A casa estava tão decaída e triste, exatamente como a mãe, antes de morrer. Havia uma aura de tristeza naquele lugar, até que se saía e divisava a majestade do vale.

— Em que está pensando? — Acariciou-lhe os cabelos e abraçou-a. Ela sorriu-lhe tristemente, deitada na cama estreita que outrora dividira com Becky.

— Estava pensando que está na hora de você voltar para Washington e enfrentar as conseqüências. — Seria o maior sacrifício de sua vida, mas sabia ser necessário.

Ele sacudiu a cabeça lentamente.

— Não quero mais deixá-la. Ambos já passamos por muita coisa. Merecemos estar juntos.

Ela soergueu-se sobre um cotovelo e fitou-o.

— Você não pertence a este lugar, meu amor. Você nasceu para coisas maiores do que administrar um rancho velho como este. — Estava certa disto, mas ele não queria ouvir falar no assunto.

— E você não? Não seja ridícula. Há três meses era uma estrela de cinema e agora olhe para você. Está de volta ao começo.

— É diferente, Spencer. — Beijou-lhe a ponta do nariz. — Aquilo era tudo fantasia. O seu trabalho é importante. Algum dia poderá tornar-se um grande homem. Quem sabe até candidatar-se à presidência. — Mas não se permitisse que ele ficasse ali. Nem ali nem em parte alguma, casado com uma assassina. Ela lhe custaria tudo. E não ia permitir que cometesse este engano. Ele precisava voltar para Elizabeth. Ela sim era exatamente a esposa ideal a Spencer. — Quero que você volte.

— Por quê? — Ele a fitou, aturdido. — Como pode dizer isto?

— Porque seu lugar é em Washington. Você ainda não terminou. Tem aonde ir, pessoas a encontrar, idéias ainda por nascer e compartilhar com pessoas que precisam de você. Meu tempo foi bom, mas para mim só passou de diversão e a um preço alto demais. Não quero mais. Você sim. Esta é a diferença. — Ela percebera o olhar de Spencer depois do telefonema com o senador. Não podia privá-lo disso. E sabia que, se o fizesse, algum dia ele a odiaria.

— E que devo fazer? Deixá-la aqui? Por que não vem comigo? — Seus olhos imploravam.

— Para Washington? — Ela sorriu.

— Por que não?

— Porque eu destruiria você em um minuto, não importa o quanto o ame. Pense no que existe atrás de mim. Fui acusada de assassinato, Spencer. E todo o júri disse que agi em legítima defesa. Não disseram que não cometi o crime. Sua carreira estaria acabada no dia em que eu chegasse em Washington, você sabe disso.

— Não vou voltar. — Ele a abraçou, temendo subitamente perdê-la.

Mas Crystal falou com seriedade na escuridão, e as palavras dela o assustaram.

— Não vou deixar que fique aqui.

— Por que não?

— Porque destruiria você.

Ele não respondeu. Ela adormeceu, e ele ficou um longo tempo deitado e ouvindo o ritmo de sua respiração. Percebeu que se a deixasse, ele morreria, ou pelo menos parte dele. Para sempre. Contudo, no dia seguinte, ela tocou novamente no assunto e mostrou-se inflexível. Por fim, Crystal percebeu o que teria que fazer. Precisava mandá-lo embora a qualquer preço, mesmo se isto significasse dizer que não o amava mais. Mas não foi preciso ir tão longe. Disse apenas que não estava preparada para uma vida com ele. Queria ficar sozinha no rancho, não importa o quanto pudesse parecer mal-agradecida, depois de tudo que ele fizera por ela. Estava com 24 anos, passara por muita coisa e não queria pensar em casamento. Alegou precisar de solidão no rancho, mas ele não acreditou. Lembrou-se da ocasião em que ela telefonara para ele, um ano e meio antes, e afirmara não amá-lo, para salvá-lo de Ernie.

Ele estava arrasado, enquanto voltavam do rio.

— Por que você quer ficar sozinha?

— Simplesmente preciso. Só isso. Quero ficar sozinha para fazer minhas coisas. Tenho este direito, não é? — Ele parecia profundamente magoado, e ela precisou conter as lágrimas ao longo da noite, abraçada a ele. Discutiram durante dois dias, mas ela se manteve firme e, após uma semana de agonia, percebeu que o convencera. Aceitaria o trabalho em Washington, mas insistiu em vir vê-la com freqüência. Crystal sabia o escândalo que isto provocaria e prometeu a si mesma não permitir. Precisava ser forte com ele. Sabia que qualquer contato, qualquer relação que mantivesse com ele o destruiria. Agora ela era uma pessoa maculada, e se ele fosse outro homem, a história seria diferente. Mas ele tinha toda uma vida pela frente, e seus olhos brilhavam cada vez que falava do novo trabalho em Washington com o senador da Califórnia. Não podia privá-lo disto ou de tudo que resultaria a partir daí. Algum dia ele poderia realizar grandes coisas, e não seria ela o empecilho. Sabia que ele também pertencia a Elizabeth, não importa o quanto tenha discutido com Crystal a este respeito. Crystal pensou em desistir dele e entregá-lo a Elizabeth, como uma mãe que deixa seu filho na soleira de alguma casa.

Despediram-se no final de certa tarde, com um longo beijo, enquanto o sol se punha às suas costas. Ele continuava insistindo que ela fosse para Washington, mas ela resistiu até o fim. Spencer só concordou em ir se fosse para voltar logo, mas ela sabia que não seria assim. Acenou-lhe em despedida, alta e orgulhosa, como se esperasse revê-lo. Mas sabia que não. Sabia que não permitiria que ele voltasse. Seria muito perigoso para Spencer, e, com o tempo, sabia que ele lhe agradeceria. Deitou-se, após a partida de Spencer, soluçando e pensando que seu coração ia partir. Ele se fora mais uma vez, e apesar de todo o amor que sentia por ele, desta vez seria para sempre. Deixá-lo livre fora seu último presente para Spencer. Tudo que poderia lhe dar. Ele já tinha o resto, seu coração, sua alma e seu corpo.

37

Crystal ofereceu o chalé a Boyd e Hiroko, que mudaram em março, após pintá-lo e limpá-lo, arrancar as ervas-daninhas do quintal e plantar um jardim. Ela contratou dois homens para cuidar do milho e novos mexicanos para trabalhar nos vinhais. Boyd continuava indo ao posto de gasolina diariamente, e Crystal e Hiroko trabalhavam como escravas para recuperar a casa grande, com a ajuda da pequena Jane.

Em abril, o sol já estava quente, e após esfregar paredes o dia inteiro e depois de pintar até tarde da noite, Crystal quase desmaiou. Hiroko ajudou-a a sentar e fitou-a com o cenho franzido de preocupação. Havia algo errado com ela, apesar de Crystal sempre negar. Os dois últimos meses tinham feito seu efeito, além do julgamento e o tempo passado com Ernie. Mas o pior era a dor da perda de Spencer. Ele telefonara várias vezes, mas ela se mostrara vaga e insistira em que ele não voltasse ainda. Spencer estava trabalhando com o senador, dirigindo a campanha de Washington e adorava o trabalho, mas ainda queria voltar para ver Crystal. De maneira dura, ela disse que estava saindo com outro, da cidade, e que agora o rancho estava bem. E ele estava com Elizabeth, que, mais uma vez, apesar de tudo, se recusara a dar o divórcio.

Hiroko pôs o pano umedecido na testa de Crystal e sentou-se a seu lado, insistindo que procurasse um médico.

— Não seja ridícula. Estou bem. Simplesmente não estava mais acostumada a trabalhar duro. — Mas o rancho estava novamente com boa aparência, quase melhor do que antes. O pai teria se orgulhado, e Boyd não podia acreditar nas mudanças que ela empreendera em tão pouco tempo. Voltara há dois meses.

Três dias depois, ela voltou a desmaiar, enquanto arrancava ervas-daninhas do jardim, e Jane encontrou-a caída. Correu até o chalé para chamar a mãe. Gostava de sua nova casa e de sua nova amiga, e Crystal prometera ensinar-lhe a montar no verão. Desta vez Boyd levou-a até a cidade e deixou-a no consultório do Dr. Goode.

— Sente-se aí, Crystal Wyatt. Ou vou precisar arrastá-la?

Ela sorriu, era um dia quente, mas estava com frio e vestia um suéter grosso. Ele temeu algo sério e estava certo. O Dr. Goode disse que, sem dúvida, ela estava grávida. Ela fitou-o, chocada e sem querer acreditar, mas fez as contas e percebeu que ele tinha razão. Naquela noite contou tudo a Hiroko.

— O que vai fazer? — Hiroko perguntou baixinho. Sabia muito bem o quanto Crystal amava Spencer e que o mandara embora pelo seu próprio bem e não porque não o amasse.

Crystal fitou-a tristemente, mas não tinha dúvidas em sua mente quanto ao bebê ou o que queria.

— Vou ter o bebê. — Era tudo que lhe restaria dele, e poderia oferecer um lar à criança, que deveria nascer em fins de novembro. Sabia que devia ter engravidado na primeira vez em que haviam feito amor, em San Francisco.

Boyd ficou aturdido quando soube da notícia, e Crystal o fez jurar segredo, para sua tristeza. Ele achava que ela devia contar a Spencer. Mas Crystal mostrou-se inflexível. Spencer estava em seu caminho. E queria que ele permanecesse assim.

— Quer dizer que não vai contar a ele?

Ela sacudiu a cabeça. Era a última coisa que faria. Já fizera com que ele perdesse um emprego, e o que ele estava vivendo agora era importante demais.

— Não vou contar a ninguém, só vocês dois. — Não contaria nem mesmo a Harry e Pearl, parte de outra vida. E permaneceria no vale até ter o filho. A barriga cresceu lentamente ao longo do verão, e ela só conseguiu pensar no filho que era de Spencer. A grande alegria de sua vida... a última recordação de Spencer.

38

Crystal não errara. Spencer estava adorando seu emprego. Trabalhar para o jovem senador era exatamente o que desejava. Trabalhava durante horas, e as responsabilidades eram enormes. De súbito, viu-se envolvido no mundo político, e seu passado na advocacia só facilitou tudo. Estava pensando inclusive em candidatar-se ao Congresso. Mas gostava muito do senador para deixá-lo naquele momento.

Até Elizabeth estava satisfeita, motivo pelo qual acabara por recusar o divórcio. A despeito de sua atuação no julgamento e do caso que ela supunha ser mantido por ele, finalmente conseguira o que queria. Estava casada com alguém "importante". Ficara furiosa quando ele voltara para casa, e, na primeira semana, ele mal a viu. Estava pronto para mudar-se. Com ou sem Crystal, sabia que não suportaria mais o casamento. Estar com ela mostrara-lhe tudo que ansiava com Elizabeth e não obtinha. Estava farto de viver sem isto. Preferia ficar sozinho, como disse a Elizabeth quando finalmente conversaram sobre o assunto. E não lhe mentiu, nem ofereceu desculpas ou explicações.

— Não é bom para nenhum dos dois. Você merece algo melhor e eu também. — Este diálogo se deu na semana depois que assumira o emprego, e, após as ameaças antes do julgamento e a duração de tempo em que permanecera fora, Spencer não acreditava que ela se recusasse a conceder o divórcio. Nada restara da relação entre ambos, e não era segredo que ele passara as últimas semanas com Crystal. — Acho que está na hora de nos separarmos. — Mas ela estava intrigada com o trabalho dele. Fora a primeira coisa que ele fizera que ela considerara realmente meritória. E as pessoas comentavam o excelente trabalho feito por ele ao defender a estrela. Em vez de ficar zangada, ela estava orgulhosa, e ele percebeu como a conhecia pouco. Era a fama, a qualquer preço, o que lhe importava, mesmo que à custa do casamento.

— Por que não esperamos um pouco, Spencer? Esperamos tanto tempo, podemos ficar juntos um pouco mais. — Ela falara com altivez, nem um pouco romântica. Tampouco ele mostrou-se romântico. Sabia que seus dias fingindo para si mesmo que amava Elizabeth estavam acabados. Não queria mais representar. Queria a liberdade e foi exatamente o que lhe disse.

— Por que, em nome de Deus, você quer continuar com isso, Elizabeth? Nem amigos somos mais. Não se incomoda?
— Mas a verdade era que ela não se importava
— Gosto do que você tem feito ultimamente, Spencer.
— Ser a esposa do assistente de senador a intrigava.
— Está falando sério? — Ele estava chocado.
— Estou sim. Estou disposta a manter o casamento, se você quiser. Na verdade, não vou libertá-lo. — Como de hábito, ela era brusca com ele. — Você me deve isto. — Ele estava lívido.

— O que é que eu lhe devo?
— Você me fez de idiota com aquela garota, e se acha que vou me divorciar de você para que possa casar com ela, está louco. — Ele não contou que Crystal o mandara embora e pedira, pelo bem de sua carreira, que continuasse casado.

— Quero casar com ela. — Não pretendia mentir. — Mas a verdade é que ela não quer.

— Ou ela é idiota ou muito inteligente. Não sei qual.
— Ela quer ficar sozinha, disse, e acha que poderia atrapalhar minha carreira.
— Ela está certa. É mais esperta do que eu pensava. — Não falou que isto lhe mostrava como Crystal o amava. Elizabeth não ia enaltecer Crystal aos olhos de Spencer e queria continuar casada. — Ela vai voltar para Hollywood?

Ele sacudiu a cabeça.

— Não, ela voltou para casa. Para ela a carreira cinematográfica acabou.

— E onde é sua casa? — Ela estava curiosa. Pareceu-lhe adequado saber o máximo possível sobre a oponente.

— Não importa.

— Vai voltar a vê-la? — Pela expressão dos olhos de Spencer, soube que sim, se Crystal permitisse. Mas ela sentiu que algo acontecera antes dele voltar para casa e suspeitou, com acerto, que Crystal o mandara de volta. De outra maneira, ele não teria voltado. Mas agora que Elizabeth o tinha de volta, faria tudo que estivesse em seu poder para mantê-lo.

— Você é um idiota se continuar envolvido com ela. E acho que seu senador não ia gostar nada.

— O problema é meu e não seu. — Não queria discutir Crystal com a esposa. Pensava nela noite e dia. Mas quando telefonara, percebera que ela continuava irredutível quanto a ficar sozinha. Dissera que as vidas de ambos eram diferentes demais, e nada do que ele argumentara parecera demovê-la.

Contudo, ele estava muito ocupado, e as semanas voaram. No final, ele não se mudara, nem Elizabeth pedira. Freqüentava menos os pais dela, muito embora o velho o tivesse parabenizado pelo novo trabalho. E ele também estava satisfeito por Elizabeth. Ela se tornara a esposa de um homem importante, e agora Spencer poderia dar-lhe o que ela queria.

Spencer não compreendeu por que, mas continuou morando na casa de Georgetown. Sempre estava ocupado demais para mudar-se, e Elizabeth o deixava em paz. Ia às festas com ele, ajudava-o a receber, e ela própria tinha uma vida atarefada, com suas atividades sociais, os amigos e a faculdade de direito. Nunca reclamava da situação, e, em questão de meses, ele percebeu que ser casado com ela estava sendo útil. Sentia-se culpado por pensar assim, mas Washington era uma cidade estranha, e a política ainda mais. E não lhe fazia mal estar casado com a filha do juiz Barclay.

No outono, já há seis meses trabalhando para o senador e demasiado ocupado, já não importava mais quem era casado com quem. Exceto nos acontecimentos sociais, quando ela estava com ele, Spencer nunca via Elizabeth.

Mal tinha tempo para telefonar para Crystal, e ela se mostrava fria quando se falavam. Dizia estar bem, falava do rancho, mas deixava claro que não queria vê-lo. Mandara-o de volta a Elizabeth e Washington, e agora, mais uma vez, ele caíra na armadilha. Era exatamente o que queria para ele e que instintivamente percebera ser sua necessidade.

No dia de Ação de Graças, ele reviu sua família. Elizabeth ofereceu um jantar elegante. Os pais vieram de Nova York e ficaram hospedados na casa deles. Mais uma vez, o pai congratulou-se por incentivar Spencer a permanecer casado com Elizabeth, nos primeiros dias de inquietação após a volta da Coréia. Os Barclay também estavam satisfeitos, e ninguém perguntava quando pretendiam ter filhos. Obviamente, o casal estava demasiado ocupado, e, em junho, Elizabeth se formaria em direito.

— Imagine só — brincou o pai de Spencer —, dois advogados sob o mesmo teto. Podem abrir sua própria firma de advocacia. — Neste caso, pensou Spencer, seria a única coisa que tinham em comum. Mas Elizabeth não mostrou qualquer reação, mostrou-se charmosa e altiva como de hábito, e todos que conheciam a esposa de Spencer, a adoravam. Um brilhante futuro estendia-se à frente de ambos, e o juiz Barclay sugerira que, após um período razoável com o senador, Spencer cuidasse de sua própria carreira e se candidatasse a um cargo. Como Elizabeth, achava que Spencer devia candidatar-se ao Congresso. Mas ainda era muito cedo para isto. Spencer estava envolvido em seu trabalho e mergulhava no emprego para escapar à solidão de seu casamento. Estava com 36 anos e já chegara longe. Mas perdera o que mais queria... não sua esposa... mas a garota que conhecera no rancho, nove anos antes. Perdera Crystal.

39

Crystal também fez sua festa de Ação de Graças. Recheou um peru, fez uvas-do-monte e batatas-doces, além de espigas de milho na cozinha recém-pintada. Hiroko e Boyd vieram jantar com Jane e Boyd sorriu, pensando em como a filha estava grande, sentada com eles. O bebê já estava para nascer. E sem perguntar, Boyd sabia que Spencer não tinha conhecimento de seu filho. Partia-lhe o coração ver a solidão no rosto de Crystal, mas ela continuava irredutível e não mudaria de idéia, não importava o que isto lhe custasse. Boyd achava que ela ainda recebia notícias dele de quando em vez. Ela relatara o crescente sucesso de Spencer em Washington, como ajudante do senador, mas na maioria do tempo mantinha silêncio.

Agora a casa estava bem diferente, limpa, nova e recém-pintada. Ele mal reconhecera a casa, ao sentar para o jantar na grande mesa de carvalho, na cozinha acolhedora, pintada de amarelo. Não conseguia imaginar a mãe de Crystal, e felizmente tampouco Crystal. Ainda lembrava do pai quando saía em longas caminhadas. Durante a gravidez não pudera montar, mas ela parecia ter muito o que fazer e transformara o quarto de Jared em quarto de bebê, pintado de azul-claro, com cortinas brancas.

— E se for menina? — brincou Boyd, naquela noite, antes de saírem.

Ela sorriu tranqüilamente.

— Vai ser menino.

E na manhã seguinte, quando Hiroko chegou para vê-la, encontrou-a sentada em silêncio no quarto, com um olhar de intensa concentração. Ela lembrou e ao observar, percebeu o rosto de Crystal crispado de dor.

— Está na hora do parto, não é?

— Está. — Crystal sorriu apesar da dor e no momento seguinte agarrava os braços da cadeira. Não conseguia falar, e Hiroko correu para chamar Boyd e pediu que fosse buscar o médico. Tinham tentado convencer Crystal a ir ao hospital meses antes, mas ela insistia em ter o bebê em casa. As pessoas ainda lembravam de seu rosto, os filmes que fizera ainda eram apresentados, e mais de uma vez haviam percebido sua presença na cidade e a haviam encarado, ponderando se seria a mesma mulher. Não queria que soubessem do bebê, nem o jornal nem a imprensa. A notícia poderia espalhar-se, poderia redundar em novo escândalo, e logo Spencer estaria a par. Queria evitar isto a qualquer preço. Mas o preço, Boyd e Hiroko sabiam muito bem, poderia ser o bebê. Haviam perdido o segundo filho assim e teriam perdido Jane, se Crystal não estivesse presente. Mas o Dr. Goode afirmara que ela estava saudável e era jovem. Não havia motivo para uma moça de 24 anos não dar à luz em casa, se era o que queria.

Boyd telefonou para o Dr. Goode, e este chegou uma hora depois. A esta altura, Crystal mal conseguia respirar entre as contrações. Seu rosto estava banhado em suor, e Hiroko estava sentada a seu lado, segurando as mãos de Crystal, como esta fizera por ela. Boyd levou Jane para brincar no jardim, enquanto o Dr. Goode e Hiroko trabalhavam e Crystal prosseguia no trabalho de parto.

Hiroko afastou-se durante alguns minutos no final da tarde. Parecia preocupada e tensa e disse ao marido que fosse para casa com a filha. O Dr. Goode avisara que o parto poderia demorar horas.

— Nada ainda? — Ele estava preocupado com a amiga. Há muito tempo ela estava em trabalho de parto, e era difícil pensar que o bebê ainda não nascera.

— O médico disse que o bebê é muito grande. — Boyd procurou os olhos de sua esposa, recordando sua própria experiência com Jane, mas Hiroko sorriu antes de voltar ao quarto. — Talvez não demore. — As mesmas palavras que dissera a Crystal alguns minutos antes, enquanto esta lutava para expulsar o bebê, com a ajuda das mãos experientes do Dr. Goode. Ele era o mesmo médico que se recusara a cuidar de Hiroko, sete anos e meio antes, porque seu filho fora morto pelos japoneses. Mas agora ele a observava, emocionado com sua gentileza, compaixão e sabedoria. Algo profundamente caloroso, de bondade e religiosidade, parecia iluminá-la interiormente. Por um segundo, o médico quis pedir-lhe desculpas. Sabia que o segundo filho morrera e ponderou se poderia tê-la ajudado. Hiroko nada disse, enquanto ele a observava, apenas encorajava Crystal, deixando que esta apertasse suas mãos, chorando com as contrações, cada vez mais prolongadas e dolorosas, mas o bebê não saía.

— Talvez tenhamos que transportá-la. — Começava a considerar uma cesariana, mas Crystal ergueu-se, mesmo em seu estado, e fitou-o com tal violência que o surpreendeu.

— Não! Vou ficar aqui! — Um ano antes, fora acusada de assassinato. E agora completaria o quadro, acabando com a carreira de Spencer, se soubessem de um filho ilegítimo. Se alguém imaginasse isto, a notícia estaria nos jornais no dia seguinte. — Não! Eu consigo sozinha... oh, meu Deus... — Outra contração percorreu-a e deixou-a sem fala. Sabendo o que o médico pretendia, fez ainda mais força. Desta vez o bebê desceu mais, e ela voltou a empurrar, e o médico assentiu.

— Se conseguir fazer isto mais algumas vezes, talvez o bebê não demore a nascer. — Ela exibiu um sorriso débil para Hiroko, por entre as contrações, e sem explicar aonde fora, o médico telefonou para a enfermeira. Avisou-a de que talvez precisassem de uma ambulância no rancho Wyatt. Havia a possibilidade de transportarem Crystal para o hospital de Napa. Não pretendia arriscar a vida dela, se a coisa se prolongasse. A enfermeira prometeu ficar a postos e avisar o motorista da ambulância, por via das dúvidas. Quando voltou, viu que Crystal fizera algum progresso. — Novamente... isto... empurre mais forte! Mais força! — Ela não conseguia empurrar com mais força, os olhos quase saltavam das órbitas, o rosto vermelho, e ela fazia tanta força que quase sentia seu corpo explodir, enquanto violenta pressão a rasgava por dentro. Agora não podia mais parar, precisava fazer força todo o tempo, enquanto Hiroko observava, admirada. Um rostinho vermelho assomou por entre as pernas de Crystal, com cabelos negros sedosos, soltando um gritinho zangado, enquanto o Dr. Goode delicadamente manobrava o ombro e terminava o parto, colocando-o na barriga da mãe. Ela estava cansadíssima, mal conseguia falar, mas sorriu por entre as lágrimas e, por fim, soltou uma gargalhada ao fitar o bebê.

— Ele é lindo... oh, ele é tão lindo... — Até Hiroko percebeu que ele era a cara do pai. Crystal sorriu vitoriosamente para o médico, depois que este cortou o cordão umbilical e envolveu o bebê em um cobertor branco limpo. — Eu disse que poderia fazer sozinha.

Ele sorriu em resposta.

— Você me preocupou. Seu homenzinho deve pesar bem uns cinco quilos. — Pesaram-no na balança da cozinha, e o médico não errara. O filho de Spencer pesava cinco quilos e cem gramas. O médico devolveu-o à mãe, e ela sorriu. Era um presente de Deus, e exatamente assim o chamaria. Zebediah. Presente de Deus. Um nome forte para uma criança forte, nascida do amor que há tanto tempo ela nutria por seu pai.

O médico ficou mais um pouco, enquanto ela e o bebê dormiam em paz. Fora um dia difícil para todos eles, sobretudo para Crystal. Saiu silenciosamente do quarto e encontrou Hiroko sentada sozinha na sala. Ela lhe ofereceu uma xícara de café fumegante e, após hesitar por um instante, ele aceitou. Até aquele momento era-lhe difícil falar com ela, mas Hiroko ganhara seu respeito naquele dia, e, de maneira estranha, o médico lamentava que isto não tivesse acontecido antes.

— A senhora foi de grande valia, Sra. Webster. — Ele falou com cautela, e ela sorriu. Era muito sábia para sua idade. A vida não fora fácil para ela, mas lhe trouxera grandes bênçãos, graças ao marido e a Crystal.

— Obrigada. — Ela sorriu timidamente, e na saída, ele a cumprimentou solenemente. Não era um pedido de desculpas, era tarde demais para isto. Mas era um primeiro passo rumo à aceitação.

Contou tudo à enfermeira na manhã seguinte, no consultório. Haviam demorado dez anos, mas finalmente haviam perdoado Hiroko por ser japonesa e compreendido que ela era uma boa mulher. Hiroko percebeu que, depois disto, as pessoas passaram a olhá-la de maneira diferente, e, certo dia, quando foi à loja com Jane, a mulher da caixa registradora sorriu e cumprimentou-a, após dez anos atendendo-a em silêncio.

O bebê de Crystal crescia forte e saudável. Ela estava novamente de pé em pouco tempo e, ao completar um mês, batizaram o bebê na igreja onde a irmã de Crystal se casara. Chamaram-no Zebediah Tad Wyatt, e os padrinhos foram Boyd e Hiroko Webster. Após a cerimônia, ela disse a Jane que segurasse o bebê. Esta lutou com o peso do bebê, e todos soltaram risadas. Ela fitou-os carrancuda, fazendo uma pergunta a Crystal que lhe levou lágrimas aos olhos desta.

— Quem vai ser o pai?

Crystal lutou para conter as lágrimas, baixando os olhos para a pequena Jane, que segurava o bebê de Spencer.

— Acho que ele só tem a mim. Talvez nós todos tenhamos que amá-lo um pouco mais. — E ponderou se algum dia Zeb faria a mesma pergunta.

— Posso ser tia dele?

— Claro que pode. — As lágrimas correram pelo rosto de Crystal, que beijou os dois. — Tia Jane. Ele vai te amar muito quando estiver maiorzinho. — A criança pareceu satisfeita, devolvendo Zebediah Wyatt à sua mãe.

40

Quatro dias depois do Dia de Ação de Graças, em 26 de novembro de 1956, Zebediah comemorou seu primeiro aniversário. Ingrid Bergman fizera *Anastasia* naquele ano, após recuperar-se do tipo de escândalo que Crystal se congratulava por ter escapado. Naturalmente não era tão conhecida quanto a atriz sueca, mas após o julgamento no ano anterior, teria sido fonte de escândalos, e estava satisfeita por isto não ter ocorrido.

Crystal fez o bolo de Zeb, que soltava risadinhas alegres, mergulhando ambas as mãos no bolo, enquanto Jane o ajudava a limpar-se. Estava com oito anos e adorava a criança. Era seu companheiro de brinquedos favorito.

Hiroko passara lentamente a ser aceita, tacitamente, pelas mesmas pessoas que a haviam rejeitado durante uma década. Mas Jane ainda pagava o preço da coragem dos pais, e a maior parte das crianças com quem estudava zombavam dela e chamavam-na mestiça. Ela sentia-se intimidada e temia os companheiros, além de ser bem mais madura em relação às crianças de sua idade. Com o ensinamento de Hiroko, adquiriu os dotes do perdão e da paciência. Levava Zeb a toda parte no rancho e ajudava muito Crystal, ocupada, cuidando de tudo. Às vezes, ela mesma trabalhava nos campos. O rancho ia bem, e ela vendera um pedaço de terra a fim de pagar outras melhorias. Mas, a esta altura, sabia que o rancho nunca seria mais de uma bagatela. Só conseguia sustentar o rancho e pagar as primeiras necessidades de si mesma e Zeb. O rancho nunca os deixaria ricos ou lhes proporcionaria até mesmo pequenos luxos. Há meses preocupava-se com isto.

Via os Webster lutando diariamente e não lhes cobrava aluguel, mas, assim como o rancho, o posto de gasolina mal dava para o sustento. E agora tinha que pensar em Zeb. Sabia que logo precisaria arranjar um emprego e guardar algum dinheiro para o futuro do filho. Sabia que não venderia o rancho. Ainda recordava as palavras do pai, que a aconselhara a não vender a propriedade, o que ela não faria de forma alguma. Era seu lar e de Zeb e agora dos Webster.

Não compartilhava suas preocupações com Spencer, quando este telefonava, de quando em vez. Temia que ele ouvisse a voz do bebê e era concisa com Spencer. Ele telefonava cada vez menos. Torturava-o ouvir sua voz, e ela fora clara ao dizer que não queria vê-lo. Temia que ele visse Zeb, caso voltasse. Era um segredo que guardava com todo cuidado. Sabia que Spencer estava indo bem, lera a seu respeito certa vez, na revista *Time*, e até nos jornais locais.

Na primavera de 1957, o país usufruía a prosperidade econômica, a qual parecia ter pouca relação com a vida de Crystal, que sabia que logo teria que tomar uma providência. O inverno fora difícil, e não havia mais como fugir a esta realidade. Precisava arranjar um emprego e ganhar mais dinheiro.

Zeb estava com um ano e meio e corria atrás de Jane por toda parte. Mal esperava que ela voltasse da escola todos os dias. E, em certa tarde de maio, ela e Hiroko os acompanharam pela estrada de cascalho que atravessava os vinhais. Tomara a decisão na noite anterior, após meses de reflexão. Era a única que sabia fazer, e, dois anos depois, o escândalo já esmaecera. Sabia que precisava voltar a Hollywood e tentar a vida. Hiroko fitou-a com olhos tristes ao saber da decisão. Sempre ponderara se Crystal voltaria. E, estranhamente, a decisão não a surpreendeu. Mas partiu-lhes o coração vê-la partir. Ela poderia inclusive vender o rancho, mas Crystal prontamente tranqüilizou-os, e o que ela disse em seguida deixou Hiroko estupefata.

— Quero deixar Zeb aqui com vocês. — Ela o observava seguir Jane, que ria, enquanto Zeb soltava gargalhadas que tocavam o coração de sua mãe. A todo momento, todos os dias, ele constituía a lembrança viva do pai.

— Vai para Los Angeles sem ele? — Hiroko não podia acreditar.

— Tenho que ir. Veja o que aconteceu com Ingrid Bergman. Talvez demorem anos para me aceitarem em um filme. Talvez nunca mais me aceitem. Mas vale a pena tentar. É a única coisa que sei fazer. — E sabia que era competente. Assistira a um de seus filmes no ano anterior e ficara intrigada ao ver-se na tela. Agora, com 25 anos, estava mais madura, e sua beleza parecia acentuar-se, embora não soubesse disto. Completaria 26 naquele ano e tinha um filho em que pensar. O momento de partir era aquele, antes que envelhecesse e a esquecessem por completo. Perdera o contato com todos de Hollywood, propositalmente, e agora teria que recomeçar. Mas desta vez trabalharia duro e não teria apresentações fáceis através de um homem como Ernie. Jamais voltaria a aceitar favores de quem quer que fosse. Aprendera esta lição. Naquela noite, Hiroko contou tudo ao marido, que ficou tão surpreso quanto ela, ao saber que Crystal ia partir.

— Vai deixar Zeb conosco? — Hiroko assentiu, e Boyd comoveu-se. Era o sinal máximo da confiança que depositava neles. Sabiam como Crystal amava o filho, e, em junho, ela chorou durante uma semana, antes de deixá-lo. Partia-lhe o coração, mas precisava fazer isto, pelo bem dele. Melhor agora do que dez anos depois, quando seria tarde demais para ela. Para os padrões de Hollywood, ela não se tornaria mais jovem.

— E se ele me esquecer? — Ela chorava baixinho com a amiga, que a observava sofrer por precisar deixá-lo. Ponderou se Crystal conseguiria.

Mas, em um dia claro de junho, ela beijou-o pela última vez e ficou um longo tempo na varanda, sob o sol matinal, fitando a terra e sentindo o mesmo aperto no coração, que sempre sentia ao olhar a terra deixada por seu pai. Apertou Zeb junto a si, aspirando o aroma suave de sua pele e, com um soluço estrangulado, entregou-o a Hiroko.

— Cuide bem dele... — Zeb chorava, estendendo os braços para ela. Nunca ficara mais de uma hora longe da mãe.

E agora ela o deixava. Prometera voltar o quanto antes, mas suas finanças não permitiriam que viesse com freqüência.

Boyd levou-a até a cidade e observou-a entrar no ônibus. Ela o abraçou mais uma vez, os olhos marejados de lágrimas.

— Cuide de meu bebê...

— Ele estará bem. Cuide-se você. — Não podia deixar de pensar nos desastres anteriores que ela tivera que enfrentar, mas desta vez Crystal estava mais velha e esperta.

Crystal passou um dia em San Francisco, para comprar roupas comedidamente. Precisava ser cautelosa com o pouco dinheiro de que dispunha e, desta vez, sabia exatamente do que precisava. Comprou vestidos que lhe exibiam o talhe sem ser vulgar e percebeu como emagrecera trabalhando no rancho. De *jeans*, nunca pensava a respeito, mas agora percebia como perdera peso, embora com isso suas pernas parecessem mais longas, a cintura mais delgada e o busto mais farto. Comprou chapéus que lhe favoreciam o rosto e sapatos de saltos altos, com os quais mal conseguia andar. Foi visitar Pearl e Harry, com quem jantou. Cantou para eles no restaurante, apenas para ver como se sentiria, em nome dos velhos tempos, e surpreendeu-se ao ver que ainda era capaz. Mas estar de volta fazia-a lembrar a noite em que Spencer a encontrara após o noivado. Tudo em toda parte sempre fazia com que lembrasse dele. Só esperava que Los Angeles não a fizesse recordar Ernie.

Chegou a Hollywood no dia seguinte, sentindo-se uma desconhecida. Ninguém pareceu percebê-la ao hospedar-se no hotel barato. Era apenas mais uma garota que chegava à Cidade Ouropel para ser descoberta.

Esperou um dia, a fim de orientar-se e telefonou duas vezes para casa. Zeb estava bem, se alimentando e fora procurá-la na casa grande, mas Jane o seguira e trouxera de volta. Hiroko insistira que ele parecia feliz. Na manhã seguinte, as mãos trêmulas, ela telefonou para um dos agentes que conhecera anos antes. Fazia cinco anos que chegara a Los Angeles pela primeira vez com Pearl, mas desta vez sabia o que estava fazendo. Ele marcou uma entrevista, e ela foi vê-lo na mesma tarde. Ele foi brusco.

— Não posso aproveitá-la, se quer saber a verdade.

— Por quê? — Seus olhos estavam tristes, mas ainda era

linda. Era uma pena, mas era a pura verdade. Não podia usá-la.

— Você matou um cara. Esta é uma cidade divertida. Todos fazem tudo que podem com todo mundo e têm a ética de um cão na fogueira. Mas quando se trata de cláusula moral dos contratos, os estúdios querem virgens. Querem que todos sejam limpos e atuem bem. Não se pode ser duvidoso, louco ou imoral. Se você exagera, se transa com a esposa de outro, ou se mata alguém proibido por Deus, está acabado. Ouça meu conselho, querida, volte para onde esteve estes dois últimos anos e esqueça.

Ao falar, parecia simples, e ela pensou em seguir seu conselho. Mas tinha dinheiro suficiente para ficar pelo menos dois meses e não queria desistir ainda. Encontrou mais três empresários na semana seguinte, e todos foram unânimes, embora mais sutis. Mas a mensagem era a mesma. Sua carreira em Hollywood estava acabada. Admitiram que seus dois últimos filmes eram bons e sua voz excelente, mas, apesar de tudo, os estúdios não a aceitariam.

Duas semanas após a chegada, em um belo dia ensolarado, ela estava em um restaurante tomando uma limonada, quando viu um dos atores com quem contracenara. Ele a fitou de longe, a princípio, mas por fim aproximou-se lentamente.

— Crystal, é você mesma? — Ela assentiu e tirou o chapéu, sorrindo. Apesar de sua fama, ele era um homem bom, e gostara de trabalhar com ele.

— Sou. Pelo menos é o que acho. Como vai, Lou?

— Bem. Onde diabos você se meteu todo este tempo?

— Desapareci. — Ambos sabiam por que, mas ele não tocou no assunto do julgamento nem na morte de Ernie.

— O que está fazendo aqui? Está em algum filme? — Não ouvira falar de sua presença na cidade, não vira nada nas filmagens, e nunca haviam sido próximos, mas gostava dela. Sempre achara uma pena as coisas terem dado errado para ela. Ela era promissora, e sempre acreditara que um dia seria uma estrela. Mas Ernie também pensara o mesmo.

Ela soltou uma risada e sacudiu a cabeça.

— Não, não estou trabalhando. — Havia uma expressão de resignação em seus olhos ao responder. — Ninguém me quer.

— Os caras aqui são duros. — Tivera seus próprios problemas com os boatos de que era homossexual. E precisara desposar a irmã de seu amante. Agora tudo estava bem. É preciso jogar segundo suas regras ou esquecer Hollywood. Ninguém dali queria aceitar a verdade. — Quem é seu empresário?

— A mesma história.

— Merda. — Sentou-se em uma cadeira vaga e desejou poder ajudá-la. Por fim, teve uma idéia. — Foi falar diretamente com algum diretor? Às vezes, dá certo. Se a quiserem, eles mexem os pauzinhos, e acontece a mágica, o telefone toca, e você começa a trabalhar.

Ela sacudiu a cabeça de novo.

— Acho que no meu caso talvez não seja assim tão simples.

— Olha... onde você está hospedada? — Ela disse, e ele anotou o endereço em um guardanapo. — Não faça nada. Não se mexa. Eu te telefono. — Sentiu muita pena dela, quando foi embora e percebeu como a situação era tocante, mas ela não esperava que ele a ajudasse nem que lhe telefonasse.

Duas semanas depois, ela praticamente já desistira e sentia muita saudade de Zeb, quando o telefone tocou em seu quarto de hotel árido. Estavam em fins de julho, e Crystal estava pronta para desistir e voltar para casa. Não adiantava passar agosto ali. Mas atendeu o telefone e era Lou...

— Tem um lápis, Crystal? Anote o seguinte. — Deu-lhe dois nomes, um de um diretor e outro de um produtor bastante conhecido. Faziam o tipo de filme que ganhava Oscar, e ela quase caiu na gargalhada quando ele sugeriu que telefonasse para eles. — Olha, falei com os dois, são caras ótimos. O diretor não sabia o quanto poderia fazer por você, mas quer tentar. E Brian Ford me disse para insistir com você. Quer que lhe telefone.

— Não sei, Lou. Acho que vou desistir, mas obrigada.

— Olha — ele pareceu aborrecido —, se você não telefonar, vai me deixar mal com eles. Eu disse que você queria muito voltar a trabalhar. Quer ou não quer?

— Quero... mas... eles sabem do julgamento?

— Está brincando? — Ele soltou uma risada triste. Dezesseis pessoas lhe haviam dito que a mandasse para o inferno. Eles sabiam. Todos sabiam.

— Pelo menos tente. O que tem a perder exceto bolsos vazios? — Ele tinha razão, e ela telefonou para os dois na manhã seguinte. Frank Williams foi honesto com ela, disse que seria impossível encontrar trabalho, mas ofereceu-se para dar-lhe um teste de cena, e ela poderia usá-lo, se é que serviria para algo. Ela decidiu fazer o teste primeiro e quando ficasse pronto, telefonaria para o produtor.

O primeiro teste de cena foi fraco, ela estava nervosa e parecia haver esquecido tudo que aprendera. Mas Frank insistiu que tentasse mais uma vez, e, desta vez, ela se saiu bem melhor. Ele analisou o trabalho criticamente com ela e disse em que Crystal errara. Ela sabia que precisaria novamente de um professor, mas não poderia pagar um. Ponderou se valeria a pena telefonar para Brian Ford. O teste não estava muito bom, estava cansada e encalorada, e às suas costas havia um passado tenebroso. Mas novamente, pelo bem de Lou, decidiu telefonar para que os esforços dele não fossem em vão. Pelo menos assim poderia dizer-lhe que tentara antes de voltar para seu rancho e seu filho. Estava quase satisfeita por não ter dado certo. Não agüentava mais estar longe do filho.

A secretária de Brian Ford marcou uma entrevista para a tarde seguinte e pareceu saber quem ela era. No dia seguinte, Crystal tomou um táxi até o escritório, na parte norte de Hollywood, observando nervosamente o marcador. Esquecera como os táxis eram caros. Estava na cidade há exatamente cinco semanas, e seus magros fundos estavam minguando rapidamente. Certos dias receava gastar dinheiro até mesmo em comida e, com o calor e a saudade de Zeb, nunca sentia fome.

A secretária pediu-lhe para esperar, o que pareceu uma eternidade, e por fim conduziu-a até a sala. Crystal usava um vestido branco com uma nesga profunda na saia estreita e penteara os cabelos platinados a ponto de fazê-los brilharem, como fazia há muito tempo, ainda criança, no verão. Usava sandálias brancas de salto alto e levava luvas, e quase sem maquiagem. Estava cansada de arrumar-se e fingir ser o que não era. Queria ir para casa e vestir seus *jeans*. Aquela seria a última parada. Só queria acabar logo com aquilo e ir para casa, e parte deste sentimento refletia-se em seus olhos, quando a secretária a mandou entrar. Era uma sala enorme e muito bem decorada, com Oscars alinhados em uma prateleira que se estendia ao longo de uma parede, uma grande mesa de vidro e tapetes cinzentos e fofos. Ele a observou atravessar a sala, e Crystal percebeu estar na presença de um homem poderoso, com cabelos brancos e olhos azuis penetrantes. Quando ele ficou de pé, ela viu que ele era um gigante. Tinha dois metros e uma voz grave e melodiosa. Fora ator há muito tempo, em um passado longínquo. Mas logo decidira que outras coisas o interessavam mais que decorar falas. Aos 25 anos tornara-se diretor e, dez anos depois, produzia grandes filmes. Agora, com 55, tinha duas décadas de história do cinema às suas costas. Há anos produzia bons filmes e era respeitado por todos. Crystal percebeu ser uma honra o fato de pelo menos recebê-la, o que mostrava o respeito e a afeição que ele tinha por Lou.

Ele sorriu afavelmente e convidou-a a sentar, ofereceu-lhe cigarros, que ela recusou, e acendeu um para si, semicerrando os olhos, observando-a. Ele parecia ter passado a vida montando cavalos ou caminhando pelos campos, como o pai de Crystal, e não sentado em uma escrivaninha, produzindo filmes. Não possuía a loquacidade e os modos afetados do finado Ernesto Salvatore. Aquele homem era digno e importante.

— Lou me contou que você tem encontrado dificuldades desde que voltou. — Ela assentiu, não se sentia nervosa com ele. Quase pareceu-lhe um pai.

— Acho que já esperava por isso. — Ambos sabiam por que, mas ele teve a fineza de não tocar no assunto.

— Teve sorte? — Ele estreitou os olhos sob a fumaça de seu cigarro, e ela sacudiu a cabeça.

— Não. Amanhã volto para casa.

— Que pena. Tive uma idéia para você. — Mas ela nem sabia se ainda estava interessada. Tudo que fizesse ali a manteria afastada de Zeb, e decidira que não queria isto. — Estamos começando um filme agora. Gostaria de escrever um pequeno papel para você. Só para você recomeçar. Nada de grande. Mas pode nos dar a oportunidade de ver que reação você provocará.

— É um filme de estúdio? — A esta altura, sabia que não permitiriam que atuasse, mesmo que o papel fosse pequeno, mas ele sacudiu a cabeça e continuou a olhá-la. Frank Williams já lhe mostrara o teste, e ele gostara.

— Não. Estou fazendo um filme independente. Naturalmente eles se encarregarão da distribuição. Mas não podem dizer nada sobre os atores. — Até pensara em sugerir um novo nome para ela, mas não queria. Não importava o que fizera, Crystal Wyatt fora conhecida como uma boa atriz. — Quer pensar no assunto? Só começaremos em setembro.

— Quer que eu assine contrato com você?

Ele sorriu e sacudiu a cabeça.

— Apenas para este filme. Não faço negócios de escravas. — Então ela percebeu que ele conhecia sua história com Ernie e estava disposto a dar-lhe trabalho mesmo assim. Crystal sentiu uma onda de gratidão e ficou tentada a experimentar.

— Posso pensar no assunto durante alguns dias? — Mas ambos sabiam que aquela era sua única chance. Não estava sendo esquiva com ele, apenas queria decidir se deixar Zeb de novo valeria a pena.

Ele sacudiu a cabeça outra vez e conduziu-a até a porta. Ela se sentiu estranhamente à vontade com ele. Lou tinha razão. Brian Ford era um homem simpático e estava lhe abrindo a porta para voltar ao cinema. Não dormiu a noite inteira, pensando na oferta deitada na cama, e por fim, telefonou para ele na manhã seguinte e aceitou a oferta. Ele pareceu satisfeito e disse que lhe mandaria o contrato e o roteiro.

— Providencie um advogado para verificar o contrato para você. — De novo ela percebeu a grande diferença entre ele e Ernie. — Só precisará estar aqui para as filmagens no dia 15 de setembro. — A melhor notícia que ouvira em toda aquela semana. Poderia voltar para casa e Zeb, e passar agosto e metade de setembro. Telefonou para Lou e agradeceu-lhe, além de obter o nome do advogado que cuidava dos contratos dele. Então tomou um avião para casa naquela tarde, após dar seu endereço no escritório de Ford. E, naquela noite, tomou o ônibus de volta ao vale. Ainda estava emocionada com a bondade que Brian Ford lhe demonstrara e sentada na cozinha abraçando seu bebê, naquela noite, sorriu para si mesma. Dera certo! Conseguira! Mas a melhor parte era estar de novo em casa com Zeb. Durante seis semanas brincou com ele, sem deixá-lo por mais de alguns segundos.

Boyd e Hiroko adoraram a notícia, e seis semanas mais tarde ela voltou para o sul. O papel era pequeno, mas Ford providenciara para que fosse bom. Queria que ela se saísse bem. Acreditava em seu talento e gostava dela.

Havia uma honestidade nela que o atraiu, uma abertura e carinho, além da coragem nascida dos tempos difíceis pelos quais passara. Excelente adição à beleza, o que lhe dava substância. E, como de hábito, quando ele viu o copião diário, percebeu que acertara. Ela era boa. Muito boa. Ofereceu-lhe outro filme após aquele, e, no Natal, quando ela voltou para casa e para Zeb, tinha dinheiro suficiente para comprar presentes decentes para todos. Precisou tomar um avião de volta imediatamente e trabalhou com afinco até março, e o segundo filme saiu bom. Os críticos adoraram-na. E, de súbito, o passado fora esquecido. Ela voltara a ser a queridinha deles, só que desta vez pelos motivos certos. Era uma boa atriz que trabalhava em bons filmes, feitos por um dos mais prestigiados produtores de Hollywood. Não havia inconsistência, negócios escusos, nem submundo. O fantasma de Ernie Salvatore fora descansar, e Crystal Wyatt não apenas sobrevivera, mas triunfara.

Spencer assistiu ao segundo filme sozinho em Washington. Surpreendeu-se ao vê-la novamente no cinema. Não lhe telefonava há meses e não estava a par da retomada de sua carreira. Sentou-se contemplando a tela e sentindo uma dor surda no coração, enquanto a assistia. Na manhã seguinte, tentou telefonar-lhe. Mas ninguém atendeu no rancho, e ele não tinha a menor idéia de como encontrá-la em Hollywood. Não adiantava mesmo telefonar. Ela fora clara na última vez em que haviam conversado. A vida dele também era atarefada. Agora era o assistente mais importante do senador e decidira não se candidatar ao Congresso.

Estavam no começo de 1959, e Crystal começava um novo filme. Tinha seu próprio apartamento e pela primeira vez sentia-se segura em seu trabalho. Todos os estúdios queriam-na agora, mas gostava de trabalhar independentemente para Brian Ford, o que a limitava um pouco, mas adorava a qualidade dos filmes que ele fazia, e ele lhe ensinara muita coisa. Ademais, estava ganhando bastante dinheiro. Ele a levava para jantar de vez em quando, eram bons amigos, e ele nunca tentara conseguir mais do que ela podia oferecer. Crystal vivia apenas para seu filho. Toda noite falava com Zeb ao telefone e vivia para ir para casa e o filho nos intervalos entre os filmes.

Certa noite, jantava com Brian no Chasen's, quando ele voltou-se para ela e sorriu calmamente.

— O que exatamente a faz voltar sempre para o norte? — Supunha ser um homem, porque ela nunca se envolvia com ninguém, mas Crystal sorriu e hesitou antes de responder. Sabia que podia confiar nele e sentindo-se anormalmente aberta, resolveu contar.

— Meu rancho e meu filho. Ele mora lá com velhos amigos meus, enquanto estou trabalhando. — Brian Ford franziu o cenho e fitou-a, baixando a voz ao falar.

— Crystal, você já foi casada? — Ela sacudiu a cabeça, e ele não pensava que fosse. — Nunca conte nada a ninguém. Lembre-se do que fizeram com Ingrid Bergman. Eles vão fazê-la correr desta cidade, e você nem saberá o que a atingiu.

— Sei disto. — Ela suspirou. — Por isso o deixo lá. — Assassinato poderiam tolerar, ao menos aparentemente, mas filhos ilegítimos não.

— Quantos anos ele tem? — Agora estava curioso sobre o pai da criança. Talvez por isso ela matara Ernie, talvez tivesse alguma relação com a criança. Nunca lhe fizera perguntas e não seria agora que ia começar, mas a idéia cruzou-lhe o pensamento quando ela respondeu.

— Dois anos e meio. — Ernie morrera há três anos e meio, o que lhe respondia o que queria saber.

— Então não é de Ernie.

— Meu Deus, não! — Ela soltou uma risada. — Eu preferiria a morte a ter este filho.

Ele também sorriu.

— Não posso discordar de você. Sempre lamentei seu envolvimento com ele. Alguém devia tê-lo matado muito tempo antes de você.

— Eu não o matei. — Ela falou calmamente, olhando-o intensamente. — Mas a única defesa que tínhamos era fazer com que parecesse legítima defesa. Não havia testemunhas que me viram sair da casa de Malibu ou chegar em casa. E a polícia disse que tive o motivo e a oportunidade. Tomamos a única via aberta no momento. E vencemos. Acho que é isto que importa agora. — Só que as pessoas ainda pensavam que ela matara um homem, e ainda a magoava saber que pensavam assim. Aos olhos das outras pessoas, ela era uma assassina. Quando pensava nisto, ela percebia a sorte de estar novamente trabalhando. Fitou-o com um sorriso gentil, os olhos irradiando o respeito que tinha por ele. — Obrigada por confiar em mim. Você me ensinou muita coisa.

— Estas coisas sempre são recíprocas. — Então ele voltou a pensar no homem. — O pai do garoto mora com você no rancho? — Imaginou que por isto ela voltava após cada filme, não apenas pelo filho, mas pelo pai.

Mas ela sacudiu a cabeça em silêncio. Conseguira um pouco de paz. E sempre ficava satisfeita ao saber que Spencer estava indo bem. Ele saíra de sua vida, mas ela tinha Zeb para sempre. Era uma dádiva especial... o pequeno presente que recebera de Deus.

— O pai foi embora antes de ele nascer. Não sabe do filho.

Brian fitou-a profundamente, com renovado respeito por ela.

— Você já passou por coisas muito difíceis. — Ela sorriu. Lamentava algumas coisas em sua vida, mas nunca o filho. Então passaram a falar sobre o novo filme, e ele tinha outros planos. Sorriu afavelmente, enquanto pagava a conta. — Qualquer dia desses vamos conseguir um Oscar para você. — Mas ela não estava ansiosa por isto. Voltara a ser uma estrela, agora de primeira grandeza. As pessoas reconheciam-na por toda parte e pediam autógrafos freqüentemente, quando ela saía. Agora reconheciam-na inclusive quando voltava para o rancho, mas ela não se mostrava muito por lá. Não queria que descobrissem Zeb e vazassem a história para a imprensa.

Brian convidou-a para sair diversas vezes, e quando o filme chegou ao fim, ofereceu uma grande festa. Convidou alguns amigos, e Crystal percebeu-se entre eles. Enquanto assistiam ao nascer do sol, um desjejum mexicano foi servido no pátio da casa de Brian, e conversaram baixinho sobre os filhos dele. Os dois haviam morrido na guerra, e seu casamento nunca mais se recuperara do golpe. Por fim, ele e a esposa haviam se divorciado, e ela voltara para Nova York. Ele contou a Crystal que isto mudara sua vida irreversivelmente. Não queria se casar de novo, e agora ela entendia por que ele recusara um convite para ir ao rancho. Ele sabia de Zeb, portanto

Crystal nada teria a esconder, e não estava envolvida com ele, só quisera ser simpática com um amigo. Mas conhecer seu filho teria sido doloroso demais. Ele explicou que não gostava mais de estar perto de crianças, elas faziam-no lembrar dos filhos. Ambos haviam pagado um alto preço pelas vidas que levavam, contudo todo o sofrimento os deixara mais maduros. O que se tornava evidente a qualidade dos filmes que ele fazia e na forma de representar de Crystal.

Conversaram durante horas e depois que todos foram embora, ele a levou em casa. Ela voltaria ao rancho em poucos dias e pretendia passar o verão lá e começar outro filme no outono. Pela primeira vez seria com outro diretor. Mas ele a encorajara a aceitar, alegando que seria bom para ela uma mudança. E depois Brian tinha outro projeto para ela. Aparentemente, tinham projetos juntos por muitos anos. Chegaram ao apartamento de Crystal, que o convidou a subir, mas ele se declarou demasiado cansado, após a longa noite. Foi embora, mas lhe telefonou tarde da noite. Pensara se ela não gostaria de jantar com ele antes de viajar, e ela ficou emocionada com o telefonema.

Foram a um restaurante em Glendale e assim que se sentaram em uma mesa discreta, ele a fitou em silêncio, e Crystal achou que seus olhos estavam tristes. Ponderou o que o estaria aborrecendo e surpreendeu-se quando ele tomou-lhe a mão na sua.

— Não sei como lhe dizer isto. Pensei durante muito tempo, e de certa forma me parece uma tolice agora. — Ela tentou imaginar o que o estaria preocupando, ainda segurando a mão e sorrindo-lhe calorosamente. Gostava muito daquele homem. Ele estava com 57 anos, e ela completaria 28 naquele verão, no rancho. Emocionava-a ele valorizar a amizade de ambos. — Gostaria da passar algum tempo com você, quando voltar. Vai ser estranho ver você trabalhando para outro. Vou sentir saudades.

Ela sorriu suavemente.

— Claro que passarei algum tempo com você. E não ficarei muito tempo fora. Além do mais, começamos a trabalhar no novo filme em janeiro. — Ele soube que ela não compreendera o que ele queria dizer.

— Estou querendo dizer que gostaria de passar alguns

dias fora com você. — Ela mostrou-se surpresa e olhou-o. Brian jamais dissera algo semelhante antes. — Você é a primeira mulher com quem realmente conversei nestes últimos anos. — Ele mesmo ainda se surpreendia por ter falado dos filhos com ela. Nunca contara nada a ninguém. Grande parte de seu tempo livre, passara sozinho, fazendo jardinagem, lendo, dando longas caminhadas, trabalhando em novas idéias e lendo *scripts* para futuras produções. Em meio ao caos de Hollywood, ele era um homem sólido, pacífico e solitário, inteligente, digno e distinto.

— Quer ir para o rancho? — Ela reiterou o convite que já fizera antes. Mas desta vez pensou no que poderia acontecer. Ele sorriu e sacudiu a cabeça.

— Este é seu tempo particular. Não quero me intrometer. Podemos ir a outro lugar quando você voltar. — E depois? Continuariam amigos? Ela estava um tanto preocupada, mas, no caminho de volta, ele a deixou tranqüila. Queria muito pouco dela do que já tinha. — Não estou dizendo que estou apaixonado por você, Crystal. Não estou. Acho que nunca mais voltarei a me apaixonar. Já passei por isto. E agora minha vida é cheia de paz. — Ele sorriu, enquanto o carro atravessava a noite. — Não quero filhos, casamento, obrigações, mentiras. Quero uma amiga com quem gosto de conversar, alguém para estar junto de vez em quando, mas não o tempo todo. Não quero mais do que isto, e, às vezes, penso que, mesmo sendo tão jovem, você quer as mesmas coisas. Quer trabalhar duro, sair-se bem e voltar para o rancho no final. Estou certo? — Ela assentiu. Ele a compreendera bem.

— Está. Já tive tudo que queria da vida. Um homem a quem amei mais do que tudo, sucesso... e agora Zeb. Já é suficiente para mim. — E ela pagara por tudo isto com muito sofrimento.

— Não é suficiente não. Algum dia quero vê-la com alguém que você ame. Mas, no momento, egoisticamente — ele sorriu —, gostaria se você quisesse passar algum tempo com um velho. — A idéia de chamá-lo de velho a fez rir. Ele parecia vinte anos mais jovem do que era, no mínimo dez. Cuidava bastante de si. Jogava tênis, nadava muito, raramente dormia tarde e nunca saía em farras. Ela nunca ouvira falar de casos de Brian e estrelas de segunda, nem mesmo com as

estrelas mais famosas. Desconfiava que ele era exatamente o que aparentava, um homem bom, muito bem-sucedido e trabalhador. — Quando você volta?
— Depois do Dia do Trabalho. — Ela começaria o novo filme logo após, e ele pareceu satisfeito. Estava disposto a esperar aquele tempo e não desejava visitá-la no rancho.

Ele telefonou algumas vezes durante o verão, mandou-lhe alguns livros que achou que Crystal gostaria e um lindo chapéu de *cowboy* no seu aniversário. Naquele ano ela completou 28, que comemorou com Boyd e Hiroko no rancho. De vez em quando, pensava em Brian, ele era tão diferente dos homens que conhecera. Não havia paixão, nem fogo, não havia o amor torturante que ela e Spencer haviam compartilhado, nem o terror que Ernie trouxera à sua vida, nem diamantes ou peles. Apenas um chapéu de *cowboy* e bons livros, além de cartas ocasionais que a faziam rir, sobre Hollywood, que nunca mudava, embora fingisse a cada hora, a cada dia. E quando ela voltou para Los Angeles, ele estava à espera, exatamente como dissera antes do verão. Foram passar alguns dias em Puerto Vallarta, não houve os mistérios e desaparecimentos de quando Ernie ia fazer negócios com "amigos", os quais provavelmente o assassinaram e deixaram a culpa recair sobre Crystal.

O novo filme correu bem, e ninguém pareceu perceber sua nova relação. Seu envolvimento com Brian Ford era calmo como o próprio homem. Descobrira que ele tinha uma vaga ligação com a política, e fazia polpudas doações aos democratas. Gostava particularmente do jovem Jack Kennedy, que se candidataria a presidente naquele ano. Por fim, as pessoas começaram a perceber seu envolvimento com Brian. Nunca viam Crystal com ninguém. Mas, em Hollywood, Brian Ford era sagrado. As pessoas não faziam mexericos sobre ele, não se intrometiam em sua vida, e, protegida sob sua sombra, Crystal tornou-se menos evidente, o que apreciou. Faziam mais publicidade em torno dela do que precisava. Sua carreira era recente, mas já era uma atriz respeitada. E, em abril, Brian realizou seu desejo. Crystal ficou estupefata com sua indicação ao Oscar da Academia. E, na noite da premiação, permaneceu sentada, sem respirar, enquanto abriam o envelope e chamavam seu nome. Não conseguia acreditar. Ganhara o Oscar de melhor atriz. E o prêmio tinha muito mais significado, porque não fora por um dos filmes de Brian. Ele apertou a mão dela enquanto diziam seu nome, e, por um minuto, ela permaneceu imóvel, temendo mover-se e ter ouvido mal. Por fim, pôs-se de pé e percorreu o corredor, enquanto todos aplaudiam, as câmeras sobre ela. Não acreditava no que estava lhe acontecendo, tudo estava imerso em névoa quando subiu ao palco, e pegou o Oscar com mão trêmula e fitou a platéia, onde sabia que Brian estava sentado.

— Não sei o que dizer — falou ao microfone, a voz rouca e musical como de hábito. — Nunca pensei que estaria aqui, recebendo este prêmio... por onde começo? O que dizer? Tantas pessoas a agradecer, pessoas que acreditaram em mim. Naturalmente, a mais importante é Brian Ford, sem sua ajuda eu estaria colhendo uvas e milho em um vale distante daqui. Mas também quero agradecer a outras pessoas... que acreditaram em mim há tanto tempo... um homem chamado Harry, que me ofereceu um emprego de cantora quando tinha 17 anos — enquanto ela falava, no restaurante em San Francisco onde assistiam-na pela televisão, Harry começou a chorar —, ...e uma senhora muito especial, chamada Pearl, que me ensinou a dançar e veio para Hollywood comigo... e meu pai que me disse para sair pelo mundo e realizar meus sonhos... e todos os diretores com quem trabalhei e que me ensinaram o que sei... os atores com quem contracenei neste filme... e Louis Brown, que me apresentou a Brian Ford... devo tudo a você. — Ela ergueu o Oscar, com lágrimas nos olhos. — Devo-lhes isto. E também a meus amigos Boyd e Hiroko, que cuidam do que mais amo. — Então ela fez uma pausa com um sorriso, as lágrimas correndo pelo rosto. — E um agradecimento muito especial à pessoa que me fez crescer, que significa tudo para mim... Zeb, a quem mais amo. — Ela deu um sorriso especial para ele, sabendo que provavelmente estaria assistindo. — Obrigada a todos vocês. — Saudou-os e, com a estatueta na mão, voltou a seu assento sob os aplausos da platéia. Sabiam como ela chegara longe e tudo que lhe acontecera. Sabiam do julgamento e haviam-na perdoado. Já a aceitavam e lhe deram seu maior prêmio. Brian passou um braço sobre seus ombros, quando ela recostou no assento. As lágrimas ainda corriam, e ele a abraçou com carinho. Crystal sorriu-lhe triunfante. — Ele é um garotinho de sorte — sussurrou Brian, enquanto as câmeras continuavam seu trabalho e então focaram a multidão que aplaudia. Os fãs de Crystal estavam satisfeitos, e as pessoas cujo nome ela dissera comemoravam em suas casas. Lou Brown assistia à premiação com amigos e ficou entusiasmado por ela. Boyd e Hiroko ficaram estupefatos e brindaram à sua saúde com saquê. Pearl não parara de chorar desde que haviam dito o nome de Crystal. Harry ofereceu drinques aos clientes do restaurante com champanhe do vale de Napa. E, em Washington, Spencer chegara de um jantar e estava deitado com uma forte gripe. Olhava Crystal pensando em como chegara longe e no quanto gostaria de estar a seu lado compartilhando aquele momento com ela. Fora um idiota em permitir que ela se fosse, fora um idiota em voltar para Washington sozinho e, às vezes, pensava se ela fizera isto propositalmente. Se ela não queria que ele voltasse para Elizabeth e Washington apenas pelo bem de sua carreira. Era o tipo de coisa que Crystal faria, mas agora era tarde demais para mudar algo. Estava profundamente envolvido na política e agora haviam outras pessoas na vida dela. Naturalmente, Spencer supôs que agora o homem de sua vida era aquele Zeb bem-amado que ela mencionara. Spencer sabia que devia ser um homem de sorte e só esperava que fosse bom para ela. Ela estava linda na tela. Mas ele conhecia um outro lado seu, o lado que o ajudara a realizar seus sonhos, o lado que compartilhara todos os sonhos com ele... a garota que conhecera ainda criança... a mulher com quem voltara para o vale. A mulher que amara mais do que a própria vida e, até aquele momento, após tanto tempo, ainda amava. Pensou em mandar um telegrama, mas não sabia para qual endereço e dar-se conta disto, deixou-o ainda mais triste. Ele a perdera, a melhor coisa que já lhe acontecera. Desligou a televisão e ficou horas deitado na cama e pensando em Crystal.

O pequeno Zeb foi deitar naquela noite pensando nela. Estava com quatro anos e meio e sorrira para a televisão, quando ela dissera seu nome.

— É minha mãe! — anunciara, estendendo sua Coca-Cola a Jane enquanto fitava a mãe. Ponderou o que ela estaria fazendo ali, mas Hiroko dissera que logo ela voltaria para casa.

Todos estavam orgulhosos de Crystal, e Brian Ford mais do que os outros. A relação de ambos era especial, e se fosse mais jovem e sua vida tivesse sido diferente antes de se conhecerem, teria ido mais longe com ela. A relação servia bem aos dois. Era simples, honesta e limpa. Não havia decepção, mentiras, compromissos, promessas. Apenas a amizade e o fato de ele gostar de sua companhia. Naquela noite, ela insistiu em oferecer-lhe o jantar, e depois ele a levou para dançar. Crystal disse que ainda estava aturdida, mas Brian não se surpreendera com a vitória. Ela merecera, e ele estava feliz, porque seu filme também ganhara. Era uma grande noite para ambos, e quando finalmente ele a deixou em casa, ela ficou sentada em silêncio, fitando o Oscar sobre a mesa onde o colocara. Era um surpreendente tributo. Uma noite inesquecível. Seu prêmio por voltar a Hollywood e desta vez acertar. Pensou no pai, como antes... e Spencer... e Zeb... os homens que mais amara em sua vida, dois deles já inatingíveis. Mas tinha Zeb e algum dia ensinaria a ele tudo que aprendera de todos eles. Ser honesta, decente, trabalhar duro, viver bem e amar com todo o coração, não importa o preço. E nunca ter medo de seguir seus sonhos, onde quer que eles o levassem.

41

A eleição daquele ano foi emocionante, e, com Brian, Crystal usufruiu de toda a excitação. Ele foi uma ou duas vezes para jantares de campanha no Leste, enquanto ela continuava trabalhando em um dos novos filmes de Brian. Ele voltou cheio de descrições do entusiasmo em Washington. Estava lá quando Jack Kennedy ganhou as eleições, e uma nova era parecera surgir. Os dias de Camelot, com sua bela esposa, sua filhinha adorável e o filho recém-nascido.

Crystal passou o aniversário de cinco anos de Zeb com ele e ao voltar para Hollywood, surpreendeu-se ao receber convite para o baile inaugural. Já teria terminado o atual filme, mesmo assim hesitava em ir. Queria evitar velhos fantasmas em Washington e temia encontrar Spencer.

— Você precisa ir — disse Brian. — É uma verdadeira honra que você não pode recusar. E este é um momento especial. — Ele sabia que, à semelhança de seu tempo com ela, aquele momento talvez nunca mais se repetisse. Estava satisfeito com o jovem senador e queria que Crystal os encontrasse juntos. Pressionou-a tanto, que, por fim, ela concordou em ir com ele. Não fora fácil decidir voltar. Lera que Spencer acabara de ser designado um dos assistentes de Kennedy e sabia que ele estaria presente. Só rezou para que a multidão fosse tão grande que não chegassem a se encontrar. Não queria revê-lo. Fazia quase seis anos, tempo demais. Não queria reviver a saudade e a dor. Só queria o que já tinha, as recordações dele e Zeb, à sua espera sempre que arranjava tempo livre para ir ao rancho estar com ele.

Comprou seu vestido em Giorgio. Era prateado, e Brian assobiou quando ela o mostrou e depois soltou uma gargalhada.

— Bom, você conseguiu, garota. Parece, sem dúvida alguma, uma estrela de cinema. — Profundo contraste com os vestidos elegantes e sutis da nova primeira dama. Mas cada qual tinha sua própria elegância. O vestido brilhava e caía-lhe bem. Brian sorriu e beijou-lhe a mão. Sabia que seu *début* nos círculos presidenciais seria estonteante. E foi.

O baile inaugural foi mais lindo do que ela sonhara. Houve diversas festas e dois bailes, e ela achou a primeira dama maravilhosa com seu vestido Oleg Cassini. Multidões de espectadores espalhavam-se por toda parte, e Crystal foi reconhecida e assinou centenas de autógrafos para admiradores no meio da multidão. Brian fitava-a orgulhoso, com seu *smoking* elegante. Estava com 59 anos, embora mais bonito e forte do que nunca.

— Você também está muito bonito. — Ela brincara, enquanto se vestiam no Hotel Statler. Ele reservara uma suíte meses antes, e ela precisou admitir que estava contente em ter vindo com ele.

A relação de ambos continuava exatamente igual ao princípio, de companheirismo agradável e um caso discreto que as pessoas em sua maioria não haviam percebido, e os que sabiam mantinham discrição. Crystal gostava muito dele, que lhe satisfazia certas necessidades. Brian era alguém com quem podia conversar em Hollywood, e com freqüência ela pedia seu conselho sobre o rancho. Sem dúvida, era satisfatório fisicamente, mas não havia a paixão selvagem, o tormento, a dor. Apenas a tranqüilidade de estar com um homem que respeitava e admirava.

Eles foram aos dois bailes daquela noite, e ele a apresentou ao presidente. Ela ficou extasiada com a beleza dele, de pé ao lado de sua bela e aristocrática esposa. Ela parecia tímida e falava com alguém em francês. Quando foi apresentada a Crystal, disse que adorava o cinema.

Dançaram até tarde naquela noite, e quando Brian foi buscar seu agasalho, ela finalmente viu Spencer. Estava de pé junto à porta com vários dos outros componentes do Gabinete, conversava animadamente e ria com alguns homens do Serviço Secreto. Ela fez menção de virar-se, sentindo uma onda de ternura percorrê-la. Queria que Brian voltasse para que pudessem se retirar, mas ele parecia demorar uma eternidade. Ao voltar-se, o brilho de seu vestido sob a luz suave atraiu a atenção de Spencer, que parou de falar. Pediu licença e, um momento depois, estava a seu lado, fitando-a, extasiado com sua beleza, como sempre ocorria. Ele estendeu a mão e tocou-lhe o braço, como se constatando a realidade daquela presença. Ela era real. Quase real demais.

— Crystal... — Fazia seis anos. Seis longos anos, cheios de momentos bons e difíceis, o rancho, o cinema e seu filho.

— Olá, Spencer. Achei que ia encontrá-lo aqui. Meus parabéns. — Sua voz era suave na sala ruidosa, mas ele escutou cada palavra, pensando que jamais a vira tão bonita, com aquele vestido prateado que lhe modelava o talhe, como um véu de gelo sobre o belo corpo de que ele ainda lembrava.

— Obrigado. Você percorreu um longo caminho. — Ele sorriu. Falava em mais de um sentido. Os anos haviam-na transformado na grande estrela que outrora sonhara se tornar, e agora estava ali e gostando. Mas aquilo tudo nada significava, comparado ao que sentia por ele. Apenas olhá-lo trazia todo o sentimento de volta, a alegria e dor, e toda uma vida de saudade que ainda sentia. — Vai ficar muito tempo aqui? — Ele perguntou, com interesse casual.

— Alguns dias. — Ela foi propositalmente vaga, rezando para que ele não ouvisse seu coração descompassado. — Tenho que voltar para a Califórnia. — Ele assentiu, e Crystal ponderou se ele ainda seria casado. Do outro lado da sala, Elizabeth brilhava em toda sua glória. O marido era um dos assistentes de Kennedy. Ela conseguira, aos 31 anos. A única mulher na sala que invejava era a esposa do presidente, mas até mesmo este sonho tornar-se-ia realidade algum dia. Agora tudo era possível. Spencer era um homem importante, até mesmo para os Barclay.

— Onde está hospedada?

Ela hesitou, mas pensou que não tinha mesmo impor-

tância. Ele tinha sua própria vida. E ela tinha Brian.
— No Statler.
Ele assentiu, e Brian reapareceu com a pele prateada. Ela não pôde evitar as apresentações. Brian sabia quem ele era, mas não se conheciam pessoalmente, e ponderou como Spencer conhecia Crystal. A ligação de Crystal e Brian era óbvia, mas a expressão dos olhos de Spencer não podia ser ignorada. Ela disse boa-noite, e eles saíram. Na limusine, Brian achou-a estranhamente quieta, contemplando a neve que caía suavemente. Não falou nada até voltarem ao quarto, onde por fim ele soube que precisava fazer a pergunta.
— Como conhece Spencer Hill? — Ao que soubesse, ela nunca estivera em Washington. Ele o vira com Jack Kennedy no ano anterior e gostara dele de imediato. Algum dia seria um grande homem, já era, e Brian sabia como ele era importante para o jovem presidente.
Crystal mostrou-se vaga, tirando o vestido e sorrindo, mas seus olhos estavam tristes. Ele percebeu algo que nunca vira ali, uma espécie de dor surda que era quase insuportável.
— Conheci-o anos atrás, no casamento de minha irmã. Ele serviu no Pacífico com meu cunhado. — Então, virando de costas. — Ele me defendeu no julgamento. — De súbito, ele soube. Nunca pensara nisto antes. Aproximou-se lentamente e fitou-a com olhos tristes.
— Ele é o pai do garoto, não é? — Seguiu-se uma longa pausa, e por fim ela assentiu lentamente e voltou-se. — Ele sabe?
Ela sacudiu a cabeça.
— Jamais saberá. É um longa história, mas ele tem sua própria vida e um bom futuro. Ficar comigo teria destruído sua carreira. — Ela lhe dera o presente da liberdade no momento certo e era bom saber que não fora desperdiçado. Ele o usara bem.
— Ele ainda está apaixonado por você. — Brian sentou-se pesadamente, enquanto falava. Sabia que isto aconteceria um dia, mesmo assim lamentava. Vira os olhos de Crystal e os de Spencer.
— Não seja ridículo. Não o via há seis anos.
Mas, na manhã seguinte, quando Brian saíra para um café da manhã político com amigos, Spencer telefonou. Ela sentiu

o coração descompassado, quando ele disse seu nome, e chamou a si mesma de idiota. Ele queria vê-la rapidamente antes que fosse embora, mas ela insistiu que não poderia.

— Crystal... por favor... em nome dos velhos tempos...
— Velhos tempos que lhe tinham dado um filho.
— Acho que não devemos. E se algum repórter o vir? Não vale a pena.
— Deixe que eu me preocupe com isto. Por favor... — Ele implorava, e ela também queria muito vê-lo. Mas para quê? E mesmo se Brian estivesse certo desconfiando que Spencer ainda gostava dela, vê-lo só o magoaria. Ela tentou esquivar-se mais uma vez, mas ele insitiu.
— Está bem, onde? — Ela estava nervosa. Temia a imprensa e Brian. Ele nunca fora possessivo, mas não queria magoá-lo. Sobretudo agora que ele sabia. Vira a tristeza estampada em seus olhos na noite anterior e queria convencê-lo de que não valia a pena se preocupar. Spencer Hill não fazia mais parte de sua vida. E jamais faria.

Spencer deu-lhe o endereço de um barzinho que conhecia, e ela prometeu encontrá-lo às quatro horas. Brian ainda estava fora, e ela tomou um táxi, em vez de usar a limusine que ele deixara. Temia que o motorista falasse com a imprensa, se reconhecesse ela ou Spencer.

Usava um grande chapéu de pele e uma estola, óculos escuros. Ele a esperava, quando Crystal chegou. Havia neve nos cabelos de Spencer, que estava mais grisalho do que na última vez em que o vira no rancho. Ao olhá-lo, ela não pôde evitar a lembrança da primeira vez em que o vira, com suas calças e o *blazer* de flanela branca e a gravata vermelha, os cabelos negros sedosos e sorriso caloroso. Ele não mudara muito, mas ela sim. Aos 28 anos, a garota que fora aos 14 estava esquecida.

— Obrigada por vir — Ele tocou a mão de Crystal ao sentarem. — Precisava ver você, Crystal. — Ela sorriu, percebendo mais uma vez como o filho parecia com ele, o filho que ele nunca vira e jamais veria, o filho que dera à sua vida significado e alegria. — Você tem se saído tão bem — Ele sorriu. — Vi todos os seus filmes.

Ela soltou uma gargalhada, sentindo-se novamente jovem.
— Quem imaginaria...
— Lembro da primeira vez em que você me contou que

queria ser uma estrela de cinema. — E então: — Ainda mora no rancho?

Ela assentiu.

— Boyd e Hiroko moram lá comigo. Volto sempre que posso. — ...para ver seu filho... nosso filho...

— Gostaria de voltar lá algum dia. — A simples idéia a fez tremer. Mas sabia que pelo menos durante quatro anos ele estaria ocupado demais para ir ao rancho.

Por fim, ela ousou fazer a pergunta que lhe viera à mente na noite anterior.

— Você ainda está casado? — Não lera nada a respeito do divórcio e, sendo Kennedy católico, desconfiava que ele não se divorciara, caso contrário não teria sido designado para sua atual função.

Ele assentiu, pensativo.

— De certa forma. Nunca significou nada, e depois que voltei... ela soube de nós. O engraçado é que não se importou. Queria continuar casada por seus próprios motivos, diferentes dos meus. E agora ela tem o que quer. — Ele sorriu e pareceu novamente um garoto. — Ou pelo menos é o que ela pensa. Assim como você tinha o sonho de ser estrela, o dela era casar com alguém importante. Cada um tem sua própria vida, mas ela oferece belas festas. — Ele parecia mais profundamente desapontado do que amargurado. Desistira da mulher que amava e passara mais de dez anos casado com uma estranha. — Acho que todos conseguimos o que queríamos, não? — A estrela de cinema, o assistente do presidente e a esposa de alguém importante. Só faltava o mais importante. A mulher que amava há quinze anos.

— Quando volta?

— Amanhã.

— Com Brian Ford?

— Sim. — Ela fitou-o diretamente nos olhos. Sabia o que ele queria saber, mas não queria falar, e ele não quis perguntar. Era tudo muito doloroso.

— Você tem trabalhado em excelentes filmes.

— Obrigada. — Ela sorriu gentilmente, havia tanto a dizer e sabia que não poderia.

Ele soltou outra gargalhada.

— Vi você na noite do Oscar, quase chorei. Você estava

linda, Crystal... ainda é... nada muda, você fica cada vez melhor.
— E mais velha. — Ela riu. — Lembro quando eu achava que com trinta anos estaria praticamente morta. — Ele também riu. Ela ainda era jovem e inacreditavelmente adorável. Sentia-se com cem anos e tremendamente sozinho.
Conversaram mais um pouco, e então ele consultou seu relógio. Não queria ir embora, mas sabia que precisava deixá-la. Teria que estar na Casa Branca para o jantar às sete horas e ainda precisava pegar Elizabeth em casa, trocar de roupa e vestir o *smoking* antes do compromisso da noite.
— Posso deixá-la no hotel? — indagou ele.
— Acho que você não deve. — Ela ainda estava preocupada e ele sorriu.
— Acho que você se preocupa demais. Não sou o presidente, sabia? Sou apenas um assistente. Ao contrário do que minha esposa pensa, não sou assim tão importante. — Ela entrou na limusine com ele, e foram para o hotel. Ele não perguntou porque ela nunca se casara, e ela não quis saber por que ele nunca tivera filhos. Falaram sobre o baile da noite anterior, e, de súbito, o carro parou, e ele a fitou consternado, segurando-lhe as mãos com força. — Não quero deixá-la novamente. Estes últimos seis anos sem você foram terríveis. — Era exatamente isto que quisera dizer ao telefonar, por isto implorara a Crystal que fosse encontrá-lo. Queria que ao menos ela soubesse que ainda a amava.
— Spencer, não... é tarde demais para nós. Você conseguiu uma posição excelente. Não estrague tudo.
— Não seja tola. Tudo isto poderá passar em quatro anos, mas nós não. Ainda não aprendeu isto? Nada significa para você ainda sentirmos a mesma coisa, 15 anos depois? Quanto tempo quer esperar, até eu estar com noventa anos?
Ela soltou uma gargalhada, e ele cerrou os olhos com a sonoridade daquela risada, inclinando-se para beijá-la. Ela sentiu-se perder o fôlego ao beijá-lo, e, ao final, seus olhos estavam cheios de lágrimas. Nada havia a dizer-lhe. Pelo bem de Spencer, não podia ceder, mas queria, desesperadamente. E ele não tornava as coisas mais fáceis para ela.
— Se eu for à Califórnia, você aceitará me ver?
— Eu... não... Brian... não...

Ele perguntou bruscamente o que hesitara saber antes.
— Você está morando com Ford?
Ela sacudiu a cabeça. Ambos haviam evitado isto, por motivos próprios.
— Não... moro sozinha... — Ele sorriu contente, e beijaram-se mais uma vez. O motorista estava discretamente de pé do lado de fora, no frio, aguardando que terminassem a conversa.
— Telefono assim que puder.
— Spencer!
Ele a silenciou com um último beijo e então sorriu-lhe.
— Te amo... sempre te amarei... e se você ainda acredita que pode mudar isto, pode desistir. — Havia chegado longe demais, resistido demais, tentado muito, perdido e ganhado e perdido novamente. Não havia como evitar. Ambos sabiam que se pertenciam. Mas momentos roubados poderiam custar tudo a Spencer, tudo que construíra, e ela não queria isto.
Fitou-o por um longo momento, preocupada com ele e não consigo mesma.
— É realmente o que você quer?
— É... não importa se for pouco, Crystal... já é alguma coisa.
— Eu te amo muito. — Ela sussurrou junto a seu pescoço, e então abriram a porta, e ela saltou. Acenou, agradeceu a carona e desapareceu no interior do hotel, ainda sentindo os lábios dele nos seus e pensando no que iria acontecer.

42

Ela e Brian tomaram o avião de volta à Califórnia no dia seguinte, ambos em silêncio, ele lendo, e ela sentada olhando pela janela. Ele não queria falar ainda, mas já sabia. Telefonara naquela tarde para o hotel e quando a viu na noite anterior, soube toda a história por seus olhos e só queria desejar-lhe todo o bem e dizer-lhe para tomar cuidado. Finalmente falaram sobre o assunto durante o almoço no avião, e ele suspirou, fitando a estrela que criara, mas ela merecia todas as coisas boas que lhe estavam acontecendo. No começo de sua vida, o lado bom pouco se manifestara, e ele rezava para que ela não enfrentasse outro escândalo, que seria definitivo para ela e Spencer.

— Quero que saiba que sempre poderá contar comigo. Sempre serei seu amigo. — Brian falou, e Crystal desatou a chorar, enquanto ouvia. Haviam ido a Washington como amantes e amigos, e agora estava tudo acabado. Mas ele sempre soubera que este dia chegaria. Só esperara que demorasse mais. Tiveram dois anos de envolvimento, e ele sabia que não poderia pedir mais do que isto. Nem queria nada além. Jamais pensara em casar com ela. O problema era que Spencer não podia. Mostrou isto a Crystal, mas ela estava consciente. Suspirou e assoou o nariz. Haviam sido dois dias difíceis, apesar do esplendor da posse.

— Sei de tudo isto, Brian. Há 15 anos perdura esta história. — Ele pareceu estarrecido.
— Então antes do garoto?
— Muito antes. Sou apaixonada por ele desde que tinha 14 anos de idade.
— Então por que diabos não casou com ele, ou ele não te pediu?
— Ele me pediu em casamento, mas nunca no momento certo. Toda minha vida foi uma comédia de erros. Voltamos a reencontrar-nos quando ele estava noivo. Aí, depois que ele se casou, descobriu que não a amava. Foi para a Coréia, e eu me envolvi com Ernie. Quando ele voltou, achei que devia demais a Ernie para deixá-lo. Não parece piada? Aí Ernie não me deixou ir embora quando quis, e Elizabeth não aceitou o divórcio, e assim se passaram os anos, como dois loucos que não conseguem se separar. Ele me pediu novamente em casamento após o julgamento, mas aí havia suas aspirações políticas e o trabalho excelente à sua espera, e uma mulher acusada de assassinato não era exatamente o que ajudaria a ganhar uma eleição. Então terminei tudo, pelo bem dele.

Ele fitou-a com renovada admiração, adivinhando o resto.
— Então você descobriu que estava grávida e nunca contou a ele.

Ela assentiu. Ele adivinhara tudo.
— Não foi uma vida muito fácil. E agora?
— Não sei. — Ela e Brian concordaram em terminar o caso, mas isto não resolvia as coisas com Spencer. Significava apenas que ela estava novamente livre, mas ele não, com a esposa e o trabalho de assistente de Kennedy. — Ele quer me ver quando puder. E depois?
— Vou lhe dizer uma coisa. Algum dia você terá cinqüenta anos, ainda apaixonada pelo homem de outra e esperando que ele apareça duas vezes por ano. E se algum dia ele se candidatar a presidente? E aí? Estará tudo acabado, e com quantos anos você estará? Acho que você deve procurar algum cara legal que case com você e tenha mais filhos, antes que seja tarde demais.
— Mas ele também não estava se oferecendo como voluntário, e ambos sabiam que Brian não queria mais saber de casamento nem de filhos. Ademais, fizera vasectomia no ano anterior, o que tornara as coisas mais fáceis para Crystal.

Mas agora a questão era Spencer e o que aconteceria. Como seu amigo, Brian não aprovava, achava que Crystal estava sendo tola. Se Spencer não casasse com ela, deveria deixá-lo. Contudo, era fácil falar. Fazer já era difícil. E quando ele apareceu em Los Angeles, seis semanas depois, as horas que ficaram juntos foram repletas do amor e da paixão do começo. Ficaram no apartamento dela o tempo todo, não saíram uma só vez, e dois dias depois ele partiu, deixando um buraco na vida de Crystal, que passou a esperar sua volta. Entretanto, ele só pôde voltar três meses depois. Aquilo não era maneira de se viver, mas era tudo o que tinham, momentos roubados, dias ocultos, trancados no apartamento dela com seu segredo. Daquela forma, cresceram os mexericos constantes, com quem ela estaria saindo? Após um ano encontrando Spencer furtivamente, por fim ela alegou um "caso" com um astro com quem trabalhava com freqüência, o qual era homossexual e igualmente ansioso por guardar segredo. Ela também encontrava com Brian de vez em quando, e ele sempre a repreendia depois de perguntar se continuava encontrando Spencer.

Zeb estava com sete anos e queria muito ir a Hollywood visitá-la. Finalmente ela concordou e permitiu que ele fosse com os Webster, tão ansiosos quanto ele. Foram todos à Disneylândia e divertiram-se à vontade. Ela prometeu trazê-lo a Hollywood logo, mas ele ficou satisfeito em voltar para o rancho com os Webster e Jane, que freqüentemente chamava de irmã. Ela estava com 14 anos, adorável e delicada como a mãe. Crystal proporcionou-lhes um *tour* pelos estúdios e ponderou por que não os deixara vir antes. Aparentemente, ninguém desconfiara de nada, e Zeb não parecia com Crystal.

No verão de 1963, ela e Spencer já estavam se encontrando secretamente há dois anos, e agora ela se resignara a seu destino. Não tentava mais afastá-lo. Sabia que não conseguiria deixá-lo mais uma vez. Não podia viver sem ele e aparentemente não havia necessidade disto. Ninguém desconfiava de nada, e Elizabeth não se importava com o que ele fazia. Estava demasiado ocupada com os amigos, participando de comitês, praticando a advocacia no tempo livre e oferecendo festas. Não havia espaço em sua vida para um marido.

Em novembro, Crystal estava trabalhando em um filme

noite e dia, outro excelente filme de Brian. Ele jurava que ela conseguiria outro Oscar, e ela estava nas filmagens, conversando com outros atores, quando souberam da notícia. O presidente sofrera um atentado em Dallas. Ela sentiu o coração disparar e correu para uma sala onde havia um aparelho de televisão para assistir as notícias. A princípio, pensavam que diversos assistentes também haviam sido baleados, e ela assistiu horrorizada a reprise da cena, o corpo do presidente caído no carro, a cabeça no colo da esposa e então a fachada do hospital para onde o locutor disse que haviam levado o presidente. Eram 11:35h da manhã, hora da Califórnia, e o locutor anunciou, a voz engasgada, que o presidente estava morto. Seu corpo seria levado para Washington para o funeral de estado. Mostraram o rosto devastado de sua esposa, mas não falaram nada de Spencer. O rosto de Crystal estava branco como cera enquanto as pessoas começavam a chorar à sua volta. Não sabia para quem telefonar. Desesperada, ligou para o escritório de Brian. Ele acabara de receber a notícia e chorava quando ela telefonou.

— Preciso saber se Spencer foi ferido — ela falou com a voz engasgada. — Sabe para quem devo telefonar?

Seguiu-se um longo silêncio, enquanto ele pensava no significado daquilo tudo para ela. Devia estar sofrendo muito.

— Verei o que posso fazer. Telefono daqui a pouco. — Mas ele demorou horas para conseguir entrar em contato com as pessoas que conhecia na Casa Branca, e ela passou o dia aturdida, esperando notícias. Eram nove horas da noite, quando finalmente ele telefonou. Lindon Johnson fora empossado, e Jack Kennedy voltara para Washington, enquanto a nação chorava, e a esposa do presidente morto não tirara o vestido manchado de sangue quando o levaram no caixão.

Quando ouviu a voz de Brian, Crystal começou a chorar temendo o pior, mas ele a tranqüilizou.

— Ele está bem, Crystal. Está em Washington. Na Casa Branca. — Ela ouviu as palavras como em um sonho. Desligou, deitou-se e começou a soluçar, por Jack e Jackie, e pelos dias de Camelot, para sempre acabados, mas também chorou de alívio por Spencer, que não se machucara.

43

O funeral foi uma sinfonia de dor, o caixão puxado por cavalos. Duas crianças choravam, e um garoto saudou seu pai pela última vez. A nação parara para chorá-lo. Seu assassino fora morto, e todos estavam chocados. Jamais esqueceriam aquele momento, e Crystal não podia falar com Spencer. Não havia como saber onde ele estava ou o que estaria lhe acontecendo, e não tinha a menor idéia se ele continuaria trabalhando com Lyndon Johnson. Brian deu duas semanas de férias para os atores. Ninguém estava em condições de voltar ao trabalho. Precisavam de tempo para se recuperar e, em deferência ao presidente que haviam amado, o escritório foi fechado em luto formal. Crystal voltou para o rancho e assistia as notícias dia e noite, com Boyd e Hiroko. Zeb chorou ao assistir o funeral pela televisão. Ele e Jane deram-se as mãos e ficaram olhando os filhos desolados de Kennedy.

 Em Washington, Spencer tomou uma decisão. Passara dias aturdido, nunca chorara tanto em sua vida. Houvera adeuses de partir o coração e a chegada doce-amarga dos Johnson. Mas ele sabia que não conseguiria servir alguém como fora com JFK. Sabia em seu coração que realmente o amara.

 No dia seguinte ao funeral, pediu sua demissão, desejando sorte a Lyndon Johnson, e passou horas chorando baixinho, enquanto arrumava suas coisas no escritório. Em seguida, foi para casa com as caixas com seus pertences e livros e as recordações de um homem cuja falta sentiria para sempre.

Elizabeth viu-o chegar e ela parecia chocada. Fora ao funeral com seu pai. Spencer tivera que ir com o resto da equipe.

— O que vai fazer? — Ela estava de pé na sala, olhando-o. Ele parecia cansado e mais velho que seus 44 anos. Sentia-se um velho sem esperanças nem sonhos. Por isso tomara aquela decisão. Pedira demissão, porque sabia que o sonho acabara para ele, e desistira de sonhos demais para prosseguir após a morte daquele que significara tanto para ele.

— Pedi demissão. Vou para casa, Elizabeth.

— Mas isto é loucura. — Ela olhou-o fixamente. Não podia fazer isto com ela. Sabia que ele estava transtornado, mas a presidência prosseguiria com ou sem Kennedy. Ele não podia sair assim. Ela não permitiria. — Não te entendo. — Ela parecia amarga e zangada. — Você teve o sonho de todo mundo na palma da mão e dispensa-o assim?

— Não o dispensei. O sonho morreu. Foi assassinado.

— Está bem, sei que este período será difícil. Mas Johnson também precisará de ajuda.

Mas ele sacudiu a cabeça e ergueu uma mão cansada.

— Não, Elizabeth. Acabou. Entreguei minha demissão hoje de manhã. Se você quer o emprego, ficarei contente em telefonar ao presidente por você.

— Não seja idiota. E agora? — Ela nem podia candidatar-se ainda, não tinha bases. Mas ele se voltou com um sorriso estranho. Sabia exatamente o que queria fazer e para onde iria.

— Agora, Elizabeth, será isto. Há 14 anos que deveria ter tomado esta decisão. Mas não quero mais acordar uma manhã e estar com 65 anos, pensando no que fiz da vida.

— O que quer dizer com isto? — O presidente fora assassinado, mas isto não significava o fim de tudo para eles também. O que havia de errado com ele? Mas Spencer estava se agarrando a seu último sonho e, desta vez, sabia que não o perderia.

— Significa que vou embora. Já fiquei muito tempo aqui, de muitas maneiras. E agora para mim acabou.

— Está falando de nós? — Ela se recusava a compreender, mas ele assentiu.

— Estou. Não sei como você soube se nunca lhe disse.

— E exatamente aonde vai? — Estava com medo.

— Eu vou para casa, onde quer que seja. Vou embora para a Califórnia. E para também Crystal.

— Vai deixar Washington? — Ela estava atônita. Ele estava jogando tudo fora.

— Exatamente. Já tive o melhor que esta cidade pôde me dar e agora vou embora. Vou trabalhar com advocacia em algum lugar ou talvez na política local, em pequena escala, mas não vou ficar aqui, nem casado com você. Não preciso mais de seu consentimento. Estamos em 1963 e não em 1950.

— Você perdeu a cabeça. — Ela sentou no sofá e fitou-o. Estava com 34 anos, e ele estava destruindo sua vida.

— Não. — Ele sacudiu a cabeça. — Acho que agora a encontrei. Nunca devíamos nos ter casado, e você sabe disto.

— Isto é um absurdo. — Ela parecia a senhora altiva de sempre, a imitação perfeita do estilo da primeira dama, com seu conjunto Chanel e o chapéu de toque. Mas aquilo também estava acabado. Para sempre.

— A única coisa absurda foi ter deixado você me convencer a ficar tanto tempo. Você ainda é jovem, tem a vida inteira pela frente. Pode candidatar-se você mesma, se é o que quer. Mas depois do que acabou de acontecer. — Ele engasgou, pensando no homem que amara com tanto carinho. — Eu não quero mais. Pode ficar com tudo. A excitação, a animação, os desapontamentos, o sofrimento.

— Você é um covarde. — Ela cuspiu as palavras, mas ambos sabiam que ele não era.

— Talvez. Talvez eu esteja apenas cansado. — E triste. Tão sozinho que se sentia à beira das lágrimas. E agora queria estar com Crystal, onde era seu lugar.

— Vai voltar para ela, não é? — "Ela", a única palavra que usara para se referir a Crystal.

— Talvez. Se ela me quiser.

— Você é um idiota, Spencer. Sempre foi. Você é bom demais para isto. — Mas ele voltou-se e afastou-se. Subiu para arrumar suas coisas, desta vez para sempre. E quando deixou a casa naquela noite, ambos sabiam que era para sempre.

— Telefonarei para um advogado quando chegar à Califórnia — ele disse, na porta. Estranho adeus para uma mulher com quem vivera quase 14 anos, mas nada mais havia a lhe dizer, e ela não respondeu. Ele fechou a porta e passou a noite em um hotel. Pela manhã, foi para a Califórnia.

44

Spencer telefonou para Crystal tarde da noite para contar as novidades. Não falava com ela desde antes de sair de Dallas. Mas ela não estava em casa, e ele decidiu fazer surpresa em Los Angeles. O vôo foi demorado, e ele mergulhara em seus pensamentos. A única coisa que o alegrava era a perspectiva de vê-la. Mas o apartamento dela estava vazio, e ele decidiu encontrá-la nas filmagens, onde sabia que estava trabalhando no novo filme.

Tinham muito o que conversar, e ele ainda não absorvera todas as mudanças. Estava livre. Dispensara tudo e sabia que agira acertadamente. Só queria saber como ela se sentia a respeito e percorreu-o um arrepio de medo ao descer do táxi no estúdio e caminhar até o palco. E se fosse tarde demais? E se tivesse passado tempo demais? E se ela não quisesse casar com ele? Tudo era possível, mas improvável. Sabia como ela o amava e o quanto significavam um para o outro. Era a única coisa de que nunca duvidara em todos aqueles anos.

Mas o estúdio estava vazio, e disseram-lhe que o elenco estava de férias por duas semanas, em respeito ao presidente. Ele deixou-se ficar um longo instante ali, ponderando o que fazer. Então ele soube. Alugou um carro e decidiu não telefonar para ela. Sabia que ela só poderia estar em um lugar.

Demorou 14 horas para chegar, mas não quisera tomar

um avião. Queria dirigir e pensar nela e no que fariam dali em diante. Parou para dormir quando ficou cansado demais e duas vezes para comer em restaurantes de beira de estrada. Mas enquanto o sol nascia por sobre o vale, ele sentiu seu coração cantar e o espírito de seu amigo perdido em algum lugar perto dele. Um momento estranho em um mundo estranho, mas sabia que fizera a coisa certa. E chegou ao rancho às sete horas da manhã. O sol já estava alto no céu, mas o ar estava fresco. Era um belo dia de novembro, e um garotinho corria pelos campos. Ele desacelerou para olhá-lo. Por um momento, pensou que fosse Jane, mas ao olhá-lo melhor, percebeu que não era. O menino tinha cabelos negros sedosos e chamava alguém, quando Spencer desceu do carro, ainda o observando. Devia ter uns oito anos, e ao ver o estranho que o observava, ele parou e olhou, então se aproximou lentamente.

Spencer permaneceu imóvel, observando o menino, e ao aproximar-se, quase soltou um grito. Já vira aquele rosto antes. Era um rosto que conhecia bem, o seu rosto quando criança. Era como ver sua própria infância olhando-o. Spencer caminhou lentamente em direção a ele. De súbito, soube o que acontecera, e ela nunca contara.

— Oi! — O menino acenou com seu braço gracioso, e Spencer parou, os olhos marejados de lágrimas. Não sabia o que dizer, apenas sorriu, enquanto as lágrimas escorriam lentamente pelo rosto, e, por fim, avistou Crystal a distância. Ela estacara, aterrorizada ao vê-lo ali, querendo chamar Zeb, mas era tarde demais, e ela começou a correr, como se para trazê-lo de volta. Mas era tarde demais, e ela só conseguia ver Spencer à sua frente. Ele sorria para a criança e para ela e chorava baixinho, enquanto ela se aproximava. Ele estava seguro, voltara para casa, por um minuto, uma hora ou um dia, ou quanto tempo ela o aceitasse. Viu-o aproximar-se de Zeb e tomar-lhe a mão, e ela continuava correndo em direção a eles. Tarde demais. Ele sabia. Seu segredo também era dele a partir de agora... e de Zeb... alcançou-os no momento em que Spencer erguia Zeb em seus braços e ela os abraçou. Ele fitou-a, e Zeb olhava os dois, fascinado.

— Não sabia que você vinha. — Era a declaração do século, e ele soltou uma gargalhada, sem envergonhar-se das próprias lágrimas.

— Você não me contou muita coisa, hem, Crystal Wyatt?
— Você não perguntou. — Ela sorriu por entre as lágrimas e ele a beijou.
— Da próxima vez me lembrarei disto. — Zeb afastou-se, constrangido pelos dois, e foi correr pelos vinhais, como ela fizera quando criança e como seus outros filhos fariam um dia. Spencer tomou-lhe a mão, e voltaram lentamente para a casa-grande. Conversaram, e o garoto assistia. Spencer fitou-a em silêncio, quando chegaram aos degraus e depois ergueu novamente os olhos para o céu. Era um dia de inverno ensolarado... mas ele poderia jurar que, a distância, ouvia trovões e via raios, enquanto a beijava. Os três entraram, finalmente em casa. Juntos.

* * *

Este livro foi impresso no
Sistema Digital Instant Duplex da Divisão Gráfica da
DISTRIBUIDORA RECORD DE SERVIÇOS DE IMPRENSA S.A.
Rua Argentina, 171 – Rio de Janeiro/RJ – 20921-380 – Tel.: (21) 2585-2000